Chiara Palazzolo

Non mi uccidere

Postfazione di
Gianni Romoli

SOCIETÀ EDITRICE MILANESE

Non mi uccidere
di Chiara Palazzolo

ISBN 978-88-93-90332-5

«No, è inutile che cerchi di dominarmi ancora;
tu resterai lì dentro, io andrò via e ti lascerò lì.»
«Ma perché, che cosa ti ho fatto?»
«Che cosa mi hai fatto, eh?»
«Apri, apri, sto male!»
«Anch'io sto male, male...»

TOMMASO LANDOLFI, *LA BIERE DU PECHEUR*

Prologo

Un vento gelido spazzava i viali, torcendo le chiome leggere dei platani. Sotto il cielo gravido di nubi di pioggia, una ventina di persone si assiepavano intorno alle bare. Le lapidi erano già state incise. Le fosse scavate al mattino. Il sacerdote fece un segno di croce su ciascuna bara. Mormorò alla svelta una preghiera, nel silenzio generale. Non era più tempo di prediche. E nell'omelia della sera precedente, ai funerali, aveva già detto tutto quel che c'era da dire.

«Mirta e Roberto» concluse. «Riposate in pace.»

Immobile come una statua, Amalia fissava la bara di sua figlia. Non riusciva a piangere. Non sapeva neanche come facesse a reggersi in piedi. Non mangiava e non dormiva da quattro giorni. Non pensava neppure da quattro giorni. E quasi non parlava, se non per pronunciare i pochi monosillabi di circostanza: sì, no, grazie. Accanto a lei, Piero piangeva. Suo marito riusciva a piangere. Un uomo alto dai capelli grigio ferro, chiuso in un cappotto blu scuro, che piangeva come un bambino. Da giorni. Amalia provava invidia e rabbia nei suoi confronti. Perché lei lo aveva capito subito che le cose non sarebbero potute andare diversamente. E lui non aveva voluto ascoltarla. Era arrivato, perfino, a prenderla in giro. A sorridere delle sue paure.

Adesso gli operai stavano agganciando le funi. Lavoravano in silenzio, a capo chino, con gesti rapidi e precisi. Un lavoro è un lavoro, e col tempo si fa l'abitudine alle bare, alle lacrime, alla commozione. Alla disperazione. Si fa l'abitudine a tutto. Anche ai morti giovani.

In disparte, un'altra donna fissava le bare. Nessuno le si accostava o le rivolgeva la parola. E lei non parlava con nessuno. Una piccola donna dai capelli rossi in tailleur grigio scuro. Tacchi altissimi. Un mantello chiaro troppo leggero per proteggerla dal vento gelido. Era stata lei a battersi per quella sepoltura congiunta. Ed era stata una lotta furiosa.

Muriel era giunta tre giorni prima, col primo volo da Bruxelles. Era partita da sola, malgrado le perplessità di Pete. A Fiumicino aveva affittato una macchina e proseguito immediatamente per Perugia, dove aveva preso una stanza d'albergo, neppure sfiorata dall'idea di installarsi nel piccolo borgo di provincia, a casa di Roberto. Non mangiava e non dormiva neanche lei da giorni, ma era affar suo. Come affar suo era stata la battaglia per la sepoltura. Per niente facile. Anzi, al suo arrivo si era trovata davanti un muro. Né aveva dubitato per un solo momento che si trattasse di qualcosa di semplice. Conosceva la mentalità dei valligiani. Aveva vissuto per pochi, lunghissimi anni, nel piccolo borgo tra le colline. Era fuggita con la disperata avidità di chi evade da una prigione. E sapeva benissimo, mentre scendeva gradino dopo gradino la scaletta dell'aereo, quello che l'aspettava. Oltre al dolore, ovviamente. Al senso di perdita assoluta che le aveva stretto le viscere, non appena l'anonima voce del funzionario italiano le aveva comunicato per telefono l'accaduto. Ma non era donna da rinunciare facilmente. L'aveva promesso espressamente a Roberto, e più volte. Fino all'ultima telefonata, che rimontava a una settimana prima o poco più.

«Ho un presentimento» aveva detto Roberto. «Ricordati di quanto hai promesso. Ricordati, Muriel, l'hai promesso.»

Piero strinse più forte il braccio di Amalia. Le sussurrò all'orecchio: «Non avremmo dovuto portare Marco. Si impressionerà».

Amalia guardò suo marito, senza neppure la forza di ribattere. Semplicemente, non sapeva che Marco fosse con loro. Solo adesso vedeva il bambino, in piedi tra Piero e la Susy, una mano nella mano di ciascuno dei due. Chi l'aveva portato, la Susy? O forse, era stata lei stessa a trascinarselo dietro. Non ricordava. Fissava la bara. Non c'era altro da fare. Solo fissare la bara.

No, non era stato affatto facile convincerli. Convincerlo, si corresse Muriel. Perché era stato il padre l'osso duro. La madre, di fatto, non esisteva. Si erano incontrati all'obitorio. Non li conosceva. O forse solo di vista, tanti anni prima. Era stata una scena terribile. Come se fosse colpa sua. Muriel guardava la fossa aperta e si chiedeva se il padre di Mirta avesse creduto per un solo momento a quello che le aveva detto, di fronte ai corpi dei loro figli. A quello che le aveva scagliato contro.

Ci sono dei limiti, anche di fronte alle tragedie. Limiti di buon gusto. Possibile, poi, che nessuno si rendesse conto di quanto lei stessa fosse affranta? Dopotutto, era la madre di Roberto, e non una strega malefica cui addossare tutte le colpe. Non voleva comprensione né pietà. Non voleva compassione. Solo un minimo di educazione, ecco tutto. Oltre, naturalmente, al rispetto della promessa, che valeva anche per Mirta. Le dispiaceva di non aver fatto a tempo a conoscerla. Povera bambina, pensò Muriel, ma non è stata colpa mia.

Stavano calando nella fossa la bara di Roberto. Sentì un brivido serpeggiarle lungo la schiena. Si irrigidì, stringendo forte le mani. Non era qui per dare spettacolo. Anzi, sarebbe partita la sera stessa. Se non avesse trovato un volo disponibile, avrebbe pernottato a Roma. O anche a Fiumicino.

Ma avrebbe comunque lasciato Perugia in serata. Ci sarebbe stato tempo, poi, per sistemare le questioni legali. Per decidere che cosa fare della galleria, della casa. Per esaminare le cose di Roberto. Adesso voleva solo dare l'ultimo saluto a suo figlio, e scappare, come tanti anni prima. Tornare a Bruxelles. Poter piangere in pace. Come qui, a quanto pareva, non le era concesso. Nemmeno dopo tutti quegli anni.

L'aveva infastidito, questa era la verità. Lo choc, il dolore c'entravano fino a un certo punto. Era infastidito, il padre di Mirta, dalla sua pretesa, come l'aveva definita.

«La sua pretesa è folle!» le aveva urlato in faccia.

Erano tutti e tre in piedi, accanto ai tavoli di marmo dell'obitorio. La madre, appoggiata al marito, gli occhi vuoti e la bocca semiaperta. Una bella donna, alta e sottile, i capelli mechati, vaporosi intorno al viso. Muriel aveva provato pena per lei. Ma non aveva trovato le parole, i gesti. Quella donna era un bunker, chiusa nel suo dolore. Irraggiungibile.

Il padre no, per nulla. Era furente. E cercava una vittima. A Muriel era bastato aprire bocca. Conosceva il tipo d'uomo. Anche il suo ex marito apparteneva a quella razza. Di chi deve trovare comunque un colpevole. Solo che lei non era disposta a far da bersaglio a nessuno. Non più. E pretendeva il rispetto della promessa.

«I ragazzi devono essere sepolti insieme» aveva detto al padre di Mirta. «È una promessa che avevo fatto a tutti e due. In caso di disgrazia. E intendo farla rispettare.»

«In caso di disgrazia!» era esploso il padre di Mirta. «Di quale disgrazia parla? Suo figlio ha ammazzato mia figlia! È stato un omicidio, un omicidio premeditato!»

Si erano fronteggiati nella sala dell'obitorio, di fronte ai corpi dei figli. L'uomo alto e imponente e la piccola donna dai capelli rossi. E la donna glielo aveva letto nello sguardo: tuo figlio è un assassino e se un figlio è un assassino la colpa è della madre. Sempre. Maledetta strega fiamminga.

«L'ho promesso anche a Mirta» aveva ripetuto lei. Non voleva perdere le staffe. Doveva invece lavorare di lima. Ripetere cento volte il concetto. Perché il padre di Mirta era un uomo sotto choc. Lei doveva soltanto tener ferma la posizione. Battere e ribattere sullo stesso punto. Gli uomini come lui, prima o poi, crollano.

Adesso stava piangendo. Muriel lo sbirciò, con la coda dell'occhio. Non riusciva a provare pietà per lui, come lui non ne aveva avuta con lei. Le cose disgustose che le aveva buttato in faccia. Gli episodi della sua vita passata. No, non riusciva. Solo per la madre di Mirta. Per quella donna che sapeva solo respirare. Per i suoi occhi spenti. Per la sua piccola Mirta chiusa nella bara.

L'aveva vista solo da morta, distesa sul tavolo dell'obitorio. Il visetto bianco, le ombre bluastre sotto gli occhi chiusi. Ma sapeva che aveva avuto degli occhi meravigliosi. Occhi viola, diceva Roberto. Diciannove anni, un caschetto cortissimo di capelli neri e due occhi viola. È una specie di fata, diceva Roberto. Tutto vero, una fata. Se n'era accorta all'obitorio, mentre la guardava per la prima e ultima volta. Una fata che forse avrebbe potuto guarire Roberto. Muriel ci aveva sperato, come in una specie di lieto fine. Invece, era finita così. Ma era stata una disgrazia.

«Roberto sarebbe morto per sua figlia» aveva detto al padre di Mirta. «Ma l'amore ha dei diritti. E adesso i ragazzi hanno diritto a essere sepolti insieme, com'era nel loro desiderio. Non la consola almeno il pensiero che stiano insieme, là sotto, che sua figlia non sia sola?»

Qui il padre di Mirta aveva detto una cosa rivoltante. Una cosa cui Muriel non voleva più pensare. Sul momento, aveva incassato il colpo, limitandosi a respirare più veloce. Dentro e fuori, dentro e fuori. Come una donna in preda alle doglie. Come quando aveva partorito Roberto. Fino a scacciare la nebbia rossa che le aveva invaso il cervello.

Stavano cadendo le prime gocce di pioggia. Gli ombrelli cominciarono ad aprirsi. Il gruppetto a stringersi. Adesso gli operai stavano passando le corde sotto la bara di Mirta. Muriel guardava la bara, sferzata dalla pioggia. Non aveva ombrello. Non ci aveva nemmeno pensato. La pioggia le cadeva con forza addosso, macchiandole di grosse gocce il mantello chiaro. Inzuppandole i capelli. Gli operai issarono la bara con la carrucola. Iniziarono a calarla lentamente, a piccoli strappi, nella fossa.

Il bambino fece un passo avanti. Sventolò la manina. «Ciao, Mita» trillò, soffiando un bacino sulla punta delle dita. «Torna pesto.»

L'urlo fu repentino. Talmente lacerante che uno degli operai perse la presa della corda e la carrucola iniziò vorticosamente a ruotare. La bara scivolò in avanti, urtando contro la parete di terra della fossa. Gli ombrelli si affastellarono. Voci concitate si sovrapposero. Richieste d'aiuto. Mani che si tendevano.

Muriel rimase al suo posto. Vide il padre di Mirta e altri uomini chinarsi precipitosamente. Tirare su a fatica il corpo della madre. Sorreggerla. Cercare di ripulirla dal fango. Era caduta di schianto. E aveva fango sui capelli, sul cappotto, in viso, fango dappertutto. Una bambola di pezza coperta di fango. Per la prima volta da quando aveva messo piede in Italia, Muriel sentì qualcosa di simile a un principio di rimorso.

Aveva vinto la sua battaglia estenuando l'avversario. Ripetendo le stesse parole all'infinito, per giorni. Costringendolo ad ammettere che sì, anche Mirta sarebbe morta per Roberto. L'amore è rovinoso, a volte. E se Mirta era morta con lui, se erano morti della stessa morte, avevano diritto a essere sepolti insieme. Per l'eternità.

Aveva vinto perché aveva trovato il punto su cui far leva. Il punto debole. L'aveva cercato affannosamente, fino a scovarlo. Il padre di Mirta adorava sua figlia. La considerava una specie di miracolo che camminava sulla terra. Muriel aveva scovato un'intercapedine. L'amore assoluto del padre per Mirta. E vi si era insinuata, battendo e ribattendo. Poche parole, e semplici, reiterate all'infinito.

Mirta voleva rimanere con Robin. Accanto a lui per sempre. Bisognava rispettare l'ultimo desiderio di Mirta.

Sapeva come vincere. Perché il padre di Mirta era, comunque, sotto choc. E la volontà di Muriel talmente forte che neppure per un momento aveva dubitato di spuntarla. D'altro canto, Roberto aveva volontà quanto e più di lei. Altrimenti non sarebbe riuscito a strapparle la promessa. A costringerla a ritornare in quel piccolo borgo per raccogliere i suoi resti e seppellirli accanto a quelli della piccola fata dagli occhi viola.

«Muriel, è importante.»

«Ti ascolto, Roberto.»

«Prometti, Muriel.»

«Prometto.»

PRIMA PARTE

«Signora, voi parlate nonostante la morte?»
«Sì.»

PASCAL QUIGNARD, *Tutte le mattine del mondo*

Buio. Sonno. Cosa. Rumori. Sonno. Dormire. Ancora un poco. Fastidio. Voglio dormire. Rumori. I vicini, forse. Voglio dormire. Ancora rumori. Quali vicini. Non voglio svegliarmi. È buio. Ancora buio. Che ore sono. Presto. Tardi. Sonno. Buio. Robin. Amore. Sei tu. Sonno. Voglio dormire. Sonno. Buio. Sonno.

Voci. Voci. Ancora voci. Buio. Sonno. Non voglio svegliarmi. È domenica. Mamma. Dove. Voglio dormire. È buio. Troppo buio. È notte. Robin. Sei tu. Quante voci. Zitti. State zitti. Sto dormendo. Buio. Dormi, Marcolino, è ancora buio. Notte. Sonno.

Cosa è stato. Ladri. Ci sono i ladri. Papà. Ladri. Solo sonno. Notte. Voglio dormire. Tanto tanto sonno. Buio. Sonno. Niente sveglia. Domenica. Voglio dormire ancora. Sonno. Bello. Buio.

Ophi. Sei tu. Cosa è. Morbido. Robin. Sto dormendo. È tardi. Devo alzarmi. Studiare. Domenica. Sonno. Troppo. Mamma. Sei tu. È presto. Buio. Sogno. Sto sognando. Dormire. Notte. Ancora notte. Lunga. Sonno. Buio. Caldo.

Deve essere tardissimo. Ancora buio. Devo. Devo fare. Cosa. Sonno. Basta sonno. Mattina. Buia. Una mattina buia. Devo. Che silenzio. Domenica. Buio. Devo alzarmi. Troppo buio. Luce. Dove. Luce. Comodino. Luce. No. Dove. Cosa c'è qua. Coperte. Pesanti. Devo svegliarmi. Alzarmi. Mamma. Robin sei tu. Devo alzarmi. Sono sveglia. Papà. Cos'è. Uno scherzo. Alzarmi. Luce. Luce. LUCE. DOV'È LA LUCE. NON CI VEDO. QUESTE COPERTE. PESANTISSIME. SOFFOCO. VIA! FATEMI USCIRE! MAMMA! DOVE SEI! DOVE SIETE TUTTI! ROBIN! PAPÀ! È TUTTO BUIO! ARIA!

ARIAAAAAA!

Cos'è stato! Un incubo? Ci sono le stelle. Ma dove sono? Quante. Alberi. Come si sta bene. All'aperto. Sono all'aperto. Stelle. Luna. Alberi. Di notte. Non posso essere all'aperto di notte. Ma non è un sogno. Com'è strano, però. Come un sogno. Bello. Stelle. Alberi. Notte. Un incidente! Abbiamo avuto un incidente. Devo mettermi in piedi. Sento male da qualche parte. No, non mi pare. Da nessuna. Robin! Robin, dove sei. Eravamo in macchina. Muoviti, scema, alzati. Muoviti, in piedi. Robin! Tirati fuori. Da dove. Fuori da dove. Ma cos'è questa. La macchina, dove. Ma che sta succedendo. Alzati, e basta. Mettiti in piedi. Provaci, almeno. Se puoi. Oddio, no. Ti prego, fammi rimettere in piedi. Fa' che riesca a mettermi in piedi. Che non mi sia fatta tanto male. Il collo. Posso muovere il collo. Ma dov'è Robin. Coraggio. In piedi. In un buco. Ok, sono in piedi. In piedi! Non ho niente alla schiena né alle gambe. Adesso devo solo uscire di qui. Un buco. Come ho fatto a finire in questa buca. La macchina. Dobbiamo avere avuto un incidente. Da poco. Stanotte. Devo uscire di qui e tutto andrà a posto. Adesso chiamo Robin. Devo chiamarlo. Coraggio.

Robin!

Dai, fuori di qui. Poggia le braccia. Oh. Già fuori. Fin troppo facile. Adesso vediamo da dove sono uscita. Un fosso. Una scarpata. Che buio. Solo la luce delle stelle. E questo spicchio di luna. Non si vede niente. Ma dove siamo. La macchina. Non la vedo proprio. ODDIO, COS'È QUESTO!

Devo star calma. Oppure mi metto a urlare. Ma se comincio non finisco più. Non voglio urlare. Devo stare zitta e calma. Anzi, voglio svenire. Non sentire più nulla. Non vedere più nulla. Svenire. Perché non posso svenire? Com'è fresca l'aria. Sembra accarezzarmi. Vorrei svenire, ma non ce la faccio. Mi sento così bene. Eppure è come se stessi urlando. Come in una poesia che abbiamo studiato l'ultimo anno di liceo. Concentrati sulla poesia. Sei nella poesia. La poesia dice che urlo in una calma strana. Ecco. Sto urlando in una calma strana. Però mi sento benissimo. In realtà, starei benissimo se non fosse per il buco. Concentrati sulla poesia. Non pensare ad altro. Fai finta di scrivere una poesia. Vedi e descrivi. Che cosa vedi?

Un buco. Anzi, non è proprio un buco. È un fosso. Davanti a me c'è un fosso.

Concentrati. Non perdere il ritmo. La poesia. Stai scrivendo una poesia. Allora, c'è un fosso. Coraggio.

E io sono uscita da questo fosso.

Continua.

Sì, devo continuare. C'è un fosso. E intorno al fosso tanta terra. E pezzi di legno. E lamiere.

Che cosa ti sembrano?

Lamiere della macchina? Ma dov'è il resto della macchina?

Vedi e descrivi.

Non so. Non so proprio.

Concentrati meglio.

Sembra che qualcuno abbia buttato queste cose dal fosso. E poi è uscito.

Qualcuno chi?

Non voglio rispondere.

Va bene, torniamo alla poesia. Vedi e descrivi. Che cosa vedi intorno?

Alberi. Stelle. Uno spicchio di luna. Siamo in campagna. È una serata bellissima. L'aria morbida. Sembra accarezzarmi. Non mi sono mai sentita meglio. Anche se abbiamo avuto un incidente. Ne sono certa. Eravamo in macchina. Questo lo ricordo.

E allora? Concentrati. Racconta.

Eravamo in macchina. Usciamo sempre la sera, io e Robin. Lui dice che siamo animali notturni. Io penso che la notte sia più triste, ma anche più dolce del giorno. Più segreta. Penso che la notte siamo tutti più belli. Le cose appaiono più misteriose. Robin dice che lui trova misteriose le giornate di sole, e soprattutto trova misteriosi quelli a cui piacciono le giornate di sole. Ma lui scherza sempre. È un provocatore. Purtroppo, i provocatori non piacciono a tutti. C'è un mucchio di gente che non può soffrire Robin. A cominciare dai miei genitori. Ma da quando ho preso casa a Perugia, al principio dell'autunno, non ho più troppi problemi. Prima invece dovevo sempre giustificarmi. Chi vedevo. Dove andavo. Che facevo. Non serve a nulla, con i genitori, essere maggiorenni. Ti trattano sempre come una di cinque anni. Solo che. C'è questo fosso.

Non pensare al fosso. Concentrati sulla poesia.

Ma c'è. Questo fosso davanti a me.

Concentrati. Dimmi. Perché eravate in macchina. Non guardarti intorno. Continua a raccontare.

Eravamo in macchina. Robin è passato a prendermi a casa. Nella mia casa di Perugia. È molto carina. L'abbiamo affittata noi tre. Cioè io, Miranda e Veronica. Così possiamo studiare insieme. Frequentiamo il primo anno di lettere. Lettere classiche, siamo sempre state un po' secchione. Da principio i miei erano contrari a prendermi casa a Perugia, ma alla fine sono riuscita a convincerli. Loro conoscono benissimo Veronica e Miranda. Siamo cresciute insieme. E siamo sempre state tutte e tre molto brave. Così abbiamo preso questa mansardina. Ha una grande stanza da letto, una cameretta, un soggiorno e una cucina. C'è anche un terrazzino, dove Veronica ha portato i suoi vasi di gerani e un rampicante viola.

Continua a parlare. Racconta, Mirta, non ti fermare.

Veramente ne aveva piantato un altro prima. Però io ero allergica. Insomma, lei non lo voleva togliere. Rosso, a grandi fiori doppi. Una meraviglia. Ma come la mettevamo con la mia allergia? Abbiamo un po' litigato, anzi, abbiamo proprio litigato. Ed è stato bruttissimo perché in tanti anni d'amicizia non avevamo mai litigato. D'altro canto, non avevamo neanche abitato mai nella stessa casa. E lì ho veramente capito che la convivenza con altre persone è difficile. Ed è per questo che anche in famiglia si litiga. Anche se ci si vuol bene. Perché bisogna vivere tutti sotto lo stesso tetto, ma ognuno la pensa a modo suo. Anche se sono i genitori, alla fin fine, ad avere l'ultima parola. O almeno a pretendere di averla. Com'è stato nel caso di Robin. Mia mamma soprattutto. Lei diceva che aveva paura per me. Che mi potesse capitare una disgrazia. Un incidente.

Parla, Mirta. Continua a raccontare.

Un incidente.

Concentrati. Non perdere il ritmo. La poesia. Concentrati sulla poesia. Vedi e descrivi.

No.

Sono seduta sull'orlo di una fossa. Ed è la fossa da cui sono uscita. Non so come ho fatto. Ho spinto e sono uscita.

So che non è possibile. Però sto toccando con le mani la terra. Questi pezzi di legno. E le lamiere di zinco. E se mi sporgo sull'orlo della fossa. Vedo poco. È buio. Solo la luce delle stelle e questo spicchio di luna nascente. Però qui la macchina non c'è. Non c'è neanche la strada. Niente di quello che dovrebbe esserci se avessimo avuto un incidente. È buio, ma non tanto. Non fino al punto da non vedere nulla. La fossa la vedo, davanti a me. So che sono uscita dalla fossa, spingendo in avanti con le braccia. Adesso non vedo più niente perché mi sono tappata gli occhi con le mani. Non voglio sapere dove sono. Voglio rimanere qui. Concentrarmi sulla poesia. Su quello che è successo quando eravamo in macchina.

Brava. È la decisione migliore. Tieni le mani sugli occhi e gli occhi chiusi. Adesso concentrati. Dimmi che cos'è successo ieri sera. Quando eravate in macchina. Vedi e descrivi. Racconta, Mirta.

Eravamo in macchina. Robin è passato a prendermi alle nove. Avevo già cenato con Veronica e Miranda, alla mensa universitaria. Non siamo molto brave a cucinare. Pasta al burro, petto di pollo alla piastra, uova al tegamino. Più di questo non sappiamo fare. Studiamo. Al primo esame ho preso trenta, come Miranda. Veronica solo ventisei e c'è rimasta un po' male. Più esami si danno all'inizio, più la strada si fa in discesa. Difatti stiamo preparando il secondo: filologia romanza.

Il professore di filologia romanza si chiama Barzini ed è molto severo. Anche in aula, durante le lezioni. Ci fa spegnere i telefonini, non tollera che si rida, che si parli ad alta voce. In facoltà dicono che è una specie di residuato bellico, però lo temono tutti. È uno dei decani della facoltà. Ed è un esponente politico piuttosto in vista. È stato anche assessore. Tutti dicono che Barzini comanda, in facoltà e fuori. Non so.

Ho sempre seguito le sue lezioni. Ho chiesto dei chiarimenti. Mi sono trovata piuttosto bene. Ma è molto rigido. Per questo tutti studiano la sua materia. Ieri difatti io e Miranda abbiamo studiato tutto il pomeriggio, anche se era sabato. Veronica è rimasta con noi fino alle sei, poi è uscita per andare dal dentista. Abbiamo continuato fino alle sette e mezza. Poi siamo andate a mensa, dove ci ha raggiunte Veronica, che però non ha mangiato quasi nulla perché aveva l'amalgama ancora fresca in bocca. Quando siamo tornate mi sono cambiata perché aspettavo Robin, e quando esco con lui mi metto in tiro. Robin è bellissimo. E quando siamo fuori mi chiedo sempre come facciano tutte le ragazze a non saltargli addosso. Anche se c'è gente, come Magda, che cerca continuamente di farlo. Robin ride quando gli dico queste cose, ma io certe volte piango. Mi viene una paura terribile che qualcuna me lo porti via. Perché Robin è unico.

Quindi siete usciti. E poi? Cos'è successo dopo, Mirta?

Abbiamo fatto un giro in collina. Ci piace molto girare a zonzo in macchina. Lui racconta cose strane. Sa tante cose Robin. Ma anch'io parlo. Anzi, parlo soprattutto io. Gli racconto di quello che ho fatto in facoltà. Di Veronica. Di Miranda. Dei miei genitori. Di Marcolino. E del mio gatto, che veramente è una gatta, Ophelia. Anche se Robin non può soffrire i gatti, dopo un incontro ravvicinato da brivido. Gli ha lasciato certi segni sulle mani. Lui ci scherza sopra. Hai presente un gatto mannaro, dice. Però la paura gli è rimasta, credo.

E che altro gli racconti?

Di quando ero piccola. E anche di quando ero un po' più grande e lui ancora non mi conosceva ma io lo conoscevo benissimo. Perché sono stata io a notarlo, in paese. È successo tre anni fa. In un pub. Allora frequentavo il primo anno del liceo classico. Era il compleanno di un mio compagno, Sandro Ferrari, e siamo andati tutti al pub, al Leone d'oro. Stavo mangiando un panino con würstel e insalata quando è entrato Robin.

E allora?

Scusa, ma mi emoziono sempre quando ci penso. Si è aperta la porta ed è entrato lui. La prima cosa che ho pensato è stata: quanto è alto! Perché è proprio alto. Un metro e novanta e anche più. Alto e bellissimo. Bruno, con i capelli legati a codino e gli occhiali neri. Sì, era sera, ma Robin porta sempre gli occhiali neri. E aveva jeans pazzeschi, stracciatissimi. Una maglietta nera. Un giubbotto di pelle strafigo. Sembrava Kevin Costner. Più di Kevin. Un figo perso. Lui stava con altre persone, che all'epoca non conoscevo, come non conoscevo lui. Paco e Magda e Luisa. La banda di Robin, insomma. Stava con loro e credo che non mi abbia nemmeno vista. Ma nel voltarsi per cercare un tavolo, mi ha sorriso. O forse stava sorridendo a qualcun altro. A Paco, probabilmente. Ma il suo sorriso è finito dentro i miei occhi, e così mi è andata la Coca-Cola per traverso, m'è venuta una tosse che quasi mi strozzavo, un macello pazzesco. E quei cretini dei miei compagni che continuavano a ridere. Quando ci penso, mi viene di nuovo una tale furia che potrei.

Potresti?

Cosa. Cosa stavo dicendo?

Stavi parlando dei tuoi compagni.

Quali.

I tuoi compagni di scuola. Il pub. La prima volta che hai visto Robin.

Robin!

Mirta, non urlare. Concentrati.

Robin! DOVE SEI, ROBIN?

Va bene. Vado avanti. Non voglio aprire gli occhi. Non voglio sapere veramente dov'è Robin, per il momento, e perché non risponde. Voglio andare avanti a parlare. Domande e risposte. Ricominciamo. Da Robin. No, dalla macchina.

Eravamo in macchina. Abbiamo preso la strada delle colline. Ci piacciono le colline di notte. Sono piene di luci. Di mistero. A volte di nebbia. Ma Robin è bravissimo a guidare. Non ci è mai capitato nulla, anche se mia mamma dice sempre che possiamo avere un incidente. Falso, Robin potrebbe guidare a occhi chiusi. Talvolta lo fa. Chiude gli occhi e dice: guidami tu, Mirta. È un po' pericoloso, ma è così divertente! E sto attentissima. Gli do tutte le indicazioni con la massima precisione. Con molto metodo, come se stessi studiando. Il metodo è una cosa importante. L'ho appreso al liceo e mi servirà per sempre, come diceva la mia prof di lettere. Perché ti permette di avere una chiave per affrontare i problemi. Tutti i tipi di problemi, non solo quelli di studio. Se non avessi avuto metodo, per esempio, non sarei riuscita a spuntarla con i miei per la questione della mansarda. Ho dovuto mettere pietra su pietra. Spiegare che non potevo alzarmi tanto presto. Che rischiavo di perdere comunque la prima ora. Che gli orari dei pullman non sempre erano conciliabili con quelli delle lezioni. Insomma, pietra su pietra, senza perdere di vista il contesto generale, cioè l'obiettivo: prendere casa a Perugia. Poter stare tutto il tempo con Robin.

Ha funzionato.

Ha funzionato eccome. Però bisogna farsi tutte le domande e darsi tutte le risposte in anticipo. Così da essere pronti.

Robin che ne dice?

Lui dice che ho solo raccontato un mucchio di bugie per convincere i miei. Però non sono solo bugie. Sono anche dati oggettivi. Robin mi prende sempre in giro. Lui ama smontare le cose. Buttarle in caciara, direbbe Paco. Penso che sia un modo di difendersi. La verità è che non ha avuto un'infanzia felice, e tutti i bambini che non sono felici adottano una strategia di difesa per non soffrire troppo. Robin non è stato trattato bene. Ma adesso ci sono io. E io andrei nel fuoco, per lui.

Per andare nel fuoco, Mirta, devi aprire gli occhi.

No, ti prego. Ho troppa paura. Voglio prima farmi tutte le domande e darmi tutte le risposte. Prima di aprire gli occhi voglio essere pronta. Qualsiasi cosa sia successa, voglio essere pronta.

Eravamo in macchina. Faceva un freddo cane, ma ero vestita leggerissima. Mi ero messa in tiro. Come sempre, quando esco con Robin. Anche perché non ci vedevamo da un paio di giorni. Era andato su a Milano per contrattare una tela. Sono in panico quando parte. Non solo per le altre ragazze. Ho paura che faccia la cazzata. Ho avuto paura da subito. Da quando lui mi ha detto tutto, dopo qualche settimana che stavamo insieme. Anche se lo sapevo già. Le voci al mio paese fanno presto a girare. È un posto talmente piccolo.

Eravamo in macchina e Robin era nervoso. Questo l'ho capito subito. Lo stereo sparava a palla un cd di Cat Stevens. E quando Robin si presenta con gli occhiali neri, lo stereo a palla e neanche mi saluta, non c'è proprio nulla da fare. Infatti sono salita in macchina zitta zitta e siamo partiti subito. Senza scambiarci un bacio. Niente. Nemmeno un cenno. Non è colpa sua. Certe volte ci si mette anche Miranda a farmi una testa così, come se già non bastassero i miei. Dice che Robin è cattivo e basta. Ho cercato di spiegarle che si tratta di una falsa impressione. Robin è un ragazzo difficile ma dolcissimo. Non mi torcerebbe un capello. Anzi, andrebbe nel fuoco per me. Lei parla così perché non è veramente innamorata. E soprattutto, non è innamorata di

Robin. Anche lei ha un ragazzo, Gianluca. Uno qualsiasi. Insignificante. Ed egoista. Perché tante sere esce con gli amici e la lascia a casa con la scusa che giocano a calcetto e si annoierebbe. Con me ci ha perfino provato. Ma questo non l'ho detto a Miranda, altrimenti avrebbe fatto una tragedia. Secondo me, lei si accontenta. Ha paura di mettersi in gioco. Di rischiare. Di rimanere da sola. O di innamorarsi veramente.

Anch'io avevo paura. Quando ho conosciuto Robin, non quella prima sera al pub. L'ho solo visto, quella sera. In realtà ci siamo conosciuti due anni dopo. Cioè l'anno scorso, a una festa in discoteca. Io ero fidanzata con un altro. Siamo stati insieme un paio di mesi. Un mio compagno di scuola. Francesco. Un tale bebè! Però carino, con i riccetti biondi e gli occhi verdi. E al penultimo anno di liceo si è spostato di banco per mettersi accanto a me. Mi aiutava con la matematica, che è sempre stata la mia bestia nera. Avevo tanti ragazzini che mi venivano dietro, ma non volevo impegnarmi. Invece con Francesco l'ho fatto. Era contentissimo. Diceva di essere pazzo di me. Mi passava tutti i compiti di matematica. Voleva perfino regalarmi la sua collezione completa degli albi di Dylan Dog. Che era in assoluto la cosa a cui teneva più al mondo. Ma non li ho voluti. Mettono troppa paura, con tutti quei fantasmi, zombie, vampiri e streghe. Non vado nemmeno a vedere i film horror. *Nightmare* m'è bastato.

A mamma non ho detto di Francesco. È talmente apprensiva. Si sarebbe subito preoccupata. A papà invece sì. Lui è stato contento. E insieme non tanto. È un po' difficile da spiegare. Francesco è figlio di un suo amico carissimo, il direttore della banca commerciale. Lo studio legale di papà è uno dei migliori clienti della commerciale e papà e il padre di Francesco vanno spesso a colazione insieme. Quindi non poteva non essere contento. Però mi ha detto anche di non impegnarmi troppo. Perché Francesco è un bravissimo ragazzo, ma è un ragazzo di paese. E chissà, andando all'università a Perugia e poi magari all'estero con una borsa di studio, quante occasioni potranno capitarmi. Dice che la vita di paese è limitante. Che io posso arrivare dove voglio. E il futuro può essere meraviglioso per noi giovani. Viaggiare. Lavorare all'estero. Andare sulla luna, magari.

È stato a quella festa che ho conosciuto Robin. Lui era uno sballo. Tutte le ragazze lo guardavano. Ne avevano anche un po' paura. E poi è molto più grande di noi. Aveva quasi ventinove anni, all'epoca. Proprio uno grande, che beveva a un tavolo e non si filava nessuno. Il figo più strafigo. E quando si è avvicinato e mi ha chiesto di ballare, mi tremavano talmente le gambe che mi sono appoggiata al pilastro. Ho fatto la figura della più imbranata di tutte quante le imbranate sulla faccia della terra.

Dopo, con Francesco è stato terribile. Piangeva come una fontana. Diceva che si ammazzava. Poi che ammazzava me. Che mi ammazzava e si ammazzava. Scappava di casa e bisognava andare a cercarlo fin nel più sperduto villaggio del Sud-est asiatico. Le mie compagne avevano talmente paura che mi stavano sempre intorno. Veronica poi non mi mollava un secondo. Diceva che poteva succedere. Che mi ammazzava, voglio dire. Succede in continuazione. La ragazza lascia il ragazzo e quello dà fuori di testa. L'aspetta una sera in una strada buia e mentre lei torna a casa, zac, le pianta una coltellata nel cuore. Per spezzarglielo come lei l'ha spezzato a lui.

Io, veramente, non ero così preoccupata. Punto primo, non ce lo vedevo proprio Francesco in agguato in una strada buia con un coltello in mano. Anche se Veronica sosteneva che uno così fissato con Dylan Dog non può non avere una mente turbata. Punto secondo, ero in ansia per un altro motivo. Insomma, Robin. Perché Robin non ha perso tempo. Quella prima volta che stavamo ballando insieme. Me l'ha detto subito che non gliene fregava niente di ballare. Anzi, che lui detestava ballare. Trovava strane tutte le persone a cui piaceva ballare. Tuttavia, ballare era la strada più svelta per conoscermi. E quindi, balliamo. Per la prima e ultima volta. Ma io voglio stare con te, ha detto. Sono andato fuori di testa. Gli ho chiesto da quando. E lui ha detto: adesso, pochi istanti fa, appena ti ho vista. Non sapevo che cosa stesse succedendo. Non riuscivo nemmeno a credere di stare ballando con lui. Però una cosa la sapevo. E l'ho fatta subito. Quella sera stessa, quando Francesco mi ha riaccompagnata a casa, gli ho detto che fra noi era tutto finito. Francesco è smontato dal motorino, si è appoggiato al cancello di casa mia e si è messo a piangere. Non me ne importava nulla. Sognavo Robin da due anni. E adesso, l'impossibile era accaduto. Robin mi voleva. Voleva proprio Mirta.

Nei giorni successivi, è stato terribile. Perché mi sono venuti un mucchio di dubbi. Che Robin mi stesse prendendo in giro. Che gli sarebbe passata nel giro di qualche settimana. Le mie compagne mi facevano una testa così. Francesco voleva ammazzarsi, ammazzarmi, sparire. Avevo una paura spaventosa. Quasi non dormivo, la notte. Pensavo e ripensavo a ogni parola che Robin mi diceva. Usavo il metodo. Pietra su pietra, senza perdere di vista il contesto generale. Ma per la prima volta non mi fidavo più neanche del metodo. Mi lascia, pensavo. Mi ha preso in giro e mi lascia domani. Come io ho lasciato Francesco. Se chiamavo e il suo cellulare era spento mi scoppiava il cuore. La notte mi svegliavo di continuo. Per ripensare a quello che aveva detto. A cosa gli avevo risposto. Lo bombardavo di sms. Veronica diceva che stavo perdendo ogni dignità. Che me la mettevo sotto i piedi per un pazzo farabutto. E che sarei finita male in ogni caso, perché Francesco mi avrebbe ammazzata. Quello dell'anno scorso è stato l'inverno più complicato e spaventoso della mia vita. Ma anche il più bello.

Robin non voleva prendermi in giro. Non voleva lasciarmi. Lui voleva stare con me per sempre. Non so neppure come ha fatto a convincermi che era tutto vero. Di colpo, però, tutto è diventato vero. Ho smesso di aver paura. Di piangere. Di non mangiare. Di non dormire. All'improvviso, tutto è andato a posto. Io e Robin, per sempre. E nessuno che potesse dividerci. Alla fine, quando sono stata proprio sicura, così sicura che la mattina mi svegliavo con la furia di alzarmi e passare una nuova giornata col pensiero di Robin che voleva stare con me per sempre, alla fine l'ho detto a papà. E a lui si è incrinato il sorriso.

Gli avevo detto di non dire niente alla mamma. Sapevo di potermi fidare. Ma stavolta mi ha tradito. Anche se continuava a buttarla sul ridere. A dire che era come il morbillo, che poi passa e ti lascia immune per sempre. L'ha detto alla mamma e sono cominciati i problemi.

In casa. Perché ce n'erano altri anche fuori. Anzi, un altro. Ma proprio grosso. Gli ho detto che l'avrei guarito. L'amore guarisce tutto, e ne avevo fin troppo. Potevo guarire qualsiasi cosa. Ma lui di questo non era certo. Me ne sono accorta subito. Mi diceva che sì, sarebbe guarito. L'avrebbe fatto per me. Ma io amavo Robin già da tanti anni. Lo conoscevo palmo a palmo, ben prima che mi invitasse a ballare quella sera. Sarei morta per lui, quando nemmeno mi conosceva. Così ho capito subito che le sue erano solo parole. Gli credevo, quando mi diceva che non mi avrebbe lasciata più. Ma non gli credevo quando diceva che non si sarebbe bucato più.

Ieri sera, quando eravamo in macchina. Era venuto a prendermi col gippone. Ha parcheggiato nei pressi della discarica. È un posto solitario, un brutto posto. Non c'è mai nessuno. E di notte fa ancor più paura. Robin ha spento lo stereo. Ha trafficato un po' con la radio. Mi ha detto che aveva sentito Muriel qualche giorno prima. Le aveva ricordato la promessa. La promessa è essenziale, ha ripetuto. Ho capito che non ce la faceva più. Che era a secco da troppi giorni.

Della promessa avevamo parlato a lungo durante l'estate. È stata una decisione che abbiamo preso insieme. Non si poteva fare altrimenti, perché era basata su una doppia promessa. Quella che Muriel ha fatto a Robin e quella che lui ha fatto a me. Cioè che poteva bucarsi, sì, ma solo se lo faceva con me. Se lo faceva anche a me. Era questa la promessa. Muriel ne conosceva solo una parte. Ai genitori non si può raccontare tutto, anche se la mamma di Robin non è il classico genitore. Piuttosto una specie di amica. Anzi, Robin dice: il mio miglior amico. È difficile spiegare il rapporto tra Robin e Muriel. Tuttavia, non si poteva dirle proprio tutto. Solo una parte della promessa, quella che la riguardava. La sua parte di lavoro, dice Robin.

Eravamo in macchina, nei pressi della discarica. Un posto da tossici. Lo odio. La prima volta ci siamo venuti in maggio. Robin l'ha fatto davanti a me. S'è legato il laccio al braccio, l'ha stretto con i denti. Quando ha infilato l'ago, il sangue ha cominciato a colargli giù per il braccio. Allora gliel'ho detto. Che era l'ultima volta che si bucava da solo. D'ora in poi l'avremmo fatto insieme. Lui diceva di no. Aveva la testa reclinata sul sedile. Lo sguardo vago. Abitava un altro mondo. Come se non fosse con me. Mai più da solo, ho ripetuto. Mi sentivo venir meno dalla paura. Che potesse andarsene di colpo. Chiudere gli occhi e andarsene. Senza che potessi alzare un dito per trattenerlo.

Ieri sera, quando eravamo in macchina, lui era agitato. Ha tirato fuori la bustina. Il cucchiaio. Le siringhe. Il limone. L'ha odorata. L'ha assaggiata. Scuoteva la testa. Ha detto: non mi fido, ha un sapore strano. Gli ho detto di buttarla via, allora. Pareva impazzito. Non voleva buttarla. Voleva farsi, glielo leggevo negli occhi. Ma non con me.

La prima volta, è stato spaventoso. Per Robin, intendo. Per me è stato solo amore. Anche se dopo ho vomitato, sono svenuta, sono stata male per due giorni. Non mi importava niente. E poi è successo ancora. La odio questa roba, anche se quando arriva il flash è come essere sparati a diecimila chilometri all'ora, con la musica che ti squassa le orecchie e il cuore in gola dalla felicità. Ma è una felicità schifosa, lascia un saporaccio chimico in bocca e la testa vuota. Non ha nulla di reale. La odio, ma non c'era altra strada per cementare il nostro amore. Perché il mio non è mai stato un amore da nulla. Io voglio tutto. Senza sconti.

Eravamo in macchina. Robin ha preparato le siringhe. Parlava di Muriel. Della promessa. Diceva che dalla nostra promessa era nato un campo di forza. E questo ci avrebbe permesso di sconfiggere anche la morte. Robin ha una volontà che non cede mai. Credo che gli venga da Muriel. Almeno, lui dice che Muriel è talmente forte che potrebbe alzare il mondo con una mano, se volesse. E mentre parlava, ho capito. Robin voleva morire. E rimanere con me. Per l'eternità.

Mettere al riparo l'amore dai rischi della vita. È stato lui che me l'ha detto quest'estate. Diceva che un giorno sarei andata via. L'avrei lasciato. Mi avrebbero convinto i miei genitori. Veronica e Miranda. Il prossimo Francesco che avrei incontrato per la strada. A me sembra impossibile, ma lui pensa così. Che un giorno mi scorderò di lui. Vivrò serena, in un altro posto. Con un altro amore. Tra altra gente. E lui non può tollerarlo. Io sono la sua fata. E quando la sua fata lo lascerà il mondo diventerà un buco vuoto.

Eravamo in macchina. Mi ha detto che prima si bucava lui. Che non si fidava. Gli ho detto di no. Tanto non sapevo farlo da sola. Alla fine s'è convinto. Ha perso la pazienza, aveva fretta di farsi, si vedeva. Mi ha sfilato il giubbotto, mi ha sollevato la manica della maglietta di pizzo. Mi ha legato il laccio emostatico. Ho stretto il pugno, per tirar fuori la vena. Ho chiuso gli occhi, per non vedere l'ago.

Avanti, Mirta, vai avanti.

Ho chiuso gli occhi.

Vai avanti. Finisci la storia.

È già finita. Avevo gli occhi chiusi, come adesso.

Coraggio, racconta. Hai chiuso gli occhi, e poi?

Ho chiuso gli occhi e lui ha detto.

Cos'ha detto. Dimmi cos'ha detto, Mirta.

Non voglio.

Perché?

Perché poi dovrò aprire gli occhi.

Certo, aprire gli occhi e andare nel fuoco.

No.

Apri gli occhi e dimmi cos'ha detto!

Ha detto.

Apri gli occhi!

Ha detto.

Cosa?

Ritorneremo.

Avevo gli occhi chiusi. Non volevo vedere l'ago. Ero terrorizzata. Qualcosa non andava. Ho pensato che mi avrebbe squarciato il braccio. Non so cos'ho pensato. Ho chiuso gli occhi e lui ha detto: ritorneremo. La volontà è più forte della morte. L'amore è volontà.

L'amore è volontà.

Apro gli occhi. Stelle. Alberi. Questa falce sottile di luna. Ma il nero del cielo è come impallidito. Da piccola, a volte, mio papà mi svegliava tra le quattro e le cinque. Era d'estate. Papà si svegliava per tempo, per andare a caccia e mi svegliava per vedere l'alba insieme. Il cielo era ancora nero, ma impallidiva lentamente. Poi mi rimetteva sotto le coperte e andava a cacciare nei boschi.

Adesso c'è più luce, anche se è ancora notte. Ma so che l'alba non è lontana. Mi alzo in piedi. E guardo, la fossa da cui sono uscita. La terra smossa, il legno a pezzi del coperchio della bara, una lastra di zinco buttata in un canto, la lapide spezzata. Guardo l'iscrizione. Mirta Fossati. Nata il 24 giugno 1982. Morta il 17 febbraio 2002. 17-2-2002. Che brutto numero, questo 2. Sotto c'è scritto: *qui riposa un fiore reciso.* Deve averla scritta papà questa frase. Oppure l'ha copiata da qualche parte. Papà. Di fianco c'è l'altra tomba. Roberto De Dominicis. Nato il 14 ottobre 1972. Morto il solito 17-2-2002. Niente iscrizione. Niente foto. Neanche sulla mia c'è una foto. Ci sono alcuni mazzi di fiori sulle tombe. Ma niente foto.

La tomba di Robin è intatta. La lapide al suo posto. Che devo fare. Chiamarlo? Tra questi lumini. Gli angeli di pietra. In questo posto spaventoso. Vorrei morire, ma credo di essere già morta e non so dove andare.

Ho un vestito bianco. Scarpe che mi vanno larghe. E basta. Niente orologio, né telefonino, né documenti, né soldi. Niente di niente. Neanche il mio giubbotto. O un paio di scarpe decenti. Non ho neanche la vita. E neppure Robin. Lo chiamo, e non risponde. Potrei provare a tirarlo fuori. Per uscire dalla fossa non posso aver usato una forza normale. La mia lapide è di marmo. Ed è spezzata. Il coperchio della bara frantumato. La lamiera di zinco divelta in un unico pezzo. Potrei provarci, a tirar fuori Robin. Ma se lo danneggio? Il corpo di Robin, dio mio. Sotto questa lapide di marmo. E io qui. Seduta sopra. E la luce avanza. Forse mi dissolverò come un fantasma. Alle prime luci dell'alba. Ma non sono un fantasma. Il mio corpo è qui, ed è tutto quello che mi rimane. Però. Se siamo ancora in febbraio, dovrebbe esserci un freddo cane a quest'ora. Ma io non sento freddo. C'è un'aria fresca, carezzevole. E non sono mai stata bene come adesso. Non sento freddo. Non sento niente, a dire la verità. Quello che tocco, sì, lo sento. La tomba sulla quale sono seduta. Il marmo freddo sotto le dita. E la terra morbida, profumata a schiacciarla nel palmo. Il vestito di seta. Bianco. Lungo. Un abitino da prima comunione. E le scarpe larghe. Anche queste bianche. Di almeno un numero più grandi.

Vorrei guardarmi in viso. Ma anche se avessi uno specchio, non so se troverei il coraggio di farlo. Mi guardo le mani. Sono bianche. Ma sono sempre state bianche. Ho una pelle così chiara. Al sole mi scotto in due minuti. Il sole. Forse mi scioglierò. Nessun morto resiste alla luce del sole.

Robin. Accarezzo piano piano la tomba. Lascio scorrere le mani lungo il marmo. È così freddo. Qua sotto c'è Robin, mi dico piano. Ma forse non è così. Forse siamo nel 2023. Forse è uscito da tanto di quel tempo che si è stancato di aspettarmi ed è andato via. Forse s'è sciolto al sole. O s'è dissolto nel nulla. Oppure è in giro, nel mondo. Morto e in cammino. E mi ha dimenticata. E magari è tornato da Muriel. Le ha detto che ce l'ha fatta. E la povera Mirta, gli ha chiesto Muriel. E lui ha allargato le braccia. Non ti amava, avrà detto Muriel. No, non mi amava, avrà risposto Robin, non abbastanza, come ho sempre pensato.

Io ti amo, Robin. Ascoltami. Non so dove tu sia. Non so *quando* tu sia. Ma in qualsiasi tempo ci troviamo, non ti lascerò da solo. La tua volontà mi ha tirata fuori da questa fossa. La mia tirerà fuori te. Te lo giuro, amore. Se non mi sciolgo al sole o mi dissolvo nella nebbia, ti aspetterò. Non so dove andare senza di te, Robin. Non so che fare. Sono qui perché mi avevi promesso che non ci saremmo mai lasciati, mai. Muriel ha mantenuto la sua promessa. Io ho mantenuto la mia. Ma tu dove sei finito, Robin?

Devo fare qualcosa. Il cielo adesso è chiarissimo. Saranno almeno le cinque del mattino. E fra poco arriverà il custode. Magari non mi vedrà neppure. Sono solo un fantasma. Ma se mi vede, che gli dico? Ciao, sono Mirta, sono uscita poco fa dalla tomba. Non si preoccupi, è tutto ok, può avvertire i miei genitori, cortesemente, perché mi vengano a prendere in macchina? Ho le scarpe che mi vanno larghe e non so se riuscirò a tornare a casa a piedi.

Scordatene.

Perché?

Perché non puoi tornare. Sei morta. Sei uscita da una tomba. Vuoi bussare alla porta di casa e dire a tuo padre: sorpresa! Fa' pure. Ma poi non ti lamentare quando ti stramazzerà addosso colpito da un infarto fulminante.

D'accordo, però non posso rimanere qui. Verrà il custode. E forse troverà solo una pozza d'acqua. O un po' di nebbia nell'aria. Ma se vede me? Se non mi sciolgo e non mi dissolvo.

Non voglio andare da Muriel. Non voglio dirle che quel giorno suo figlio è morto con me. È morto per me. E non sono riuscita a tirarlo fuori. Non voglio dirle che lo amavo più di quanto lui amasse me. O al contrario. Non so più. Come posso spiegarle che non sei potuto uscire da una tomba che bastava spinger via come una coperta pesante. Robin, dove vado senza di te. Sono qui solo perché avevi detto che si poteva fare. Che la nostra volontà sarebbe stata superiore alla morte. Che l'amore è volontà. Sei stato tu a convincermi. A me non sarebbe mai venuto in mente. Sai che ho paura perfino di Dylan Dog. Che quando ho visto *Suspiria* ho dormito nel letto con mia mamma. Che dopo *Nightmare* ho proprio chiuso con queste cose. Che ho paura di stare in questo cimitero. In mezzo agli angeli di pietra, ai lumi. E sto per urlare. *Devo* urlare. Sono una cosa morta che urla. Una schifosa cosa morta uscita da una tomba che urla in mezzo a un cimitero.

ROBIN!

Tanto non serve. Posso gridare e picchiare su questa tomba fino a spaccarla. Robin non c'è o non mi sente. Oppure s'è distratto un momento. Che ridere. Tanto lo so già qual è il prossimo passo. *Prima* morta, *poi* pazza. Non riesco a immaginare niente di peggio. Devo reagire. Perché se non reagisco, non so che ne sarà di me. Però riesco ancora a pensare. E posso camminare. Forse Robin non ne ha la forza.

No. Accesso vietato. Da lì non si va. Torna indietro.

D'accordo. Mi trovo in una situazione terribile. Non ho pietre di paragone. Niente. Ho il metodo, che è astratto, logica applicata. Così diceva la mia prof di lettere. Il metodo dice: un passo alla volta. In ordine di priorità. Qual è la priorità assoluta? Semplice, pensare. Devo continuare a ragionare. Di conseguenza, la priorità assoluta è mantenere un equilibrio mentale. E per rimanere sana di mente, devo agire. Far qualcosa. Nascondermi. Trovare dei vestiti. Delle scarpe. E aspettare Robin. Ma per aspettarlo posso tornare qui di notte. Adesso è più semplice, no?

Come no, stai andando alla grande, Mirta.

Un passo alla volta. Sta per levarsi il sole. E arriverà il custode. Se non mi sciolgo o non mi dissolvo nel nulla, posso nascondermi nel bosco. Lì posso trovare anche qualcosa da mangiare. Mangiare. I morti mangiano?

Non so, parleremo dopo di questo. Vedremo. Che importa, adesso, Mirta. Vai avanti. Avanti!

Dovrò anche trovare dei vestiti. Ma per trovarli devo scendere in paese. Con questo drappo bianco sembro un fantasma. Sono fuori luogo. Ci vogliono dei jeans, una maglietta, degli stivali. O un paio di Nike. Magari un giubbotto, anche se non ho freddo. Ma se siamo in inverno, darei nell'occhio senza un giubbotto. Posso cercare di procurarmi tutto questo. E stanotte tornerò nei boschi. E aspetterò.

Ma certo, Mirta. Come hai fatto a non pensarci prima! Robin forse verrà fuori domani notte. In fondo, è un uomo.

E allora?

Forse per gli uomini è diverso. E poi è più grande. Più vecchio di te. Più alto. Più grosso. Mirta, Robin è il doppio di te. Forse ha bisogno anche del doppio del tempo, non credi?

Sì, può essere. Sicuramente si sveglierà domani notte. E a quel punto penserà lui a tutto. Magari andremo in Belgio, da Muriel. Lui sa sempre quello che vuole, e come ottenerlo. Ma adesso bisogna organizzarsi. Allontanarsi di qui. Il custode potrebbe arrivare prestissimo. Per fare pulizia. Per scambiare quattro chiacchiere con i morti. Ah ah ah. Be', ridere non ha mai fatto male a nessuno. Cos'è questo rumore? Robin! Ma non proviene dalla tomba. Una specie di scalpiccio alle mie spalle!

C'è una volpe sotto l'albero. Fulva. Con una gran coda. Sta annusando le tombe. La mia tomba aperta. Adesso fiuta l'aria. Credevo fosse. Non so bene cosa. Ma soprattutto, non so come ho fatto a trovarmi su quest'albero. Perché sono sul platano. Tra i rami. Appollaiata alla biforcazione del tronco. Non so com'è successo. Ho sentito il fruscio. E quando ho visto il movimento, ho pensato. Un lupo. Una belva. Di peggio. E sono saltata. Cioè, credevo di aver fatto un salto. E invece sono sull'albero. Ho fatto un volo di quattro metri all'indietro. Non è possibile. Del resto, neanche uscire da una tomba spingendola via come una coperta pesante è una cosa possibile.

La volpe si sta guardando intorno. Forse mi sta cercando. *Se* mi ha vista. Non riesco a capirlo. Dovrei scendere dall'albero. Ma se mi morde. Le volpi mordono?

Mi piacerebbe avere il mio dizionario enciclopedico. Potrei controllare tante cose. Cose che non so. Se le volpi mordono, per esempio. Però nessun dizionario enciclopedico può dirmi se saltando da quassù mi sfracello. Oppure plano come una piuma. I vivi si rovinano, a fare un salto così. Alcuni no, magari, ma si tratta di atleti. Potrei provare a scendere facendo molta attenzione, certo, ma se non rischio adesso non rischio più. Se non comincio a imparare, posso rimaner qui all'infinito. Su quest'albero, ad aspettare Robin. Una cosa morta appollaiata su un albero, che aspetta che il suo amore morto quanto e più di lei spezzi la lapide e venga a salvarla.

E allora, di sicuro darò di testa. Canterò e riderò e batterò le mani finché non mi troveranno. Allora verranno a prendermi e mi ficcheranno di nuovo nella fossa. E rinforzeranno la lapide con una lastra d'acciaio e una colata di cemento armato. Diranno: s'era confusa. Diranno: come tanti. Diranno: come tutti. Basta rimetterla a nanna. A questo servono i custodi dei cimiteri. A rimettere a nanna quelli che si confondono. Che un bel giorno buttano via la lapide come una coperta pesante e tirano una bella boccata d'aria fresca. Diranno: vieni giù piccola, coraggio, che ti riportiamo a casa. E quando scenderò mi salteranno addosso e mi stringeranno in catene di ferro. E mi sprofonderanno nelle cavità della terra, lasciandomi urlare fino alla fine del tempo. Al buio.

Salta, Mirta!

Bello. Ci sono dei lati in questa morte. Assolutamente insoliti.

La volpe è fuggita. Ha alzato la coda. E via, tra i boschi. Forse le avrei messo paura comunque, viva o morta. Perché sono bestiole selvatiche. Hanno paura di qualsiasi cosa. Ma non è questo il punto. La volpe m'ha vista. Però, gli animali sono diversi. Avvertono anche strane presenze. Comunque è già qualcosa.

Qualcosa? È molto di più di qualcosa. Sei scesa dall'albero con un piccolo salto. Un saltino di quattro metri. Non ti sei sfracellata. E la volpe ti ha vista. Sei molto avanti, Mirta, molto avanti.

Sì, ma il problema è il custode. Che faccio? Lo aspetto, per vedere se anche lui mi vede? E se non fossi morta. Se fossi viva?

Viva?

Morte apparente, perché no. Magari hanno solo pensato che fossi morta e mi hanno sepolta. Invece ero viva. Sono viva.

E allora dimmi come hai fatto a uscire dalla tomba.

Be', con la forza della disperazione. Nei casi di emergenza le persone scoprono di avere un'energia insospettata. C'è una casistica molto ampia. Persone che hanno nuotato per giorni in acque gelide. Che riescono a sopraffare un aggressore ben più forte di loro. Che precipitano dal quinto piano e non si fanno un graffio. Il cervello ha poteri sconosciuti.

Sei fuori strada, Mirta. Fuori come un balcone.

Perché non deve essere così. Sono viva, tutto qui.

Un salto di quattro metri. All'indietro. Verso l'alto.

Ho avuto paura.

La paura non basta.

Aspetta, ragioniamo. In base a cosa ho stabilito di essere morta?

Perché non ragioni al contrario? In base a cosa supponi di essere viva?

Sono qua. La volpe mi ha vista. Sono solo sovreccitata. Sconvolta. Mi hanno seppellita viva, capisci? Sono sotto choc. Ho dovuto ribaltare una lapide di marmo per tirarmi fuori. E ho creduto tutto il tempo di essere morta. Una schifosa cosa morta. Anzi, il miracolo è che sia ancora in grado di ragionare.

E cosa avresti intenzione di fare a questo punto?

Aspettare il custode. Spiegargli la situazione. Chiamare il papà, la mamma. Un'ambulanza. Sono in uno stato pietoso. Completamente disidratata. Quasi morta di fame. Per questo non sento freddo. Non sento caldo. Non ho più il senso termico, o come diamine si chiama.

Certo, Mirta, certo.

Per fortuna, ho cercato di ragionare tutto il tempo. Di cogliere ogni indizio. Di mettere pietra su pietra. Con metodo. Per conservare la mia sanità mentale.

Come no, Mirta.

I seppellimenti affrettati erano quasi la norma nel Medioevo. Quando in seguito sono andati ad aprire le tombe, hanno scoperto che le persone si erano mosse. Avevano assunto pose, come dire, sconvolgenti. Hanno trovato cose terrificanti, gli archeologi, quando sono andati ad aprire le tombe. E ancora nel corso dei secoli, fino all'Ottocento, ai primi del Novecento. Non c'era certezza alcuna, capisci. Ci si affidava a metodi empirici per diagnosticare lo stato di morte. Ho letto libri interessantissimi sull'argomento. Non ho paura quando è trattato scientificamente. È la fantasia degli scrittori che mi mette paura, per non parlare di quella dei registi. Ho una grande passione per l'archeologia. Anzi, credo che dopo un'esperienza così mi dedicherò proprio a questa branca. Capisci, è un'esperienza di prima mano. Un patrimonio a cui attingere. E penso.

Sì, Mirta, cos'altro pensi?

Penso che dobbiamo andare a controllare la situazione di Robin. Forse è stata quella dannata roba. Ci ha fermato il cuore. O ce lo ha rallentato moltissimo. Non sai mai come la tagliano. E talvolta la morte apparente è così difficile da distinguere da quella reale che solo strumenti altamente sofisticati ci riescono.

Il cuore, Mirta, hai parlato del cuore.

Sì, perché l'equivoco nasce principalmente dal cuore.

Quanti battiti hai, Mirta?

Come?

Quanti battiti hai, al minuto?

In genere settanta, settantadue. Anche ottanta, se sono un po' agitata.

Quanti battiti hai adesso, Mirta. Questo intendevo dire.

Quanti?

Battiti. Pulsazioni. Tastati il polso. Dimmi quanti ne conti.

Ma non credo di poter dire precisamente.

All'incirca. A occhio e croce.

Ma non ho un orologio!

Tastati il polso, Mirta, dammi ascolto.

Ma non serve a niente, senza un orologio.

Dimmi se batte.

Se batte.

Sì, dimmi se batte. Se il tuo cuore batte. Se pompa sangue. Ossigeno ai tessuti. Vita.

Vita.

Tastati il polso. E dimmi cosa senti.

Nei diari composti nel corso del primo conflitto mondiale, mentre combatteva da volontario sul fronte orientale, il filosofo austriaco Ludwig Wittgenstein annota che il suo modo di pensare è di tipo dialogico. Si svolge cioè come un colloquio tra sé e un altro. Immagino sempre di parlare con un amico, scrive. La prof di filosofia ci ha spiegato l'anno scorso che la forma dialogica è uno dei modi più efficaci di organizzare il proprio pensiero. Risale a Platone e ai suoi dialoghi socratici. La filosofia è sempre stata una delle mie materie preferite. E ho letto con passione i diari segreti di Wittgenstein. È su questo argomento che ho svolto la tesina per la maturità. Su Wittgenstein ventenne che attende, nell'inferno della Prima guerra mondiale, alla stesura del *Tractatus*. Con particolare riferimento, com'è ovvio, ai diari. Che rappresentano la cronistoria di quel lavoro. E la mia tesina è molto piaciuta, in sede d'esame. Sono sempre stata desiderosa di apprendere. Di calare ciò che studiavo nella mia esperienza quotidiana. Però non immaginavo che un giorno il metodo dialogico mi sarebbe servito a tastarmi il polso per sapere se devo considerarmi definitivamente morta. Una possibilità che mi era sfuggita. La valenza pratica del metodo dialogico nella diagnosi di morte.

Il muro del cimitero. Il confine estremo. Oltre, i boschi. Querce, lecci, faggi, aceri. Un riparo, in attesa del giorno.

Sono saltata oltre il muro. È stato facilissimo. Sto camminando nel bosco. L'aria è profumata. Dappertutto ci sono uccelli che cinguettano. Scoiattoli che corrono tra i rami. Un bosco incantato. Cammino a piedi nudi, con le scarpe in mano. E sento la brina scricchiolare sotto i talloni. È inverno. Forse, siamo ancora in febbraio. O forse è un altro inverno. Non so. Non so dove sono. Non so quando. Conosco questi boschi da sempre, ma tutto mi sembra diverso. Mi sono perduta.

C'è un rumore di automobili. In fondo riesco a scorgere la provinciale, la strada che scende verso il mio paese. E dall'altra sale verso il Subasio. Non sono mai stata nei boschi, a quest'ora. Magari, rischio di incontrare papà. Lui va a caccia alle prime luci dell'alba. Ma se siamo a febbraio. Se siamo ancora a febbraio del 2002, non credo che papà abbia tutta questa voglia di cacciare nei boschi all'alba. Sarà ancora a letto. Con la mamma. Magari non dormono neppure. Piangono.

La mia casa non è lontana da qui. Un paio di chilometri. Una villa, situata in un sobborgo residenziale costruito negli anni Cinquanta, a un chilometro dalla porta romana che segna l'ingresso del paese. A mia madre non piacevano le case di paese, vecchie e umide, tutte scale e corridoi bui. Così hanno acquistato una delle ville, poco prima di sposarsi. Alla fine degli anni Settanta. È una bella casa. A piano terra abbiamo un soggiorno grandissimo. La cucina. Lo studio. Al piano di sopra, le camere da letto. Anche se Marcolino nella sua non vuol dormirci e scappa sempre nel lettone. Fino all'anno scorso veniva in camera mia. Ma adesso che ho casa a Perugia. Cioè, che avevo casa a Perugia. Perché non credo proprio che mi ci lasceranno tornare. Non credo di avere un posto in cui tornare. Da nessunissima parte al mondo. Al mondissimo, direbbe Robin. O forse ce l'ho. Muriel. Ma non posso andare da Muriel senza Robin. E comunque, come si fa ad andare fino in Belgio senza documenti, senza soldi, senza scarpe?

All'ultimo piano della mia casa c'è una mansarda, che è la stanza dei giochi. Ho ancora le bambole lassù. E bauli pieni di cose di quand'ero piccola. Giocattoli, vestiti di carnevale, regali. E poi sussidiari, album da disegno, pennarelli, colori. Da piccola mi piaceva disegnare. La chiamo stanza dei giochi per abitudine, però adesso è diventata il mio studio. Ho la mia scrivania, i libri. Le cose che scrivo e che poi ficco in fondo ai bauli. Negli anni del liceo ci passavo i pomeriggi. Adesso vado su solo la domenica, se sono a casa. Ma spesso mi fermo a Perugia anche di domenica. Per studiare. E per Robin. Per poter rimanere con lui senza controlli familiari. Per lui la domenica è sempre stata una brutta giornata. Quando l'ho capito ho cominciato a diradare i miei ritorni a casa nel fine settimana. Ho sempre avuto paura che prima o poi avrebbe fatto la cazzata. E l'avrebbe fatta di domenica.

C'è un grande giardino intorno alla villa, che costituisce quasi un prolungamento del bosco. C'è anche una cantina, adibita da mamma a lavanderia, così quando piove può appendere i panni. Cioè la Susy può appendere i panni. È la nostra ragazza. Le siamo tutti molto affezionati, e lei a noi. Anzi, se non fosse per la Susy, che ogni tanto fa un'incursione, la mansardina di Perugia sembrerebbe una discarica bombardata. Lei sapeva di Robin, glielo avevo detto io. E diceva che se Robin avesse voluto lei, se la ritrovava dopo due minuti distesa a mo' di zerbino. E al diavolo Fabrizio, cioè il suo ragazzo. È stata la Susy la prima a dirmi che Robin si faceva. Sa tutto del paese. Però la pensa come me. Pensa che l'amore guarisce tutto. E lui era solo un ragazzo cresciuto male, tirato tra il padre e la madre, su e giù come un pacco postale tra l'Italia e il Belgio. I bambini si confondono, in questo tira e molla. Perciò bisogna pensarci, prima di metterli al mondo. Anche Robin doveva pensarci, prima di tirarmi fuori da quella fossa.

Mi sono seduta sotto una quercia. È grande, frondosa. Mi sento protetta. Anche se continuo a tendere l'orecchio. A credere che qualcuno mi stia chiamando dal folto del bosco. Penso a Robin, che esce dalla tomba, vede la mia scoperchiata e subito corre nei boschi. E quando finalmente riesce a trovarmi, scoppia a ridere. Perché ho questo vestito assurdo. E rido anch'io, perché nessuno metterebbe nella tomba uno con i jeans scoloriti. Gli avranno messo un doppio petto. O un abito da cerimonia. E appena ci incontriamo, cominciamo a ridere e ci strappiamo di dosso questi vestiti ridicoli e.

I morti lo fanno? E come lo fanno?

Comunque, dopo ce ne scendiamo in paese. È così presto, nessuno ci noterà sgattaiolare per vicoli secondari verso la casa di Robin. Saliremo su per la scala, nella prima luce nebbiosa del giorno, ed entreremo in casa. Chiuderemo la porta a chiave e ci faremo finalmente un bagno caldo. E decideremo che fare. Dove andare. Sono certa che Robin opterà per il Belgio. E anche se non sarà facilissimo spiegare a Muriel quello che è successo, sono sicura che riuscirà a capire. E poi in un paese straniero saremo liberi. Nessuno ci conosce. Possiamo andare dappertutto. Viaggiare. Vedere il mondo. Liberi e felici. Per sempre.

Sono abbracciata al tronco della quercia. Vorrei piangere ma non lo so fare. Vorrei vomitare, ma neanche a parlarne. Non è la testa che mi gira, è l'intero mondo che sta roteando su se stesso all'infinito. Se non sto stretta alla quercia, rischio che mi scivoli via da sotto i piedi, lasciandomi nel buio dello spazio. Nell'immensità dell'universo. A galleggiare nel nulla. Ma ho la quercia. Starò aggrappata qui finché il mondo non smetterà di avere le vertigini e rallenterà questa pazza rotazione. Fin quando non rientrerà in sé.

Un raggio di sole tra il fogliame.

A mia mamma i boschi piacevano. Ma odia la caccia. Come me, del resto. A noi piaceva passeggiare nel bosco. Quand'ero piccola ed era bel tempo, ci mettevamo gli scarponi e venivamo qui a passeggiare. Mia mamma teneva con sé una canna. Aveva paura dei serpenti. E un po' anche dei randagi. Camminavamo sotto il fogliame, come adesso. C'era il sole che faceva capolino tra le fronde, formando un ricamo luminoso sull'erba. Anche adesso c'è un ricamo luminoso sull'erba. E forse il mondo si sta fermando, lentamente. Allungo un braccio. Penso che adesso mi scioglierò. Diventerò uno di questi ricami luminosi che s'intrecciano nel sottobosco. O una pozza d'acqua tra l'erba. Allento la presa intorno alla quercia. Allargo le braccia. Mi stendo sull'erba. Il sole mi cade addosso. Chiudo gli occhi e aspetto. Di morire di nuovo. Per sempre.

La prima volta che ho visto il sole avevo tre anni. Ho alzato gli occhi verso la finestra della camera della mamma e l'ho guardato. Occhi rossi per due giorni. Tutti in famiglia ricordano l'episodio e ne ridono ancora.

Nei giorni di sole c'erano sempre più scioperi al liceo. Nessuno aveva voglia di scioperare quando pioveva.

Di domenica, andavo con Francesco alla Città della Domenica. Compravamo lo zucchero filato. Splendeva come un gomitolo d'oro sotto il sole. Ma Francesco era troppo infantile, non era adatto a me.

Quando mia nonna è morta avevo dieci anni. Ero molto triste per lei. Ma c'era tanto sole. Tanti fiori. Mi sentivo talmente felice.

Il giorno prima di morire, il tempo è stato splendido. Io e Miranda studiavamo rimpiangendo la bella giornata. Potevamo pure mettere da parte i libri e farci un giro a corso Vannucci, a ripensarci adesso.

Il primo giorno di scuola, quando Sonia mi fece lo sgambetto, caddi battendo la testa e invece del sole che inondava l'aula la maestra disse che la povera Mirta aveva visto le stelle.

C'era un raggio di sole nel lavabo bianco. L'ho centrato in pieno col primo getto di vomito. Luisa mi reggeva la testa e mi parlava continuamente, per non farmi sentire quello che dicevano nell'altra stanza, ma io ho sentito ugualmente. Magda e Paco gridavano contro Robin, gli dicevano che doveva lasciarmi andare. Volevo correre di là e buttarli fuori a calci, ma ho vomitato di nuovo, anche se mi sentivo benissimo. Poi Paco ha detto a Robin che era un bastardo da paura. Volevo correre a difendere Robin, ma ho vomitato di nuovo e ho visto tutto nero.

Il terrazzino della mansarda di Perugia è esposto a est. Al mattino Veronica e Miranda prendono la tintarella. Io no. A me il sole fa venire le bolle.

Basta.

Mi metto a sedere sull'erba. Il sole inonda il sottobosco. I raggi carezzano la pelle. Mi guardo le mani. Non sono nebbia. Non si stanno sciogliendo. Sollevo il vestito. Mi guardo le gambe. Roba da pazzi, non mi hanno messo neanche le mutande. E comunque è tutto come deve essere. Il sole non mi dà fastidio.

L'importante è mantenersi al riparo, nel bosco. Ma devo assolutamente trovare dei vestiti. Non posso continuare a passeggiare a piedi nudi, con questo drappo bianco. Mi prenderanno e mi porteranno al manicomio, se non mi ficcheranno nuovamente nella tomba. Nella tomba. Devo essere totalmente impazzita. La mia tomba è scoperchiata. La lapide spezzata. Il mio corpo non c'è più. Come ho fatto a non pensarci? Questa morte mi ha veramente traumatizzata. Mi ha fatto regredire. Una di cinque anni. La tomba. Bisogna cambiare tutte le priorità. Qua fra poco scoppierà il casino. Arriveranno le auto blu con i lampeggianti. Telefoneranno a mamma e papà. Aspetta. Ragiona. Non ce la faccio.

Ragiona, Mirta, ragiona!

Non riesco neanche a pensare di riuscire a ragionare. Ho commesso un errore terribile. Irrimediabile.

Allontanati, allontanati dal paese. Subito!

Robin, non posso lasciare Robin.

Puoi tornare stanotte, ma metteranno una macchina della polizia. Lo capisci, Mirta? Diranno che la tua tomba è stata profanata. Che c'è gente che sta tirando fuori i cadaveri dalle tombe. Mirta, dove hai il cervello?

Non ce l'ho. Che ore sono. Quando arriva il custode. Posso farcela? Posso farcela a cercare di rimettere a posto?

Rimettere a posto cosa? Ma sei impazzita?

Devo rimettere a posto. Devo assolutamente provarci. Priorità assoluta. Rimettere tutto a posto.

Dove corri, sei pazza?

Verso il cimitero. Mamma mia come si corre alla svelta, da morti. Si vola.

Il muro del cimitero. Devo scavalcarlo dal lato opposto all'ingresso. Il custode potrebbe essere arrivato. E comunque le nostre tombe si trovano nella parte più recente, e quindi qualche possibilità di farcela ce l'ho. Buttar giù nella fossa tutto, terra e pezzi di legno, e cercare di rimettere a posto la lapide. Magari, posso tentare di incastrarla di nuovo. Buttarci su un mazzo di fiori. Ritardare la scoperta. Ecco, saltiamo da qui. Quante tombe. Ovvio, ci sono più morti che vivi, in un paese.

Un momento, l'angelo di pietra inginocchiato. Ma se ci sono *due* angeli di pietra inginocchiati. O tre. O dieci. Cos'è questo rumore?

Striscia, Mirta. Striscia tra le tombe.

L'angelo di pietra inginocchiato. È questo. Non posso essere lontana. CHE SCHIFO!

Una vipera. Una maledetta, schifosa, spaventosa vipera. A un palmo dal naso. Mi morderà. Mi salterà addosso e. E cosa? Mi avvelenerà? Mi fermerà il cuore?

Fatti avanti, piccola stupida. Stavi dormendo vero? Al riparo delle tombe. Ti ho disturbata? Giochiamo. Ditino contro testina. No, non scappare, fatti avanti, coraggio. PROVA A UCCIDERMI, STRONZA.

Il custode!

Non ero lontana. Ero arrivata alle nostre tombe. Ma non c'è più nulla da rimettere a posto. Il custode sta parlando al telefonino, di fronte alla mia fossa scoperchiata. Mamma mia, che disastro. I pezzi sono volati dappertutto.

Vattene, Mirta, alla svelta. Qua nel giro di cinque minuti può scatenarsi l'ira di dio.

Lo so che devo andarmene. La stupida vipera ancora tra i piedi. Sciò, tornatene a dormire, prima che ti morda io. Me ne devo andare. Non voglio far rumore. Anche se finalmente sarebbe l'occasione giusta per capire se lui, se i vivi mi vedono.

Non c'è tempo! Vattene, Mirta, non cercar scuse!

Mi sono acquattata nel bosco. Ma non mi fermerò ancora a lungo. Non mi sembra un posto sicuro. Sono saltata sulla quercia. È enorme. Quassù mi sento relativamente tranquilla, e posso vedere quello che succede sotto. Sono arrivate due volanti. Senza sirene. Forse non c'era urgenza. I morti, si sa. Sono almeno in cinque, intorno alla mia fossa. Questi stupidi stanno calpestando la tomba di Robin. Gli stanno camminando sul cuore. Sta' sotto, amore mio, non uscire adesso. È terribile stare quassù e non potere fare niente. Almeno controllo la situazione. Uno è entrato nella mia fossa. Hai voglia a cercare, bello. Il mio timore è che si mettano a perlustrare il bosco. Quando succede una cosa strana, la polizia perlustra tutta la zona. Mette posti di blocco. Però non è un omicidio. O un rapimento. Neanche una rapina. Non so, come si comporta la polizia in questi casi.

Non so niente di niente, ecco il punto. Conosco solo poesie, quadri, canzoni, libri e dizionari enciclopedici. E film. Nei film, la polizia perlustra il luogo del reato. E questo è sicuramente un reato. Profanazione. Sottrazione di cadavere. Penseranno che qualcuno, nottetempo, ha aperto la tomba e mi ha portata via. Un maniaco. Una setta demoniaca. Un innamorato respinto. Francesco. So di trovarmi in una situazione spaventosa, ma non riesco a smettere di ridere. Francesco. Lo metteranno sotto torchio. Magari chiameranno a testimoniare Veronica e lei subito racconta che Francesco voleva ammazzarsi, ammazzarmi, ammazzare tutti e due. E i poliziotti vanno a prenderlo a casa e lo portano al comando. Lo picchiano. Gli piazzano la luce forte negli occhi e mentre lui sanguina col muso spaccato, uno lo afferra per i capelli, gli tira la testa all'indietro e gli pianta in faccia la domanda cruciale: che cosa ne hai fatto del corpo della tua ex fidanzata?

Devo aspettare Robin. Robin uscirà. E mi troverà là, vicino a lui. Tornerò. Di notte. Me ne starò di vedetta, appollaiata sulle querce. Rannicchiata all'ombra degli angeli di pietra. Tra le vipere e i lumini. E aspetterò. Tutto il tempo che occorre. Ma adesso devo andar via. Trovare dei vestiti. Da mangiare. Dei soldi. Un posto in cui nascondermi. Sapere che giorno è e che anno è, come dicono le canzoni. E, soprattutto, non dimenticare chi sono. Perché mi sono svegliata solo da poche ore, ma ho già capito qual è il rischio che corro. Perdermi nella morte. Dimenticare chi sono. Dimenticare Mirta.

I poliziotti stanno ancora intorno alla tomba. Guardano, toccano, scattano fotografie. Tutti discutono intorno alla fossa spalancata. Il custode va avanti e indietro. Parla continuamente. I cellulari squillano. Salto giù dalla quercia. Potrei correre come il vento, ma preferisco guardarmi in giro. Ricordarmi del posto. Camminerò al riparo del bosco, seguendo la strada che sale verso il Subasio. Allontanarmi dal paese è l'unica idea precisa che ho. Ma anche dalle zone coltivate. Dalla fascia degli uliveti. Dai luoghi popolati, insomma. La strada del monte è l'ideale. Con i suoi lecceti, i faggeti, le grandi querce, il sottobosco buio. E ci sono dei piccoli borghi disseminati lungo la strada che porta al Subasio. È a questi borghetti che sto pensando. Lì ci sono molte case di villeggiatura, che si aprono solo in estate. Posso trovare vestiti. Cibo. Una torcia per camminare di notte. Stanotte, veramente, non ce n'è stato bisogno. Però c'era la luna. Per fortuna è luna nascente. Un momento. La sera in cui sono morta non c'era luna. Era una serata bellissima, il cielo era pieno di stelle sopra la discarica, ma non c'era la luna. Quindi era luna nuova. Possibile che siano passati solo pochi giorni? Che intervallo c'è tra la luna nuova e la prima falce? Se non mi fossi fatta passare sempre i compiti di geografia astronomica da Francesco. Ragioniamo. Ieri sera era sabato. No, la sera in cui sono morta era sabato. Sabato 16 febbraio. Insomma, quasi domenica. Comunque. Stanotte c'era una piccola falce nel cielo. Due, tre giorni, quattro? Quanti possono esserne passati. Oppure un secolo. Un secolo no. I poliziotti portano la solita divisa. Ma sono uomini. Gli uomini si vestono sempre uguale. Mi basterebbe vedere una ragazza, per capire se siamo ancora nel 2002. Di sicuro non un secolo, ma possono essere passati anni. Però non c'erano le foto, sulle tombe.

Ecco, qui la strada si biforca. Da un lato si sale verso il monte, dall'altro si costeggia il versante di Foligno. Proseguirò oltre, all'interno della biforcazione. Ho in mente un paesetto. Certe volte salivamo fino su, con Robin. A lui piaceva il Subasio.

A lui piace il Subasio, Mirta, a lui piace. Non piaceva. Piace. A Robin piace il Subasio.

Salivamo col gippone. C'è il problema degli orari, in inverno. Alle sei di sera chiudono la strada. Ci si sono persi in troppi sul monte, durante le tempeste di neve. Così andavamo su col gippone, per poter attraversare la boscaglia. Era molto eccitante. Sapere che la strada era chiusa e c'eravamo solo noi, nel raggio di chilometri. Soli al mondo. Facevamo l'amore lentamente. Tra questi cespugli grigio argento che costellano la vetta del Subasio. Al tramonto. Sotto un cielo verde, le strade rosse di calcare e i prati d'argento. È meravigliosa, la vetta. Con la strada che si snoda tra arcate di nuvole. Il gippone sospeso tra cielo e nubi. Un paesaggio lunare. Robin stendeva una coperta per terra. Mi sfilava di dosso i vestiti. Mi baciava dappertutto. Facevamo l'amore sulla luna, sotto un cielo verde, tra cespugli d'argento. Robin mi ha dato la luna, per questo sono tornata. Tante persone vorrebbero darti la luna. Anche i miei genitori. Perfino Francesco. Ma Robin me l'ha data. Mi ha portata fin lassù. Per dirmi: guarda cosa può essere la vita. Cosa può essere l'amore. La morte. Guarda, Mirta, guarda!

C'è un cappello di nubi intorno alla cima del Subasio. Non vorrei che venisse a piovere nel pomeriggio. Sto attraversando un lecceto. Fra poco dovrei arrivare al borgo. Mi tengo sempre in vista della strada, per non perdermi. E comunque, nei pressi del borgo dovrò stare molto attenta. Alcuni vecchi ci abitano ancora. Qualche artista. E le donne delle pulizie salgono fin quassù per arieggiare le case di vacanza. Credo di essere un disastro. Il vestito è a brandelli. Sporco di fango. Lacerato. È da stamattina che mi arrampico sugli alberi. Che striscio per terra. Ho i piedi coperti di fango. Mi tengo al riparo per paura di essere riconosciuta? Figuriamoci, chi mi riconoscerebbe in questo stato? Neanche il mio gatto.

Le prime case. Corro tra i lecci, lasciando ai rami bassi gli ultimi lembi del vestito. Non vedo l'ora di liberarmi di questa specie di sudario. È ridicolo. Tornare indietro dalla morte e non avere neppure un paio di mutande. Riuscire a sciogliersi dai lacci della morte e non saper dove andare. Ma devo farcela. Resistere. Alla vita e alla morte. Vestirmi. Mangiare. Trovare del denaro. Aspettare. Sono queste le priorità. E non farmi vedere da nessuno. Al resto penserò dopo, quando Robin sarà con me. Quando saremo insieme, penseremo a tutto. In due si ragiona mille volte meglio. E non c'è così silenzio intorno, quando si è in due.

Questa. Perché no? È un po' discosta dall'abitato. Le persiane sono chiuse. E il sole è alto. Saranno almeno le nove. Qui la gente si alza presto. Sfrutta le ore di luce. Dovrebbe essere disabitata. In genere queste case lo sono. Case di vacanza, piene di vestiti, cappotti, scarpe, provviste. E io sono talmente forte, posso caricare un mucchio di roba.

Dal lato del bosco c'è un uscio. Una porta di servizio. Se qualcuno sta dormendo, scappo via. Sono talmente veloce. Scappo e mi butto in mezzo ai boschi. Perché devo avere tanta paura? Però la porta devo sfondarla. Devo entrare in casa d'altri sfondando una porta. Come una ladra. Una ladra per necessità. Forse, tutti i ladri lo sono per necessità. Devo ricordarmi che sono morta, tutte le regole sono saltate. Sono Mirta sì, ma non la Mirta che ogni mattina va all'università. Che ha il batticuore per l'esame di filologia romanza. Che si buca per amore in una macchina posteggiata di fronte a una discarica. Sono Mirta, ma sono un'altra. E adesso questa Mirta nuova deve sfondare una porta ed entrare in casa d'altri, perché non ha alternativa.

Forse ce l'hai un'alternativa. Però non vuoi trovarla, perché ti piace l'idea di sfondare una porta e saccheggiare una casa. Per questo ti sei messa con Robin. Ti piacciono i delinquenti. Ti piace diventare una delinquente, vero Mirta? Dici che hai paura. Dei cimiteri, delle volpi, delle vipere, del buio, di tutto. Ma possiamo veramente credere a questa piccola bugiarda? Magari lo dice per abitudine. Vecchie abitudini di una vecchia vita di cui si è liberata alla prima occasione. D'altro canto, se era così buona, la piccola Mirta, andava a raccontare tutte quelle bugie ai genitori? Si metteva con quel pazzo drogato di Robin, con cui ha fatto poi la fine che ha fatto, com'era nella logica dei fatti? Se era tanto ingenua e trasparente e spaventata, non doveva rimanere con Francesco? E adesso, non dovrebbe stare nella mansardina fiorita di Perugia, a studiare filologia romanza con Miranda e Veronica? Oppure a casa sua, a giocare con Marcolino e Ophelia? No che non ci sta. A lei piace andarsene in giro, senza mutande e con gli abiti stracciati. Entrare in casa d'altri, infangandogli tutto l'ingresso con i suoi piedi lerci di tomba. Che t'aspettavi da una drogata persa che si è fatta fino a restarci? Ti piace rubare, vero Mirta? Magari anche ammazzare. Ci hai pensato vero, che la casa potrebbe non essere disabitata?

Basta, devo entrare.

La maniglia. Provo a forzarla. Non voglio far rumore. Malgrado le apparenze, potrebbe esserci qualcuno. E non voglio ammazzare né spaventare nessuno. Non provo nessun tipo di piacere. Provo solo paura e vergogna di me, ma non posso agire altrimenti. E se non agisco, do di cervello. Mi ributto nella fossa da cui sono venuta. Apriti, dannazione. Niente da fare, devo sfondarla. Se qualcuno mi vede. Il borgo sembra deserto, ma qualche vecchia signora. Può essere alla finestra, al riparo delle persiane. Col telefono in mano e le dita che pigiano sul 113. Veramente, non so più di cosa ho paura. Credo di essere l'unica morta al mondo in preda a una crisi di nervi costante. Apriti, dannazione. Ok, allora sfondiamo. E succederà un casino. La vecchia chiamerà il 113. Arriveranno a sirene spiegate in un minuto. Basta, dentro!

È bastato un colpetto. Non ho fatto neanche rumore. Solo un piccolo tonfo. Che c'è qui? Una cucina. Vediamo se c'è la luce. L'interruttore è questo ma la luce non si accende. Luce staccata, acqua chiusa. Che sollievo. E per fortuna che mi piaceva fare la ladra. Mi fa orrore solo la parola. Ma adesso basta con tutti questi pensieri stupidi. Prima, le cose importanti. Cominciamo. Dalla porta. Ecco, l'accosto e ci poggio contro una sedia, così se entra qualcuno sentirò il rumore della sedia smossa. Meno male che le finestre hanno le persiane. E la luce del giorno filtra. Una cucina in penombra. Ci saranno provviste? Apriamo i pensili. Qua, solo pentole. Detersivi. Stracci, Spugne. Dove diavolo sono le provviste?

Scema, non capisci! Sei a cavallo. Se ci sono i detersivi, vuol dire che devono esserci anche delle provviste. Questa è una cucina deserta, ma funzionante. Ci sono i detersivi.

Va bene, però non so dove. E poi devo far piano.

Piano un corno! Se c'era veramente una vecchia dietro le persiane, a quest'ora deve avere già chiamato la polizia. Lo sai quanti minuti ci mette una volante ad arrivare fin qui?

No, non lo so. Dimmelo tu, se lo sai.

Io?

E allora silenzio e fammi lavorare. Una credenza. Ancora piatti e pentole. Ma dove sta la roba da mangiare?

In dispensa.

In dispensa?

Ci sarà pure una dispensa, una cantina. Guarda come sono ben impilati i piatti. Guarda le pentole. I detersivi. È gente ordinata, che non mette insieme il cibo e le spugne. Coraggio, gira per casa. E fai con calma, visto che non sai fare altrimenti.

E se arriva la polizia?

Ma va'! Credi di essere a Miami Vice*?*

Cioè, tu credi che ce la posso fare? Che sto diventando una vera ladra? Una ladra seria?

Una bravissima ladra. Ce la puoi fare, fidati.

Il soggiorno è in penombra, ma c'è molta più luce che in cucina. L'esposizione è a est. Un tipico chalet di montagna, con i plaid sui divani e tappeti di lana rossa. Il pavimento di legno lucido. L'odore del pino e della cera che si mescolano. Che casa deliziosa. E il caminetto rustico. Mi piacerebbe abitare qui con Robin. Accenderemmo il camino e lasceremmo la stanza al buio. Illuminata solo dalle lingue di fiamma. Distesi su questo tappeto rosso. Di fronte al fuoco. Una musica dolce. Loreena McKennitt che canta *Moon Cradle.* Noi due abbracciati al chiarore del fuoco.

Le provviste!

D'accordo, le provviste. Dove le avranno ficcate. C'è un piccolo corridoio. Le scale del piano di sopra? Quelle dopo. Adesso vediamo cosa c'è in fondo al corridoio. Il bagno. Che pulizia. Neanche a casa mia, e dire che mamma è fissata. Ma tra Marcolino e Ophelia, la mia è una casa un po' agitata. Per non parlare della mansarda di Perugia, con Veronica che deposita i pacchi della spesa sul letto. Ecco, apriamo quest'altra porta. Che buio. E quanti odori. Forse, è proprio la dispensa. Deve essere uno stanzino cieco. Dannazione. Ci sono sempre un sacco di imprevisti. Di cose difficili. Bella ladra. A quest'ora un vero ladro stava già sulla strada del ritorno.

Vedi di sbrigarti, Mirta. Forse, la polizia non verrà. Ma potrebbe arrivare chiunque da un momento all'altro. Ti rendi conto di quanto è pulita questa casa? Non credi che qualcuno salga su spesso per fare le pulizie?

Non è che le cose migliorano se mi tremano le mani.

Meglio agitata che addormentata, perdio!

Non dire queste parole! Io non le dico! Mi fanno schifo certe espressioni. Sono irrispettose. Peggio delle parolacce.

Che vogliamo fare, un'altra discussione?

No, voglio solo trovare il modo per illuminare la dispensa. Ammesso che lo sia. Magari mi sbatto cent'anni per ritrovarmi nel ripostiglio delle scope. Fammi tornare in cucina. Cerchiamo. Pentole. Detersivi. Una torcia!

Non era il ripostiglio delle scope. Né un bagno di servizio. Né lo sgabuzzino in cui chiudere i bambini cattivi. È proprio una dispensa. C'è un mucchio di scatolame. Perfino del pâté. Perfetto. Di qui ripasso alla fine, prima di andar via. Adesso, bisogna trovare un borsone. Meglio salire, nelle camere da letto. Se c'è tutta questa roba da mangiare, troverò anche da vestirmi. Su, per le scale. Il corrimano è in legno rustico. È troppo carino qua, tanto che ho quasi paura. Sembra una di quelle case carinissime dei film dell'orrore. La ragazza entra tutta tranquilla, sale su, e cosa trova?

Il mostro in agguato.

Esatto.

Guarda che non c'è nessuna ragazza nei paraggi. Tu ne hai vista una?

Certo che c'è. Sono io.

Ma non puoi recitare tutte le parti!

Con la torcia si vede molto meglio. E toglie anche un po' di paura. Perché ho paura. Inutile prendersi in giro con questi giochetti. Sono in una casa sconosciuta. Buia. E ho paura.

Almeno sotto, in soggiorno, la luce filtrava dalle persiane. C'erano i plaid, i tappeti rossi. Ma sopra. Solo un mucchio di porte. Le stanze devono essere piccole. Facili da riscaldare. Un mucchio di porte, e tutte chiuse.

Sono morta. Sono uscita da una tomba. Ho addosso solo un vestito a brandelli. Sono a piedi nudi. E sono terrorizzata. All'idea che una di queste porte si apra di scatto e un mostro urlante mi piombi addosso. Cujo, il mastino infernale. Una bambola assassina dalle zanne sciabolanti. Un bebè cannibale con gli occhi maligni. Uno zombie dalle mani brancicanti. PAPÀ!

Mirta, adesso basta. Alzati da terra. Mirta. Mirta?

Perché non c'è nessuno. Perché non posso parlare con nessuno. Perché non è uscito dalla tomba. Perché sono uscita io.

Apri la prima porta, Mirta.

Non aprirò nessuna porta. Dietro, ci sono i mostri. I babau. Unghie affilate. Chiostre di denti ghignanti. Mi mangeranno. Ma io non aprirò. Rimarrò qui per terra. Forse se rimango più immobile che posso, con le mani sugli occhi, muoio di nuovo. Muoio sul serio.

E Robin?

Robin è morto. Lui sì, sul serio. Povera povera povera Mirtina. Mirta pallina del suo papà, apri gli occhi e lui è già qua.

Smettila, Mirta! Adesso basta! Tirati su e comincia ad aprire le porte, perdio!

Non farmi dire parolacce!

Perdio, perdio, perdio!

Le odio, queste parole. Le odio! Ti odio!

Chi. Chi odi?

Te!

Me?

Me, sì. Basta! Voglio morire!

Cretina. Non ti meritavi di vivere per sempre. Immortale! Se la sta facendo sotto di fronte a quattro porte chiuse in una casetta di montagna. Davanti al nulla. Voleva fare la filologa. L'archeologa, addirittura. Volare in America con la borsa di studio. Una cretina, che sta a piagnucolare di fronte a una porta chiusa, dietro cui possono esserci vestiti, scarponi, zaini, tutte quelle cose che le servono. E perché piagnucola e non spinge la porta? Perché ha paura del babau. Faceva la gran donna. Scopava con Robin. Si bucava. Giocava alla dark lady. Alla regina del Black Jack. E poi pianti, strepiti e vuole il papà. Non ne faremo niente di te, Mirta. Sei solo fango di cimitero. Un avanzo di tomba. Una manciata di polvere. Un grumo di schifo.

Non è vero.

Sì che è vero. Mi hai deluso, Mirta. Avevamo contato su di te. Credevamo di poterci fidare. Invece. Così va il mondo.

Io voglio solo morire.

E muori. Resta lì per terra e cerca di morire, se ci riesci. Se è questo che vuoi. Bella conclusione. Povero Robin.

Che c'entra Robin? Robin è morto.

Certo che è morto. Perché tu non lo ami. È così evidente. Lui ti ha tirato fuori dalla fossa. Ma tu non riesci a tirar fuori lui. Capisci che cosa significa? Robin aveva ragione. Un giorno saresti veramente andata via. L'avresti lasciato. Per restartene nel tuo paesetto valligiano. A insegnare lettere. A sfornare bambini a Francesco. A fare la signora di provincia. Con le perle alle orecchie e il conto in banca. La riedizione della tua mammina. Amore! Ma quale amore. Tu non ami neanche te stessa. Robin sì, lui ti amava. Ti ama. Ha fatto tutto quello che aveva promesso. T'ha spinta oltre la soglia della morte. Ma a lui non è rimasto niente. Solo una piccola viziata piagnucolosa che non ha il coraggio di aprire una porta. Amore! lo chiama. Un po' di sesso romantico con uno che lo sa fare. Il primo uomo. La luna. Le stelle. Il morbillo, come diceva papà, che quando passa ti la-

scia immune. Ecco il tuo amore. Non prendiamoci in giro, basta con questa recita. Se si deve morire, è meglio farlo alla svelta. Senza ulteriore disgusto.

Io voglio morire, non tu.

Ah, ecco. Anche questa. Una sì, una no.

Chi sei?

Chi sono, secondo te?

Un avanzo della mia tesina su Wittgenstein.

Anche.

Una parte di.

Una parte di te, è questo che vuoi dire? Ma non capisci! Sono la forza che ti ha tirata fuori dalla tomba. Sono l'amore che hai per Robin. Quello vero. Che non muore. Quello che non si ferma davanti a una porta chiusa. Che non arretra davanti alle fiamme. Che non teme di sciogliersi al sole o di svanire in un soffio di nebbia. Sono la Mirta che vuole tutto. La lettrice di Wittgenstein. L'archeologa. La drogata. La delinquente. L'amante di Robin. Quella che non s'arrende di fronte a una porta chiusa. Quella che sfonda le porte. Che spinge via la lapide come una coperta pesante. Sono il suo amore esigente. Sono l'urlo muto che l'attraversa. Questa è Mirta. La vera Mirta. E adesso, per cortesia, lascia che Mirta apra questa porta e si procuri ciò di cui ha bisogno. Per sopravvivere a questa notte. Al tempo. All'attesa.

Nell'armadio della camera da letto c'erano solo coperte. Biancheria da letto e da bagno. Accappatoi. Pianelle. E uno specchio enorme. Così l'ho capito. Che il babau si nascondeva dietro lo specchio. E se volevo Robin, dovevo affrontarlo una volta per tutte. Sono entrata a piccoli passi nella stanza, lasciandomi dietro una scia di fango a impiastricciare la moquette. Mi sono guardata allo specchio.

Nell'altra camera è andata meglio. Credo sia di un ragazzo. Ho trovato dei pantaloni. Jeans. Scarponi. Anche un paio di anfibi. Larghi rispetto al mio numero, ma con due paia di calzettoni possono andare. Con gli asciugamani del bagno ho cercato di ripulirmi piedi e gambe. Sono talmente infangata. Perfino in viso. È la prima cosa cui ho fatto caso allo specchio.

Insomma, diciamo che mi aspettavo molto peggio. Mi aspettavo di vedere Nightmare, in quello specchio. Ero così preparata a scorgere il mostro che sulle prime ho creduto di avere un'allucinazione. Mirta, mi sono detta, questa non sei tu. Non puoi essere. Mi sono addirittura puntata la torcia in viso. Fango dappertutto. Ma dov'erano le terribili macchie bluastre della decomposizione? La pelle che pendeva in lacerti scomposti? La carne scoperta e putrescente? Il ghigno di denti scoperti?

Non posso fare a meno di pensarci. Mi guardavo allo specchio e ho continuato a pensarci, per tutto il tempo. Guardavo il mio viso. Il mio viso d'ogni giorno. I miei capelli. La mia bocca. I denti, con gli incisivi superiori un po' accavallati. Gli occhi. Mentre guardavo continuavo a pensarci. Non ho l'aspetto di un mostro. Sono una Mirta qualsiasi. Forse un filo più pallida, per il tempo che ho passato sottoterra. E per la paura continua che mi abita. Ma dove si cela il rifugio del mostro? Perché da qualche parte il babau si rintana. E io devo essere pronta. A cogliere gli avvisi di pericolo, un attimo prima che il mostro balzi fuori, come un clown impazzito da quelle scatolette che da piccola mi mettevano il terrore. Devo prevenirlo. O almeno contenerne l'attacco. Imbrigliarlo nei lacci del metodo. Il più grande legislatore dell'antichità, l'ateniese Solone, dice che laddove il peccato è talmente diffuso da non poter essere represso, bisogna imbrigliarlo nei lacci della norma. Regolamentarlo. Devo regolamentare la mia mostruosità. Coglierne per tempo i segnali e darmi un codice, che vale per me e solo per me. Un codice in cui imbrigliarmi.

Qui ci sono felpe, magliette, mutande finalmente. Maschili, ma che importa. Un ragazzo. Un mio coetaneo. Chissà chi sarà mai. Uno zaino della Nike sotto il letto. Insieme a scarpe impolverate e calzini spaiati. Che ragazzo disordinato.

Sono scesa in soggiorno. Qui c'è molta più luce. Ho infilato un paio di jeans. Mi stanno larghi, ma ho stretto la cintura e li ho arrotolati in fondo. Grazie a dio, il casual fa miracoli. Ho trovato una felpa dei Nirvana. Credo che io e il mio sconosciuto amico abbiamo qualcosa in comune, in fatto di gusti musicali. Nello zaino ho infilato un paio di pantaloni e alcune felpe, insieme a mutande e calzini. Gli anfibi sono stati un colpo di fortuna. Sono praticamente eterni. Adesso basta aggiungere un po' di provviste. E la torcia. Per l'acqua, vedrò. Non ho per niente sete. Da quanto non bevo? Non voglio pensarci adesso.

A questo punto, equipaggiata come sono, dovrei andare via. Devo ancora scoprire che giorno è. Trovarmi un posto per la notte. Vorrei rimanere qui, stare qui tutto il giorno e calare in serata verso il cimitero. Ma non credo sia molto prudente. Quel ragazzo, per esempio. Il mio amico sconosciuto. Magari è di Perugia. E nel pomeriggio potrebbe saltare sul motorino insieme alla morosa e venire fin quassù. È troppo pericoloso stare qui. E non voglio fare del male a nessuno. E neppure che me ne facciano. Mi è andata bene una volta, ma non posso confidare all'infinito nella fortuna. Prima o poi la corda si spezza.

Come sono morbidi questi plaid. E cosa darei per poter accendere il caminetto. Respirare aria di casa. Anche noi abbiamo un camino, a casa nostra. Non che serva a molto, per riscaldare intendo. Ma dà atmosfera. A Natale. Il fuoco nel camino.

Ho nostalgia di casa. A Perugia, non ci ho mai pensato. Intere settimane senza tornare a casa, e neanche me ne accorgevo. Forse perché c'era Robin. L'università. Le mie amiche. Lo studio. L'agitazione della città. Tutte queste novità insieme. E comunque potevo tornare quando volevo. Voglio tornare a casa. Eppure sento che devo starne lontana. Sfuggirla come la peste, casa mia. Dimenticarla.

Nella dispensa ho finito di riempire lo zaino. Tonno. Fagioli. Pâté. Biscotti. Alcuni cartoni di latte. E un paio di lattine di birra. Una morta ubriaca! E l'acqua? Posso prenderne solo una bottiglia, nello zaino non c'è più posto. Oppure. Ma certo! Devo portar via più roba possibile da questa casa. Ho bisogno solo di uno scatolone. O di un borsone da riempire. Porto via anche la confezione dell'acqua e poi nascondo tutto nel bosco. Almeno mi faccio una riserva tutta mia e non devo più entrare.

Ho trovato uno scatolone. E anche un'altra cosa. Un telefono.

Undici, dodici minuti e ventiquattro secondi. Bip. Giovedì, 21 febbraio. Ore undici, dodici minuti e venticinque secondi. Bip. Giovedì, 21 febbraio. Ore undici, dodici minuti e ventisei secondi. Bip.

Giovedì. Oggi è il 21 febbraio. Ma di quale anno? Ragiona, Mirta. I giorni cambiano da un anno all'altro. Nessuna data cade nello stesso giorno per due e nemmeno per tre anni consecutivi. Solo a distanza di parecchi anni. Giovedì. 21 febbraio. Quando sono morta, era il 16. Anzi, il 17, la sera tra il 16 e il 17. Comunque il 16 era sabato. Infatti stamattina, cioè stanotte, insomma quando mi sono svegliata, continuavo a pensare che oggi fosse domenica. Mi gira la testa con tutti questi numeri. Qua ci vorrebbe Francesco. Contiamo. Non c'è un calendario? Quadri, mazzi di ginestre secche, perfino tappeti kilim. C'è di tutto, alle pareti.

Ma non un calendario. Allora, siedi a tavolino e conta. Se il 16 era domenica, cioè sabato, il 17 è domenica. Il 18 è lunedì. Il 19 è martedì. Il 20 è mercoledì. Il 21 è giovedì. Il 22 è venerdì. Siamo nel 2002! Sono morta da cinque giorni! Solo da cinque giorni. Ecco perché Robin non è ancora venuto fuori. Magari ci metterà una settimana. È così pigro, Robin. Non lo svegliano neanche le cannonate.

Però potremmo trovarci in un anno qualsiasi. In un altro anno, intendo. Potrebbe essere il 2012. Non so quanto impiega la serie dei giorni a tornare uguale, e poi c'è il problema degli anni bisestili. Ma mi sembra troppo complicato. Una coincidenza quasi impossibile. Probabilmente, oggi è proprio il 21 febbraio del 2002. Potrei essere stata sotto pochissimo. Per questo, forse, sono ancora intatta. Un paio di giorni, forse anche meno. Se ci hanno sepolti insieme, è evidente che al funerale è venuta Muriel. Deve avere avuto il tempo di arrivare. Qua i funerali li fanno nel pomeriggio. Poi lasciano le bare al deposito. Mi ricordo benissimo quando c'è stato quello di mia nonna. E anche di quel mio compagno che morì con tutta la famiglia sull'Autosole. E l'indomani mattina seppelliscono le bare e chiudono le tombe. Secondo me, sono stata sepolta il 19, forse anche il 20.

Dipende da quando ci hanno trovati. Alla discarica. Magari la mattina dopo, per caso. Chi poteva lanciare l'allarme? Miranda e Veronica sanno che, se la sera esco con Robin, in genere rimango a dormire da lui. Da quest'autunno dormo quasi sempre con Robin. Nel pied-à-terre annesso alla galleria. Solo di rado nella sua casa in paese, troppe chiacchiere. Chi può avere lanciato l'allarme? Chissà. Magari ci hanno trovato gli addetti alla discarica. Non voglio pensare quando hanno chiamato casa mia. Non voglio pensare a papà. A mamma. È come se continuassi a morire per tutto il tempo, quando penso queste cose. È come se morissi sotto i miei stessi occhi. Questa morte che non finisce mai.

Un lavoraccio. Portare fuori lo scatolone, la cassa dell'acqua, lo zaino, temendo tutto il tempo di essere vista. Ero così agitata che a momenti dimenticavo l'apriscatole. E comunque alla fine di qualcosa mi sono dimenticata. Di cercare i soldi. La cosa più importante. Ma ero già nel bosco ed era impensabile tornare indietro. Proprio i soldi, dannazione. Entro in una casa e dimentico di cercare i soldi. Una autentica bebè. D'altronde, sono morta da così pochi giorni che sono proprio una morta neonata. Anzi, una neomorta. Non riesco ancora a orientarmi.

In compenso, ho trovato una giacca a vento splendida. Nera, della Timberland. Adoro le giacche a vento della Timberland. Per fortuna, mi sono imbattuta in una casa abitata da gente di buon gusto. Tutto firmato. Timberland. Reebok. Sarebbe stato imbarazzante girare indossando roba da grandi magazzini. Robin ride di me, ma che posso farci. Mamma veste solo Max Mara. Scarpe Pollini. Borse Prada, per l'estate Furla. Noi siamo abituati a vestire bene. Per non parlare della felpa dei Nirvana. C'è Kurt stampato su, bello come un dio. Ero piccola, quando morì. Con Veronica e Miranda abbiamo pianto a fiumi per una settimana. Non riuscivamo a credere che non fosse più al mondo. E la povera

Courtney, come fa adesso Courtney, ci dicevamo. Fiumi di lacrime. Nessuno è stato pianto come Kurt. E chissà se. Se lui è riuscito a tirarsi fuori. A tornare dalla sua Courtney. Strano. Sono sempre girate tante storie, ma non ho mai pensato che qualcuno. Di Elvis s'è detto per anni. Per decenni. Addirittura, è stato mio padre a raccontarmi di Elvis. Era un suo fan, papà. Non so Kurt Cobain, ma pare che Elvis ce l'abbia fatta. Anzi, ho una testimonianza di prima mano sull'argomento. Quando Robin abitava a Londra, a metà dei Novanta, conosceva un tizio che giurava di aver servito un cheeseburger doppio senza senape e una Pepsi gigante alle quattro del mattino a Elvis. Nel pub in cui all'epoca il tizio lavorava, dalle parti di Palo Alto. E ti posso giurare, aveva detto il tizio a Robin, che la morte gli ha buttato alla grande. Era sgonfio, ringiovanito. Di nuovo il Re. Glielo aveva anche detto, a Elvis. E a sentir lui quello avrebbe risposto: la morte butta alla grande per tutti, bello mio.

Ovviamente si trattava secondo Robin della storia più improbabile che avesse mai ascoltato. Anche perché questo Mike era uno scoppiato fuori di testa, che mentiva anche sull'orario. Ma a Robin piaceva raccontarla. È una storia che getta un ponte, diceva. Robin parla sempre così. Per asserzioni isolate. Per enigmi. Lui dice che è troppo pigro per sviluppare un discorso completo. È meglio che ci pensi l'interlocutore a riempire i vuoti. In questo consiste l'ascolto creativo. Robin è fatto così. È straordinario.

Sto scavando una buca. Nel folto del bosco. Da principio volevo nascondere lo scatolone col cibo e la cassa d'acqua al riparo di un cespuglio. Ma poi ho pensato che qui intorno deve essere pieno di animali selvatici. Meglio seppellire tutto, no? Ovviamente non ci avevo pensato affatto quando mi trovavo in casa. Lì c'era di sicuro una vanga o un badile. Tutte le baite di montagna hanno almeno una vanga per spalare la neve, e quella è una baita attrezzata. Ma all'idea di tornare indietro per cercare una vanga, mi sono sentita morire. Si fa per dire. Sono morta da così poco tempo che è ovvio che continui a pensare nel solito modo. E poi, non conosco il linguaggio della morte. Ammesso che esista. Ammesso anche che io non sia la sola.

Ho cominciato a pensarci mentre scavavo. Con le mani, in mancanza d'altro. Le mie mani sono talmente forti. Con la vanga avrei fatto faville. Comunque scava e scava, come una bambina un fosso nella sabbia, ho cominciato a pensarci. Che forse sono la sola. Pensavo a Elvis e a tutte queste storie stupide. Che potrebbero anche essere vere. Ma non riesco a crederci. Sarebbe consolante pensare che ce ne siano molti, che buttano via la lapide come una coperta pesante e se ne escono a fare un giretto. Ma ammettiamo che non ce ne sia neanche uno. O meglio, uno solo. Anzi, una sola. Io. L'unica morta che cammina in un mondo di vivi. È una prospettiva agghiacciante. Certo, dovrebbe essere molto più agghiacciante pensare a un esercito di morti che cammina sulla terra. Ma da quando sono morta, tutta la prospettiva si è capovolta. Se sono sola, sono perduta. Però c'è ancora Robin. Tirerò fuori Robin da quella tomba. Giuro che ci riuscirò.

Il cappello di nuvole sul Subasio porta pioggia o neve. Il cielo si sta rannuvolando. E non ho orologio. Saranno le due, magari più tardi. Sto scavando da tanto di quel tempo. C'era anche un orologio, forse, in casa. La vanga. Soldi. Se avessi frugato nelle tasche, qualcosa avrei racimolato. Almeno quanto basta a comprare un giornale. Anche se al pensiero di arrivare fino a un'edicola e parlare con un vivo mi viene il capogiro. Ma prima o poi dovrò farlo. Un giornale. Del cibo. Parlare con qualcuno. Potevo prendermi gli occhiali! C'erano un paio di occhiali da neve, in camera del ragazzo. Ho dimenticato anche quelli. Gli occhiali sono fondamentali. Tutte le spie, i latitanti e chiunque voglia nascondersi, porta occhiali neri. Nei film, perlomeno.

Il problema è che devo pensare a tutto. E ci sono dei momenti terribili. Come questo in cui scavo e scavo come se dovessi arrivare al centro della terra. E mi chiedo se non sia solo un incubo. Se per caso sono in ospedale, legata a una flebo disintossicante. Un cocktail di incubi, shakerati nell'ero insieme alla flebo e al trauma. Magari, tra un momento aprirò gli occhi e mi troverò davanti i miei genitori.

Sto pareggiando la terra sopra il fosso. Ho legato un calzino a un ramo dell'albero vicino, per riconoscere il posto. Adesso il cielo è un'unica coltre bianca. Penso che stia per nevicare. D'altronde, è febbraio. E qui siamo almeno a seicento metri. Dovrei mangiare qualcosa, ma non ho fame. Un po' d'acqua l'ho bevuta. L'acqua è importantissima, no? Idrata i tessuti. Tessuti morti. Ho un dubbio, un piccolo dubbio che continua a circolarmi per il cervello, ma adesso non voglio pensarci. Sono stanca. Forse perché ho scavato tanto e la terra era indurita dal gelo. Ho di nuovo le mani sporche. E mi sono sporcata i jeans, la felpa e tutto quanto. Ma non importa. Fra poco nevicherà, e vorrei cominciare la discesa a valle. Non posso rimanere qui, in mezzo alla neve. E poi avrei la tentazione continua di tornare alla baita. E questa è un'altra cosa che non devo fare. Ho lasciato perfino il telefono fuori posto. Il mio vestito bianco a brandelli. E chissà dove ho perso le scarpe. E dovrei mangiare qualcosa, ma non so se posso. Magari stanotte. Sarà una lunga notte. La notte in cui Robin uscirà dalla tomba. Coraggio, in cammino.

Sta nevicando. E forse è meglio. Le luci sono ovattate. Tutto è buio e silenzioso. La neve è rassicurante. Protettiva.

Non si può correre troppo. Ma forse sono io che sono stanca. Mi sembra che stamattina tutto fosse più facile. E dire che stavo salendo.

Un lembo del mio vestito, appeso a un albero. Devo aver disseminato di seta bianca l'intera vallata. Dove passo, lascio un segno. Imperituro. Devo smetterla. Continuo a ridere e a fermarmi ogni momento. Ci manca poco che mi scappi la pipì, con tutte queste risate. Ok, lasciamo andare la pipì, o meglio la sua mancanza. Ci pensiamo dopo. Anche a questo. Pensiamo a tutto dopo. Che belle le prime luci. Le luci del mio sobborgo. E in fondo, quelle del paese. Tutta la vallata balugina di luci, sotto la coltre di neve. Luci, gente, animazione. Se non fossi morta, a quest'ora sarei a corso Vannucci. Mi piace passeggiare a corso Vannucci di domenica pomeriggio. E adesso sta nevicando, e il corso sotto la neve diventa splendido. Ci sono tanti ragazzi, Perugia è una città universitaria. Giovane. Piena di pub, locali, discoteche. Una città allegra in cui godersi la vita. L'amore. Purtroppo.

No, niente mutrie. Voglio pensare a Perugia sotto la neve. Io e Robin che scendiamo lungo corso Vannucci mano nella mano, diretti al belvedere. Magari ci fermiamo in piazza, per un gelato. Un gelato sotto la neve. Entriamo nel solito bar, e lì c'è la musica. Rumba, salsa, merengue. E ci sono tutti. I nostri amici. Magda, Piergiorgio, Luisa e quello scoppiato di Paco, che ovviamente non si chiama Paco ma Giacomo e Robin insiste a chiamarlo Giacomino, con sua grande costernazione. Decidiamo di cenare fuori Perugia. In un locale rustico appena inaugurato, sulla strada che sale al Subasio. Da queste parti, insomma. Piergiorgio fa un sacco di storie perché ha paura della neve. Paco dice che fra il gippone di Robin e la sua quattro per quattro ce la facciamo, e Robin dice: grazie, Giacomino, facendogli cambiare colore e umore. Poi Magda mi prende da parte e mi dice, come sempre, che Robin non fa per me. Infatti fa per lei, è questo che Magda pensa, anche se si tiene Piergiorgio, in mancanza di meglio, cioè di Robin. Magda scuote la testa, e le dico che ci penserò, e mi viene da ridere. Le guardo tutti quegli stupidi piercing che le bucano la faccia e penso alla voce di Robin, che commenta: sembra un formaggio tutto buchi. E usciamo tutti insieme dal bar, sotto la neve. Andiamo a prendere le macchine. E già stiamo litigando per decidere dove andare a ballare dopocena. E dai, ragazzi, sempre al Black Jack!

Scendo e scendo. Penso che sia tardi. Sto impiegando di più a scendere che a salire, ma non so che ora è. Con la neve, il pomeriggio s'è rabbuiato. Ma torniamo alla storia. Adesso stiamo salendo in macchina. Io e Robin nel gippone, insieme a Piergiorgio e Magda. E ti pareva. Paco e Luisa nella quattro per quattro. Corriamo sotto la neve. Lo stereo a palla. *Peace Train. Father and Son. Wild World.* Mettiamo Ricky Martin, lagna Magda. Zittissima, dice Robin. Dice sempre a Magda di stare zittissima. Di fare silenzissimo. Di chiudere la sua bocchissima.

Corro sulla neve, sentendo Magda che continua a lagnarsi e Robin che canta insieme a Cat Stevens. E penso che magari dovevo rimanere a casa a studiare, stasera, invece di perdere l'intera serata con Paco e Magda. Ma non volevo lasciare solo Robin, soprattutto di domenica sera. E magari domattina mi sveglierò prima e studierò un paio d'ore prima di andare a lezione. Provo un po' di rimorso ma preferisco essere in macchina con Robin che canta *Wild World,* piuttosto che su, nella mansarda, con la testa china sui libri e la mente rivolta a Robin.

La prima sera da morta sulla terra, e tutto quello che riesco a pensare è la faccia formaggiosa di Magda!

Oh, baby, baby, it's a wild world

In fondo, non era una cattiva vita. Era divertente, luminosa. Anche Magda era divertente anche se un po' patetica nel suo amore impossibile per Robin. Sono stati giorni meravigliosi. Serate meravigliose. Peccato che fossero tutti quanti così scoppiati, tranne Piergiorgio, che diceva sempre: lascia perdere questi rinco, Mirta, e resta con me. Noi siamo ragazzi modello.

Oh, baby, baby, it's a wild world

E io gli dicevo: ma io amo Robin, e tu non ami Magda? Amare, alla nostra età, che parola grossa, diceva Piergiorgio. Gli piacevo, a Piergiorgio. Eccome. E lui sarebbe piaciuto a mamma. Anche a papà. Francesco bis, e figlio del gioielliere più trendy di Perugia.

Oh, baby, baby, it's a wild world

Perché non siamo andati con loro anche sabato sera, Robin. Perché mi hai portato in quella maledetta discarica. Soli. Al buio. Avremmo cantato tutti insieme.

Oh, baby, baby, it's a wild world

Avremmo mangiato crostini al tartufo. Tagliolini ai funghi. Tagliata di manzo con contorno di patate cotte sotto la cenere. Panna cotta ai frutti di bosco. E bevuto vermentino. Voi, che a me basta mezza birra per andare sotto al tavolo. E Paco avrebbe detto, al culmine della serata.

Oh, baby, baby, it's a wild world

Non chiamarmi Giacomino! Non me lo devi fare, Robin. Io ti chiamo forse Robertino? Perché devi chiamarmi Giacomino! Piangendo. Bruno, figo e scoppiato.

Oh, baby, baby, it's a wild world

Ci saremmo sentiti male per le risate. E a un certo punto Luisa o magari Piergiorgio si sarebbe alzato e avrebbe accompagnato Paco fuori, all'aperto oppure in bagno, a vomitare, e Magda avrebbe lagnato.

Oh, baby, baby, it's a wild world

Perché deve stravolgersi fino a questo punto! Perché deve sempre vomitare e sclerarci con questa storia di Giacomino?

Oh, baby, baby, it's a wild world

E poi saremmo usciti tutti dal ristorante e saremmo corsi sotto la neve. Avremmo acceso una canna e ballato tra i boschi, cantando e spingendoci e abbracciandoci.

Oh, baby, baby, it's a wild world

E ci saremmo baciati sotto la neve. Perché è un mondo selvaggio, ma anche pieno di luce e canti e calore e noi ci vivremo per sempre.

Oh, baby, baby, it's a wild world

Sarebbe stato meraviglioso viverci per sempre. Rimanere in questa luce. Calore. Sgangherata allegria.

Oh, baby, baby, it's a wild world
I'll always remember you like a child, girl

La nevicata si è fatta tormenta. Sto arrancando lungo il crinale, a qualche centinaio di metri da casa mia. Tra poco incrocerò la deviazione che porta al cimitero. A che ora chiude? Sono rimasta per ore in quel cimitero e non ho controllato gli orari. Credevo di essere sveglia, intelligente, intuitiva. E invece sto commettendo una valanga di errori. Ho lasciato la tomba scoperchiata. Non ho controllato gli orari di apertura del cimitero. Non ho saputo procurarmi un po' di denaro, un orologio, una vanga. Niente. Solo dello stupido scatolame che mi dà la nausea. Certo, ho preso i vestiti. E capirai lo sforzo! Una bamboccia montata, ecco cosa sono. Con la differenza che una bamboccia montata viva ha sempre qualche puntello su cui poggiarsi. I genitori. Gli amici. I professori. Robin. Ma una bamboccia montata morta sta a zero. È schiuma di cadavere. È solo una schifosa bamboccia morta che urla e pesta i piedi senza ottenere nulla. Perché non c'è nessuno che possa darle aiuto. Finché non arriva Robin. Ma finché non arriva Robin non c'è proprio nessuno. Ed è meglio che me lo ficco in questa testa gasata che tengo, il concetto. Altrimenti finisco sotto zero, nel magico mondo dei numeri negativi, come un tempo diceva Francesco. Com'è successo alla baita, quando ho trovato il telefono.

Chi volevo chiamare? Papà. Alza la cornetta e chiama casa, mi sono detta. Papà! dirò in quella cornetta. Sono io, Mirtina! Vieni a prendermi subito!

Stavo per farlo. Giuro.

Se solo riesco a rimanere arrabbiata, posso farcela. È quando mi prende la pena per me, che tutto si complica. In questa valle battuta dalla tormenta. Con gli anfibi troppo grandi. Sola. Un piccolo punto nero che arranca tra cumuli bianchi, diretta verso un cimitero. Senza una casa, senza un soldo, senza nessuno che dica, Mirta che sta succedendo? Nessuno, solo il deserto di neve bucato dai miei passi. Con le luci che chiamano, dal fondo della valle, e sembrano gridare vieni qua! Qua c'è la gente, il calore! Sirene malefiche che possono solo perdermi. Che vogliono perdermi.

Ecco la deviazione. Mi mantengo al riparo del bosco, tra i rami pesanti di neve. Ma devo decidere. Se risalire verso il cimitero. Oppure. Quelle luci. La mia casa è una delle prime dell'abitato, a guardare da questo versante. La vedo. Illuminata, nel buio.

Non entrerò. Non farò nulla. Voglio solo guardarla un po' più da vicino. E poi in giro non c'è nessuno. La tormenta ha tappato tutti in casa. Avrei potuto prendere un paio di guanti, alla baita, ma non ci ho pensato. A che sarebbero serviti, comunque? Potrei girare nuda perché non sento freddo. L'aria è dolce, carezzevole. Come la neve. Solo questa stanchezza. Ma forse si tratta di stanchezza nervosa, dovuta alle emozioni. I morti soffrono di stanchezza nervosa? Forse, stanchezza mentale sarebbe più pertinente. Magari, se fossi ancora viva, mi sarebbe già andata in tilt, la mente. E comunque la provinciale è deserta. Ora o mai più.

Attraverso di corsa la strada, tra i cumuli di neve. Mi butto nel folto del bosco, dal lato dell'abitato. Correndo verso la mia casa. Illuminata contro il cielo bianco di neve.

C'è solo una piccola recinzione, sul retro. Una recinzione

bucata, da quando un cinghialetto ha perso la strada dopo le nevicate di dicembre ed è piombato nel nostro giardino, mandando mamma in crisi confusionale. Dobbiamo ancora ripararla, tanto per i ladri abbiamo l'antifurto. E papà ha i suoi fucili. Tutti sanno in zona che tiratore è. Mai avuto problema di ladri, noi.

Mi infilo nel buco. Sguscio sul retro del giardino. Nel giardino di casa mia. Le luci del pianterreno sono accese. Devono essere in casa. Per fortuna, con la neve è tutto attutito. Però la giacca a vento nera, su questo manto bianco.

Striscia, Mirta, striscia al riparo dei cespugli. Muoviti sul retro. Nella pinetina. Non ti avvicinare troppo alla casa. Ricorda che tuo padre è un cacciatore. Fatti silenziosa come un'ombra. L'ombra di un serpente che scivola sulla neve. Attenzione! C'è una macchina che sta arrivando. Sotto i cespugli, presto! Non fare un movimento. Metti giù la testa. Sta' giù. Giù!

Papà sta avanzando lungo il viale principale, diretto al cancello. Lo apre per lasciar passare la macchina. È senza sirena, ma la luce blu lampeggia. La polizia. Perché?

Vedi e descrivi!

Stanno parcheggiando. Dalla macchina scendono due poliziotti. Stringono la mano a papà. Sono fermi nel viale, credo che stiano parlando. Di che. Di me?

Vedi e descrivi.

Adesso si stanno muovendo. Vorrei vedere papà in viso. Anche solo per un momento. No. Stanno entrando in casa. Non c'è più nessuno fuori. Però.

No!

Sì!

Non mi vedranno. Non si aspettano di vedermi. Sono solo una piccola macchia buia contro l'oscurità del giardino. Un'ombra nera alla finestra del soggiorno. Papà è in piedi. Accanto a lui, i due poliziotti. Nei divani, ci sono tutti.

La mamma. La Susy, che le tiene la mano. Fabrizio, il ragazzo della Susy. Miranda e Veronica, e anche i loro genitori. E Giancarlo, il ragazzo di Miranda. Flavio e Luana, i migliori amici di mamma e papà. Ersilia, la segretaria di papà. La mia prof di filosofia del liceo. C'è anche Francesco. Con sua madre. E Piergiorgio. Che ci fa a casa mia? Ophelia! La mia Ophi, acciambellata tra i piedi di mamma. E al tavolo da pranzo, a poco più di un metro da me, Marcolino sta disegnando. Posso perfino vedere cosa sta disegnando. Il cono di luce della lampada cade proprio sul foglio. Marcolino sta disegnando un bosco.

Stanno parlando. Tutti quanti. La mamma no. Seduta perfettamente eretta in punta di divano, la mano nella mano della Susy. Non parla, guarda la televisione. La televisione è spenta.

Gli altri parlano. Tutti. Vedo le loro bocche muoversi, ma con i doppi vetri non si coglie nessun suono. Credo che Francesco stia addirittura gridando. Sta gesticolando moltissimo. Lui gesticola sempre quando è nervoso. Quando l'ho lasciato, ha gesticolato per settimane. Piangeva e gesticolava e non faceva più nemmeno i compiti di matematica. Anche adesso sta piangendo. Papà ha alzato il viso. Verso di me.

Giù! Fa' attenzione! Ricordati del fucile. E pensa in che stato si trova. Guardalo, Mirta, guarda come hai conciato il tuo povero papà!

Questa è la mia morte. Sto vedendo la mia morte, dalla parte dei vivi. Non ricordo nulla di come sono morta. Del funerale. Di quando mi hanno sepolta. Ma adesso so che cos'è la morte. È il soggiorno in cui tutti parlano. In cui tutti sono riuniti per parlare della mia morte. Piergiorgio, addirittura. I miei non lo conoscevano neanche. Non parlavo degli amici di Robin, con loro. Ma adesso Piergiorgio è qui.

Non credo di avere capito davvero di essere morta e fino a che punto sono morta, se non adesso. La morte è un soggiorno pieno di gente seduta sui divani che muove la bocca e piange e gesticola, ma tu non puoi sentirli. Le loro parole, i discorsi, i pianti non giungono fino a te. Come un televisore senza audio. O un film muto. E tu vorresti bussare a questa finestra. Sfondare a pugno chiuso i doppi vetri che ti isolano da loro e dire: sono qui! Non piangete per me, non parlate di me. Posso parlare io. Posso spiegare tutto. Ma se sfondi questa finestra. Ci sono regole inviolabili. Tuo padre ti tirerebbe addosso un intero caricatore. E tutti si alzerebbero gridando. E i poliziotti ti chiuderebbero nelle loro manette d'acciaio e ti ficcherebbero di nuovo sottoterra, anche se urli e scalci. Nessun vivente può sopportare la vista dei morti. Neanche il tuo adorato papà. Che forse una di queste sere scenderà giù in cantina e si farà saltare mezza testa con un colpo di fucile, per cercare di raggiungere la sua Mirta. Ma che mai potrebbe tollerare che sia Mirta a raggiungere lui. A insidiare il mondo dei viventi. A violare la regola.

La mamma fissa la televisione. Come se vedesse lo stesso film muto che io guardo dalla finestra. Non ha mai alzato la testa. Non ha salutato i poliziotti. Non ha aperto bocca. Non guarda neanche gli altri. Mia madre è sempre stata una padrona di casa perfetta. Non l'avevo mai vista così.

Non eri mai morta, Mirta. E a lei non era mai morta nessuna figlia. Devi andartene, Mirta. Tua madre è pericolosa. Per te, lo capisci. Ti sta irretendo nella tua stessa morte. Devi smettere di fissarla. Devi andartene! Scordarteli, tutti!

Io ho sempre amato di più papà. Non è colpa mia, non è colpa di nessuno. La mamma lo sapeva, tant'è vero che il suo preferito è Marcolino. S'è presa l'altro figlio, insomma. Però mio padre parla. Discute con i poliziotti. È come se gli fosse crollato il viso, ma lui c'è. La mamma invece.

No, Mirta.

Devo dirlo alla mamma.

No!

Alla mamma che ho sbagliato. Che non avevo capito quanto.

Vattene, stronza, togliti da lì. Cosa credi di fare? Cosa credi di essere? Un mostro alla finestra, ecco cosa sei! Un mostro in agguato nel buio! Una schifosa cosa morta che sbava dietro i vetri e non vede l'ora di.

No, basta. Non dobbiamo dire cose cattive. Pensare cose cattive. Volevo solo rivedere i miei. Marcolino. Ophi. Adesso me ne vado. Da Robin. Vedi, sto strisciando sotto i cespugli. Lungo la recinzione. Non ho mai pensato di.

Pensa solo che loro non ti dimenticheranno mai.

Lo so.

Sei tu che devi dimenticarli.

La neve cade a falde larghe. Taglio il bosco, la provinciale sepolta sotto un manto di neve. Non so se sia già orario di chiusura per il cimitero, ma suppongo di sì. E in ogni caso, con questa tormenta, avranno già chiuso. Chissà la mia fossa, sotto questa neve. La lapide scoperchiata è stato l'errore più clamoroso. Avrei dovuto riempire tutto, subito. Mettere sopra dei mazzi di fiori. Magari se ne sarebbero accorti, ma dopo giorni. E con questa neve, magari, dopo settimane. Avrei avuto più tempo. Per me. Per Robin. E non li avrei fatti soffrire fino a tal punto. Non hanno più neanche il mio corpo. E la polizia sta indagando. Devo comprare un giornale. Capire che sta succedendo. Se c'è la mia foto. Un morto per droga è una cosa. Un cadavere sottratto un'altra. Magari i notiziari saranno pieni di me. Del mio viso. Vorrei che la morte mi avesse cambiato i connotati. Cancellati. E se domani il "Corriere dell'Umbria" stampa la mia foto a pagina piena? Che scriveranno? Della profanazione di una tomba? Della richiesta di un riscatto? Di messe nere e riti innominabili?

Maledizione alla fantasia. All'immaginazione. L'allieva è intelligente e desiderosa di apprendere, dotata di spirito critico e di acuta capacità di osservazione, piena di immaginazione e fantasia. Una fantasia feroce, ecco di cosa sono dotata. Una fantasia feroce che mi tormenta.

Ho fatto una sosta sotto la quercia. È la mia quercia, da dove si gode una vista completa sul cimitero. Ma non voglio salire adesso. Aspetterò ancora un po', sotto la neve. È morbida, farinosa. L'ho anche leccata. Non sa di niente. Come l'acqua, del resto. Ma l'acqua non ha mai saputo di niente. Ne ho anche bevuta, anche se non ho sete. E ho provato a mangiare. Ho tirato fuori dallo zaino i biscotti. Nei biscotti c'è lo zucchero, il burro. Sono energetici. Ne ho assaggiato un pezzettino piccolissimo. Non sapeva di niente. E non ho fame. È il trauma. Sono una persona traumatizzata. Viva o morta, è uguale. Il trauma è mentale. Come la stanchezza. Odio solo l'idea di dover saltare su quest'albero.

Ho mangiato un biscotto. Tutto. Soffro di una forma di anoressia nervosa, ma non voglio cedere. Devo mangiare. Quando salirò sulla quercia mangerò un altro biscotto. Devo mangiare. Devo bere. Devo sostenermi. Perché sono troppo stanca. Non posso andare avanti così. Se uno deve trascinarsi in giro in queste condizioni, tanto vale andare a ributtarsi nella fossa. Salirò sulla quercia. Mangerò. Berrò. E magari dormirò anche un po'. Sono quasi ventiquattr'ore che non. Mica posso tirare avanti così. Invece devo. Devo avere forze fresche e riposate per essere pronta ad accogliere Robin quando uscirà dalla tomba. Non è facile resistere al trauma della morte recente. Ma per Robin sarà tutto più semplice. Lui è adattabile. Elastico. E poi, ci sono io. Sarò il suo principe azzurro all'incontrario, che lo bacerà riportandolo alla vita.

Cos'è stato. Un fruscio nel sottobosco. Un animale. Una volpe. Un serpente. O un poliziotto? Non è che stanno pattugliando la zona? Magari hanno paura che stanotte ci sia un'altra profanazione. Effettivamente, stanotte potrebbe esserci un altro disseppellimento. Robin dovrà pur uscire da quella fossa. Ma se esce di fronte ai poliziotti? Devo salire sulla quercia e mettermi di vedetta. Solo io posso salvarlo. Un morto che si alza da una tomba, passi. Ma di fronte a *due* morti, i poliziotti perderanno la testa. E noi potremo fuggire. Di nuovo quel fruscio. Sulla quercia, alla svelta!

COSA!

È stato terribile. Ho rovinato la giacca a vento, strappandola sulla schiena. Ho rischiato di spaccarmi la testa, di essere scoperta, di far saltare tutto. Per colpa di una civetta. E della mia ignoranza. Che ne sapevo. La verità è che non so niente. Mi do un mucchio di arie per la mia tesina su Wittgenstein. Perché ho letto Rilke e Joyce e Pirandello e Virginia Woolf e Hemingway e Kazuo Ishiguro. Perché adoro Buñuel e Bergman e Visconti e Ken Russell e Margarethe von Trotta. E non mi perdo mai l'ultimo Almodóvar, Özpetek e Lars von Trier! Ma non so niente. E dispero di poter colmare le lacune in tempi stretti. Perché sono lacune abissali.

Un bosco di notte. Cos'è un bosco di notte. A me fa venire in mente solo Djuna Barnes. Ma ho cercato di pensare alla realtà di un bosco di notte. E ho pensato alla volpe, alla vipera e al poliziotto. Ho pensato a quello che avevo già visto, e punto. Tutto il resto, per me non esiste.

Era una civetta. Sono saltata sulla quercia. E mi sono trovata davanti due enormi occhi gialli. E ho pensato: un mostro. Un mostro in agguato tra i rami. Sono così incavolata che a stento riesco a pensare. Ovviamente la civetta s'è spaventata quanto me. Abbiamo gridato. Lei ha gridato, ha alzato le ali, ha sbattuto contro un ramo, ha perso l'orientamento ed è piombata giù. Io lo stesso. Ho gridato, sono caduta all'indietro, ho strappato la giacca a vento contro un ramo e sono piombata al suolo. Io e la civetta siamo uguali. Due animali senza cervello.

Il problema è stato saltar su di nuovo. Il primo salto non era stato come quello di stamattina, che quasi svolazzavo tra i rami. Più difficile. Più faticoso. La seconda volta è stato terribile. Avevo paura di avere di nuovo paura. In più, mi sentivo debolissima. La civetta s'era ripresa, lentamente quanto me. Ha starnazzato un po' al suolo, come una gallina ubriaca. Alla fine è riuscita a levarsi in volo e s'è persa nel buio. Infine, anch'io mi sono levata. Con sforzo, raccogliendo tutte le energie che avevo, sono riuscita a saltare sulla quercia. Ma le cose peggiorano. C'è qualcosa che non capisco. Forse non è il sole a sciogliere i morti, ma il tempo. Ci sciogliamo nel tempo. Bel finale, dopo tutta la pena che mi sto dando. Però, sono di una tale ignoranza. Una civetta alta un palmo. E sono andata fuori di cervello. E se mi fossi trovata davanti un lupo? Scendono a valle i lupi quando nevica? Quanti lupi sono rimasti in Umbria? C'è qualche conoscenza pratica che mi diguazzi nel cervello tra questo mare di scartoffie inutili?

Mangio un biscotto. È orribile. Sa di cartone. Di stoffa. Come mangiare un calzino. Con l'acqua va meglio. Non sa di niente. È come tirar dentro un po' d'aria. Ci ho provato, poco fa. Ho tirato dentro un po' d'aria e poi l'ho buttata fuori. Non cambia nulla. Però è divertente. Anzi, consolante. È un respiro finto, ma dà l'illusione di respirare sul serio. E l'aria non sa di niente. Come l'acqua. Vuol dire che mi nutrirò di aria e acqua, finché non mi riabituerò ai biscotti. Al cibo normale.

Parlo di aria, di acqua, di civette, di ignoranza. Parlo e parlo perché quello che sto vedendo nel cimitero sotto di me è terrorizzante. Al di là di ogni previsione. Ci sono due pattuglie. Una di sorveglianza ai cancelli e un'altra di fronte alle nostre tombe. Cinque uomini in tutto. La mia fossa è stata ricoperta di terra. La lapide non c'è più, l'avranno portata via nel corso della giornata. Hanno piazzato un riflettore tra le tombe. Non posso pensare a Robin. Che viene fuori e si ritrova un riflettore piazzato in faccia. Se non tremo di paura è perché il mio corpo non sa tremare. I nervi sono andati, immagino. Ma sto tremando tutta dentro. Polizia a casa, polizia al cimitero. Ci odiano. Ci perseguitano. Stanno aspettando Robin al varco tra la morte e la vita.

Tutto questo è spaventoso. Non abbiamo fatto niente. Certo, qualche volta Robin ha sgarrato. Ma per cose di poco conto. E gli affari della galleria non potevano essere sempre del tutto trasparenti. Ma quale commerciante d'arte non lo sa? E io, poi. Mi bucavo sì, ma per amore. Sopportandola tutto il tempo, quella felicità schifosa, chiudendo gli occhi e sopportandola. Ma questa cosa che ci stanno facendo! Non è sopportabile e non sarà sopportata!

Clap clap clap. Dicesi: applauso.

Guarda che non c'è niente da ridere. C'è da sbattere la testa al muro, invece. Una persecuzione. Tutta la polizia dello stato contro due poveri morti. Che vi abbiamo fatto? Vogliamo solo stare insieme per sempre. È chiedere troppo? E poi, siamo morti. Si dicono tante belle cose, in proposito. Non si deve parlar male di un morto. Bisogna stare dalla parte del morto. Il morto va sempre onorato. E allora onorateci. Teneteci cari. Vivete nel nostro culto. Parlate bene di noi. Siate dalla nostra parte!

A che punto siamo delle catilinarie? Ne hai per molto?

Prendersi in giro da soli non risolve le cose.

Ma rimanere in condizioni di sanità mentale è la base indispensabile per provare a risolverle.

Sanità mentale! Ma sono loro che sono fuori di testa. Ci hanno tormentato da vivi fino a farci desiderare la morte. Ci hanno costretti ad ammazzarci.

Tutti ci sono stati contro. Perfino papà. Gli crollò il sorriso quando gli dissi di Robin. Lasciamo andare, non voglio parlar male di loro. Sono morta di nuovo quando li ho visti dietro quella finestra. Ma gli altri, tutti gli altri! Perfino Piergiorgio. Robin è rinco. Robin è fuori. Robin è una belva. E poi, il corteo. Veronica, Miranda e Francesco in testa. E i miei compagni di corso, che alzavano il sopracciglio quando Robin veniva all'università. E il paese, il mio paese. Detestavano Muriel. E dopo di lei hanno detestato Robin. Perché suo padre gli soffiava contro. E capisco che soffiasse contro la moglie, che l'aveva tradito, abbandonato, che se n'era tornata in Belgio a giro di posta. Ma contro il figlio! Come si può soffiare contro il proprio figlio. Un padre cresce un bambino e poi gli soffia contro.

C'erano dei motivi, lo sai.

Non ce n'erano, di motivi. Non ce n'erano a monte, voglio dire. Poi, sono cominciati. Ma all'inizio, che gli aveva fatto Robin? Niente, era solo nato al momento sbagliato. O dalla madre sbagliata.

Questo non cambia le cose, e poi non serve a nulla. Conserva le forze, Mirta.

Non serve a nulla conservare le forze. Sto bene solo quando sono arrabbiata. Funziono meglio. E adesso ho bisogno di funzionare. Perché la situazione è grave. Sono fisicamente a pezzi. E non so cosa succederà fra un momento. Se Robin uscirà dalla tomba e scoppierà la fine del mondo. O se scoppierò io.

Ho mangiato metà biscotto. Non sono riuscita a finirlo. Invece ho bevuto. Non ho sete, ma bevo con sollievo. È l'unica cosa che mi fa sentire meglio. Sono appollaiata da ore sulla quercia. Non credo che potrei comunque raggiungere il cimitero. Ci sono ancora le pattuglie. I riflettori. Domani devo assolutamente procurarmi un giornale. Quando penso che nella baita potevano esserci dei soldi. È terribile non avere uno spicciolo. E non poter chiedere niente a nessuno. Posso solo starmene acquattata nei boschi come una volpe o uno scoiattolo e bere l'acqua delle sorgenti. Aspettando Robin.

È una notte lunghissima. Da principio, quando sono uscita dalla tomba ero terrorizzata. Però mi sentivo così ottimista. Tutto sembrava a portata di mano. Se penso che stamattina, cioè poche ore fa, ho affrontato l'ascesa del Subasio, ho scassinato la baita, riempito lo zaino di vestiti, lo scatolone di cibarie. Tutta questa energia. E adesso. A stento riesco a stare appollaiata qui. E mi sento distrutta. Penso che qualsiasi cosa farò, sarà lo stesso. Cioè non servirà a nulla. Anche se Robin viene fuori, saremo solo due morti senza pace. Perduti in un mondo di vivi affaccendati. Diversi da tutti. Reietti. Come potremo viaggiare, divertirci, amarci se non possiamo neanche masticare un biscotto? Per non parlare d'altro. Sono ventiquattr'ore che non dormo. E non ho sonno. Non ho fame, non ho sete e mi sento sempre più strana. Abbattuta. Senza speranza. Anche se non credo che la speranza serva. Non serve niente.

Sto seduta sopra questa quercia, pensando a Robin, all'errore che abbiamo commesso. E mentre aspetto Robin mi rendo conto che sto aspettando di morire per sempre. Di chiudere gli occhi, cadere giù ed essere scoperta domani, tra i cumuli ghiacciati di neve, da una pattuglia della polizia. Dalla guardia forestale. Da qualche cacciatore al passo. Mi prenderanno e mi riporteranno nella fossa. Diranno: chi l'ha tirata fuori non ha saputo che farsene. Diranno: è stato uno scherzo. Diranno: è servita per una messa nera. Diranno quello che vorranno, tanto non sarò più qui ad ascoltarli.

Sarò la Mirta che morì due volte. La Mirta che accettò solo a poco a poco di morire perché era così giovane e pensava di vivere per sempre.

È così che nascono i fantasmi?

La civetta ci ha riprovato. È svolazzata nel buio, mi ha vista ed è scappata via. Povera bestiola. Ho occupato la sua casa. Ma è la prima e ultima notte. Non credo proprio che ce la farò fino alla prossima. Sono sfinita. E non riesco a muovere bene il collo. Devo essermi beccata una storta quando sono caduta. Ci sono tanti rumori strani. Sto seduta a cavalcioni del grande ramo biforcuto e ascolto i richiami del bosco. Le civette. Le upupe. E anche altri suoni strani, simili a ululati, squittii, rami spezzati. Sento tutti questi rumori e continuo a pensare che Robin non uscirà. Forse il coperchio della sua cassa è più pesante. O il mio amore non è sufficiente. Oppure la sua pigrizia l'ha avuta vinta.

Se solo potessi parlare con qualcuno. Sono sempre stata una chiacchierona. Con Veronica e Miranda parlavamo per ore. Con Robin parlavo quasi sempre io, perché lui non è mai stato un parlatore. Tronca le frasi a metà, getta fuori delle massime sibilline. Non gli piace parlare. A me invece sì. Tantissimo. Fino a perdere la voce. All'esame di storia romana il professore alla fine mi ha interrotta. Sorrideva e mi ha detto: immagino che non smetterebbe più, signorina, ma ho molti esami da fare oggi.

Se penso alla paura che ho avuto per filologia romanza. Se penso che non potrò più sedermi di fronte a un professore. Se penso che sono morta, mi viene un tale groppo alla gola che tornerei indietro e direi a Robin: spiacente. È meglio che non ci conosciamo mai. Che tu non entri nel pub quella sera. Che due anni dopo non mi inviti a ballare. Che non mi dici che sei andato fuori di testa per me. Che Muriel faceva meglio a lasciare suo marito prima di restare incinta. Che era meglio se non nascevi proprio.

Perché non doveva portarmi alla discarica. Non doveva sfilarmi di dosso il giubbotto. Non doveva alzarmi la manica della maglietta. Non doveva legarmi quel laccio. Non doveva farlo, dopo aver detto che aveva un sapore strano. Non doveva farmi nulla. Doveva solo lasciarmi andare.

Non nevica. Anzi, s'è levato il vento. Guardo i riflettori accesi. I poliziotti che fumano una sigaretta via l'altra passeggiando tra i viali del cimitero. La falce di luna che sta facendo capolino tra le nubi. Tutto si muove e si agita. Tutto vive. Solo io sto qui, immobile sul mio ramo. Cercando di non pensare. Voglio addormentarmi. Cadere tra i cumuli di neve. Inabissarmi. Essere scoperta tra tanto tempo, nella stagione del disgelo. Un corpo senza vita. Indurito, ghiacciato e morto. Un manichino inanimato, abbandonato tra i ghiacci che lentamente si sciolgono sotto i raggi tiepidi di un sole primaverile. Un avanzo di tomba risputato dalla terra, che nuovamente torna ad accoglierlo.

Niente sonno. Ho provato e riprovato. Ma il sonno non è venuto. Non sono precipitata dalla quercia tra i cumuli di neve. Non sono affondata nel manto farinoso che adesso splende sotto il sole. Le pattuglie di stanotte sono andate via. Ma ne sono arrivate delle altre. E qualche minuto fa è arrivata anche una station wagon grigio metallizzato. L'ho riconosciuta subito. E dietro la station wagon, la Ford Escort di Luana e Flavio, gli amici dei miei. Adesso sono tutti intorno alla tomba. Luana sostiene la mamma, che ha un fascio di fiori bianchi tra le braccia. Li ha portati per la mia tomba. Anche se forse sa che non sono là sotto. Ma capisce quello che sta succedendo?

Papà sta fumando. Erano anni che non lo vedevo fumare. Ha smesso quando andavo alle elementari. Lui, i poliziotti, Flavio, tutti fumano. Sul viale principale c'è la Susy. Cammina lentamente, additando un angelo di pietra, un mazzo di fiori multicolori, un albero. Per mano alla Susy c'è Marcolino. Il mio fratellino. Imbottito di indumenti azzurrini. Una pallina di nuvole che cammina tra i cumuli di neve. E guarda il cielo, dove qualcuno gli ha forse spiegato che è volata Mirta. Papà. Mamma. La Susy. Marcolino.

Tutti.

Sto correndo. Le gambe funzionano ancora. Sono scesa a precipizio dalla quercia. Ho provato a infilare lo zaino, ma ho la schiena a pezzi. Ho mollato lo zaino sotto la quercia e ho cominciato a correre. Le gambe reggono, per fortuna. Solo a questo riesco a pensare. E a casa mia.

Ho attraversato di corsa la provinciale. Senza badare allo stridìo delle frenate. Agli insulti. Non mi importa. Ho solo la forza di correre. Quindi corro. Verso casa. Perché è possibile che sia vuota. E forse non avrò un'altra occasione. Stanotte morirò davvero, morirò per sempre, e mi resterà lo scrupolo. Di non essermi precipitata a casa, quando potevo ancora farlo.

Corro. Non mi importa di nulla. Corro lungo la recinzione. Mi infilo nel buco. Sguscio a pochi metri dall'ingresso di servizio. Infilo la mano nella grande pianta grassa a sinistra della porta di servizio. Faccio fatica a muovere le dita, adesso, ma la chiave è là. Dov'è sempre stata. Apro la porta di servizio ed entro. Corro a disattivare l'allarme. La casa è immersa nella penombra. Cos'è questo odore? Non c'è tempo da perdere. Da un momento all'altro mamma potrebbe avere un malore ed essere riportata a casa. La Susy annunciare che si è scordata il forno acceso. Marcolino che deve fare pipì, e deve farla subito. E il cimitero è a cinque minuti di macchina da qui. Devo fare presto. OPHI!

Corro su per le scale, con Ophelia alle calcagna, ben decisa a non mollarmi più. Cosa darei per mollare io tutto e buttarmi sul tappeto con lei sulla pancia. Ma devo muovermi. In questo odore. Disgustoso. Come stare di fronte a una discarica. Stagna dappertutto. Quando mai si è sentito un odore del genere in casa mia. Basta. Devo fare in fretta. I soldi, per prima cosa. In camera da letto dei miei. Terzo cassetto dal basso, la busta gialla avvolta nella sciarpa

Missoni. Oddio, queste mani. Ma che sta succedendo alle mie dita. E cos'è questa macchia? Dopo dopo dopo. Adesso, fruga nel cassetto. Finalmente. Soldi. Euro fruscianti di banca. È terribile rubare a casa propria. Ma devo farlo. Alcune banconote di piccolo taglio, almeno per il giornale. Un cappuccino caldo. Una spremuta d'arancia. Ma cos'è questa macchia brunastra? Un principio di congelamento? Ho le dita intirizzite dal gelo. Stanotte la temperatura deve essere scesa sotto lo zero. Tutto era gelato, stamattina. Anche il mio corpo. Anche se non sento freddo. Magari, il sistema di regolazione termica è andato. Poter parlare con un medico. Posso ridere? Però neanche ridere è facile. Ho qualcosa ai denti. Ma che mi sta succedendo? La radiosveglia sul comodino!

8:26 22:02:2002

Le otto e mezza del 22.2.2002. Del 22 febbraio del 2002. Siamo nel 2002. Il mio calcolo era giusto. Sono morta solo da pochi giorni! E già sto in queste condizioni. La mia povera schiena. In camera mia, subito. Vieni, Ophi. Che confusione! E sempre questo odore. Sembra che sia caduta una bomba in questa stanza. La roba è ammonticchiata sul tavolo. Sulle sedie. I miei occhiali a specchio. Da dove viene tutta questa roba? Ma certo. È la roba che avevo con me. La notte in cui sono morta. Il mio giubbotto! No, meglio il piumino. È lungo. Caldo. Mi coprirà dalla testa ai piedi. Deve essere nell'armadio. E apriti, dannazione! Il piumino. La minigonna nera di jeans. Non mi importa nulla se lo scoprono. O se accusano la Susy. Però non posso portarmi dietro tutta la camera. Lo Swatch!

Ophi, piccola, non imbrogliarti fra le mie gambe. Ophi!

Ma come parlo? Che voce è? Non la mia, in ogni caso. Gli stivali. Non posso prendere tutto. Almeno gli occhiali.

E l'orologio. E la sciarpa. Non mi sento più il collo, non riesco neanche a muoverlo. I miei libri!

Vattene, non c'è più tempo. Vattene, Mirta!

Ophi, non posso giocare con te adesso!

Come faccio a portare tutta questa roba. E se infilassi tutto dentro al piumino? Posso usarlo come un sacco. E gli stivali della Fornarina. Sono fondamentali. Come il mio telefonino.

No, il telefonino no! Sei fuori? Il telefonino! Ti localizzano in un attimo se solo provi a usarlo. Scordatene.

Tanto stanotte muoio.

Ma non con il telefonino in mano! E poi, ne sei proprio così certa?

Non sono più certa di niente. Questo odore infernale.

Dopo. Vattene!

Ophina. Come posso lasciarla qui. E questa macchia scura che ho sulla mano.

Mirta?

Eh?

Stop. Finish. Break.

L'allarme! Devo riattivarlo!

Mi è dispiaciuto per Ophelia. E soprattutto per me. Miagolava da paura, ma non potevo portarla. Quando uno è perduto in un mare di neve, e di guai e di morte, non può portarsi dietro il gatto. E poi non sarei neppure riuscita a reggerla. Reggo a stento questo sacco. Non sono neanche risalita sulla quercia. Quanti soldi. Mi piace toccarli. Posso fare un sacco di cose con questi soldi. Comprarmi da mangiare. Dei giornali. Andare in crociera. Comprare il palazzo della regina delle nevi e andarci ad abitare. Nel gelo e nel buio. È come quando avevo la febbre da piccola. E mi facevano male le spalle e la gola e la testa tutte insieme. Veniva la mamma e mi dava il brodo caldo. Veniva papà e mi dava un po' d'acqua e tanti baci. Devo bere l'acqua. Appena bevo mi sento come se mi fossi innaffiata. Vorrei stare in un posto caldo e sciogliermi al sole. Ho la febbre e mi sono persa nel bosco. Mentre ero a casa pensavo: perché me ne devo andare. I giorni dell'università sono finiti. I morti non danno esami. Quindi potrei anche restare a casa tutto il resto del tempo. E aspettare Robin in poltrona, seduta accanto a mia mamma a parlare dei vecchi tempi. Di quando ero viva. Di quando stavo bene e litigavamo sempre ma adesso mi sono pentita e tutto quello che vorrei è starmene nel mio letto, al calduccio, con la mamma che mi porta brodo e papà che mi porta baci. Ma papà mi sparerebbe. Caricherebbe il fucile e mi aprirebbe una rosa di pallini in mezzo al petto. E io gli direi: papà, non ricordi che sono morta? Non posso morire per la seconda volta. Come quei film sugli zombie di cui ho visto solo i trailer, anche se Francesco insisteva sempre a raccontarmeli dalla prima inquadratura all'ultima, così mi venivano gli incubi anche per i film che non avevo visto. Perché devo sempre pensare alle cose spaventose che mi raccontava Francesco. E anche Paco. Pure lui fissato su tutti questi film di paura, mentre a Robin non gliene è mai fregato nulla. Lui pensa che quelli dell'orrore sono film idioti e idioti quelli che li vanno a vedere, come dice quella canzone di Battiato che è un altro dei cantautori che piacciono tanto a Robin. A Robin piacciono tutte queste musiche vecchie. Il soul di adesso, secondo me, gli fa schifo. E il rap lo fa andare fuori di testa. A lui piace solo roba datata, che certe volte proprio non lo capisco e lui non vuole mai spiegare niente perché è pigro come un gatto o forse perché è fuori. Ma non è una belva. Mi viene una tale rabbia quando dicono che Robin è una belva. Robin è un ragazzo dolcissimo. E tutto il mondo si accorgerà di quanto è buono quando verrà fuori dalla tomba e comincerà a fare cose buone per tutti. E tutti diranno che hanno sbagliato a non apprezzarlo in vita, ma solo post mortem. Sempre, dopo la morte una persona è più apprezzata che in vita. Perché si è levata definitivamente dai piedi e tutti si sentono più sollevati e stanno più comodi. Si allargano e si prendono la tua camera, la stanza dei giochi e il tuo telefonino. Poi torni e dici: no, belli miei, è roba mia, come vi siete permessi? E loro ti sparano addosso e cercano di farti morire di nuovo. Ma tu non puoi morire perché sei già morta e nessuno muore due volte, tranne Lazzaro, che però secondo Francesco non è tecnicamente uno zombie perché lui è proprio tornato in vita. Insomma, ha passato un brutto quarto d'ora, ma poi s'è ripreso del tutto. L'ha sfangata, direbbe Paco. Non è uno zombie. Tecnicamente non lo è perché gli zombie tornano sì in vita ma, fondamentalmente, restano morti. Non gli batte il cuore. Non respirano. Camminano come ubriachi.

NON SONO UNA ZOMBIE!

Nessuno ha mai detto questo, Mirta. Tutti sappiamo che cosa sei.

Sì. Una fantasmina.

Sicuro, una fantasmina con la febbre.

Sì, perché non ho mangiato niente e ho preso tanto freddo.

Povera piccina, e come facciamo adesso?

Cerchiamo da mangiare e un posto caldo.

Com'è bello il mio piumino. Gli occhiali da sole. La sciarpa. Mi sento già meglio. Bevo. E qua al sole sono sicura che mi riprenderò. Dovrei andare su, per la strada del Subasio, a prendere l'acqua e le provviste. Ma adesso sono troppo stanca. Mi ucciderebbe salire fin lassù. E poi, devo comunque comprare il giornale. Ma non so come fare. Però ho i soldi. Ne ho presi tanti. A pugni. Ho vuotato la busta gialla. Loro la tengono lì da sempre. E stanno attenti a non farla calare di livello. Ai miei non piace stare senza soldi in casa. Vogliono sentirsi sicuri. I soldi in casa, l'antifurto collegato con la centrale, i fucili. Sono ossessionati. Temono sempre catastrofi in arrivo. Robin non è mai stato sicuro, neanche un istante in vita sua. Odia essere sicuro. Stare al sicuro. Sentirsi al sicuro. Lui e Paco odiano la parola stessa, sicuro. Di una cosa sono sempre stata grata a Paco. Di non averci mai provato. Con me, voglio dire. I fidanzati delle mie compagne di scuola, invece, sempre. Per abitudine. Per non passare per froci. Perché sono insicuri e vogliono sentirsi sicuri.

Se stanotte non muoio per sempre, domani vado dal professor Barzini e gli dico che sono uscita dalla tomba per non saltare l'esame di filologia romanza. Lui mi dice che non sa se può farmi dare l'esame, ma poi si mette paura e mi scrive un bel trenta e lode sul libretto senza nemmeno interrogarmi, perché lo sanno tutti che i morti non possono parlare.

Se stanotte non muoio, prendo i soldi e vado per il mondo a cercare la tomba di Wittgenstein. Tanto la strada la trovo perché è sepolto nel cimitero di St. Giles, nei pressi di Cambridge. In mezzo ai boschi, immagino. Quando arrivo mi siedo sulla lapide e cerco di tirarlo fuori. Se ci riesco, andiamo insieme a tirar fuori Robin. Sono sicuro che Wittgenstein ce la fa, perché s'è cacciato fuori da una sporca guerra e sa pensare in modo corretto. Solo un genio può far uscire Robin dalla tomba. O solo due persone. Mentre io distraggo i poliziotti facendo la scema, Witt va alla tomba di Robin e lo branca. Poi scappiamo via tutti e Robin litiga con Witt perché io sono suissima e lui deve andarsi a cercare un'altrissima. Ed è così che gli presenta quella faccia formaggiosa di Magda.

Se stanotte non muoio, dovrò cercar da mangiare e un posto caldo. O forse, se troverò da mangiare e un posto caldo, non morirò stanotte. Non riesco a capire cosa viene prima. Qual è la causa e quale l'effetto.

Vorrei togliermi gli anfibi e mettermi i miei stivali della Fornarina. Ma non so se posso, perché ho paura di vedermi a piedi nudi e trovarmi un sacco di macchie brunastre come quelle che ho sulle mani.

È venuta la volpe. Da principio l'ho scambiata con Ophi. Le ho fatto segno di avvicinarsi. Ho vuotato il pacco di biscotti. La volpe è venuta ad annusarli. Poi ha annusato me. L'ho toccata sul muso e si è spaventata. Ho cercato di aprire lo zaino ma avevo le dita così intorpidite che ci ho messo un sacco di tempo. Quando alla fine sono riuscita a tirar fuori il cartone del latte, la volpe se n'era andata. Così ho provato a bere io il latte. Ma non sapevo come aprirlo. Ho lasciato perdere e ho bevuto quel poco di acqua che era rimasta in fondo alla bottiglia. Poi mi sono ricordata della birra. Ho cercato le lattine nello zaino. La linguetta continuava a sgusciarmi tra le dita. Alla fine l'ho tirata con i denti. La birra ha un sapore strano.

L'ho bevuta tutta. Una morta ubriaca!

Sarà stata la birra ma mi è tornata un po' di forza. Mi sto trascinando verso la baita. Finché le gambe reggono. Lo zaino l'ho mollato. Non ce la facevo proprio. Ho preso solo la minigonna, gli stivali e la maglietta di pizzo. Se arrivo alla baita mi cambio. Non voglio morire stanotte con i vestiti di qualcun altro addosso. Sono così arrabbiata che certi momenti mi metto carponi e mordo la neve.

Sono le quattro del pomeriggio. È bello avere lo Swatch nella tasca del piumino per poter vedere l'ora. Mi chiedo se non ho fatto un errore a lasciare lo zaino sotto la quercia. Insomma, una specie di bivacco. Continuo ad arrancare tra i cumuli di neve perché ho deciso che voglio lottare fino all'ultimo. Mi sento come se avessi la febbre, ma non mi importa. Camminerò fino a morire. Voglio morire in piedi. Con dignità.

SECONDA PARTE

Now, how I wish I had someone to talk to
I'm in an awful way

Quanto vorrei avere qualcuno con cui parlare
ora che sto così male

CAT STEVENS, *Another Saturday Night*

Non posso crederci. Sono seduta in soggiorno.

Non pensavo di farcela. Sono tutta ammaccata e irrigidita. Ma la porta era accostata, come l'avevo lasciata. L'ho spinta e sono entrata. Anzi, sono quasi caduta dentro. Ero stremata. E certa di trovare il comitato di accoglienza, con catene e camicie di forza. Invece non c'era nessuno. Così me ne sono rimasta un bel po' sdraiata sul pavimento della cucina. A ripetermi che ce l'avevo fatta. Ero tornata a casa.

Sono le nove di sera. Ho impiegato un tempo infinito a salire fin quassù, ma se non muoio mai devo abituarmi all'infinito. È questa stanchezza mortale che non mi dà tregua. Alla fine, quando ero praticamente in vista della baita, temevo di inciampare sui miei stessi piedi. Non sono andata a prendere l'acqua. Non ricordo neppure dove l'ho sepolta. E comunque non sarei riuscita a scavare. Mi sento a pezzi. Anche se adesso va un po' meglio. Il problema è la schiena, e le braccia. Le gambe così così.

Posso dire una cosa? Penso che qualcuno mi voglia bene, da qualche parte. Sono distesa sul divano, sotto il plaid rosso. Ho preso in dispensa tutte le lattine di birra che sono riuscita a trovare, in mancanza di un po' d'acqua. E ho acceso alcune candele trovate in cucina. Non c'è la musica, non c'è il camino acceso, ma è bellissimo ugualmente. Se penso alla notte che ho passato, su quella quercia. Chiunque sarebbe a pezzi dopo una notte simile. E ieri ho scavato per mezza giornata. E ho avuto traumi su traumi, e compiuto sforzi immani e subito choc terribili. Se solo riuscissi a recuperare le forze. Ho provato a mangiare, ma non riesco proprio a masticare. A bere sì. Sto scolando lattina dopo lattina. Ha un sapore strano. Non sa di birra. La birra non mi è mai piaciuta fino a questo punto. Praticamente, sono astemia. Anzi, *ero* astemia. Chissà, potrebbe anche trattarsi di una crisi di adattamento. Adattarsi a una situazione così nuova richiede tempo. Oppure è stata l'acqua. O i biscotti che ho mangiato. Forse sono cose che fanno male ai morti. Oppure, erano scaduti. Lo so che può sembrare demenziale, ma perché no? Mica ho controllato la data. Oppure, c'è qualcosa cui sono allergica. Come i fiori rossi sul terrazzino della mansarda. Parliamoci chiaro, sono un soggetto allergico. Corro dei rischi. E non posso neanche chiamare il medico. Ma non voglio lamentarmi di continuo. Si sa che pensare positivo aiuta a vivere meglio. Sono le negatività che peggiorano la situazione. Magda ne è ossessionata. Non fa che toccare e fiutare ogni cosa quando entra in un ambiente nuovo. Dice che le negatività ti possono mandare all'altro mondo. Ma non le ho mai sentito dire che le positività ti possono far tornare in questo.

Sono in camera da letto. Davanti allo specchio. E mi è passata la voglia di ridere. Le macchie. Ne ho dappertutto. È terribile. Ma ho deciso di cambiarmi ugualmente. Tanto ho tutto il tempo. E se muoio prima, amen. In viso, per fortuna, non ne ho. Ma sono di un pallore allucinante. E c'è qualcosa di strano anche. Agli occhi. No, non di terribile. Piccole macchioline ai lati dell'iride. Sulla sclera. Macchioline nere.

Sulle gambe, invece, ho un sacco di macchie. Ma ho messo i collant neri coprenti che avevo preso in camera mia e non si vede niente. Quindi è come non averle. Ne ho anche sulle braccia. Ma la maglietta di pizzo ha le maniche lunghe. I piedi, non me li sono voluta neanche guardare. Ho tirato via gli anfibi. È stato un incubo. Non riuscivo a sfilarli. Ma alla fine ce l'ho fatta. Per fortuna mi vanno grandi. Ho tolto un paio di calzettoni, lasciando sotto l'altro paio. Ho infilato i collant sui calzettoni, e sopra gli stivali della Fornarina. Sto benissimo. Non si vede niente. E di sicuro mi sono risparmiata un brutto colpo. Certo, c'è il problema del pallore. Ma è una casa attrezzata. Sono certa che da qualche parte salterà fuori un po' di cipria. Un tocco di fard. Qualcosa che mi dia colore.

A proposito. Ho ritrovato il mio abito di seta bianca. Mi ha emozionata, rivederlo. Ne ho staccato una striscia e me la sono legata intorno al collo. Mi dà un'aria misteriosa questa sciarpa di seta bianca sulla maglietta di pizzo nero. E oltretutto copre le brutte macchie che ho sul collo.

Ho fatto un sacco di movimento per riuscire a vestirmi come si deve. Credevo che mi avrebbe ulteriormente distrutto, invece adesso va meglio. Le mie mani sono sempre a mezzo servizio, quasi fuori uso. Però è come se il peggio fosse passato. Il peggio è stato sulla strada. Quando mi sono fermata con l'intenzione di non muovermi più. Ho pensato, basta. Mi butto tra i cumuli di neve, chiudo gli occhi e muoio per davvero.

Non so come ho fatto ad andare avanti. Mi dicevo che a nessuno sarebbe importato della mia morte. Della mia seconda morte. E proprio per questo non potevo mollare. Quando ti credono morta e sepolta, polvere di tomba e nulla più. Quando parlano di te al passato dicendo, la povera Mirta. Quando dicono; che darei per rivederla, ma se ti presenti di fronte a loro e dici, ehi, sono io! ti scaricano un intero caricatore addosso. Ecco, allora è ora di tener duro.

Ma adesso basta con i cattivi pensieri. Perché stasera si esce. La gente giusta esce il venerdì sera. È così trendy, uscire di venerdì, piuttosto che il solito sabato.

Ho bisogno di gente. Di movimento. Di parlare con qualcuno. Non sono certo così ebete da andare nei soliti posti. Ce ne sono tanti altri. In cui nessuno mi conosce. Non ci resto a casa. Non posso stare a casa solo perché sono morta. Se una appena morta si chiude in casa, poi non esce più. È come per la depressione. Se non rompi l'aria, non esci più. Una sola cosa mi dispiace. Che stasera non posso chiamare Veronica e dirle di venirmi a prendere in macchina. Andavo spesso a ballare con Veronica, prima di mettermi con Robin. E anche dopo, qualche volta. Quando Robin partiva. Ci mettevamo in macchina e ce ne andavamo da qualche parte. Io e Veronica. E certe volte riuscivamo a trascinarci dietro Miranda. Se quella pizza di Giancarlo non la asfissiava con i suoi ricatti. Tu esci con me. Io, con chi mi pare.

Veronica mi diceva, come fa a sopportarlo. Lei non aveva intenzione di mettersi proprio con nessuno. E quindi usciva con me. Ci mettevamo in macchina e ce ne andavamo a ballare. Tra le colline. Nel vento della notte. Ridendo tutto il tempo e divertendoci da paura.

Ho passato un quarto d'ora d'inferno. Ho visto un mucchio di macchine che risalivano la strada. E ho pensato che stessero venendo qui. Che qualcuno avesse visto la luce delle candele baluginare dalle persiane. O si fosse comunque accorto di qualcosa. Mi sono appostata nella stanza del ragazzo, che s'affaccia sulla strada principale. Dalle persiane, potevo tenere sotto controllo quello che accadeva. Un fiume di macchine. In un posto così fuori mano. E col corpo a metà servizio che mi ritrovo. Non riuscirei neanche a scappare. È stato terrorizzante. Anche perché c'era qualcosa di strano, nelle macchine. Non sono riuscita a capire. Comunque, l'intero corteo ha proseguito oltre. Non capisco perché mi sono spaventata tanto, forse perché mi sento così debole. In realtà, la schiena va meglio. Ma se penso ai salti pazzeschi di ieri. Forse, solo il primo impatto, forse è stato il sole. Il tempo. L'acqua. Qualsiasi cosa. E ovviamente ho sempre quel problema. Non riesco a mangiare. E sono convinta che il guaio stia proprio lì. Perché morta o non morta, il corpo ce l'ho. Non sono un fantasma. Sono.

Ingresso sbarrato. Torna indietro.

Insomma, ieri stavo così bene! Comunque sono scesa giù per le scale senza problemi. Voglio dire, ho sempre le gambe irrigidite, ma non fino al punto da non potermi muovere. Forse, è il collo a preoccuparmi più di tutti. Ho un torcicollo pazzesco. E le mani. Le dita, soprattutto. Però ho questa casa. La mia piccola baita di montagna. Così accogliente. E non c'è lo strano odore che ho sentito a casa mia stamattina. Quel lezzo che stagnava tra le camere. Qui c'è solo il profumo delle candele. L'odore del pino stagionato. Dei mazzi di fiori secchi appesi alle pareti. E Loreena McKennitt che canta *Standing Stones* nella mia testa. È bella la musica celtica. Evocativa. E questa baita è come la terra della giovinezza delle divinità celtiche. La magica terra in cui i Tuatha De Danann, il popolo fatato dei Sidhe che abitava l'Irlanda, si rifugiò dopo essere stato sconfitto dagli invasori milesi. La terra dei vivi. La terra dei morti felici. Della giovinezza. Può sembrare strano, ma sono tutti sinonimi. Per la tradizione celtica, i veri viventi sono i morti felici. Gli eternamente giovani. Per i Celti non esiste un mondo, ma due mondi paralleli. E penso che se ce la farò. Che se io e Robin riusciremo a sopravvivere a tutto questo. A essere morti felici. Penso che mi metterò a studiare. Se il mio tempo è infinito, lo passerò ad amare Robin e a studiare. A leggere tutto quello che potrò leggere. A vedere tutto quello che potrò vedere. A pensare tutto il pensabile.

Com'è bello il bagno alla luce delle candele. Le fiammelle si riflettono negli specchi, sulle piastrelle, sulla rubinetteria in ottone. Mi dispiace non poter aprire l'acqua e riempire la vasca. Ma forse è meglio così. Rischierei di rimanere tappata qui fino alla fine del tempo. O almeno, fino alla stagione del disgelo. Di cedere, insomma. Trasformare questa casa in un'altra, confortevole, suggestiva, accogliente tomba. Ma non devo lasciarmi vincere dalla tentazione. So che fuori è brutto. Buio. Pieno di neve e di vento e di strani cortei di automobili. Di vivi e di poliziotti e di incontri pericolosi. So che la piccola Mirta vorrebbe rimanere al riparo, nella baita di legno e pietra.

Lo so, ma non posso. Perché non sono uscita *motu proprio* dalla tomba. No. Sono tornata con una missione. Mantenere la promessa. Tirar fuori Robin con la forza dell'amore. Per affrontare insieme il mondo selvaggio. Quando Robin uscirà, quando saremo insieme, di nuovo e per sempre, allora potrò rannicchiarmi in una baita come questa. Cantare tutte le canzoni e scrivere tutte le poesie e accendere tutte le candele e danzare nel vento. Mirta e Robin. Nella terra dei morti felici. Degli eternamente giovani.

Alla fine l'ho trovato. Nell'armadietto del bagno. Un fondotinta. Me lo sono spalmato sul viso, sul collo, sulla scollatura. Sulle mani. Ho messo gli occhiali a specchio. Tutti usano gli occhiali da sole per andare in discoteca. E poi mica sono sicura che la mia foto sia stata pubblicata sui giornali. Ho anche dimenticato di comprarlo, il giornale. Magari lo farò stasera, se troverò un'edicola aperta da qualche parte. O domani, se sopravviverò a questa notte.

Ho messo la mia minigonna nera di jeans. La maglietta

di pizzo e la sciarpa bianca di seta. Gli occhiali a specchio. Gli stivali della Fornarina. Il piumino nero lungo. Sono morta, sì. Ho le articolazioni irrigidite e la schiena in pezzi. Ho macchie strane dappertutto. Ma dovresti vedermi, Robin. Forse, non mi riconosceresti neppure. Perché sono proprio uno schianto. Una figa da paura.

Adesso il vento soffia forte. E sta riportando cumuli di nuvole sul Subasio. Scendo a valle lentamente. Non perdendo mai di vista la provinciale che si snoda tra i boschi. Smarrirsi qui è facile. Se avessi l'energia dei giorni scorsi. Ma in questo stato. Scendo con cautela. Al riparo degli alberi. Tra le strida degli animali selvatici. I soli che mi accettino, come una parte del paesaggio. Un sasso. Un cespuglio. Un cumulo di neve. Scendo facendo attenzione. Non voglio perdermi. Non voglio cadere. Non voglio sporcarmi. Non voglio sciogliere il fondotinta. Ho spento tutte le candele e ho lasciato la porta della baita accostata. Non si sa mai. Ho un po' di soldi nella tasca del piumino e altri in quella della minigonna, ma il grosso l'ho ficcato negli stivali. Mi sembra l'unico posto sicuro. E chi se li può togliere, gli stivali, con tutte quelle macchie sotto! Ho anche una meta. Un locale tra le colline in cui siamo andati solo una volta con Robin, prima dell'estate. Non ci siamo più tornati perché a Robin l'ambiente faceva schifo. La musica faceva schifo. La solita disco di Ricky Martin, degli Alcazar. Il genere di Magda insomma. Un posto di stracci, ha detto Robin.

Il posto lo ricordo bene, anche perché ero stata io a proporlo. Me ne aveva parlato qualcuno a scuola, o addirittura la Susy, chissà. Un posto qualunque, frequentato per lo più da militari di passaggio della caserma di Foligno. Non dista molto da qui, poco più di tre chilometri. Sulla strada verso le colline. E non importa quanto impiego. Anzi, mi piacerebbe arrivare talmente tardi da trovare le porte sprangate. Perché lì ci sarà tanta gente. Tanti viventi. E dovrò camminarci, tra loro. Muovermi. Forse, perfino, parlare con loro. E ciò che provo, al solo pensiero, è terrore.

Ma la strada è buia, adesso. Mi proteggono i boschi. Le pinete perdute nel vento. E anche se vorrei tornare indietro, continuo ad arrancare in avanti. Ho bisogno di quel posto con le luci e la musica e la gente che parla. Che mi parla. Che mi chiede scusa per avermi pestato un piede. Qualcuno che mi veda. Che mi urti passando. Che mi chieda che ora è. Che mi faccia capire se esisto.

Le gambe vanno meglio, tanto che sto procedendo più spedita. La schiena così così. Il collo e le braccia, come piombo. Mi mantengo al riparo del bosco. Tra gli stridi delle civette e i versi degli animali notturni. Tra sguardi gialli che occhieggiano nel fogliame. Il mio bosco. Sarei morta per sempre, senza di lui. E dire che credevo di conoscerlo. E l'avevo visto solo come al cinema, dietro gli schermi dei finestrini della macchina. Come una diapositiva ferma.

Mi mantengo al riparo degli alberi, ma ho già superato la deviazione che porta al locale. Ho intravisto perfino il cartello indicatore, tra il fogliame. Strange Days. Cammino da quasi un'ora e credo che manchi veramente pochissimo. C'è un fiume di macchine che sta salendo lungo il sentiero. Bene, vuol dire che il locale è aperto. Guardo l'orologio. Mezzanotte e mezza. L'ora delle streghe.

Fai poco la spiritosa, dolcezza.

Devo fare la spiritosa. Devo farlo per forza. Altrimenti dove trovo il coraggio di affrontarli? Sono tutti vivi. Vivi.

E capiranno subito che tu sei tutta morta. Morta.

Non lo so. Sto fingendo di respirare, da qualche minuto. Devo ricordarmene. Nessuno penserebbe che i morti respirano. O comunque siano in grado di fingere di farlo.

Siamo in vena di furbizia?

Sempre meglio che in vena di depressione.

Non volevo offenderti, Mirta.

Ecco, fai bene a restarci male. Perché la depressione è dappertutto. È la neve sterminata su cui cammino. Questo solitario bosco di notte. È il cielo vuoto sopra di me. È il mio corpo stesso senza vita. Perché ho solo diciannove anni e un corpo morto che funziona a metà e si sta coprendo di strane macchie. E ci sarebbe tanto da lamentarsi che potrei sedermi su questa collina e rimanerci nei secoli a ululare di pena e di orrore. Ma non voglio farlo. Preferisco arrancare nella neve con la mia maglietta di pizzo per andare a ballare di venerdì sera, che fa così trendy. Comportarmi come una scoppiata fuori di testa piuttosto che cedere alla pena. Rischiare che tutti gridino: è morta! C'è una morta che sta ballando! piuttosto che ficcare la testa sotto la neve e continuare a morire di compassione per me stessa.

Il parcheggio. Sono sul retro del locale. È un parcheggio immenso a cielo aperto. È da qui che devo sbucare, per essere notata il meno possibile. Come se avessi appena posteggiato la macchina e stessi andando a ballare. Ce la farò. È pieno di macchine, di gente, di portiere che sbattono, di richiami. Ci sono dei lampioni, ma non è molto illuminato. Adesso devo solo trovare il coraggio di attraversarlo. Arrivare all'ingresso. Entrare. E se mi fermano?

Pensa, Mirta, pensa. A Robin. Pensa a lui. E a Witt. Che ha affrontato da volontario l'inferno del fronte orientale. Sai cosa significa? Guerra, bombe, morti. Uno come Witt, ricco sfondato, che se ne stava tranquillamente a casa, a Vienna, a scrivere le sue cose. O stravaccato a Cambridge a chiacchierare con Bertrand Russell dei massimi sistemi. E un attimo dopo si butta a corpo morto nel calderone di una guerra. Pensa a lui. Al suo comportamento eroico durante gli scontri di Okna.

Questo parcheggio è il tuo fronte orientale. La tua Galizia. La battaglia di Okna. Attraversalo, Mirta. Oppure torna indietro, se non ce la fai. Rinchiuditi nella baita e barrica la porta. Infilati in quel dannato buco, accendi tutte le candele, riempi la vasca d'acqua e affogaci di pena e di terrore. Non c'è alternativa. Devi affrontarli. Loro. I viventi. Altrimenti non riuscirai mai a tirar fuori Robin. Senza fede e senza coraggio, non puoi farcela. Non ce la farai più.

Now, how I wish I had someone to talk to

È per questo, ricordi. Che sei venuta fin qui. Per avere qualcuno con cui parlare. Per non perderti nella solitudine della morte. Come diceva Robin? Ti amerò per sempre perché voglio che mi parli per sempre. Anche Robin deve essere stato solissimo per tanto tempo. Malgrado Muriel, malgrado Paco, malgrado Magda. Attraversa il parcheggio, Mirta. Va' a ballare, bambina.

Metto un passo dietro l'altro. È terribile camminare con queste articolazioni irrigidite. Non proverei tanta paura se solo potessi muovermi un po' meglio. Tanto ormai sono troppo avanti per tornare indietro. In mezzo alle macchine. Alla gente. A quelli che ridono e si spingono. Che già litigano. In mezzo agli ubriachi. Agli scoppiati. In mezzo a quelli con cui sono sempre stata. Il mio popolo. E che adesso mi mette questo strano orrore addosso. Questa paura. La voglia di scappare via. Lontanissima. E invece vado avanti. Non posso fare altro. Uno mi sta guardando!

Cammina. Mettiti in fila all'ingresso.

Mi sta ancora guardando.

Ti guardano perché sei bella, perché sei figa e perché sei sola. Gli uomini guardano le ragazze sole. Quante volte sei andata in discoteca da sola, Mirta?

A dire la verità, neanche una. Non ci avevo pensato.

Va' avanti. Così. Ecco, adesso fermati. In fila. Respira, ricordati di respirare. Da brava. Respira.

Odore. Cos'è questo odore?

Mirta, i soldi! Tirali fuori. Con queste dita che ti ritrovi, ci vorrà un po'. E cerca di non dare nell'occhio. Prendi i soldi nella tasca del piumino. E respira.

Sì, respiro. Per modo di dire.

Per modo di dire o no, respira. Non vedi che freddo fa stasera? Come si condensa il respiro qua fuori? Tutti hanno la loro bella nuvoletta davanti alla bocca. Anche tu devi averla!

Sto respirando. Ma c'è un odore terribile. Nauseante. Come si può resistere? È simile. Sì, a quello che c'era in casa mia. Ma molto più forte.

I soldi, Mirta. I soldi in mano. E continua a respirare.

Quanti siete?

Come?

Ehi, ragazza, quanti siete? O sei sola?

MIRTA, RISPONDI! RISPONDI AL BUTTAFUORI!

Now, how I wish I'm someone to talk to

MIRTA! PARLA!

Coraggio, ragazza, vai dentro, che stai bloccando la fila.

CAMMINA, MIRTA! TI HA DETTO DI ANDARE DENTRO! TI HA FATTA ENTRARE. MA CERCA DI PARLARE. DOVE VAI? LA CASSA! DALLE I SOLDI. DILLE CHE VUOI UN BIGLIETTO. ALLUNGA QUELLA MANO E DALLE I SOLDI!

Uno?

Rispondi alla cassiera! Falle segno di sì, almeno. Così, bravissima Mirta. Il biglietto! E il resto. Prendi il resto, perdio! Così, da brava. Mettilo in tasca. E adesso cammina, scendi la scala, avanti! Scendi. Così. Giù il destro, adesso il sinistro, metti giù il sinistro. Adesso di nuovo il piede destro. Continua a scendere. Piede destro, piede sinistro. Così. Guarda, sei già arrivata. Ce l'hai fatta! Mirta?

Welcome to the jungle

Vista. Parlato. Odore terribile. Dappertutto.

Close your eyes
And feel the sensation

Mirta?

The nature, the animals

Mirta, cazzo, rispondi!

Odore. Musica. *Welcome to the jungle.* Robin dice. Schifo.

The nature, the animals
the dangers in the jungle

Mirta!

Mi hanno vista. Mi hanno parlato. Che odore terribile. Dappertutto. Perché Robin dice schifo. Siamo nella giungla, nella giungla.

Sì, però è solo una canzone. Mirta, per favore, togliti dalla pista. Trovati un posto a sedere. Togliti di lì. Mirta?

The nature, the animals

The dangers in the jungle

Mi tolgo, mi tolgo. Ritmo. Che odore. Si può affondare in questo odore. Siediti. Cioè sì, adesso mi siedo. Mi hanno parlato. Mi hanno vista. Mi fanno passare. Mi guardano.

The nature, the animals

Mi viene da ridere. Come rido male, tutta strozzata. Cos'è questo odore. Fortissimo. Non sono bella? Non sono una figa persa? Una strafiga scoppiata?

The dangers in the jungle

Luce e ritmo e colore. Gente e odore. Nella giungla dei viventi. E mi guardano. Gli uomini. Che c'è da guardare. Mi devo spostare. Sedere a un tavolo. Bere qualcosa. Accavallare piano piano le mie belle gambe tutte irrigidite e dire.

THE NATURE, THE ANIMALS

THE DANGERS IN THE JUNGLE

Volete venire nella giungla con me? Nel bosco oscuro pieno di strida e richiami. Chiudi gli occhi. Gustati la sensazione. Ragazzi, sono morta e mi state spogliando con gli occhi. Entrate tutti, coraggio. Benvenuti nella giungla. La giungla sussurrante di Mirta.

Mirta? Sono qua. E sono una. Non esistono due Mirte. Una sola. Io. Seduta in quest'angolo. Con tanti soldi in tasca. Sta andando tutto a posto. Mi hanno vista. Mi hanno parlato. Mi hanno fatta passare. Com'è bella questa musica. Il locale. Perché a Robin non piaceva? Perché deve sempre portarmi via sul più bello e rovinarmi ogni cosa? Questo posto è bellissimo. Peccato che sono tutta rigida, altrimenti scenderei in pista e le farei vergognare, queste stronzette. Magari più tardi. O domani sera. Via via che mi riprendo, al caldo. Che attraverso parcheggi ed entro nei locali. E tutti mi fanno passare e mi dicono: ehi, ragazza. Come una qualsiasi. Che cammina nella notte con i suoi occhiali a specchio. Tra viventi scoppiati. Mi ero tanto preoccupata. Qui sono tutti talmente fatti che non distinguono un palo da un uomo, altro che un morto da un vivo. E magari, certe sere, anche tu ti sei imbattuta in un morto che faceva due passi. Che ballava al tuo fianco. E magari gli hai anche sorriso. Magari l'avresti anche baciato, se non ci fosse stato Robin lì vicino. O Paco che pattugliava i dintorni.

Sto andando al banco. Ordinerò un Cuba libre. Mai bevuto un Cuba libre. Paco lo adora. Dice che la vita non ha senso se non hai il tuo Cuba libre a portata di mano. I suoi sono talmente forti. Rum con Coca, non Coca con rum. Vorrei un Cuba libre alla Paco. Ma non credo che riuscirò a parlare così a lungo. Dirò solo: Cuba. Mi capiranno. Tutti conoscono il Cuba libre.

Cuba.
Come?
Più forte, Mirta, tira fuori un po' di voce!
Cuba.
Che?
Cuba. Cuba libre!
Bambina! Che mal di gola. O siamo solo timide? Non ti ho mai vista in questo locale. È la prima volta che vieni? Ce l'hai il tagliando per la consumazione? Sì, quello. Ma non sei di qui vero? Come siamo silenziose. Ehi, bambina, mica ti mangio. Ecco qua il tuo Cuba libre. Ehi, bambina!

Sono tornata al tavolo. Tenendo il bicchiere con tutte e due le mani. Temevo che potesse cadermi da un momento all'altro. Non so come potrò andare avanti. La mia voce è talmente strozzata. Forse, mi sono disabituata a parlare in tutti questi giorni di silenzio. È quasi una settimana che non parlo con nessuno. E vorrei tanto parlare. Ma il barista faceva tutte quelle domande. Solo con Ophi sono riuscita a parlare, per quanto la mia voce fosse già così strana. Ma lei è il mio gatto. Adesso rimango qui al tavolo e non mi muovo più. In fondo, non devo far nulla. Solo bere il mio Cuba libre e ascoltare la musica. E resistere all'odore. Quello del barista era micidiale. E le domande. Ma è una specie di prova generale, e devo superarla. Stare in mezzo ai viventi.

Respira, Mirta, non ti dimenticare di respirare. Cerca di farne nuovamente un'abitudine. Dentro e fuori, dentro e fuori.

Stare in mezzo ai viventi. Bere. Fingere di respirare. Parlare con loro. Fingere di essere come loro. Posso farcela.

Per tutta l'eternità? Fino alla fine del tempo?

Non voglio pensare in questi termini! Ho fatto progressi da gigante. Sono uscita dalla fossa da appena quarantott'ore e adesso sto seduta in discoteca a sorseggiare un Cuba libre. Come un venerdì sera qualsiasi. Ho tanti problemi, ma non voglio pensare a niente adesso. È per questo che si va nei locali, per non pensare a niente. Per sentire la musica. Bere. Ballare. Per sentirsi normali, come tutti.

Tu non sei come tutti.

Io non sono mai stata come tutti! Neanche da viva. Per questo posso reggere alla morte. Anzi, a questa strana cosa che chiamo morte e non so che cosa sia e dove mi condurrà.

Si è seduto al tavolo. Mi sta parlando. Non ho fatto a tempo neanche ad aprire bocca. Ha detto, posso? e si è seduto. Senza aspettare risposta. Alla svelta. Mi sta parlando. Dice che sono bellissima. Che non mi aveva mai vista prima da queste parti. Che ha chiesto perfino al barista, ma neanche lui mi conosce. Anche lui ha un Cuba libre in mano. Dice che è il suo cocktail preferito. Che abbiamo qualcosa in comune. Che lui viene spesso in questo locale, perché la musica è bellissima e l'ambiente fighissimo. Dice che si è accorto di me non appena sono entrata. Che l'ha colpito il modo in cui scendevo le scale. Con un'aria di padronanza assoluta e di assoluta indifferenza. Dice che ha capito subito che una come me non balla nemmeno. Che se ne sta al tavolo, con gli occhiali a specchio. Chiusa in una bolla di mistero.

Mentre tu sei l'assurdo in persona
E ti vedi già vecchio e cadente
Raccontare a tutta la gente
Del tuo falso incidente

Appena si è seduto ho pensato a Robin. A quello che direbbe Robin, se potesse vedermi. Al tavolo con uno straccio. Così li chiama Robin. Gli straccissimi di questo locale mi fanno schifo. Hanno un look riconoscibile. Giacche sportive con le toppe ai gomiti. Mocassino allacciato. Calzino corto. Camicia con le cifre sul taschino. Capello fonato. Bracciale d'oro al polso. Orologio Bulgari. Ah, dimenticavo, sono abbronzati. Sempre. Sono appena tornati dal mare, o dalla settimana bianca, o dall'ultima seduta di lampada. Hanno lo sguardo obliquo, le palpebre basse, la voce roca. In genere fumano. Ridono di gola. Quando ballano, alzano le braccia in alto e battono le mani, ma dalla vita in giù non sanno manco muoversi. E si guardano negli specchi, passandosi rapidamente una mano tra i capelli gonfi. Questi sono gli stracci da locale, secondo Robin. E uno di loro s'è seduto al mio tavolo e mi parla.

Era ovvio che prima o poi smettesse di parlare e cercasse di far parlare me. Dice che non mi ha mai visto qui, ma non ci siamo già incontrati da qualche parte? Mi sembra di conoscerti da sempre. È lo straccio più straccio che abbia mai conosciuto. Si contraddice a ogni momento. Sbaglia i condizionali e i congiuntivi. Ma parla. Quanto. E mi piace che qualcuno mi guardi e mi parli, dopo che sono stata per giorni solo una cosa morta che urlava di terrore a ogni frusciar di foglie.

Questo straccio fonato non sa il sollievo che mi sta procurando. Seduta in discoteca a bere Cuba libre e parlare con uno straccio qualsiasi. Invece che appollaiata su una quercia a fissare una tomba. O su una lapide a guardare la fossa aperta da cui sono appena uscita. Non sa che sollievo sentire questa musica da stracci in un posto da stracci e giocare a recitare la parte della bella straniera capitata per caso in un locale di periferia.

Non sa niente di tutto questo, il tizio coi capelli gonfi e il bracciale d'oro che ride di gola e dice, ma si può sapere da dove vieni? Quanto sei misteriosa! Non sa niente di niente altrimenti, credo, fuggirebbe a gambe levate.

E dai, dimmi come ti chiami. Di dove sei, almeno.

Una notte al Black Jack, al principio dell'autunno, un tizio continuava a tampinarmi. Robin l'ha tirato su insieme alla poltrona e ha scaricato il tutto in mezzo alla strada. I buttafuori ci hanno messo una toppa, perché sono come fratelli con Robin.

Come faccio a parlare con un tizio del genere? Che gli racconto? E come faccio a tirar fuori la voce nel rimbombo assordante dei bassi?

Ho cominciato. Facendo uno sforzo terribile. A parlare, intendo. Poche parole da principio, solo per spiegargli che avevo avuto un mal di gola spaventoso, come ha detto il barista. Una laringite. Una bronchite. Una polmonite.

Gli ho letto il trionfo negli occhi mentre cominciavo, piano e male, a parlare. Gli avrei tirato una stivalata in faccia, quando gli ho visto accendersi quella luce negli occhi, ma mi sono trattenuta. Non è facile parlare con un morto. Far parlare un morto. Lui ci sta riuscendo. Solo perché il disprezzo che provo mi dà coraggio. Se parla uno come questo, posso bene parlare io. E poi mi piace parlare. Sono stata zitta per giorni. Prima chiusa nella tomba e poi fuori, e sempre zitta. E adesso. Per quanto schifo possa provare. Per quanto ribrezzo possa farmi il suo odore. Pure sto finalmente parlando. Con un vivo che mi guarda, fa segno di sì con la testa e mi sorride.

Un incidente, dico. Prima la bronchite. Poi l'incidente. Sto esagerando. Ma qualcosa devo pur dire. Un incidente di montagna, dico, con questa strana voce soffocata. Stavo sciando e sono scivolata a fondo valle, dico. Sono ammaccata dalla testa ai piedi. Non ballo perché sono stronza, dico. Non ballo perché sono tutta un livido. E lui ride. Di gola, dicendo che sono divertente. E sexy da morire.

Vacci piano con certe parole, straccino.

Abbiamo finito i nostri cocktail. Che ne dici di un margarita, mi chiede. O un whisky on the rocks?

Ma non gli piaceva solo il Cuba libre? Che ebete. Si dimentica di quello che ha detto un minuto prima. Chissà che fa nella vita. Glielo chiedo? E se poi lo chiede a me? Mah, qualcosa inventerò.

Lui ha una piccola esitazione. Ma si riprende subito. Ingegnere, dice, ma lavoro da libero professionista. Fa un gesto con la mano, come se lavorare da libero professionista lo ponesse su un gradino più alto. Ho una ditta di ristrutturazioni, dice. Serio. Professionale. Lavoro molto nel ramo delle ville, dei casali, mi spiega. Non solo in Umbria. Adesso ho preso un lavoro in Toscana. Un grosso appalto. Sono molto ricercato. E ride. Sfoderando una chiostra di denti perfetti. Penso a Robin, che non si decideva ad andare dal dentista per farsi rimpiazzare un premolare mancante. A Paco, con gli incisivi scheggiati. Ai nostri sorrisi così così. A quanto eravamo belli quando eravamo insieme.

E tu? chiede. Tu che fai?

Studio, gli dico subito. Cosa? Lingue. Mi piace. Dà l'idea di una straniera. Di qualcosa collegato all'estero, a un altro linguaggio, a un'altra terra. La terra dei morti felici, per esempio.

A Perugia, chiede lui.

A Perugia, rispondo. La voce va leggermente meglio. Come se qualcosa si stesse sciogliendo, a forza di parlare. È un po' più chiara, meno afona. Solo che ho la schiena bloccata. Forse perché sono seduta da troppo tempo. Vorrei alzarmi, ballare. Ma non posso correre rischi. E comunque, ballare sarebbe impossibile.

Reggi bene gli alcolici, dice lui.

Reggo bene qualsiasi cosa, penso. Ma sto zitta, tutta concentrata nello sforzo di tenere il bicchiere tra le dita irrigidite. C'è una macchiolina sull'indice, dove il fondotinta s'è sciolto. Una macchiolina brunastra. Il segno dell'incubo che continua a montare intorno a me qualsiasi cosa io dica o faccia. FRANCESCO!

Sta scendendo le scale d'ingresso. Non è solo. Conosco la ragazza che gli sta appesa al braccio. La conosco molto bene, anche perché è l'unica persona al mondo che ho desiderato vedere morta. L'ho desiderato per molto tempo. Per tutti gli anni della scuola elementare.

Lo sgambetto me l'ha fatto subito, il primo giorno. Io ero una bambina timida. Non sono andata neanche all'asilo. A mamma piaceva avermi in casa. E anche a me. Andavamo nei boschi, quando era bel tempo. Con la canna in mano per difenderci dalle belve in agguato. Mi portava a far la spesa, seduta nel portapacchi della sua bicicletta. Mi portava dalle sue amiche. Mi portava in centro, a Perugia, tutti gli ultimi sabati del mese, al mercatino sotto i portici. E in giro per negozi a corso Vannucci. Andavo d'accordo con mamma, quand'ero piccina. Con papà di più, è sempre stato il mio preferito, ma il nostro tempo era limitato. La mamma invece stava con me tutto il giorno. Era molto simpatica, allora. Legava i capelli biondi a coda di cavallo. Era una bella ragazza che mi spiegava tutte le cose.

Devo andarmene. Subito! Gli occhiali a specchio non servono a niente con gente che conosci da quando sei nata.

Senti, dico al tizio, poggiandogli con grandissima cautela una mano sul braccio. Che odore nauseante ha.

Il primo sgambetto è stato l'inizio della fine. Forse, se avessi reagito subito. Ma ero così fiduciosa. Non so perché mi avesse preso di mira, Sonia. Forse perché ero seduta al primo banco. O perché ero timida. O perché suo papà era un semplice usciere nell'ufficio di fianco allo studio legale del mio. O forse solo per capriccio. So che a un certo punto mi sentivo male fisicamente, al pensiero di Sonia in agguato tra i banchi. Mi versava la colla nella cartella. Mi ficcava una lucertola in tasca. Una volta mi ha perfino buttato addosso il secchio dell'acqua in cui avevamo ripulito i pennelli per dipingere. Ha fatto finta di inciampare, e splash! tutto il mio grembiulino bianco inondato di colore. Perché non moriva? Perché non doveva morire, visto che era tanto cattiva? Perché l'angelo del signore non se la veniva a prendere e la portava all'inferno?

Al principio di ogni anno, speravo che avesse cambiato bersaglio. Invece, ero sempre io la vittima. Anzi, credo che ci prendesse gusto col passare del tempo e l'evolversi della nostra situazione scolastica. Perché io ero la più brava della classe. Forse anche della scuola. E Sonia un disastro. Ma era alta. Forte. A un certo punto ho cominciato ad avere fisicamente paura. Durante l'ora di ginnastica, via con una spallata, una pedata e mi mandava a gambe per aria. E ghignava. Era cattiva. Desideravo con tutto il cuore di vederla morta. Distesa in mezzo ai fiori e alle candele. Per ghignare a mia volta.

Senti, sei solo? chiedo al tizio.

Solo, sono sempre solo, dice lui.

Oh oh, il povero ranocchio azzurro. Questo paraculo da strapazzo. Niente parolacce, Mirta. Lasciale a Sonia. E pensa a prendere coraggio, per dirgli: perché non ce ne andiamo a fare un giro, vuoi?

Non se l'aspettava. Non così presto. Spalanca per un attimo gli occhi. Poi dice, con voce roca, impostata, in fondo senza fiato: ma certo! Sono ai tuoi ordini.

La quinta elementare. Vinsi un mucchio di premi. Per il miglior tema del circolo didattico. Per il disegno. Anche per la recitazione. Ero molto dotata, come attrice in erba. Ma Sonia si sviluppò. Di colpo. Prima delle vacanze scolastiche era stata una bambina alta e robusta. Al principio della quinta, quando tornò a scuola. Non potevo crederci. Piansi di pena. Pena per me. Non l'avevo vista per tutta l'estate. E adesso mi trovavo davanti Sonia con i capelli biondi sulle spalle, un reggiseno terza misura e i collant trasparenti. Mi ficcava ancora cose nella cartella, ma stavolta erano i suoi assorbenti sporchi. Lei era alta uno e sessanta. Io appena uno e quaranta. E piatta come una tavola. Ti porterei a ballare con me, diceva Sonia davanti a tutta la classe, ma devi imbottirti le tettine con dei batuffoli di cotone, con dei batuffoloni nel tuo caso. E magari un po' di gommapiuma sul sederino. Peccato che non possiamo imbottire anche l'altezza! E rideva. Ghignava. Aveva cambiato tattica. Non più colla e lucertole. Adesso era fiele avvolto in un velo di miele. Erano caramelle al veleno. Quando diceva: poveraccia, per forza deve essere brava a scuola, come passa il tempo una tale rospa? Avrei potuto risponderle: a pensare a tutti i modi terribili in cui potresti morire. In cui morirai, prima o poi.

Ci stiamo alzando. Francesco è sulla pista adesso, con Sonia. Bisogna far presto. Il tizio sta cercando di prendermi per mano. Lo ignoro. Lo precedo tra i tavoli, lontana dalla pista. Scivolerei lungo i muri. Sotto i tavoli, se potessi. Ma l'importante è arrivare alle scale.

La persecuzione cessò di colpo, all'inizio della scuola media. Fummo assegnate a due corsi diversi. Poi lei ebbe dei problemi, fu bocciata, si iscrisse a un istituto privato. La incontravo per le strade del paese. Non mi salutava. Non la salutavo. Poi si trasferirono a Perugia. E l'ho persa completamente di vista. Fino all'estate scorsa. Al Black Jack.

Stavo ballando al centro della pista, con Paco che sembrava Antonio Banderas in *Légami!*. C'eravamo tutti, e tutti strafatti. Anche Robin, che ovviamente non ballava, ma camminava in pista. Magda, formaggiosa quanto vuoi, ma con quell'aria di levitare un metro sopra gli altri. Luisa con i capelli verdi, una tunica trasparente e nient'altro. Piergiorgio incazzato come sempre, e fumato perso. I padroni del Black Jack, insomma. Io ero vestita praticamente di niente. Avevo un microtop. Un paio di shorts. Stivali alti alla coscia. Uno sballo. Eravamo tutti quanti uno sballo. E chi vedo a bordo pista? Una tizia grassoccia, con quattro ciocche biondastre e sudate, in mezzo a un gruppetto di sfigati. Ma così sfigati che si vergognavano anche a ballare e stavano tutti imbrancati sul bordo, in contemplazione delle divinità che occupavano la pista. Sono andata da lei. Diretta. Ho detto, Sonia? Lei mi ha guardata. Mi ha sorriso. Ho capito che non mi aveva riconosciuta. Ha detto, sì?

L'ha detto umilmente. Illuminandosi in viso. La regina del Black Jack le aveva rivolto la parola! Ma come, le ho detto ad alta voce, non ti ricordi di me?

Gli altoparlanti stanno sparando al massimo.

The nature, the animals
the dangers in the jungle!

E sono arrivata alle scale. Vorrei correre, ma non posso. Solo muovere queste gambe di legno. Lottando contro il terrore di sentire: Mirta! che rimbalza come una palla di ferro distruggendo tutto quello che tocca, fino a schiantarsi contro di me.

Ehi, dice qualcuno alle mie spalle.

CHI?

Ma è solo lui. Il povero principe ranocchio che mi sto rimorchiando senza colpa e senza voglia, per andare verso dove non so nemmeno io.

Ho la macchina parcheggiata qua fuori, dice.

Come vuoi tu, dico in fretta, tutto quello che vuoi.

Sorrideva. Incerta. È sempre stata così stupida, in fondo. La guardavo dall'alto in basso. Purtroppo per lei, quel metro e sessanta non è andato oltre. E se non fosse stata così stupida avrebbe capito qualcosa. Le ho detto: ma come, eravamo così amiche! Lei continuava a sorridere, sempre più incerta. Com'è possibile? le ho detto. Mi ficcavi gli assorbenti nella cartella. Mi avevi consigliato dei batuffoli di cotone per imbottirmi le tette. E gommapiuma per il culo. Peccato che l'altezza non si possa imbottire! Possibile che non ti ricordi di quella povera sfigata che nessuno si filava? Ma tesoro, sono Mirta! La tua compagnetta della scuola elementare. La tappetta a cui facevi lo sgambetto ogni giorno. Mirta!

Stavo parlando a voce altissima, adesso. Robin e Paco si sono avvicinati al bordo pista. Hanno detto, c'è qualche problema, Mirta?

Sonia era sull'orlo delle lacrime. I suoi amici fissavano il tetto, si fissavano i piedi. Non sapevano dove guardare. Avevano tutti quanti un'aria così sfigata che per un momento ho pensato di lasciarli perdere. Ma poi, tutti quegli anni. Tutta quella crudeltà. Ho detto a Robin e Paco: questi stronzi stavano dicendo che sono una che la dà a tutti!

E ovviamente è successo il finimondo.

THE NATURE, THE ANIMALS
THE DANGERS IN THE JUNGLE!

Siamo in cima alle scale. Il tizio sta pagando il guardaroba. Ma quanto ci mette? Esco, dico senza aspettarlo.

Finalmente fuori. Nell'aria profumata della notte. Delle

colline. Dei boschi. Stelle dappertutto, nella nottata ventosa. E una falce di luna che cresce nel cielo. Così adesso Sonia è tornata in pista. Si è ripresa. Malgrado Paco. Ed esce con Francesco. Chissà dove l'ha beccato. All'università? Che fine, povero Francesco. Magari le propina tutti quei film dell'orrore che non è riuscito a far vedere a me. Oppure le parla di me. Del suo amore perduto. Lei sarà stata contenta della mia morte. Da bambina mi detestava. E da grande. Da grande le è andata male. A lei e ai suoi amichetti. Non sono stata cattiva. È che il male subito da piccoli non si dimentica. Ero così ingenua. Era lei che era cattiva. Paco ovviamente ha esagerato, al solito. E Robin. Robin è Robin. E poi i buttafuori gli hanno dato una mano. Sono come fratelli. Quello è sempre stato regno di Robin. Ma Paco è peggio. Ho sempre pensato che Paco fosse pericoloso. Anche se piange e dice, non chiamarmi Giacomino. Paco è pazzo. E quello che ha fatto a Sonia.

L'ho detto a Robin, che Paco ha esagerato. Lui ha risposto, sì, Paco tracima, come i fiumi, Paco è un fiume. Credo proprio che Sonia abbia ghignato, sul mio letto di morte. E non del tutto a torto, stavolta.

È uscito. Il cappotto sul braccio. Un cammello. Diomio, che gusti. Mi precede lungo il parcheggio. Punta un telecomando. E le sicure scattano. Le portiere si spalancano. Le luci si accendono. Tutta la macchina sta ronzando. Vorrei ridere. Invece provo di nuovo pena. Per me. Che devo salire sulla batmobile in compagnia di un tale batscemo. Ma ormai. Ed è meglio allontanarsi dal parcheggio, nel caso che Francesco sbuchi fuori, abbrancato a quest'orrida Sonia che continuo a trovarmi sempre fra i piedi. In vita e in morte. Raggiungiamo la macchina. Nera. Finestrini oscurati. Sedili di pelle. Lucidissima. Pulitissima. Accessoriatissima. Una macchina straccissima, direbbe Robin.

Robin. Adesso dovrei essere sulla quercia, di vedetta alla sua tomba. Come Robin è sempre stato di vedetta accanto a me. Esagerando. Soverchiandomi, in certi casi. Ma non lasciandomi mai sola. Io invece. Ma che posso fare. Non riuscirei neanche ad arrampicarmi sulla quercia. Né a scavalcare il muro del cimitero. Non posso fare nulla. Solo aspettare. Tirare avanti. Sempre con questa idea che mi attraversa il cervello, come qualcuno o qualcosa che si insinui in una baita di montagna dalla porta di servizio. Che sto sbagliando. Che sto dimenticando qualcosa di essenziale. Che ho commesso un errore madornale, a un certo punto, e non posso più tornare indietro a tappare la falla. E non so nulla. Se la mia foto è sui giornali. Chi sia questo tizio con cui sono salita in macchina. Che cosa ne è della mia pelle, sotto il fondotinta che la maschera. Dei miei occhi, dietro lo schermo degli occhiali a specchio.

Ti fa proprio male quella gamba, dice il tizio.

Un poco, dico io, il ginocchio.

Ho visto come cammini con cautela, dice lui. Povera bambina, e hai anche il mal di gola. Ma è contento. Glielo leggo nello sguardo. Nei movimenti sicuri, quasi sbadati, con cui ingrana le marce, accende la radio, abborda la curva d'uscita del parcheggio. Hai in mente un posto oppure devo, dice. Smaccatamente tranquillo.

Sì, dico, ti guido io. Perché voglio rivederlo, quel posto. Mi è venuto in mente in un lampo e adesso devo rivederlo. Prendi la strada per Foligno, dico, ti spiego io dove deviare.

Ok roger, dice lui.

Un coglione. Un cretino. Però gli sto parlando. Mi sta parlando. A modo suo, è gentile. Interessato ma gentile. Sono io, adesso, che devo pensare. Pensare bene e alla svelta.

E questo posto in cui andiamo, chiede.

Vedrai, dico.

Se ne esce in un risolino stridulo. La sua vera risata. Si sta divertendo. Si sta eccitando. Si sta ingolfando nell'avventura della sua vita. Con una sconosciuta da sballo che non solo l'ha degnato di ascolto, ma che lo sta addirittura portando in un posto misterioso come lei. Un posto in cui lui pensa di poterle fare tutte le porcherie che vuole. Perché questa ci sta. Questa la dà a tutti.

Io non sono così. Non penso così. Ho orrore delle parolacce, delle volgarità, della crudeltà. Solo certe volte divento così. Quando sono piena di rabbia. O di paura. Robin diceva, tira fuori l'aquila. Ma spesso si ha paura a farlo. Sono stata male, dopo, per quello che Paco ha fatto a Sonia. Mi sono sentita in colpa. Ho cercato anche delle scusanti. Che ero strippata. Che lei mi aveva fatto troppo male da piccola. Che s'è trovata nel posto sbagliato al momento sbagliato. Ma ugualmente mi sono sentita in colpa. Come se l'avessi fatto io, quello che Paco ha fatto a lei.

Puoi anche toglierti gli occhiali, dice lui, non siamo più in discoteca.

Ho gli occhi ancora deboli, dico, ho avuto la congiuntivite. E mentre lo dico mi viene da ridere. La bronchite. La caduta dagli sci. La congiuntivite. Dove voglio arrivare? E adesso sto ridendo. Ma quello che viene fuori è un gorgoglio ingoiato, da finimondo. Ma a lui piace. Sta ridendo anche lui, invadendo della sua risata l'abitacolo della macchina insieme a questo lezzo terrificante che già lo permea. Dice: ma che sei, un ospedale ambulante? E ride, con gli occhi luminosi e il viso acceso. Tu sei completamente fuori, dice. La ragazza più pazza e sexy che ho mai incontrato, dice.

Lo guardo un momento. Questo è uno che manco i giornali legge. E poi non ha capacità di collegamento. Lo guardo e mi butto avanti, senza pensare oltre. Non è che sono un ospedale ambulante, gli dico. Sono proprio morta, e mentre lo dico mi sembra di essere un'altra che parla da un altro mondo. Sono proprio morta, ripeto, ma mi annoiavo, là sotto, così sono venuta fuori per andare a ballare. Era venerdì sera!

E lui ride battendo i pugni sul volante, fino a far sbandare la macchina. Troppo forte, vero?

Abbiamo superato la deviazione. Alla radio Alicia Keys sussurra le sue variazioni in do minore. Lui mi ha chiesto se il posto è lontano. Vicinissimo, gli ho detto, ci siamo quasi.

Si può sapere come ti chiami?

Dopo, gli ho risposto, ti dico tutto quando arriviamo.

Adesso stiamo arrivando. Oltre l'ultima curva. Lui svolta nello slargo. Si guarda intorno. Mi guarda. Mi chiede, qui? E nuovamente si guarda intorno. Perplesso.

Qui, dico. Parcheggia dove vuoi.

La discarica è deserta, nella notte. Alicia Keys canta i suoi vent'anni e io li piango. Qui, in questo posto. Dove tutto è finito e tutto è incominciato.

Lui ferma la macchina al centro dello slargo. Mi guarda. Dice: sei proprio sicura?

Credevi un altro locale, gli chiedo. O casa mia?

No, ma.

Senti, non posso portarti a casa, dico. Abito con delle amiche. Loro conoscono il mio ragazzo, dico ancora. Senza sapere cosa dirò un attimo dopo. Parlando senza pensare. Guardando la discarica. Sotto questa falce di luna. Sotto le stelle che hanno visto i nostri ultimi istanti di vita. Insieme.

Lui fa cenno come a dire, capito tutto. Poi chiede: hai litigato col tuo ragazzo, vero?

Sì, dico.

I ragazzi non capiscono nulla, dice lui. Senti a me, bella, tu hai bisogno di un uomo. Di uno che sa quello che deve fare. E cos'era, geloso per caso, il ragazzino?

No, è che aveva da studiare, dico. Aveva da studiare e io volevo uscire. Sta sempre in mezzo alle scartoffie. A me piace vivere. Ballare. Stare in mezzo alla gente.

Giusto, dice lui, una come te. Ma guarda che sei sprecata a stare con un bamboccio con la testa nei libri. Fattelo dire da me, che ho qualche anno in più di te e una certa esperienza. Tu non hai niente da invidiare a nessuno, manco a tutte quelle modelle e attrici che se la tirano.

Solo la vita, penso. Solo la vita che loro hanno.

Lui tamburella con le dita sul cruscotto, seguendo il ritmo della canzone. Dice: e chi è questo bel tomo con cui hai litigato?

Bel tomo! Ma che parole sono? Da dove vengono?

Witt, rispondo. Mi è scappato, a sorpresa. Voglio divertirmi un poco, in questa discarica dannata in cui non c'è stato tempo di parlare, di ragionare. Non c'è stato tempo di niente, all'infuori di morire.

Vic, ripete lui.

No, Witt, dico. Doppia vu, i, ti, ti. Witt.

Sembra il nome del cane di mio cognato, dice lui.

Witt è un diminutivo, dico. Il suo vero nome è. Si chiama Ludwig Wittgenstein.

Che? dice lui sobbalzando. Fai proprio bene a chiamarlo Witt, bella mia. Che è, un nobile? Pare un nome da frocio.

Guardo fuori, oltre il finestrino. La discarica immersa nel buio. Ed è come se vedessi il fantasma del gippone di Robin, e noi due seduti nel buio, ad ascoltare Cat Stevens che urla nel silenzio

Oh, baby, baby, it's a wild, world

Ma questo non è solo un mondo selvaggio. Non è solo una giungla. È un mondo sguaiato. Volgare. Becero. Un mondo straccio fatto per gli stracci. Un mondo in saldo.

È uno studente austriaco, dico. Ed è nobile, sì.

Ah, dice lui, uno straniero. Vengono qui e si pigliano le nostre ragazze. Le più fighe. Questi cazzoni.

Segue i corsi di matematica e logica, dico.

Un cervellone insomma, dice lui. E scuote la testa.

Uno studioso.

E tu lo ami?

Non so se lo amo. Ha una personalità molto affascinante.

E tu, dice. Tu come ti chiami?

Guardo la discarica. Il cielo pieno di stelle. La piccola falce di luna che inargenta lo squallore di questo posto. Di questa situazione. E penso, Mirta. Il mio nome perduto. Il nome che nessuno potrà più pronunciare. Appartiene solo a Robin, ormai.

Luna, dico. Mi chiamo Luna.

Certo che pure tu, con questi nomi, dice lui. C'avete proprio nomi strani. Anche al ragazzino di un amico mio, l'hanno chiamato Bruce. Come Bruce Willis. Che nome è?

E tu come ti chiami, gli chiedo.

Io? Io non mi chiamo, mi chiamano gli altri! E sbotta a ridere di nuovo, stridulo. Schifoso vivente di merda! E non me ne frega niente di dire parolacce. Perché adesso mi sto incazzando. Di brutto. Non è possibile stare qui, al centro di tutto, in questa discarica in cui le lancette del tempo sono impazzite. In cui tutto si è biforcato. La vita e la morte. E misteriosamente ricongiunto, in virtù di una promessa innominabile. Trovarsi qui con un tale becero. Con questo sputo di vivente. Non sapevo che la gente era così. Non sapevo niente. Conosco solo i libri. E le poche persone che mi hanno amata. E basta.

Ehi, ci sei rimasta male, dice lui. E dai, Lunetta, scherzavo. Comunque, mi chiamo Mario. Mi chiamo normale. Adesso te li togli questi benedetti occhiali e fai vedere questi belli occhioni a Mario tuo?

Sto seduta. Lottando contro questo lezzo impossibile. Vorrei scendere dalla macchina. Ma il solo pensiero di dover camminare su queste gambe rigide mi paralizza. Lui si è acceso una sigaretta. Ha cambiato stazione alla radio. Una musica melensa, sconnessa, una colonna sonora da stracci per una serata straccia.

Senti, Mario, perché non mi accompagni a casa? E mentre lo dico penso, dove? Al cimitero? Alla baita? Dove mai si può accompagnare una morta?

Ma sei matta! dice lui. Anzi urla, sei proprio matta! È tutta la sera che ti sto a battere i pezzi e adesso vuoi mollarmi così! Col malloppo in questo stato. E se lo tocca. Se lo afferra con la mano destra attraverso i suoi pantaloni stracciosi e lo strapazza. Come il cambio difettoso di una macchina che non vuole saperne di ingranare la marcia.

Lo sapevo. Ci siamo. Adesso ci siamo proprio.

Senti un po', Luna o come cazzo ti chiami, dice. Sta respirando forte. Cercando di controllarsi. Me ne accorgo, che vuole arrivarci comunque, ma senza spingersi troppo oltre. Perché, a suo modo, non è cattivo. Solo uno straccio, di quelli che Robin liquidava con una distratta scrollata di spalle o, se proprio esageravano, buttandoli in mezzo alla strada come spazzatura. Un qualsiasi straccio. Che io ho portato in questa discarica deserta lasciandogli intendere chissà che. Che gliela davo, che altro?

Luna, insomma, dice. Cambiando tono. Ingoiandolo di nuovo. E dai, Luna, ripete. Sorridendo. Dai, bambina, lo sai che lo vuoi quanto lo voglio io. Non pensare al tuo ragazzo. Mica glielo devi andare a raccontare. Rimane fra noi, capito? Aspetta, dice, che adesso ci diamo un po' di gas.

Tira giù la mascherina frangisole. Infila le dita in un buco del rivestimento. Guarda qua, dice, che bella sorpresa ti fa Mario tuo. Adesso ce l'ha in mano, la bustina. Dice: oh, guarda che questa è super. Ti schizza al primo tiro. Sta tirando fuori una banconota. L'arrotola. Non te l'aspettavi, eh, dice. E ridacchia. Arrapato. Puzzolente. Peccato che non la possiamo montare, dice, ma che ci importa. Ne versa un po' sul palmo della mano. La raccoglie con la punta del rotolino. Poi lo punta. E tira. Per primo. Tira forte su col naso, spalanca gli occhi. Dice, un tiramisù da favola. Tiè, Lunè, fatti una pippata che ce ne andiamo in paradiso!

No, dico, non ne prendo.

Che? dice. Ma dai! Guarda che si vede a un miglio che stai a rota. Una fottuta tossica a rota. Manco camminare sai! Pure no, dice, la stronza! Che, vuoi tirare sul prezzo? Punta il rotolino e spazza il resto della coca in una sola botta. Infila una mano in tasca, tira fuori il portafogli. Guarda qua! urla, mostrando un fascio di banconote. Quante ne vuoi, due, tre, dieci, le vuoi tutte, stronza! Così vi ci bucate tutto l'anno, tu e quel frocio dell'amico tuo. E ci restate pure. Sta tremando adesso. Le mani piene di soldi. Gli occhi di fuori. E l'odore è insopportabile. Ma di fondo. C'è qualcosa in questo odore. Qualcosa. Di diverso.

E cacciati 'sti maledetti occhiali! urla. Allungando una zampata verso il mio viso. Gli occhiali cadono. Ci guardiamo un momento. Ma che tieni agli, dice. Senza fiato. Respirando forte. Con quel lezzo che ormai è diventato tutto il mondo. Mi afferra il viso, mi tira vicino. Dice, ma che c'hai agli occhi. Alzo una mano, per allontanarlo. Le nostre mani si incrociano, si respingono, lui afferra la mia. Urla, mo basta, hai capito! Basta! Cerca di afferrarmi. Mi agguanta per i polsi. Questo odore. Insopportabile. Muschiato. Denso. Caldo. Ma che cazzo c'hai sulle mani, dice.

La luce della luna inonda d'argento la macchina. L'odore è dappertutto. Ritmato. Pulsante. Come un basso sparato a palla. Lui mi sfrega la mano con le sue. Dice: ma dove ti sei andata a impiastrare. Ma che tieni sulle mani?

Stammi lontano! urlo.

La luna è su di noi. Dovunque. Come l'odore. Come la marea pulsante che ha invaso la macchina. La mia mente. Il mio corpo.

Che cazzo! urla lui. Alza due occhi stravolti verso di me. Poi guarda le mie mani. E di nuovo me e di nuovo le mani. L'odore. Questo odore.

C'HAI LE MANI NERE!

Odore. Dovunque. Marea. Muschio. Miele. Latte. Fame.

Un colpo tra le costole. Mi spezzerebbe il fiato se solo. Affondo. Nel collo. Mordendo. Lottando. Contro questa cosa che si agita. Dentro questa cosa di miele e di latte. Che si agita, sgroppa, scalcia. Sotto la luna. Latte. Miele. Fame. Afferro. Stringo. Di nuovo, giù. Affondo. Nelle urla. Un mare di urla. Colpi. Sempre meno forti. I denti. Giù. I deltoidi. Tesi. Lacerati. Mastica. Mastica. Forza. Nelle gambe. Le mie gambe. Scalcio. Urla. Odore. Fortissimo. Irresistibile. Un colpo. Affondo. Giù. Latte e miele. Ancora, voglio ancora. Un colpo. Leggero. Leggerissimo. Un grido. Lontanissimo. Le mie mani. Mani nere. Che lacerano i vestiti. La pelle. La carne. Dentro! Silenzio. Sotto la luna. Solo questo scricchiolio. Come Ophi con gli ossi di pollo. Le mie dita. FINALMENTE!

Cosa. Dove. Arriva. Dal bosco. Dal folto del bosco. Sotto la luna. Corre. A perdifiato. A falcate. Vicino. Sempre più vicino. Sta arrivando. Arriva. Come il flash dell'ero. Mille volte il flash dell'ero. Sbucando dal folto del bosco. Contro di me. Dentro di me. Spalanco la portiera dell'auto, a precipizio. Mi butto fuori. Correndo. Gridando. Balzando. Volando. Sto volando. Contro il cielo. Tra le colline. E tutto è ritmo, adesso. Battito di mani cadenzato. Accelerato. Luna! Sono la luna uscita dal pozzo. La luna che nasce da nere colline. Luna felice in una notte di vento. Il gippone fantasma di Robin inonda la vallata della voce di Cat. La sua voce nel vento.

Now, I've been happy lately, thinking about the good things to come

And I believe it could be, something good has begun

Balzo. Tra le colline coperte di pini ventosi. Pensando a tutte le cose buone che stanno arrivando. E sotto la luna le mie dita si agitano. Si muovono forti. Bianche come la luna e rosse come il sangue. Il mondo è bianco di neve e di luna. Io sono bianca. Sono la luna e Paco un fiume e Robin il mio amore. E dalle colline il ritmo dilaga nelle valli. Sommergendomi. La musica lontana che adesso rimbomba. Ovunque tra i boschi e le selve. Battiamo le mani. E danziamo, sotto i raggi di questa falce di luna.

Now come and join the living, it's not so far from you
And it's getting nearer, soon it will all be true

Volo. Nel bosco. Scivolando lungo le vallate. Risalendo il crinale delle colline. Il mio corpo. Forte e bianco sotto la luna. Le mie mani. Che afferrano. Spezzano. E canto, nella vallata. Con la voce bianca della luna che geme e singhiozza il suo amore perduto. Robin, questo è un mondo meraviglioso. Una vita meravigliosa. Una morte meravigliosa. Una notte meravigliosa. E tu devi essere pronto. A volare con me.

Get your bags together, go bring your good friends too
Cause it's getting nearer, it soon will be with you

Mai più avremo paura di vivere per sempre. Tra boschi, colline e città. Scorrendo come acqua sorgiva. Alle fonti della vita e della morte. Là dove si congiungono. Robin, grido. Nel vento. Tra le colline. Sotto le stelle. Saremo insieme. Fino alla fine del tempo.

Forse è fuori luogo. Forse fuori di testa. Ma mi sento così bene, in questa notte profumata. Ho avuto tanta paura. Ho pensato che si trattasse di stanchezza mentale. Di stress da morte improvvisa. Del trauma di ritornare sulla terra. Del dolore per il mio amore che chiamo e non risponde. Della pena per me. Della vera morte, che a poco a poco avanza erodendo i tessuti e irrigidendo le articolazioni. Della mia mente sconvolta dai libri. Del terrore dei viventi. Del diaframma fra la vita e la morte in cui ero rimasta intrappolata. Invece. Come diceva mia nonna, quando sentiva di malesseri strani e disturbi di origine incerta: è solo fame.

La luna sta tramontando. Guardo le mani, sporche di sangue. Eppure bianche sotto la luna. Mi guardo nello specchietto laterale. I miei occhi. Splendenti, nella notte. Mondi di ogni macchia. Quasi li avessi solo immaginati quegli strani triangoli neri sul bianco della sclera. Strofino via la mistura di fondotinta e sangue che mi impiastriccia il viso. Mi sfilo il piumino, grondante di sangue. Sollevo fino al seno la maglietta di pizzo. Nulla. Le macchie brunastre sono scomparse. Come non avessero mai chiazzato del loro orrore la mia pelle. Quasi si fosse trattato solo di un'allucinazione da scoppiati, che svanisce insieme all'effetto delle pasticche.

Penso. Che adesso dovrò pensare. E invece ho voglia di muovermi. Di correre al cimitero, a cercare Robin. Di dirgli che possiamo farcela. E intanto continuo a guardare la macchina. L'orrore che contiene, rovesciato sui sedili anteriori. Che devo far sparire, prima di scatenare il finimondo. Non posso lasciarlo qui. Non nelle condizioni in cui è ridotto. Mi guardo intorno, nella spianata. Guardo il timer che lampeggia sul cruscotto dell'automobile. Quasi le quattro del mattino. E a quest'ora tutto è ancora possibile. Nell'ora morta che precede l'alba. Camuffare questa cosa orrida. Inscenare un incidente. Una scomparsa. Qualsiasi cosa, pur di non lasciarlo così. E mentre penso guardo la macchina. Apro lo sportello e guardo dentro. E penso, l'ho fatto io. Sento l'energia che scorre come un fiume di fuoco dentro il mio corpo. Come se facessi parte della collina, del vento che la percorre, delle nubi che solcano come una flottiglia sognante il cielo luminoso della notte. E vorrei piangere. Ma le lacrime non scorrono. E senza lacrime non si piange veramente.

Un poveraccio, solo un poveraccio. E neanche cattivo, in fondo. Solo sguaiato, volgare. Ma avrebbe potuto essere un angelo. E l'avrei fatto ugualmente. Perché non lo sapevo. Non sapevo nulla fino a che non è successo. Che era fame, solo fame. Anche se è stato così facile. La paura che ho provato. La rabbia. È stato lui a rendere tutto più facile.

Devo liberarmi di questo corpo.

Inutile pensare di guidare fino a quel dirupo. Sto pensando a un posto, ma è troppo lontano. E io so a stento guidare in paese. Figuriamoci su queste strade, e col passeggero che mi ritrovo. Per non parlare della macchina. Il cruscotto sembra quello di un aereo. Un momento. È una discarica. Ci sono cumuli di spazzatura alti come palazzi. Posso provarci. Metterò l'auto in folle e la spingerò sotto un cumulo di rifiuti. Posso farcela. Ho una tale forza. E posso spalarle altri rifiuti addosso. Qui nessuno tocca niente. Buttano sopra e non sanno quello che c'è sotto. Da adesso, anche una tomba. Una tomba da cui spero che nessuno verrà mai fuori.

Perché sta arrivando un brutto pensiero. I film di Francesco, maledizione a lui e a quella schifosa con cui si è messo. E ai suoi film. A tutti quei racconti che mi ammorbano il cervello. E che si sono rivelati, alla prova dei fatti, non del tutto inesatti. Io che pensavo di sfamarmi con dei biscottini al burro! Quando Francesco l'ha sempre detto, che i morti mangiano i vivi. Però diceva anche che i mangiati ritornano in vita. Questa cosa nella macchina tornerà in vita? Non è che quest'orrore che giace sui sedili aprirà gli occhi? Oddio, lo riconoscerei lontano un miglio, con tutte le parti mancanti che si ritrova.

Come posso ridere. Che orrore sono diventata, io, per ridere di fronte a tutto questo?

Basta. Penserò a Witt. Voglio essere come Witt, che si muove tra gli orrori della guerra e per non soccombere capisce di doversi arrendere totalmente al destino. Vale a dire a ciò che è stato prestabilito e non è in nostro potere cambiare. Vivo nelle mani del destino, annota Witt nel suo diario. Anch'io voglio vivere nelle mani del destino. E compierlo fino in fondo. Percorrere la lunga strada, per quanto aspra sia, che porta fino a Robin. Perché Robin è il mio destino.

Non è stato difficile. Solo un po' schifoso muoversi tra tutti quei cumuli di spazzatura. Adesso sto correndo verso la baita. Devo assolutamente cambiarmi. Sono quasi le cinque del mattino e sono in condizioni pietose. Sporca di sangue e di spazzatura. Uscita da una discarica. Ma volo felice nell'alba che rischiara le colline. Il mio corpo è morbido, elastico, pieno di energia. Vorrei scrivere poesie e danzare sotto i primi raggi del sole. Ma mi aspetta tanto di quel lavoro che non posso permettermi bambinate. Dopo, quando sarò con Robin, potrò tornare a bambocciare in giro. Ora c'è un mare di lavoro da affrontare.

Quella della discarica si è rivelata un'ottima idea. Ho messo la macchina in folle e l'ho spinta sotto un cumulo di spazzatura alto almeno quattro metri. Dopo ho riempito il buco di entrata con altri rifiuti, anche se la collinetta era in parte franata sulla macchina. Ma temevo si intravedesse comunque qualcosa sotto i bagliori del sole. Le macchine sono tutte lamiere e vetri. Basta un riflesso da niente. Comunque, nessuno si aspetta di trovare una macchina sotto i rifiuti di una discarica. E quindi ben difficilmente andranno a cercarla proprio lì. Però devo comprare un giornale. Perché la notizia della scomparsa, probabilmente, la daranno. E magari lo cercheranno pure. Dovrò comprare un po' di giornali. Comunque, non ho certo problemi di soldi. Aveva il portafogli pieno. E prima di seppellire la macchina, ho raccolto anche quelli che si erano sparsi dentro, mentre. Mentre lottavamo, insomma. Alcune banconote sono imbevute di sangue. Lo so, è vergognoso. Ma i soldi mi servono. Anche perché devo lasciare la baita. E questo mi dispiace, ma le condizioni sono cambiate. La baita mi ha dato ricovero e sicurezza nel momento peggiore. Nella crisi. Quando ero fisicamente a pezzi. Adesso, rimanere nella baita è inutile. E pericoloso. I proprietari potrebbero arrivare da un momento all'altro. E oggi è sabato. Potrebbero essere già là. Devo stare attentissima, quando arriverò su. E comunque è stata utile perché avevo paura. Ma è troppo vicina al borgo. Ho bisogno di un posto molto più isolato. Magari potrei spostarmi proprio in alto, sulla cima del Subasio. Lì è una specie di roccaforte. Posso controllare dal Gran Sasso al Trasimeno, da lassù. Come se tenessi tutta la regione racchiusa in una mano. E con questo tempo gli escursionisti sono rarissimi. Febbraio è un mese morto per il turismo. E posso stare dove voglio. Non ho freddo. Non ho nessun problema, tranne quello di mangiare. Ma a questo penserò dopo. E credo che capirò immediatamente quali sono i primi segnali della fame. Ma adesso voglio solo arrivare alla baita. Cambiarmi. Preparare un carico di roba veramente utile. E andarmene.

Sono un'assassina. Ho ammazzato quell'uomo e l'ho sepolto sotto un cumulo di spazzatura. E se al suo posto ci fosse stato Francesco. Se Francesco stasera non avesse portato Sonia. Se io e Francesco ci fossimo trovati faccia a faccia in quel locale. Se avesse presa per buona la prima balla che gli raccontavo, perché tutti i ragazzi troppo intelligenti e troppo fantasiosi sono capaci di prendere per buona qualsiasi balla gli si racconta. Se avessi ucciso Francesco. Se lo avessi mangiato.

Se avessi mangiato Marcolino.

Se avessi mangiato mia mamma.

Papà.

O Miranda.

Perché non ho mangiato Ophi? Perché è un gatto. E i morti non mangiano i gatti, né le volpi e le civette. E neanche biscotti e merendine.

Sta' lontana da loro. Lontana. Da casa tua. Dai tuoi amici. Da tutti quelli a cui vuoi bene e che ti vogliono bene. Perché lo sai. Finirai col mangiarli. Col divorarli, per poi spargerci sopra qualche pensierino malinconico. Ricordati che non sei più la piccola Mirta. Che sei una belva nella giungla. Un animale che squarta e divora e butta i resti nella spazzatura. Mirta è morta stanotte. E Luna non è buona come Mirta. È quella che ha fatto fare a Paco quello che ha fatto a Sonia. È la notte. La vita nella morte. La vera compagna di Robin, l'unica in grado di resistere alla morte e tirarlo fuori dalla tomba in cui giace. E adesso Luna prevale, perché è dura, opaca, senza vita. Il suo corpo è bianco e intatto. La mente, una voragine priva di luce. Ma lei è più forte. Più fredda. Più adatta a quello che l'aspetta. E anche se nella sua mente vive Mirta, Luna non ha sempre i suoi stessi pensieri. I suoi affetti. Gli scrupoli. Può distrarsi. Dimenticarli. Capovolgerli. Sta' lontana da quelli che volevano bene a Mirta. Tienti lontana da loro, Luna. Tu sai quello che Mirta non ha mai saputo, perché Mirta è dovuta diventare te, per saperlo. Conosci qual è il prezzo per sopravvivere alla morte.

E adesso avanti. È ora di volare verso il mio destino.

La baita. Grigiastra nel chiarore dell'alba. Scruto la strada principale, dal bosco. Le finestre sono sbarrate, come sempre. La porta di servizio sembra chiusa, come l'ho lasciata ieri sera. Insieme alla forza, anche i miei sensi sembrano essersi acuiti nel corso della notte. Ci sono più odori. Più fruscii nel bosco. Più movimenti segreti tra le cose. Striscio lungo il margine del bosco. C'è qualcosa che non mi piace, qui intorno. Un sentore appena percettibile. Qualcosa o qualcuno è stato qui intorno. Devo stare attenta. E comunque devo entrare in casa. Ripulirmi, prendere ciò che mi serve e andarmene alla svelta. Ma devo fare attenzione. Perché quel qualcosa potrebbe essere ancora qui, da qualche parte. O addirittura dentro la casa.

Striscio fino alla porta. La spingo con la punta dello stivale. Aspetto. Poi scivolo dentro. Possibile che nessuno si sia accorto dei miei andirivieni? Per non parlare di ieri, quando mi sono trascinata qua intorno per un secolo. Intendiamoci, sono borghetti di montagna, per lo più disabitati. E la baita è bella. Accogliente. E maledettamente pericolosa. Non so da cosa devo guardarmi, è questo il guaio. Però devo farlo. Io posso essere pericolosa per quelli che conosco. Ma chiunque può essere pericoloso per me. E se sono solo una paranoica che si immagina le cose, pazienza. Meglio paranoici che incoscienti. Robin diceva, il pericolo è dappertutto. Ho un tale desiderio di Robin. Di trovarmi con lui. Di fare l'amore. Ma devo vigilare.

La casa sembra a posto. Qui dentro non c'è alcun odore. *Quell'odore.* Lo percepirei immediatamente, se qualcuno fosse stato qua. Questa storia dell'odore può tornarmi davvero utile. Perché è ovvio, è l'odore dei viventi. All'inizio così nauseabondo da farmi stare male. Ma quando sale di tono, quando diventa forte. Allora è solo latte e miele. Muschio nel bosco. Pioggia sulla terra. Acquolina in bocca.

Salgo le scale. Do un'occhiata in camera da letto. Nella

camera del ragazzo. In bagno. Non c'è nulla. E nessuno è stato qui. Almeno, suppongo. Mi spoglio in fretta, davanti allo specchio, nella prima luce del giorno che filtra dalle persiane. Non ho nulla sul corpo. Nessuna macchia. Nessun segno. Tiro via gli stivali. Sfilo i collant. I calzettoni. Mi guardo i piedi. Piedi qualsiasi. Infangati. Come tutto il resto. Devo ripulirmi. Non sembro uscita da una discarica. *Sembro* una discarica. Ma non mi fido a riattaccare l'acqua. Cercherò, magari, un ruscello di montagna. Una pozza. Infilo un paio di pantaloni neri del ragazzo. Calzettoni puliti. I miei stivali? Meglio i suoi anfibi. Guarda che suola hanno, un carro armato. E fanno presa sul terreno. Posso correre e saltare come mi pare. Questa felpa va benissimo. Nera, senza stampe né disegni. Anonima. E i suoi occhiali da montagna. I miei devo averli persi nella macchina. Il piumino è inservibile. Coperto di sangue. Metterò un giubbotto del ragazzo. Anche perché la giacca a vento della Timberland e lo zaino sono rimasti sotto la quercia. Se ci sono ancora. Ho lasciato roba sparsa dappertutto. D'ora in poi starò più attenta. Quando il corpo funziona, anche la mente è più vigile. E se sono arrivata qui, troppi errori, in fin dei conti, non devo averne commessi. Ma. Non sottovalutare mai quelli che puoi ancora commettere, diceva Robin. È un pozzo di sentenze, Robin. Una specie di manuale di sopravvivenza in pillole. Quasi quanto Witt. Mi piacerebbe rileggere i suoi diari. Ma chissà quando troverò finalmente la calma per poterlo fare. Il tempo tranquillo dello studio e del riposo. Pazienza. Come dice Witt, siamo nelle mani del destino.

Ho preso un'altra felpa e i miei stivali. Un borsone. E basta. Non posso continuare a spargere indumenti per tutta la valle del Subasio. Peccato per la torcia, ma è rimasta nello zaino, sotto la quercia. In compenso, mi sono portata dietro qualche candela. Un coltello a serramanico, che ho pescato in un cassetto in camera del ragazzo. Una bottiglia d'acqua che ho trovato in dispensa. Perché, devo dire la verità, mi è venuta una gran sete. Dopo mangiato viene sete. E comunque potrei bere quella dei ruscelli, ma visto che ho una bottiglia d'acqua a portata di mano.

Un momento. L'acqua era finita. Non c'era acqua in dispensa, ieri sera. C'era solo la confezione che ho seppellito nel bosco. E ne sono assolutamente certa, perché ieri sera, quando ero talmente stremata da non capire più nulla, ho cercato l'acqua. L'ho cercata dappertutto. Era la sola cosa che desiderassi. Ma non l'ho trovata. Tanto che ho scolato tutte quelle lattine di birra.

Ci avranno messo qualcosa, in quest'acqua? E chi?

Allora, molliamo l'acqua. Prendiamo il borsone con la roba. Diamo uno sguardo fuori. E via. Fuori di qui, subito. Buttati nel bosco. Via di qui, all'istante. Nel bosco, in una forra, sotto un cespuglio. Togliti dalla vista!

È una specie di avvallamento, celato nell'intrico del sottobosco. Sono strisciata sotto. E da qua, per ora, non mi muovo più. Possono essere dappertutto.

Ma chi? Questo vorrei sapere, chi? Voglio dire, se il furto è stato scoperto. Mettiamo che stanotte i proprietari della baita si siano fatti vivi. È difficile, di notte. Però il ragazzo potrebbe esser salito su con la morosa. O magari il padre è come quel tizio in cui mi sono imbattuta io, e ha portato la bella di turno nella baita di montagna. Ma a quest'ora dovrebbero essere tutti qui. Dovrebbe esserci almeno la polizia. E la porta era accostata, come l'ho lasciata io. Non quadra. Sarà stato un vagabondo, che ha notato la porta accostata e ha voluto dare un'occhiata. Però non c'era odore nella casa. E perché lasciare una bottiglia d'acqua in dispensa?

Una bottiglia in più. Che senso ha. Oppure, ieri sera non capivo veramente niente e non ho visto la bottiglia. Però l'ho cercata dappertutto, dell'acqua. E sono stata per ore nella casa. Acciaccata, terrorizzata e tutto il resto, ma come facevo a non vedere proprio la bottiglia d'acqua che stavo cercando?

Comunque, questo mi obbliga a cambiare tutti i piani. In più non ho documenti. E senza documenti sono carne da macello. Chiunque può fermarmi. Portarmi in questura per accertamenti.

Dovrei chiedere aiuto. Ma non mi fido.

Perché non sono una latitante in fuga. Non sono un'assassina. Una ladra. Se fossi viva sarebbe diverso. Paco, per esempio. Paco mi aiuterebbe all'istante, se andassi da lui e gli dicessi che ho massacrato tutta la famiglia compresa Ophi. Sono certa che Paco non batterebbe ciglio. Non chiederebbe neanche perché. Si limiterebbe a dire, che ti serve?

Ma sono morta. E questo non è accettabile per nessuno. Sono ufficialmente, definitivamente morta. E il mio corpo è stato sottratto dalla tomba. Chi mi vede rediviva, o ci resta secco a sua volta o cerca di farmi fuori di nuovo.

E se fosse stato Robin!

Se Robin è uscito dalla tomba stanotte. Quando non c'ero. Riuscendo a dribblare la polizia. Ma come ha fatto a trovare la stessa baita che ho trovato io? Oppure. Mi ha rintracciata, in qualche modo. In realtà, l'unico punto di forza di questa tesi è che alla baita non c'era odore di viventi. Perché Robin quell'odore non può averlo. Ma mi sembra troppo complicato. E poi non avevamo convenuto niente.

Come abbiamo potuto essere così pazzi. Scambiarci una promessa del genere e non concordare niente, per dopo. Non fissarci un appuntamento. Un posto in cui incontrarci. Niente. Pensare di risvegliarci l'uno nelle braccia dell'altro, e andarcene nei boschi mano nella mano. Possibile che lo abbiamo pensato?

Possibile che. Non ci abbiamo mai creduto, neanche per un istante. Io non ci ho creduto. Sono morta per caso. E perché lui voleva morire. Perché voleva ammazzarsi e ammazzarmi. Sono morta per non dirgli di no. Ma non ci ho creduto un solo istante che mi sarei risvegliata e sarei uscita dalla tomba. Neanche quando è successo ci ho creduto. Solo adesso sto cominciando a crederci. Da stanotte. Quando mi sono trovata davanti quel poveraccio. Stanotte ho capito che era tutto vero. Che la promessa era stata mantenuta. Che io sono morta e cammino sulla terra. Perché il corpo non mente. Solo stanotte sono entrata nella realtà. In questa realtà.

Aspetterò fino alle cinque del pomeriggio. E poi scenderò a valle, insieme alle prime ombre della sera. Devo raggiungere il cimitero. Capire che sta succedendo, laggiù. Se ci sono ancora pattuglie di sorveglianza. Dopotutto, Robin potrebbe essere davvero uscito. Ma se non è così, mi spingerò fin sulla cima. È l'unico posto veramente sicuro. Senza boscaglia a tagliare la vista. Pochi cespugli, sterminati pascoli ghiacciati e una sola strada d'accesso che chiude alle sei del pomeriggio per riaprire all'indomani. Posso controllare tutto. Anche se si tratta di una soluzione provvisoria. Non posso rimanere in vetta al Subasio fino alla fine del tempo. Posso aspettare ancora, ma quanto? E prima o poi, avrò di nuovo fame. Basterà, a mettermi sull'avviso, una fitta al collo. O una macchiolina brunastra. E non posso far scomparire uno a uno gli abitanti della valle. Ho bisogno di una zona più anonima. Documenti. Un posto in mezzo alla gente. In cui scomparire tra la gente.

Se solo Robin fosse già uscito. Se, scendendo a valle alle prime ombre della sera, potessi imbattermi in lui. Mangiamo un boccone insieme e poi ce ne andiamo a fare l'amore sul Subasio. Sono stupida e crudele. Il fatto è che mi ci sto abituando. A essere morta. Non è così terrificante. Anzi, in certi momenti è quasi meraviglioso. Sconcertante ma meraviglioso. Se Robin fosse qui. Saremmo padroni di noi, del nostro amore. Della vita e della morte. I nostri abbracci scuoterebbero il Subasio. Le nostre carezze sarebbero valanghe che rotolano a valle. Dai nostri baci spirerebbe il vento impetuoso delle catastrofi. Saremmo l'amore che viene, straniero e spaventoso, a sconvolgere il regno dei viventi.

Saremmo noi due. Di nuovo insieme. Abbracciati tra la terra rossa del Subasio. Imbrattati di sangue come la prima volta. Quando io ridevo e Robin ebbe un'esitazione, forse l'unica della sua vita. Quando superò l'incertezza dicendo, le vergini sono il sale della terra. E non ci ripulimmo nemmeno. Ci rivestimmo ancora imbrattati di sangue e terra. E ce ne andammo in città a festeggiare.

Il cielo s'è di nuovo rannuvolato. Spero proprio che riprenda a nevicare, o a piovere. Nell'oscurità potrò muovermi liberamente. Ho gli anfibi gonfi di soldi di cui non so che fare. Ma stare senza è come sentirsi perduti. E potrebbero servire moltissimo, se decidessi di andar via da qui. Ma come faccio, senza Robin. È questo il punto. Non posso rimanere qui, ma non ho il coraggio di allontanarmi dalla tomba di Robin.

C'è un altro problema. I documenti. Perfino i miei documenti potrebbero tornarmi utili. Chi penserebbe mai che una morta gira con dei documenti! Come ho fatto a non pensare ai documenti, quando sono entrata in casa mia? Quanti errori ho commesso. Ed è troppo rischioso tornarci di nuovo. Però il mio passaporto era a Perugia. Non ce l'avevo in borsa, quella sera. Non lo porto mai con me. Avevo solo la carta d'identità. Che sarà rimasta in borsa, come la patente. E quindi a casa mia. Ma il passaporto era a Perugia. Nella mansarda. E forse è ancora lì. Oggi è sabato. È passata solo una settimana. Magari hanno già portato via le mie cose, e magari no. Non posso saperlo. E solo ieri Veronica e Miranda erano in paese, a casa mia. Forse non sono neanche rientrate a Perugia. Saranno partite domenica, come al solito, e poi è successo quello che è successo. E sono rimaste in paese. Il funerale. Ieri erano a casa mia. Aspetta. Sabato sera. Sabato notte, anzi. Stanotte. Se non hanno ancora portato via la mia roba. Perché avrebbero dovuto farlo? Una perdita così recente. Non ne avranno avuto il tempo. E non ha senso pensare che Veronica e Miranda siano rientrate a Perugia. E comunque, posso provare a chiamare. Perché ho un telefonino. E mi sono giurata di non usarlo. Ma una sola volta? E come fanno a risalire a me, in ogni caso?

Stanotte, alla discarica. Quando ho raccolto i soldi che erano sparsi in macchina. Ho preso anche il suo telefonino. A lui non serviva più.

Che può succedermi se faccio una telefonata? Stamattina qualcuno può aver denunciato la scomparsa di quell'uomo. Non so nulla di lui. Se abitava da solo, o in famiglia. Se aveva una moglie. Qualcuno. Non ho neanche cercato i suoi documenti. Non me la sono sentita di frugarlo. Col rischio di trovarmi in mano un pezzo di fegato. Una milza. No, non l'avrei toccato per tutto l'oro del mondo. I soldi erano lì per terra. Come il telefonino. Tutto il resto, mi faceva orrore. E non voglio pensarci. Pensiamo alle cose pratiche, invece. Magari hanno cercato di rintracciarlo sul telefonino. Ma lo tengo chiuso da stanotte. E se faccio una telefonata, che potrebbe anche risultare dai tabulati, cosa potranno pensare? Che è vivo. O che qualcuno sta usando il suo cellulare. Che più?

Telefonerò stanotte. Chiamerò il numero di casa mia, a Perugia, per accertarmi che Miranda e Veronica non siano in casa. Tra le tre e le quattro di notte. Quando il mondo dorme. Quando posso insinuarmi su per le scale. O entrare dal terrazzino. Devo farlo. Per i documenti, ma non solo. Possono esserci miliardi di altre cose utili, in casa. E anche cose solo mie. Un libro. Un paio d'orecchini. Le piccole cose di cui nessuno conserva ricordo, se non i loro proprietari. I ricordi della mia vita passata. Di quand'ero Mirta e volevo laurearmi in lettere. Di quando facevo tardi la sera col senso di colpa, pensando alle ore di studio perdute. Di quando avevo paura che mia mamma mi proibisse di vedere Robin. Di quando avevo paura che Robin facesse la cazzata, lasciandomi sola. Di quando pensavo che questo fosse un mondo selvaggio, e non sapevo quanto potesse essere volgare, puzzolente, insensato. Di quando credevo che tutti fossero, al fondo, naturalmente buoni. E io più di tutti.

Sentirsi scorrere tutta questa energia addosso e doversene stare acquattata tra cespugli e foglie marce. Come se fossi ancora sepolta. Mi viene una tale rabbia, che salterei fuori e morderei tutto. I cumuli di neve ghiacciata. I cespugli. Gli alberi. Morderei il cielo, se potessi. E tutto per una stupida bottiglia d'acqua che forse non ho visto l'altra sera. Una bottiglia. Che può essermi sfuggita mentre perlustravo la dispensa. Anche perché non ero in me. Irrigidita. Coperta di macchie. Con gli occhi fuori fase. Sicura di morire per sempre. Ma non posso uscire adesso. Anche se la mia è solo una fissazione, non devo uscire. Cosa sono, in fondo, poche ore di fronte alla prospettiva dell'eternità? Ma quanto pesano. Adesso è mezzogiorno passato. Ho staccato un pezzo di ghiaccio da una pozza gelata e l'ho lasciato sciogliere in bocca. Mi piace l'acqua. Anche sentire il ghiaccio che si scioglie lentamente in bocca. Togliendo questo saporaccio di sangue. Mi dà ristoro. Normalità.

Me ne sto qui acquattata in una forra sperduta nel bosco. Coperta di foglie e di spine. Sporca di fango e con questo sapore di sangue ancora in gola. E tutto quello cui aspiro è la normalità. Vorrei che fosse un giorno qualsiasi. Un mezzogiorno qualsiasi di un sabato qualsiasi. Per stare in giro a far spese. Oppure su nella stanza dei giochi, a scrivere poesie e ascoltare la radio. In giardino, a giocare con Ophi. A Perugia, a studiare filologia romanza. O sdraiata sul letto, a rileggere i diari segreti di Witt. O l'ultimo libro di Javier Marías. L'ennesimo Simenon. L'esegesi di Philip K. Dick. Non mi è stato concesso nemmeno il tempo di finire il romanzo di Landolfi. Ero poco oltre la metà, nella scena in cui lei lo chiude in cantina e gli grida dalla botola che non lo farà mai uscire, mai. E poche ore dopo ero morta. Lasciando il libro a metà. Magari, se stasera riesco a entrare nella mansarda, lo prenderò. Così saprò come va a finire. Se lui riesce a tirarsi fuori dalla cantina. E perché lei ha fatto una cosa tanto perversa. Che ne sarà di loro, in definitiva.

E di me. Che ne sarà di me. Come finirò. E dov'è finito Robin. Perché non riesco a tirarlo fuori da quella maledetta tomba. Perché il mio amore non è potente quanto il suo. Perché abbiamo sbagliato e dove. Perché non si sbriga ad annottare, lasciandomi uscire da quest'orrido buco scavato nella terra.

Quest'estate siamo stati una settimana sulla costiera amalfitana. Ufficialmente sono partita con Veronica, per non affrontare l'ennesimo litigio con mia madre. Invece ho raggiunto Robin sulla costa. Dovevamo festeggiare il mio esame di maturità, no? Dalla nostra camera si vedeva solo mare. Sterminato. A perdita d'occhio. Robin è rimasto pulito tutto il tempo. Ci siamo abbuffati di pesce e dolci, abbiamo bevuto vino bianco. La notte giravamo per i vicoli del paese. Dappertutto c'erano fiori. Musica. Cortili profumati. Risate. Robin aveva appena piazzato presso un committente londinese una tela di scuola romana. Abbiamo dilapidato un patrimonio. Anche i sogni costano, a volte. Che darei in questo momento per essere nuovamente Mirta. La piccola Mirta, distesa tra tendaggi bianchi in un letto affacciato sul mare. Abbiamo appena fatto l'amore. La luce dell'alba accarezza i nostri corpi. Ascoltiamo in sordina la filodiffusione, una compilation un po' kitsch. La stanza è bianca. Il mare color perla. Noi siamo Mirta e Robin e beviamo acqua Evian. Più tardi ci alzeremo. Molto più tardi.

Scenderemo in terrazza e mangeremo frutti di mare, insalatine fresche. Del melone. Vino bianco. Al tramonto, ci tufferemo dalla cresta della scogliera. Nuoteremo insieme nelle acque della prima sera. E davanti a noi si spalancherà una nuova notte. E una di quelle notti Mirta scorgerà all'orizzonte un triangolo luminoso, tempestato di stelle. Chiederà, che è mai. E Robin dirà, solo la flotta interstellare, in servizio di pattuglia. Vecchio Alwa, mi hai seguito fin qui dal Subasio? Facendo ridere la sua fata dagli occhi viola. Non mi credi? dirà Robin. Te lo giuro. Il comandante della flotta, Alwa Schreisch, è un mio amicissimo. Uno che ha gettato un ponte. Non hai visto la *Natività* del Pinturicchio? Quello è il ponte. Poi non dirà più niente. Nel silenzio della notte. Solo, mentre spoglia Mirta sotto un cielo di velluto cobalto, Robin le dirà, ti dispiace se restiamo all'aperto? Voglio far vedere al vecchio Alwa come scopano gli umani, caso mai l'avesse dimenticato.

Lo zaino non c'è più sotto la quercia. Sparito. Nevica nuovamente. Su alla baita era quasi tormenta. Qui a valle solo una spolverata. Non ho mai lasciato il bosco, anche se ho dovuto strisciare per lunghi tratti pancia a terra. I pantaloni e il giubbotto del ragazzo sono ridotti una porcheria. Per fortuna ho gli anfibi. Avrei impiegato la metà del tempo se avessi corso. Ma non mi fido più. Di niente e di nessuno. E lo zaino non c'è. Non c'è neanche la giacca a vento della Timberland sotto la quercia. Non ci sono le lattine di birra. I cartoni. Niente. Né mi illudevo di trovarli. Ma il fatto che non ci siano dimostra che questi boschi sono frequentati. Anche sotto la neve. E non è stagione di caccia. Ci sono i cacciatori di frodo, ovviamente, ma in genere si spingono all'interno, per paura delle guardie forestali.

Sono saltata sulla quercia. Il cimitero è ancora aperto. Niente pattuglie, neanche all'ingresso. E la tomba di Robin. Intatta. Non che ci avessi sperato, però. C'è un piccolo mazzo sulla sua lapide. La mia tomba, invece, è coperta di fiori. Mi fa rabbia, questa differenza. E poi che senso ha? Non c'è nessuno in quella fossa. Non c'è neppure la lapide. È una rabbia stupida, lo so. Perché immagino sia mia madre che continua a portare fiori sulla mia tomba vuota. Ma perché non ne mettono qualche mazzo anche da Robin? Lui sta lì sotto! Queste differenze, perfino nella morte. Al fondo, mia madre è sempre stata gretta. Legata solo alle sue cose, alla casa, al marito, ai figli, agli amici. Quel che accadeva fuori dalla sua portata, come se non esistesse. Non dico che papà sia molto diverso. Tutti gli adulti diventano così. E comunque adesso non voglio pensare a loro. Devo solo dimenticarli. Come se fossero loro, a essere morti.

Il custode sta salutando gli ultimi visitatori. È strano, ma ci vedo meglio dell'altra volta. Come per gli odori, per i rumori, che si sono acuiti dopo stanotte. Adesso anche la vista. Sì, vedo più nitidamente. Anche se sta facendo buio oramai. L'orologio segna le sei meno dieci. Il cimitero sta per chiudere. Tanto che il custode sta armeggiando con i lucchetti al cancello.

Sento lo stridore della frenata prima ancora di veder sbucare la moto dalla curva. Una breve scivolata sull'asfalto. L'arresto del motore. Lo scatto metallico del cavalletto. La Yamaha nera traballa, nello slancio con cui il guidatore balza giù. Il casco tirato via in fretta, la corsa al cancello. La lite col custode. Il cedimento del custode. Legittimo, visto che Paco fa paura. Mette inquietudine. In tutti.

Il custode fa un gestaccio esasperato ma lo lascia passare. Paco avanza molleggiando lungo il viale. Lo conosco. Lo sta facendo apposta. Cammina lentamente, fermandosi a guardare le tombe, gli alberi, il nulla. Immagino perfino cosa sta pensando, all'indirizzo del custode. Rosica, sta pensando. Rosica, brutto sorcio. Il solito Paco, insomma. Imbocca il vialetto laterale che conduce alle nostre tombe. Adesso cammina alla svelta, con la sicurezza di chi conosce bene il percorso. Arriva alle tombe. Lo vedo di spalle. Immobile. Giubbotto nero. Pantaloni di pelle nera. Anfibi neri. Il casco sotto il braccio. Non si china. Non tocca la lapide. Non ha portato un fiore. Immobile. E di colpo, uno scatto. Un calcio contro la ghiaia, di fronte alla tomba di Robin. Una pioggia di ghiaia che vola per aria e ricade sulle tombe, sui fiori, su Paco stesso. Si infila il casco e va via.

Potrei fidarmi di Paco?

Ho aspettato un po', dopo la partenza del custode. Poi ho scavalcato il muro e sono scesa tra le tombe. Non ce la facevo più a vedere tutto dall'alto, come un fantasma sospeso su una nuvola. Ho preso un mazzo di fiori dalla mia tomba e l'ho messo su quella di Robin. Non ho toccato la ghiaia sparsa sulle tombe. È l'omaggio di Paco, e vale più di cento mazzi di fiori. Ho accarezzato la lapide. Ho seguito il bordo del marmo con le dita, per sincerarmi che fosse veramente intatto. Questa lapide che resiste a Robin. La lastra di marmo che non gli permette di volare via. Potrei scardinarla in pochi minuti. Spalar via la terra. Spaccare il coperchio della bara. Ma. Se il suo tempo non è ancora venuto. Se gli arrecassi danno. Se lo uccidessi per sempre. Se mi trovassi di fronte un cadavere decomposto. Allora, perderei la speranza. E cosa ne sarebbe di me. Di Robin. Del nostro amore. Accarezzo piano la tomba. Mi chino sulla lapide con la stessa cura con cui mio padre si chinava sul mio letto, mi rimboccava le coperte, e se ne andava a cacciare nei boschi.

Ho scavalcato il muro, scivolando nel bosco. Ho perlustrato tutta la zona circostante il cimitero. Non c'è nessuno. Né pattuglie né poliziotti isolati. La neve cade rada e farinosa, sciogliendosi contro i cumuli di ghiaccio. Il bosco è silenzioso nella sera. Qualche uccello saltella tra i rami. Plana sulla neve per becchettare una briciola, un seme, un filo d'erba irrigidito dal gelo. La neve adesso è quasi nulla. Un nevischio sottilissimo che potrebbe trasformarsi in acquerugiola da un momento all'altro. Il bosco è umido, stillante, segreto.

Seguo il perimetro del cimitero. Non so neppure che cosa cerco. Ma voglio controllare tutto. Per notare se qualcosa verrà spostato. Se la prossima volta qualcosa sarà cambiato. Devo fare così per ogni cosa, d'ora in poi. Muovermi come se qualcuno mi braccasse continuamente. Braccare tutto e tutti a mia volta. E se si tratta di fissazione, meglio così. Se è solo la paranoia della morte a incalzarmi, meglio ancora. Avrò solo sprecato un poco del mio tempo, peraltro infinito, per quanto ne so. Ma se non si tratta di fissazione. O di paranoia. Questo potrebbe salvarmi.

Ho aggirato il paese da sopra, tenendomi tutto il tempo al riparo dei boschi. Sono le otto e un quarto. C'è movimento questa sera. È sabato. Tutto il mondo è in giro di sabato sera. E di locali, neanche a parlarne per me. Potrei incontrare chiunque. E ieri ho rischiato grosso. Francesco. Sonia. Tornerò sul Subasio e calerò dall'altra parte del versante. Verso Perugia. Voglio fare con calma e mantenermi sempre al riparo. Alle prime ore del mattino, cercherò di entrare nella mansarda. Se nessuno risponde al telefono. Prima, però, il giornale. Scenderò ancora un poco, tanto ho tutto il tempo che voglio. Fino a Foligno. Un'edicola di periferia, dove Robin si è fermato un paio di volte a prendere i giornali, passando in macchina. Così vedrò che sta succedendo. Per la scomparsa del tizio è ancora presto, bisognerà aspettare almeno fino a domani. Ma forse c'è qualcosa su di me. Chissà se hanno un giornale di ieri. Alcune edicole li trattengono fino al giorno dopo. Al buio, sotto la pioggia, chi vuoi che mi riconosca.

L'importante è andare in edicole fuori mano. E se proprio dovesse accadere qualcosa posso sempre aggredire. Oddio, si tratta solo di comprare un giornale. Mica di scatenare una guerra. E comunque le cose sono cambiate da quando ho riacquistato le forze. Stamattina è stato orribile dover stare nascosta per ore in quel buco. Ma la libertà di movimento che posso permettermi, quando sono in forze, è enorme. E devo stare molto attenta a mantenermi in forze, anche se questo significasse mangiare un po' di più. Perché ho fame, sì, ma quanta fame ho. Cioè quanto mi basta un. Una porzione, via. Quanto a lungo dura la sazietà?

Quanta gente devo mangiare, per star bene?

Piove a dirotto. Meglio così. Sotto la pioggia, non si distingue più nulla. Ho alzato il cappuccio del giubbotto. Ho inforcato gli occhiali da neve del ragazzo. Mi coprono mezza faccia. E all'altra mezza ci pensa il fasciacollo. Così conciata, potrei essere chiunque. Scendo fischiettando lungo i boschi, in direzione di Foligno. Le mani in tasca, il telefonino tra le dita. Questa pioggia che si riversa a torrenti sulla strada. Non mi sono mai sentita così bene come adesso. Libera di scendermene lungo i boschi, da sola. Di andarmene dove voglio, al riparo del buio e della pioggia. Niente locali, niente Cuba libre, niente orrori ed eccidi stanotte. Solo una passeggiatina fino a Foligno per sgranchire le gambe e comprare un giornale.

Non sono mai stata da sola per tanto tempo, e in certi momenti, devo ammetterlo, è spaventoso. Ma stasera sono in pace. Ho visitato la tomba di Robin. Ho rivisto Paco, sia pure per un attimo e da lontano. Grazie al cielo, molto da lontano. Ho una serata già programmata. La pioggia che cade. Il mio corpo in perfetto stato. E mi sento allegra. Come se stessi correndo chissà dove. Come se fossi attesa in una casa piena di luci e di gente e di musica. E anche se nessuno mi aspetta, ugualmente provo questa allegria lieve e spensierata. Ma so che non devo farmi fuorviare. L'allegria può essere pericolosa. Però. Sarà tutto quello che ho passato. Ballerei tra le nuvole!

Il quartiere è questo. Buio. Periferico. Rischiarato da radi lampioni al neon. Quasi verdastro sotto il diluvio. Più una frazione che un quartiere. L'edicola è in fondo allo slargo. Nessun passante sotto la pioggia torrenziale. Qualche macchina che solleva due ali di pioggia. E io. Col mio cappuccio calato fin sugli occhi e le mani in tasca. L'edicola è ancora aperta. Riparata da teli di plastica trasparente. Debolmente illuminata, nel grigiore verdastro dello slargo. Avanti, coraggio.

Si può aver paura di chiedere un giornale? Si può avere paura fino a questo punto?

Il "Corriere dell'Umbria", dico. "Il Messaggero". E "la Repubblica".

L'edicola è deserta. Solo io e un uomo mascherato quanto e più di me. Il "Corriere" è terminato, dice. Prende gli altri giornali. Chiede se voglio i supplementi.

I supplementi. Lo guardo. Nascosta dietro la barriera del cappuccio, degli occhiali, del fasciacollo. Attraverso cui filtra ugualmente l'odore. Forte, nauseante, venato di muschio. Misto a quello della pioggia. Dell'inchiostro dei giornali. Della plastica bagnata dei teli. Faccio segno di no con la testa. Poi ci ripenso. Lui aspetta. I giornali in mano, lo sguardo interrogativo.

Sì, dico, anche i supplementi.

Fa due euro e cinquanta, dice. Sollevato. È solo un momento, una brezza sottile, ma colgo il suo sollievo. Come una variazione minima ma persistente dell'odore. Mentre gli porgo una banconota da cinque, le nostre dita si sfiorano. Lui dice: serataccia, eh. E rabbrividisce.

Ho aperto il borsone che porto a tracolla sulla spalla destra. Ho infilato in fretta il fascio dei giornali. Ho richiuso la zip. Accennato un saluto. Sono tornata indietro percorrendo lo slargo a passi misurati. Ho voltato l'angolo. E ho cominciato a correre, a perdifiato, lungo la strada battuta dalla pioggia. Verso il bosco. Verso gli alberi. Verso l'unico luogo al mondo in cui mi sento al sicuro, come mia madre si sentiva al sicuro solo tra le pareti di casa sua. E papà tra forre e crepacci, gli stivaloni di gomma alti al ginocchio e il fucile carico.

Risalgo lungo la dorsale che conduce al Subasio. Di corsa. Volando tra alberi e cespugli, nel buio protettivo che mi circonda. Divorando chilometri su chilometri. In fretta. Devo muovermi in fretta. Ho voglia di muovermi in fretta. La passeggiata dell'andata è adesso una volata tumultuosa attraverso l'acqua e le lande. Agire rapidamente. Non rimanere mai a lungo nello stesso posto. Apparire e sparire. Non lasciar tracce. Ingannare il predatore. Muoversi con un'altra logica. Intrecciare vero e falso. Morte e vita. Luce e ombra. Predatori e braccati. Essere dovunque e in nessun luogo. Sfumare. Sullo sfondo del bosco. Dei borghi. Dei profili turriti delle città. Rendersi invisibili. Imprendibili. Apparire e sparire. Non esserci mai stati.

È una specie di stalla, più che un casolare. A mezza costa, subito dopo il bivio che da un lato conduce a San Giovanni e dall'altro alla vetta del Subasio. La strada è chiusa, ovviamente. La montagna deserta e silenziosa sotto la pioggia. La tettoia robusta, rinforzata da una travatura che profuma di pino stagionato. Terra battuta e un po' di paglia per pavimento. Ho acceso una candela. Ho gettato indietro il cappuccio e sollevato sulla fronte gli occhialoni da neve. Ho aperto i giornali e leggo. Finalmente, leggo.

La cronaca cittadina. Scorro i titoli. Interviste. Trafiletti. Notarelle. Riquadri. Oddio! Cos'è questo. Una ventina di righe, anche meno. Un furto. Nella villa di un noto avvocato di

Foligno. Poche righe. Un cenno appena. Ieri pomeriggio, in assenza dei proprietari. Hanno buttato per aria la casa. I proprietari sono sconvolti, anche perché solo pochi giorni fa avevano subito la tragica perdita della figlia e la sacrilega profanazione della sua tomba, attribuita sulle prime al gesto di fanatici o di una setta segreta. Ma dopo il furto, le indagini proseguono in tutte le direzioni. E spunta la pista della vendetta.

Il furto. Quando sono entrata in casa, io? Ieri mattina. Ma non ho buttato per aria la casa. Mi sono limitata a prendere un po' di soldi e un po' di vestiti. Può trattarsi di un'esagerazione giornalistica? Forse mia madre si è accorta dei soldi mancanti. Però parlano di un furto compiuto nel pomeriggio. Magari, si sono accorti solo a sera che mancavano i soldi. E mamma sembra muoversi tra le nebbie. Io sono entrata in mattinata. Ma loro se ne saranno accorti dopo, e avranno pensato che qualcuno era entrato in casa mentre erano fuori. Solo che io non ho buttato per aria la casa. Ma vallo a sapere cosa scrivono i giornalisti. In fondo, la profanazione della tomba attribuita a fanatici, a fantomatiche sette, addirittura a una vendetta, è la solita solfa da cronaca nera. La realtà è così semplice. Ho fatto tutto io e l'ho fatto da sola. Anche il furto. È il mio furto, questo. O no?

La bottiglia dell'acqua. La bottiglia in più, nella dispensa della baita. E adesso il furto. Forse qualcuno sa. Ma cosa? E chi? Basta, ragioniamo al contrario. Ammettiamo che il furto di cui parla il giornale sia stato effettivamente commesso ieri pomeriggio. Un secondo furto, quindi. Tutti sanno in zona che tiratore è papà, per questo non abbiamo mai subìto furti. Finora. E poi, l'allarme. Perché non ha suonato? Oppure ha suonato? Venti righe. Cosa sono venti righe rispetto alla realtà. Ho solo queste venti righe, magari imprecise e mezzo inventate. E nessun'altra possibilità di sapere. Di stare all'erta, insomma.

Perché ho paura di una cosa. Di una sola cosa. Le ipotesi sono tre. Ma ce n'è una veramente spaventosa. Prima ipotesi, il furto l'ho commesso io stessa, e tra una cosa e l'altra è diventato una specie di catastrofe, con tanto di casa buttata all'aria e via dicendo. Oppure, seconda ipotesi, si tratta di un secondo, normalissimo furto. Qualcuno che ha approfittato dell'assenza dei miei, e ci ha provato. È nei momenti più tragici che i ladri colpiscono. Oppure, terza ipotesi. La peggiore. Si tratta di un secondo furto, ed è collegato a me. Non so come, ma è collegato a me. Magari hanno veramente buttato la casa all'aria. Senza prendere niente. Magari cercavano qualcosa. Ma i soldi e gli abiti che ho sottratto sono entrati nel pacchetto generale. I due furti sono diventati un unico furto. Quello che mi fa paura è la possibilità che stessero cercando. Me.

Venti righe. E nient'altro. Niente foto. Ma potrebbero averla pubblicata ieri. Mi sono dimenticata dei giornali di ieri. Dove ho la testa? Ero talmente fuori mentre stavo all'edicola. Talmente terrorizzata. Che mi riconoscesse. Che si mettesse a gridare: dovresti essere morta! Tu sei morta! Ero anche terrorizzata da me stessa. Quando sento l'odore comincio ad aver paura. Non conosco i limiti del mio controllo. Quanta fame ho. Se fame e odore sono collegati. Qual è la soglia oltre la quale non riesco più a fermarmi. Devo muovermi tra loro, camminare tra loro, parlare con loro, e non so niente.

Il mondo è loro. E devo scivolare nel loro mondo, come un'ombra. E, dal buio, colpire. Nel buio, fuggire. Senza sapere se mi cercano veramente e chi mi cerca. Perché. E forse, dopotutto, non esiste un perché. E nessuno mi cerca. Solo che non ce la faccio, a sopportare il peso di questa cosa che sono diventata. E mi tocca inventarmi dei persecutori. Mostri in agguato. Per scansare la realtà. Per giustificarmi in tanto orrore.

Ho letto i giornali. Da cima a fondo. Perfino lo sport. Una specie di omaggio a Mirta. Glielo dovevo, da quando ho preso il suo posto. Lei piange, da qualche parte dentro di me. Costantemente. Vuole il suo papà. La mamma. Il fratellino. Il gatto. Vuole la sua università. Le amiche. I libri. Vuole finire il romanzo di Landolfi. Vuol dare l'esame di filologia romanza. Vuole indietro la sua vita, insomma. E siccome non può riaverla, neanche il più piccolo frammento dell'ultima briciola, piange. Accusandosi tutto il tempo di essere cattiva. Una schifosa cosa morta affamata di vita.

Mi dispiace, ma non posso farle niente. Così l'ho lasciata leggere. Era la sola cosa che potevo concederle. Perché non posso darle altro. Né i suoi amici né la sua famiglia, né la sua vita sepolta e Parigi a primavera. In compenso lei mi presta le sue parole, le sue amatissime poesie. Mi divertono, i suoi gusti. Ma non posso darle nulla. Perché io voglio altre cose. Anzi, solo due.

Voglio durare e voglio Robin.

Non esistono altri desideri. E soprattutto, altre priorità. Solo queste due, nell'ordine esatto in cui le ho enunciate. Perché devo durare per avere Robin. Sfangarla, direbbe Paco. Ma per durare ho bisogno di determinate cose.

I miei documenti, in primo luogo. Non supererebbero un controllo serio, ma possono servire in caso di emergenza. E poi soldi. Vestiti. Finora quel che avevo è bastato. Ma per fronteggiare i giorni a venire devo averne di più. Per questo stanotte devo entrare nella mansarda. Ammesso che non ci sia nessuno. E poi c'è sempre la domanda che mi ronza in testa, vale a dire: Paco potrebbe aiutarmi? Procurarmi documenti. Appoggi. Qualsiasi cosa. Paco lo farebbe? Non dubito che possa farlo. Dal punto di vista tecnico, intendo. Non credo proprio che Paco avrebbe problemi a procurarmi un documento falso. Non ho mai voluto approfondire certi argomenti con Robin, tipo cosa fa esattamente Paco per vivere. Né Robin ha mai lasciato molto margine a questi discorsi. So solo che Paco ha sempre trattato molti affari per conto di Robin, anche attinenti la galleria. Ma che ha rapporti anche in altri giri. Conosce una marea di gente. È sempre stato una specie di braccio violento di Robin. E la sua fedeltà è indiscussa. Il loro rapporto è sempre stato d'acciaio.

Il nostro primo incontro è stato terribile, diceva Robin. Uno scontro, più che un incontro. Siamo caduti per terra e siamo rimasti a frignare in un lago di pipì.

Eravate sbronzi, gli ho chiesto.

No, avevamo due anni e due testoni grossi così, ha risposto. Nessuno si sbronza a quell'età.

Molto probabilmente la storia era inventata. O perlomeno romanzata. Ma, al fondo, la stoffa del loro rapporto è questa. E quindi. Paco aiuterebbe Robin in questo frangente? O meglio, Robin si rivolgerebbe a Paco? E anche ammesso che lui lo facesse, posso chiedere aiuto a Paco?

Non lo so proprio, è la verità. Senza Robin, non so tante di quelle cose che sbatterei la testa al muro. E però Robin non c'è, e quindi devo navigare a vista. Seguire l'istinto. Concentrarmi sulle priorità.

In primo luogo, i documenti. Il mio passaporto. Per il regno dei viventi.

Mezzanotte passata. Ho spento le candele e sono uscita dal casolare. Ha smesso di piovere, ma il cielo è coperto. Niente luna stasera. Niente flotte interstellari e testimoni alieni. Cammino seguendo l'orlo di una fossa che sprofonda nel buio della vallata. Le fosse del Subasio. Questo strano monte costellato di monasteri e leggende. Di dischi volanti che incrociano al largo di affreschi cinquecenteschi. Alcune nubi vagano all'altezza delle mie spalle, come fumo leggero che si attorciglia al mio corpo. Cammino tra queste nuvole nebbiose, gettando lo sguardo verso l'orizzonte. In questo deserto di ghiaccio che mi restituisce l'unica immagine accettabile di me stessa. Quella della morte. Del gelo. Del silenzio.

Cammino nell'oscurità, calcando bene gli anfibi sul terreno. Lontana dal mondo dei viventi. Dall'isteria che lo percorre. Dall'afrore che emana. Da quella carne pulsante che mescola sazietà a disgusto. Da quassù, il loro mondo è così piccolo. Grappoli di lumini adagiati nelle valli. Abbarbicati a picchi scoscesi. Bordeggianti le acque oscure dei laghi. Li immagino fibrillanti di pazzia nella notte che precede la domenica. La notte della festa. Dei loro miseri fuochi. Chiusi nelle loro macchine, nei locali. Nelle case. Ubriachi e scoppiati e folli di noia. Obbligati a divertirsi.

Noi siamo sempre stati diversi. Il tempo è sempre stato nostro. Non ci sentivamo obbligati nei confronti di nessuno. E se siamo morti proprio di sabato, di fronte a una discarica, se siamo morti soli, nel buio, in una stradaccia di campagna che puzzava di spazzatura, è perché non ci siamo mai sentiti obbligati, come questi forzati del divertimento. Perciò dobbiamo durare. Per rispetto del nostro amore. E di noi stessi. Dobbiamo durare perché l'amore duri. E si compia.

Ho aggirato il picco, passando il valico a circa mille metri di altezza. Volando tra arcate di nuvole bianche innalzate contro il grigio opaco del cielo. Non ho mai visto tanta bellezza. Tanta potenza come stanotte. Tanta meraviglia nella morte.

Mentre scendevo lungo il versante di Assisi ha ricominciato a piovere. Fra poco sarò all'altezza di Bastia. Mi mantengo sempre sul limitare dei boschi, ma tengo d'occhio la strada. Non temo di smarrirmi, il mio senso di orientamento è in netto rialzo. Ma preferisco non perdere il contatto con il territorio dei viventi.

Pochi minuti fa ho acceso il cellulare e formato il numero della mansarda. Ha squillato a vuoto. Riproverò più tardi, poco prima di entrare nella casa. So che Veronica e Miranda non staccano mai il telefono. Sono telefono dipendenti, come tutti, del resto. E comunque sono certa che stanotte non dormiranno a Perugia. Ho spento di nuovo il cellulare. Non voglio correre rischi. Che si metta a suonare di colpo, per esempio. Che squilli a distesa tanto da svegliare.

I morti.

Ho fatto una breve tappa nei boschi, in vista di Perugia. Ero in anticipo. Ho aspettato le quattro, passeggiando tra i lecci. Respirando l'aria profumata della notte. Lasciando che anche Mirta sognasse un poco. Non c'è nessuno nei dintorni. Solo macchine che passano veloci, come sagome d'ombra che sgusciano nel buio. Cammino alla svelta tra i vicoli inondati di pioggia. Una ragazza sola che percorre la sua strada. Le mani in tasca e il cappuccio calato fin sugli occhi. Ma da sotto quel cappuccio guardo Perugia. Questa città arroccata sui colli che Mirta aspira ad ampie boccate frammiste alla pioggia. La lascio sognare, la piccola Mirta. Rivivere nella sua Perugia. E come ultimo dono le prenderò il romanzo rimasto a metà. E i diari di Witt. Magari anche un abito elegante. Qualcosa che le ricordi quella che era e non è più. La piccola Mirta. Urlante nel cimitero. Desiderosa di vita e di canti. Di gatti e plaid rossi. Di luce e di gente. La piccola Mirta che adesso striscia alle spalle di piazza Morlacchi, nel vicolo in cui sorge il palazzo che sta cercando. Che sto cercando. Perché Mirta guarda il corso, le piazze, le fontane e vorrebbe tanto tornare alla vita. Mentre io tengo d'occhio i rari passanti. Le strade. Il buio in cima al palazzo, dove si protende il terrazzino della mansarda. Che forse potrei raggiungere dall'esterno. Il vicolo è deserto. Le finestre sbarrate. Mi basterebbe darmi una spinta per arrivare almeno al secondo, magari al terzo piano. E da lì su fino alla mansarda.

Nel buio, compongo nuovamente il numero. Aspetto. E infine spengo il telefonino. Lo ficco in tasca. Aggiro il vicolo fino allo slargo che si affaccia su alberi alti come torrioni. Che quasi toccano con le loro fronde il terrazzino. Perché non da qui?

È stato talmente facile che comincio a chiedermi se non posso procurarmi tutto quello che voglio senza dover chiedere aiuto a nessuno. Sono saltata sull'albero, e da lì sul balcone del quarto piano. Dopo di che è stato semplice come salire un gradino. Perfino Marcolino ci sarebbe riuscito. Per non parlare della mia Ophi. Finalmente comincio a capire perché i gatti hanno un'aria così sdegnosa, quasi venata di disprezzo nei confronti degli esseri umani. Avete mai visto con quanta disinvoltura fanno i salti più incredibili?

Che la morte sia gatta?

Ho aperto il lucchetto che chiude la grata del terrazzino. Perché romperlo, quando mi basta stringere l'anello per farlo uscire dai morsetti? Il blocco serratura scatta tra le mie dita in pochi secondi. Sfilo il lucchetto e faccio scorrere la grata, ma a questo punto ogni cautela è sparita. Sono solo una delle ragazze dell'ultimo piano che sta chiudendo casa prima di andare a letto. Spingo col ginocchio l'infisso di legno tarlato, che si apre a ogni colpo di vento, e mi ritrovo in cucina. La mia cucina. Faccio scattare l'accendino e mi guardo intorno. Tutto in disordine, nel rassicurante caos di sempre. Ma il lavello è vuoto. Non ci sono piatti sul tavolo. Nessuna traccia della presenza di Veronica e Miranda. Il frigorifero ronza nel silenzio, segno che la luce non è staccata. Potrei perfino accenderla ma preferisco aspettare. Sono le quattro del mattino. Ho l'accendino. E una vista notturna che non mi sono mai sognata di possedere.

Il soggiorno. I divani vecchiotti delle case per studenti. Una pila di cd in equilibrio precario. I libri sugli scaffali. Alcuni giacciono sul tavolo. I miei testi di filologia romanza sono ancora qui. Il mio esame, che Mirta aveva preparato con tanta cura. Malgrado Robin. Malgrado l'ero. Malgrado tutto.

Tasto il terriccio del ficus, che Veronica tiene in soggiorno. Asciutto. Quasi secco. Veronica tiene follemente al suo ficus, come a tutte le sue piante. Se il terriccio è asciutto, qui non c'è nessuno. A questo punto potrei accendere la luce, ma preferisco prima guardare dappertutto. Un cucinotto, un soggiorno, un bagno, la camera da letto col tetto spiovente in cui dormiamo io e Miranda e la cameretta in cui dorme Veronica, che odia dormire in compagnia e si sarebbe rassegnata perfino a dormire nella vasca da bagno se non avessimo riadattato per lei il ripostiglio delle scope. Veronica è solitaria ma adattabile.

L'odore. Leggero. Che stagna appena nell'aria. Potrebbe essere quello di Veronica. Di Miranda. Perfino il mio. Il mio odore. Che è rimasto qui ad aleggiare dalla scorsa settimana. Forse, nessuno è più venuto qui. Io sono uscita sabato sera. Miranda e Veronica sono partite la domenica mattina. E l'odore è rimasto a ristagnare. Sempre più leggero ma ancora persistente. L'odore della mia vita. Intrappolato in queste stanze, come una memoria tenace. Di me. Del mio corpo.

Penso all'ultimo pomeriggio che ho trascorso in questa casa. A me e Miranda chine sui libri. E il cielo azzurro, fuori dalla finestra, quel sole sbarazzino che suonava come un richiamo irresistibile. Cui abbiamo resistito. Per paura, anche, di quel professor Barzini che divorava i suoi studenti in un sol boccone. Ma che non divorerà Mirta. Si limiterà magari a cancellarne il nome dall'elenco di prenotazione dell'esame. Pensando, forse, quale spreco la giovinezza fa di sé. Una studentessa modello. Seduta in prima fila a prendere appunti, porre quesiti, inseguirlo nei fastosi corridoi di Palazzo Morlacchi per un ultimo chiarimento. Quale scempio la giovinezza può fare di sé, se la ragazza più brillante del suo corso finisce col bucarsi a morte sul bordo di una discarica.

Chiudi i libri, Mirta. Chiudi la mente. Tutto. Abbiamo un lavoro da fare. E dobbiamo farlo subito.

C'è qualcosa qui. Non appena sono entrata in bagno, l'ho avvertito. Un odore più forte. Un lezzo. Che ho percepito appena aperta la porta. Questa porta pesante, che stride non appena la tocchiamo. Che ho spinto senza pensiero, un istante fa. Senza supporre che qualcuno potesse essere qui, dentro la casa.

Chi c'è? Chi è?

La voce. Familiare. Proveniente dalla camera da letto. La porta che si spalanca. Luci che si accendono. Rumore di passi. Passi nudi sul parquet. No, per carità, no!

NON LEI!

Ci guardiamo. Restiamo a guardarci tra bagno e corridoio. Inondate di luci. Gli occhi spalancati della stessa sorpresa. Dello stesso stupore. Dello stesso orrore.

Mirta, sussurra. Automaticamente, per lunga abitudine. Sfiatata e senza voce. Il viso bianchissimo, afflosciato. Lo sguardo, un lago di tenebre. Mirta, ripete con una voce afona che non è la sua. Che chissà da dove affiora. Da quale terrore infantile. Da quale pozzo oscuro.

Anch'io pronuncio il suo nome. Ad alta voce. La chiamo. Quasi che chiamarla, riconoscerla a mia volta, possa darci un momento di sollievo. Illuderci, per un istante, che tutto può andare ancora a posto.

Non aver paura, dico. Devo dire qualcosa. Anche per me, per conservare un minimo di equilibrio mentale. Non aver paura, ripeto più forte. E non gridare, soprattutto non gridare. Non è nulla. Adesso ti spiego.

Sta indietreggiando, nel piccolo disimpegno. Fino a poggiare le spalle al muro. Ripete, in un mormorio flebile, Mirta. E inizia a scivolare lungo il muro. Fino a sedersi quasi sui talloni. Il suo odore mi arriva a ondate. Talmente aspro e forte. L'afrore di un corpo femminile frammisto all'odore del sonno. Del latte. Del miele. No!

Aspetta, dico.

Ma non so cosa debba aspettare. Non so proprio cosa possa aspettarsi, raggrumata contro il muro con gli occhi sbarrati e il viso esangue. Nella sua camicia da notte bianca. Coi capelli biondi arruffati di sonno.

Cos'è successo, Mirta, dice piano. Masticando le parole. Con una voce incolore quanto il suo viso. Gli occhi aperti sul nulla, che non guardano neanche me. Non sono stata bene ultimamente, dice ancora lei, non sono stata bene per niente.

Quasi la sua mente stesse cercando con affanno una scappatoia dalla nebbia che l'avvolge. Una giustificazione. Non sto bene. È colpa mia se tu sei qui. Se ti vedo.

Penso. In fretta. Ma non c'è niente da pensare. Solo la parete bianca contro cui lei sta addossata, ripetendo che non è stata bene. Ed emanando un odore che a ondate sta permeando la soglia del bagno dove rimango in piedi, incapace di andare avanti o di fare un passo indietro. Bloccata a metà strada come un pupazzo senza carica. Mentre l'altro pupazzo ripete dal pavimento su cui è rannicchiato che non è stata bene, ultimamente, proprio no.

Devo uscire da questa specie di trance. Devo uscirne, in qualche modo. Le dico, alzati. Alzati! ripeto. Perché solo se lei si muove potrò muovermi anch'io. ALZATI! urlo.

E lei poggia le mani sulle ginocchia e comincia a tirarsi su. Con gli occhi spalancati e i movimenti inceppati.

E mentre si muove, anche Luna si muove. Supera la soglia. Striscia lungo la parete del disimpegno. Dice dolcemente, non ti preoccupare, Susy, è tutto a posto. Cammina, continua a camminare. Vedi, c'è il bagno. È solo un sogno, Susy, adesso ti lavi il viso e passa tutto. Coraggio, così, brava la mia Susy. Ancora un passo. Un altro. Vai benissimo, Susy. No, non guardare me. Entra in bagno. Entra in bagno e apri l'acqua. Ti lavi il viso e io sparisco. Andrà tutto a posto. È solo un sogno. Fai quello che ti dico e andrà tutto a posto.

Luna scivola lungo il disimpegno. Fino a portarsi alle spalle della Susy. Coraggio, le sussurra da dietro, entra in bagno. Brava. Avanti, adesso apri l'acqua. Quella della doccia. Com'è bella tutta quest'acqua che scroscia, vero?

Adesso è a poco più di mezzo metro da lei. E la Susy guarda ipnotizzata il getto della doccia che si riversa a pioggia sulla vasca. Dice, con una vocetta piccola piccola, così va bene, Mirta?

Benissimo, Susy, va benissimo. Adesso ti lavi il viso sotto tutta questa pioggia e scomparirò. È UNA TRAPPOLA! SCAPPA, SUSY, SCAPPA! E mentre urlo, lei si infila le dita nei capelli, mi guarda dal fondo di quel lago di tenebra in cui non si intravede via di scampo. E Luna balza.

Sbatto la testa contro il parquet. Contro il tavolo. Mi tappo gli occhi. Le orecchie. Rotolo per terra serrando i denti. Stringendomi le gambe tra le braccia. Tutto pur di non balzare. Di non saltare. Di non sentirla arrivare, la felicità indecente che mi si riversa addosso come una piena. L'oscena felicità che mi piomba contro dalle pareti, dal tetto, dal cielo. Mi addosso all'angolo del soggiorno, scalciando e mugolando. Bagnata fradicia. Il sapore del sangue in gola. Il fiato caldo del sangue, della carne, dell'estasi. Il flash abbacinante contro cui invano sto lottando, per non ammettere che. Sono felice, felice, felice.

Mi alzo da terra, muovendomi come in sogno. Al rallentatore. Potrei volare fin sulle nuvole. Fino in cielo. Mentre vorrei solo sprofondare sotto terra. Fino al centro della terra. Legata e incatenata. Incapace di nuocere. Di nuocere ancora.

Mi costringo a camminare. A percorrere il breve corridoio. Il disimpegno. Entro in bagno. Nella vasca, c'è la Susy. L'acqua sta ancora scorrendo su di lei. Sul suo povero corpo. Alzo un braccio e chiudo la manopola della doccia. E nel silenzio ritrovato, mi chiedo: che devo farne, di quest'altro corpo a brandelli?

Non ci sono tracce di sangue in bagno. Sono stata previdente, stavolta. L'acqua della doccia ha lavato via tutto. Anche me. Non è stata una cattiva idea spingerla dentro la vasca. Mi evita un sacco di lavoro supplementare, però mi toccherà cambiarmi. Sono bagnata dalla testa ai piedi.

Per prima cosa mi sono sfilata gli anfibi. Facevano rumore. Anzi, spero di non averne fatto troppo. Al piano di sotto c'è un appartamento enorme, e solo una vecchia signora che vi abita. Una signora gentile, che cerca sempre di invitarci da lei per un tè, e poco prima di Natale ci ha regalato la torta ai frutti di bosco, la sua specialità.

In camera da letto c'è quello che mi serve. La busta appendiabiti. La libero del mio trench Armani e la porto in bagno.

Sollevo il corpo e lo lascio scivolare nella busta. Chiudo la zip. Poggio il sacco sul pavimento. In camera da letto c'è anche una valigia. Quella della Susy, suppongo. Devo far sparire ogni traccia di lei, valigia compresa. È un piano semplice, il mio. Oltretutto la valigia è semivuota. E sul letto che la Susy non ha utilizzato, cioè il mio, è ammucchiata la mia roba. Vestiti. Biancheria. Borse.

Nella borsetta della Susy, che giace in fondo al letto, credo di aver trovato la spiegazione della sua presenza qui. C'è una specie di lista, scritta da mia madre. Ho riconosciuto immediatamente la scrittura. Mia madre ha compilato la lista e l'ha affidata alla Susy. La lista delle cose di Mirta, da portar via dalla mansarda di Perugia.

Comincio a capire cosa deve essere successo. Miranda e Veronica non sono neppure rientrate. E i miei non ce l'hanno fatta a venire qui per raccogliere la mia roba. Così è venuta la Susy. È sempre stata come una di famiglia. Non c'è traccia del suo odore in soggiorno. Solo quel sentore leggero. Frammisto al nostro. L'odore della casa. È venuta qui e ha preparato tutto con cura. Ha impilato le mie cose sul letto. Ha raccolto ogni traccia del mio passaggio. Gli indumenti sono ripiegati per bene. Deve averli ripiegati uno per uno. Stirati con mani leggere. Piangendo, forse, al pensiero della piccola Mirta. Sentendosi in colpa, magari, per averla spalleggiata nel suo amore rovinoso.

Ha preparato tutto ed è rimasta a dormire nella mansarda. Per potersi alzare presto, raccogliere il resto dei libri e dei cd, fare un po' di pulizia, chiudere i bagagli e portare via tutto. E non deve aver pensato neanche per un attimo che potesse essere pericoloso, dormire nella mansardina di Mirta. La Susy è sempre stata una ragazza pratica. Impaurita solo dalle malattie, dalla scarsità del denaro, da un eventuale tradimento da parte di Fabrizio. Una ragazza solida, del tutto priva di fantasia. Una che si presta. Anche a raccogliere gli effetti personali di una povera ragazzina tragicamente scomparsa. Per svegliarsi nel cuore della notte e ritrovarsi davanti la povera ragazzina, che è tornata per lo stesso identico scopo.

Prendersi le sue cose.

Il passaporto non figura nella lista di mia madre. È un pasticcio, più che una lista. Vergata forse in stato di semi incoscienza. Vestiti. Sciocchezze. Persino pupazzetti. E in fondo una frasetta qualsiasi: prendi tutto quello che credi, in caso di errore lo restituiamo a Veronica e Miranda.

In caso di errore. Ma è l'orrore a non essere contemplato.

Il passaporto è ancora nel cassetto del mio comodino, dove lo tengo solitamente. Ci sono anche un po' di soldi. E alcuni piccoli gioielli. E altre sciocchezze cui dovevo tenere tanto, in vita. Ma non in morte.

La valigia andrà bene per trasportare il corpo. È piuttosto grande, e dentro non c'è quasi nulla. Solo un ricambio di biancheria. Evidentemente, la Susy se l'era portata apposta per metterci le mie cose. Nella borsa della Susy ci sono le chiavi della macchina. Quindi è venuta in macchina. E chissà dove l'ha parcheggiata. Faccio sparire lei, i suoi effetti personali, ma mi resta fuori la macchina. Pazienza. Che ci pensino i giornalisti, a inventarsi un'ipotesi plausibile. Il mio zaino è sotto il letto, dove lo tengo sempre. La Susy non l'aveva neanche visto. E comunque non figura sulla lista. Che lista stupida. Ci sono segnati i miei libri di scuola, ma nulla che attiene ai romanzi, ai diari di Witt. Come se mia madre non mi conoscesse. E per colpa di questa stupida lista, la Susy. Tanto non importa più. Non posso farci niente. Metto il passaporto in tasca, insieme ai soldi. Infilo alcuni pantaloni nello zaino, magliette, un paio di minigonne. Guardo indecisa un lungo abito nero. Un abito di Cavalli che Robin mi ha regalato per Natale. Un abito sexy. Leggero. Mai indossato. Quello che volevo portar via per Mirta. Per le sue piccole nostalgie. Mirta ci teneva tanto a questo vestito. Lo infilo nello zaino. Anche la borsa della Susy, che voglio esaminare dopo, con calma. Potrebbe esserci qualche indizio su di me. Sulla mia morte. Qualsiasi cosa. Sta tutto a meraviglia dentro lo zaino. Prendo anche il cellulare della Susy, poggiato sul comodino, accanto al telefono. La presa è staccata. Questo maledetto telefono che ha continuato a squillare a vuoto per tutta la notte, dandomi l'illusione che non ci fosse nessuno in casa. E che invece la Susy deve aver staccato. Perché non era una ragazza curiosa. Anche il suo cellulare è spento. Era proprio fiduciosa, la Susy. Quasi più di Mirta.

Porto in bagno la valigia. Infilo dentro il sacco appendiabiti, poi la chiudo e la porto all'ingresso. Torno in bagno e apro nuovamente l'acqua della doccia. È solo una ripulita sommaria. Non reggerebbe a nessuna delle diavolerie che la polizia scientifica si inventa di continuo. Ma mi dà tempo. Se la Susy scompare, cercheranno lei per prima, e solo dopo il suo corpo. Come nel caso del tizio della discoteca. Molte persone scompaiono per problemi personali. Per cose che sanno solo loro. E c'è una bella differenza tra una persona scomparsa e un corpo dilaniato.

Metto a posto in soggiorno. Torno in camera da letto. Controllo che non ci siano ancora degli effetti personali della Susy sparsi per la camera. Per quanto riguarda i miei, ripongo il poco che non ho preso nell'armadio o nei cassetti. Come una dimenticanza della Susy. Rifaccio il letto in cui lei ha dormito. Prendo i suoi stivali, li metterò in valigia. Poi mi spoglio. Sono ancora bagnata. Non posso uscire in queste condizioni. Tiro fuori dalle tasche i cellulari, il passaporto. Tengo solo le mutande e gli anfibi, imbottiti di denaro. Appallottolo i miei abiti bagnati. Li infilo in un bustone. Metterò anche questo in valigia. Scelgo un paio di pantaloni neri. Una maglietta aderente. Un giubbotto di pelle. Non so più quante volte mi sono cambiata, in questi giorni. La mia roba nel giro di poche ore è sporca, infangata, intrisa di sangue, bagnata fradicia, strappata. Tutto potevo pensare, tranne che da morta avrei avuto bisogno di molti più vestiti che da viva.

Chiudo la grata del terrazzino. Le porte e le luci, una per una. Mi infilo lo zaino sulle spalle. Metto il bustone con i miei abiti bagnati e gli stivali della Susy dentro la valigia. Sull'appendiabiti dell'ingresso c'è il trench della Susy. Quello nero, traslucido, che aveva comprato in autunno. Ci penso un momento. Se è arrivata ieri, qualcuno del palazzo può aver notato la sua presenza. La conoscevano, comunque. È venuta diverse volte per aiutarmi a far pulizia. E una volta è capitata per caso, un sabato pomeriggio. Incavolata nera perché aveva litigato con Fabrizio e voleva sfogarsi un po'. Stai attenta stasera quando rientri, le ha detto puntualmente Veronica. Come niente te lo ritrovi alle spalle con un coltello in mano. Per spezzarti il cuore come tu lo hai spezzato a lui, abbiamo concluso a una voce io e Miranda.

Nel palazzo la conoscevano, seppure di vista. E oggi può essersi trattenuta a parlare con qualcuno dei vicini. Della povera ragazza morta. Delle bugie che si sono dette sul suo conto, maledizione alle malelingue. La Susy è una tipa socievole. *Era* una tipa socievole. Adesso è solo un mucchietto di ossa insanguinate in questa valigia.

La alzo. Non pesa nulla. O forse sono io che non sento il peso di nulla. Né pesi né rimorsi. Niente.

E in ogni caso non è una cattiva idea. Indosserò il suo trench. E mi butterò la sciarpa sui capelli. Perché è ovvio che devo uscire dal portone. Sono le cinque del mattino. A quest'ora c'è gente che si sveglia. Che si affaccia alle finestre. Gente che rientra. È domenica mattina, per fortuna. Ma c'è sempre qualcuno in giro. Che ci rimarrebbe di sasso a vedere una ragazza che si butta giù da un terrazzo del quinto piano con zaino e valigia.

Indosso il trench. Infilo lo zaino. Sollevo la valigia. E mi trovo davanti una blindata chiusa a doppia mandata.

Dove sono? DOVE CAZZO SONO FINITE LE CHIAVI!

Non posso forzare la porta a quest'ora. Sveglierei tutto il palazzo. È assurdo. La Susy è entrata con le chiavi e con le chiavi deve uscire. Dove mai le avrà messe. In borsa non c'erano. Solo quelle della macchina. In camera da letto? Mi tocca accendere di nuovo le luci. Far rumore. Questi maledetti anfibi. Non è possibile. Sono una demente. Non merito di durare. Non so fare niente, neanche uscire da casa mia. Figuriamoci far uscire Robin dalla sua tomba. Mi prenderanno. La polizia. Il ragazzo della Susy. Tutti. Mi prenderanno e mi bruceranno sul rogo. Come una strega. Una strega scema. Pasticciona. La leggendaria pasticciona del Subasio.

In bagno è inutile, non c'è niente. Forse in soggiorno. Ma devo accendere le luci anche lì. Com'è possibile, devono essere da qualche parte. Forse sono scivolate sotto il divano. Magari, addirittura sotto il letto. Oppure. In cucina. Dove. Cos'è questo. NON È POSSIBILE!

Erano nella tasca del trench. Dove altro dovevano essere?

Ho aperto la porta. Mi sono affacciata sul pianerottolo. Nessuno. Ho chiuso a doppia mandata. Scendo le scale in punta di piedi, la valigia in mano e lo zaino sulle spalle. Meglio non prendere l'ascensore. Potrei far rumore. Potrebbe bloccarsi tra un piano e l'altro. Scendo. Quarto. Terzo. Se incontro qualcuno, lo mangio. Subito, senza pensarci due volte. Secondo piano. Primo piano. Ancora una rampa. Le mie gambe stanno correndo da sole. Il portone. Pigio il pulsante, la serratura scatta. Il vicolo. Deserto. Il cielo è ancora scuro e non piove più. Tra poco sarà giorno. Ho un'ora di buio, forse anche meno. Cammino a passo svelto. Supero lo slargo tra gli alberi. E finisco addosso a un uomo che sta svoltando nel vicolo.

Una zaffata d'odore, nell'oscurità. Dice qualcosa, ma le parole volano via insieme ai miei passi veloci. Oltre gli alberi. Oltre lo slargo. Ho diritto a essere spaventata, mi dico, qualsiasi ragazza si spaventerebbe, a scontrarsi nel buio con un uomo alto e robusto. Qualsiasi ragazza normale, mi ripeto. Cammino veloce con lo zaino sulle spalle e la valigia in mano. Sgattaiolo per vicoli secondari. Calo dalla rocca lungo tornanti lucidi di pioggia. Nell'aria profumata di resina. Di terra bagnata. Di antiche mura intrise d'umidità. E tutto il tempo, continuo a guardarmi alle spalle. Certa di aver sentito il passo di quell'uomo alle mie spalle. E accelero, via via che mi allontano dalla rocca. Come una volpe o un gatto selvatico che compiuta una paurosa scorribanda nel regno degli umani torna a tuffarsi avidamente tra i suoi boschi. Nel rassicurante regno notturno delle selve. Dell'ombra. Delle belve.

Sto tornando indietro, verso il versante assisano del Subasio, ma devo liberarmi della valigia. Pensavo di buttarla in un crepaccio. Ma ci sono troppi animali selvatici, qui. Troppe guardie forestali intorno alla città. Cani randagi. Devo seppellirla. Lo faccio per me, per la mia sicurezza. Ma anche per la Susy. Per darle sepoltura. E anche per far sparire le sue tracce. Insomma, per tutte e due le cose. Perché è stato terribile. Qui non c'entra Mirta. Non c'entra nessuno. Era la Susy. La baby sitter di Marcolino. Una mia amica. È stata una cosa schifosa. Necessaria, anche. Non c'erano alternative. La Susy doveva morire. Ma perché divorarla? Anche se lo volevo, eccome. Quel flash osceno, dopo la sua morte. Che cosa sono diventata.

Sta albeggiando. E ho quasi finito. Il terreno è scosceso. Protetto dagli abeti, nel folto del bosco. Qui nessuno la troverà. E lei potrà riposare in pace. Lo spero, almeno. Adagio la valigia sul fondo della fossa che ho scavato. Dentro c'è il bustone con i vestiti bagnati. Gli stivali della Susy. Oltre alla Susy stessa. Non ho mai sepolto un morto. Il tizio della discoteca è finito sotto un cumulo di rifiuti. Una cosa pazzesca, ma non una sepoltura. La Susy è la prima. E sarà anche l'ultima. Non voglio passare il resto dell'eternità a seppellire i corpi che divoro. Devo trovare un altro metodo.

Come no. Bruciarli. Buttarli in mare. Scioglierli nell'acido. Nasconderli sotto il letto!

Devo finire di riempire la fossa. Pareggiare il terreno. Cercare qualcosa, una pietra, un ramo. Per segnarlo. Per ricordare. Che la Susy è la prima e l'ultima, non toccherò mai più una persona che conoscevo. Una persona a cui volevo bene. Perché nella morte c'è schifo e orrore. Ma anche allo schifo e all'orrore bisogna porre un limite. Un limite di decenza. Witt scrive che, quando ci si trova faccia a faccia con la morte, allora si ha finalmente la possibilità di diventare una persona decente. Vorrei essere questa persona. Guardare in faccia la mia morte, e diventare migliore. Ma nello specchio in cui mi rifletto, non vedo che l'ombra deformata della vita. Adesso che mi trovo dal lato dell'ombra, non posso guardare in faccia la morte, ma la vita. E la vita appare grottesca, a guardarla da qui.

Mi sono riflessa nel lago di tenebre in cui annegava lo sguardo della povera Susy. E cosa ho visto? L'immagine di Mirta. La vita nel suo aspetto deforme.

Solo la morte è pura. Incolpevole. Freddamente luminosa.

Ho seppellito anche il trench della Susy. Preferisco non avere più niente a che fare con questo corpo sepolto. Ho infilato lo zaino sulle spalle. E mentre sollevavo lo sguardo verso il cielo che si andava schiarendo, sulla cresta della collina di fronte a me ho visto una fila di macchine nere. Risalivano il tornante. Ho pensato alla baita. Alle macchine che risalivano nella sera la strada del paese. Erano nere. Allora ero talmente stanca che non sono riuscita a capire. Ma adesso che i miei sensi sono all'erta, che la mia forza è intatta, adesso capisco cosa mi ha veramente turbata, in questa sfilata di macchine. Tutte nere. E un'altra cosa. Sembrano avanzare alla stessa velocità. Forse non è nulla, solo un'impressione. Ma la vista di una fila di macchine non mi ha mai colpito. Quand'ero in vita, voglio dire. Ora colgo il pericolo in ogni ombra. In ogni fruscio. In ogni particolare insignificante. I pericoli esistono. Sono ovunque. Perfino la povera Susy costituiva un pericolo. Un ostacolo che dovevo affrontare e rimuovere dalla mia strada.

Immagina se al posto della Susy trovavi due persone. Lei

e il fidanzato, per esempio. O quattro. O dieci. Immagina di trovarti davanti venti persone. Venti persone atterrite che ti vengono addosso. Il pericolo è ovunque. Ovunque vada, qualsiasi cosa faccia, devo fare i conti con loro. Con questa massa di vivi che temono la morte. Che la rimuovono. Che mi seppellirebbero fino al centro della terra, pur di non trovarsi faccia a faccia con la morte. La morte è tabù.

Ho mangiato la Susy.

L'ho fatta morire di paura e l'ho mangiata. L'ho mangiata mentre moriva. Come un animale. Peggio di un animale. Ophi non mangia i topi che uccide. Non mangia gli altri gatti. Non mangia niente, poverina, solo la roba che le cucina la mamma.

Non posso credere di aver fatto quello che ho fatto. E di esserne stata felice. Di aver ripulito la casa e chiuso la Susy in una valigia e di averla seppellita nel bosco. Questo non è più un mondo selvaggio. Non lo è più da quando sono sbucata dalla terra e ho preso a camminare tra i viventi. È diventato un mondo orrido. Terrificante. Un mondo infernale. L'intero mondo, ormai, non è altro che una gran tavola imbandita su cui strisciano milioni di vermi affamati.

E tutti quei vermi sono io.

Ho raggiunto il Subasio. Fino in cima. Tra le nuvole. Mi sono acquattata sotto uno spunzone di roccia. Odio il sole. La luce piena. Vorrei fosse sempre notte. Sempre nero intorno a me. Per scorrazzare in libertà. Raggiungere la tomba di Robin. Me ne sto quassù, tra i ghiacci della vetta, e penso che non ho mai dormito. Non chiudo occhio da giorni. Da quando sono uscita dalla tomba. Non si dorme nella morte. Perché bisogna essere vigili tutto il tempo. Pronti ad andare all'attacco o a ripiegare in difesa.

Ho attraversato il bosco strisciando. Immergendomi nell'ombra del sottobosco. Scomparendo tra il verde. Tra i ghiacci. Contro il profilo degli alberi. Sono di nuovo sporca. Impastata di fango e di terra. E sento tutto. Ogni fruscio. Ogni scricchiolio sul ghiaccio. Il piegarsi di una fronda sotto la neve. Lo sgusciare di una lucertola tra due sassi. Lo zampettare ungulato dei gatti selvatici. Lo zoccolo del cinghiale che batte il sottobosco. Il frullio di ogni ala. Il ronzare degli insetti.

E penso all'uomo che ho sepolto nella discarica. E alla donna dallo sguardo di tenebra. Che vengono fuori dalle loro tombe improvvisate. Che vengono a cercarmi confondendo il loro ansito ai rumori del bosco. Che vengono a ghermirmi nel profondo della notte, con artigli sporchi di terra. Per dilaniarmi. Per squartarmi. Per divorarmi senza fine.

E penso alle macchine nere che in fila indiana salgono e scendono i tornanti. Ai loro vetri oscurati. A chi si cela dietro.

Penso a me stessa. Sospesa alla finestra di casa mia. Con gli occhi gialli dei gatti selvatici e la bava alla bocca dei mostri affamati.

Perché l'equilibrio è stato violato e i morti camminano sulla terra. E non vogliono tornare indietro perché vogliono durare. Perpetuarsi fino alla fine del tempo. Divorare il tempo.

Robin non esce perché non lo amo abbastanza? O perché è lui a non amarmi abbastanza da desiderare di raggiungermi? O perché si è perso in un altro mondo possibile. In cui Mirta è un ricordo vago. E Luna nessuno. Solo l'ombra del futuro. Una brezza gelida che percorre la terra, dileguandosi nel buio.

Mangiare. Coprirsi. Tenersi al riparo, di giorno. Calare a notte. Nelle valli. Nei borghi. Nei villaggi. Procurarsi ciò che serve. E di nuovo fuggire. Verso le cime. Le vette inaccessibili sepolte tra i ghiacci. Se questa è l'eternità.

Questa è l'eternità. Questa solitudine. Questo vento di ghiaccio. Queste rocce scabre. Questo vuoto. Questo silenzio. Gioco con la pelliccia del gatto selvatico che ho ucciso stamattina, mentre attraversavo i boschi. Me lo sono trovato davanti di colpo. Gli ho spezzato il collo. Adesso ci gioco. Per far passare un po' d'eternità. La pelliccia è piena di fango e di croste, ma morbida. Tanto tempo fa, al tempo in cui ero viva, un gatto selvatico si insinuò nel nostro giardino e attaccò Ophelia. Avevamo ospiti e tutti si riversarono fuori al primo, lancinante miagolio di Ophi. Papà diede solo uno sguardo e tornò dentro all'istante. Imbracciò il fucile e fece fuoco. Sul groviglio dei gatti. Fra le urla di Mirta e di sua madre, gli sguardi stupefatti degli amici, il gatto selvatico volò per aria con un ringhio e ricadde in mezzo all'erba. Ophi rimase immobile. Poi sollevò la testina e miagolò appena. Aveva solo qualche brutto graffio, un po' di sangue sul pelo. Rimase tutto il giorno nella cesta a farsi coccolare.

Ma come fece papà a beccare il gatto selvatico, in quel groviglio. Come fece a centrargli il cuore, in quella matassa lanosa che rotolava furiosamente sull'erba del prato. Come fece a liquidare il tutto con un gesto distratto, dopo.

Frugo nella sua borsa. Documenti. Un po' di soldi. Un bancomat. Una limetta per le unghie. Sigarette. Fumava? Mai saputo. Mia madre non avrebbe preso una baby sitter che fumava. Un accendino rosa. Una fotografia. Lei e Fabrizio, abbracciati. Le chiavi della macchina. Dei kleenex. Una confezione di preservativi. Un fermaglio per i capelli. La ricevuta di un bar di corso Vannucci. Due tramezzini, un caffè. La cena di ieri sera, probabilmente. Moment rosa. Una pigna. Una trousse da trucco. Un'agendina. La sfoglio. Parecchi numeri di telefono. Nomi misti a cognomi. Un guazzabuglio. Anche il cellulare di papà, sotto la pi. Piero, c'è scritto davanti. C'è anche il mio. Mirta. E quello di mamma. Sotto la effe. Fossati Amalia. Piero. Chiudo l'agendina. Un pacchetto di chewing-gum. Un paio di orecchini. D'argento, di foggia etnica. Con dei pendenti in corallo rosso. Belli. Inattesi, considerati i suoi gusti.

Mi vengono in mente certe domeniche. In cui papà andava nei boschi, con Marcolino e la Susy. Senza di lei, Marcolino non sarebbe andato. Era Marcolino a volere la Susy.

Quando papà fu ricoverato in clinica per una leggera ischemia miocardica, un paio d'anni fa, la Susy insistette per fare le notti. Mamma non è mai stata capace di fare le notti a nessuno. Prende la sua pillola e si addormenta. A me non mi hanno neppure presa in considerazione. E perché mai pagare un'infermiera, una estranea, se c'era la Susy a disposizione?

Forse, stamattina, sarebbe passato papà dalla mansarda, per aiutare la Susy a caricare la macchina. Forse.

Prendo la trousse. I kleenex. I soldi. Gli orecchini. Butto via il resto in un crepaccio. Cominciare a dimenticare non è così difficile come sembrava sulle prime.

Parlo da ore. Con Witt. Seduti sulla vetta. Ci raccontiamo cose segrete. Ignobili. Cose che non abbiamo mai detto a nessuno. In questo silenzio, in questo vuoto, è facile. Il vento ci accarezza con dita fuggevoli. E parliamo. Mi chiede se ho nostalgia di Robin. Se preferirei che ci fosse Robin al suo posto. Gli dico che non ho nostalgia di Robin. Che ho voglia del corpo di Robin. Invece, ho nostalgia di non aver mai conosciuto lui.

Ho nostalgia della tua mente, Witt.

Lui dice che è così, si prova nostalgia solo per i sogni. E urgenza per la carne. Gli chiedo dove mai si trova, adesso. Sorride. Dice, in un universo parallelo. Un universo matematico spoglio di ogni linguaggio. Un universo impenetrabile. Gli chiedo se è felice, nel suo universo. Lui dice, cosa.

Il sole incendia la distesa di ghiaccio. Si rompe in mille riflessi d'arcobaleno. Gli chiedo se gli piace, il mio universo. Dice, mi ricorda la Norvegia.

Parliamo, nel silenzio della vetta. Delle nostre vite perdute. Della morte che credevamo ci avrebbe resi migliori. Persone decenti. Delle promesse d'amore. Del mondo dei viventi. Dello spreco del mondo dei viventi. Delle loro parole troppo forti, che fanno male. Di quanto è difficile non arrabbiarsi con loro. In vita e in morte. Delle loro bugie. Della loro vigliaccheria. Della mancanza di decenza.

Camminiamo sull'orlo dei crepacci. Delle fosse profonde che costellano la cima. Gli racconto di quanto sia stato difficile. Di come nulla sia peggio dell'impotenza fisica. Del mio corpo a pezzi. Stremato.

Mi dice che sì, quando la carne duole, è come se anche il cervello zoppicasse. Il dolore, la malattia, l'impotenza frustrano la mente. Le impediscono di accedere alla grazia.

Seguiamo il letto di un torrente ghiacciato. Ci inerpichiamo lungo un ripido sentiero che scricchiola di gelo sotto i nostri piedi. Gli chiedo, cos'è peggio. Dice subito, la volgarità. Non la morte. Non il male. Non il dolore. Nemmeno il peccato. La volgarità. La volgarità dei viventi. Il loro essere schifosamente ordinari.

Stiamo scendendo lungo il versante. Alla ricerca di un torrente. E quando ne troviamo uno. Una sottile lastra gelata lo ricopre. Ma sotto la superficie ghiacciata si intuisce un liquido moto di acque correnti. Infrango il ghiaccio. Mi spoglio. Mi immergo nel torrente. La sensazione di volare, più che di nuotare. Scivolo sott'acqua. Mi passo le mani tra i capelli. Sul viso. Tra i seni. Lungo il ventre. Sulle gambe. Dico a Witt che è così bello, dopo tutto quello che ho passato. Così puro. È così bello, anche, parlare con Witt. Bagnarsi nel torrente parlando con lui, come un tempo lui parlava con un amico, sotto le bombe. Lontana dall'agitazione dei viventi. Da ogni bassezza. Tra acque gelide che scorrono carezzevoli sulla mia pelle. Portando via il fango. Le incrostazioni. La sporcizia. L'odore dei viventi di cui il mio corpo è così orridamente contaminato. Metterò l'abito di Cavalli. Lo indosserò per andare sulla tomba di Robin stanotte. Per fargli capire che Luna e Mirta sono la stessa persona. Metterò gli orecchini d'argento con i pendenti di corallo. E chiamerò Robin. Perché esca. Perché mi dica, sì, Luna, sono qui.

Solo questo mi basta, per scardinare quella gelida lastra di marmo e trarlo alla luce della luna. Delle stelle. Al chiarore del cielo e a questo vento tempestoso.

Sarai felice quando ci riuscirai, chiede Witt.

Non lo so, dico. Ma so che sarò compiuta.

Risaliamo lungo il crinale, nella luce declinante del pomeriggio. Tra nubi ventose che galleggiano come batuffoli di cotone. Mi rimetto i calzettoni. Gli anfibi, sempre più pesanti di denaro. Mi pettino i capelli con le dita. Indosso l'abito nero. Faccio una giravolta tra le nuvole. Chiedo a Witt, come sto. Lui sorride. Gentile. Distante. Quasi sfocato contro la roccia cui sta appoggiato a fumare. È magro, elegante nel suo trench sportivo allacciato fino al collo. Prendo gli orecchini d'argento. Li aggancio. Li scuoto. Sono talmente belli. Mi sento talmente bella.

Accenno un passo di danza. Un inchino. Tra le nuvole. Invito Witt a ballare con me, ma lui si schermisce. Sono così seri, questi filosofi. Lo lascio fumare in pace. E ballo. Sulla distesa di ghiaccio. Scivolando. Pattinando. Non sono più la regina del Black Jack, oramai. Sono la dea delle vette. La principessa dei ghiacci. La fata delle nevi.

Fata Neve l'ha chiamato
Fata Neve l'ha incantato
Per finire questo gioco
Ci vorrebbe Fata Fuoco

Chi sarà mai Fata Fuoco, chiedo a Witt.

Guardati dalla strega fiamminga, dice lui. E scompare in una nuvola di fumo.

Ho aperto la trousse. La poggio su una roccia. Mi trucco. Un velo di cipria. Il fard rosa chiaro. Una trousse Dior. Si trattava bene, la ragazza. Oppure, qualcuno la trattava bene. Sfumo il fard sulle guance. Impugno la matita per gli occhi.

Profilo di nero il loro contorno. Non mi sono mai truccata con tanta cura. Sempre di fretta. Tra una lezione e l'altra. Tratti di matita irregolari. Un occhio diverso dall'altro. Sbavature. Adesso invece. Ho davanti tutto il tempo del mondo.

Scelgo l'ombretto. Quello argento, per accordarlo con gli orecchini. E mentre lo pennello, guardo i miei occhi. Luminosi, nel tramonto. Mondi da ogni macchia. Da ogni insulto. Allungo l'ombretto verso l'angolo superiore. Com'è bello sentirsi pulite. Prive di qualsiasi afrore. L'abito non ha odore. Non è stato mai indossato. Mi sembrava leggero, per le rigide notti d'inverno. Profuma di seta. Profuma di pietra e di vento. Di vette. Profuma di Luna.

Svito il flacone del rimmel. Lo passo sulle ciglia. Sbatto le palpebre. Tutto Dior. La Susy. Richiudo il flacone. Metto un velo di cipria sulle labbra. È meglio fare le cose per bene, se si ha tempo. Passo la matita rossa sul contorno. Ingrandendo un po' il labbro superiore. Peccato per questi incisivi un po' accavallati. Ma dovrò portarmeli dietro fino alla fine del tempo, immagino. Stendo il rossetto. Lo tampono con un kleenex e torno nuovamente a stenderlo. Forse ho un filo esagerato. Ma che importa. La prima notte di Luna.

Chi sarà mai la strega fiamminga? Non mi pare proprio che Witt si fosse perso in certe fantasticherie, nei diari.

Ho indossato il mio giubbotto di pelle. Sta bene sul vestito. Tutto il resto l'ho lasciato sotto la rupe. Sono troppo elegante, lo so. Truccata e rivestita da paura. Ma che importa. E poi di notte mi sento molto più sicura. Potrò volare fino ai boschi. Perfino scendere in strada. Ci sono tratti praticamente deserti. E non importa se rovino l'abito. Tutto è talmente veloce, nella morte. Così provvisorio, che preoccuparsi per un vestito mi sembra ridicolo. E poi ho lo zaino pieno di cose. E posso entrare dappertutto, se mi gira. Scassinare un negozio del centro. Una casa isolata. E se c'è qualcuno. Magari, accetterò uno spuntino dai miei ospiti.

Il cielo sta scolorando. Saranno già le sette. La giornata, in fin dei conti, è volata. Grazie a Witt. Alla lunghissima toilette. Grazie a Luna probabilmente. Mi sento così bene, adesso che sono io. Come se mi fossi svegliata da un lunghissimo dormiveglia da cui non riuscivo a emergere. Ma adesso è passata. E il risveglio è stato meraviglioso. Frizzante come le acque di montagna in cui mi sono immersa. Quel Witt. Non ha voluto dirmi che ero bella. Era così evidente che si vergognava. È proprio un uomo di un altro secolo. E poi, ovviamente, il solito filosofo con la testa tra le nuvole.

Scendo. Volando. Ballando. La mattina sono solo una bestia braccata. Ma la notte. La notte è mia.

Volo giù di rupe in rupe. Con gli orecchini che tintinnano nel vento. La seta del vestito svolazzante. E questa meravigliosa libertà che si spalanca di fronte a me. Vorrei baciare la luna. Le stelle. Le nuvole. Abbracciare la mia ombra. L'ombra danzante al chiaro di luna che si proietta gigantesca sulle colline, come una nuvola nera che annuncia bufera.

TERZA PARTE

Nella postazione degli esploratori
mi sento come un principe nel
castello incantato. Ora, di giorno,
tutto è tranquillo, ma penso che
di notte tutto diventerà terribile!

LUDWIG WITTGENSTEIN, *Diari segreti*

Questo punto della strada. L'ho incrociato per caso, mentre scendevo lungo il versante. E l'ho riconosciuto subito. C'è un cartello che indica l'accesso alla pista ciclabile. È l'immagine del cartello che mi è rimasta impressa nella mente. Mentre Robin entrava con quanta cautela. Quanta attenzione, nel mio corpo. È successo qui, la prima volta. Al tramonto. Sotto un cielo verde. Nel riflesso rossastro del calcare del Subasio. Il cartello. Ce l'ho avuto davanti agli occhi tutto il tempo. Oscillava nel vento. Giallo, contro l'argento dei pascoli. La mia prima volta è questo cartello giallo. Ed è anche il vento che spira nella prima sera. Le nostre risate. La perplessità di Robin. I nostri corpi imbrattati. La vertigine del desiderio. Di scivolare oltre. Di accogliere ed essere accolti.

Guardo il cartello, e nuovamente mi viene voglia di ritrovarmi con Robin a ridere di noi. Di rivestirci alla svelta, ancora sporchi di sangue e terriccio. Di scendere a valle, verso i borghi. I villaggi. Le città. Di immergerci nella notte forti del nostro patto. Come scendo adesso, nell'aria ventilata della prima sera. Verso Robin. Verso la sua tomba intatta. Che mi basta una sola parola per scardinare. Per scardinarla dalle fondamenta per tirare fuori il mio amore sepolto. L'unico frammento del passato che resiste all'urto della morte. Agli assalti micidiali della vita. Alla menzogna.

Al bivio per San Giovanni, ho fatto una piccola deviazione. C'è un'edicola, in fondo al paese. Forse darò nell'occhio, ma è molto più importante procurarsi un giornale. Informarsi. Sono ben vestita. Truccata. Perché dovrei avere paura? In realtà, non ne ho più. È successo oggi. Ieri. È successo. Forse, la presenza di Witt.

O Luna. O l'energia che sento fluire dentro di me, potente come una cascata. Ma non ho più paura. Anzi, comincio a pensare che devo confrontarmi con loro.

I viventi. Imparare alla svelta a muovermi tra loro. A prendermi le cose di cui ho bisogno. Tutto ciò che mi è necessario per durare.

Aggiro il paese da sopra. C'è un vento gelido che batte le pendici del monte. Pochissima gente in giro. Stringo il fasciacollo, per dare l'impressione che anch'io ho freddo. Percorro un paio di stradine secondarie. L'odore del borgo, misto di fogliame e di viventi. Leggero, che aleggia tra le prime case. Non l'avevo mai colto con tanta esattezza. Raggiungo l'edicola. Un uomo anziano. Cappello, sciarpa e giacca a vento. Chiedo "Il Messaggero". Sorride. Dice: finalmente una bella ragazza. Sorrido anch'io. Il suo lezzo mi assale le narici, misto all'odore della fibra sintetica del giaccone. A quello del sigaro che deve avere spento da poco. A un vago sentore di dopobarba. Di lana conservata nella canfora. Di qualche goccia di urina rimasta nelle mutande.

Pago il giornale con calma. Lui dice: maledetti euro, ancora non mi abituo. Gli sorrido nuovamente. Piego il giornale e lo metto in borsa. Nuova di queste parti? dice lui. Ha voglia di parlare. Di passare un po' di tempo in compagnia. Gli dico che sono venuta ad affittare una casa, per i giorni di

Pasqua. Lui dice, è il periodo giusto. Non c'è paese come il nostro, dice.

E penso che deve essere abbastanza felice. La sua vita tra queste quattro case. L'unica edicola del paese. Una moglie anziana che l'aspetta a casa. Che gli conserva gli indumenti nella canfora profumata. Che gli fa trovare una minestra calda, alla sera. Un piccione ripieno. Un fiasco di vino. Un fuoco acceso. E la vita va. Scivola via. Come vento tra gli alberi.

Lo saluto, allontanandomi nel mio vestito svolazzante. Voltando l'angolo del vicolo dove, immagino, lui pensa io abbia parcheggiato la macchina. Una bella ragazza sola in una serata d'inverno. Forse attesa, per una cena, per una festa. Una ragazza di città, con cui scambiare due chiacchiere nel freddo di una domenica sera. Una ragazza da far sorridere.

Anche se fossi stata affamata, non credo che sarei riuscita a mangiarlo. C'è qualcosa di intangibile, nella felicità. Nelle persone felici. Solo chi è infelice è a rischio. Costantemente a rischio.

Ho fatto un pezzo di strada sulla provinciale. Poi mi sono nuovamente inoltrata al riparo dei boschi, tagliando in direzione del cimitero. Il terreno è gelato. Cumuli di neve dappertutto. Guardo l'orologio. Sono le nove passate da poco. Ho di nuovo sete. È tutto il pomeriggio che attingo acqua ai torrenti. Mi sembra perfino di percepirne nuovamente il sapore. Diverso da quello del tempo della mia vita. Ma un sapore.

La bottiglia d'acqua nella baita. Devo ripensarci un momento, adesso che la mia mente è più lucida. Che senso aveva? Mi sono talmente spaventata, quando mi sono accorta della bottiglia d'acqua in più, che ho pensato solo a fuggire. Ma se l'acqua non c'era, la sera prima, e dopo è comparsa a sorpresa in dispensa, qualcuno può averla messa là apposta. Qualcuno che sapeva che mi sarebbe venuta sete. Qualcuno che forse non mi è nemico.

Ci sono degli strani segnali. Difficili da decifrare. E la sensazione di essere braccata non è mai venuta meno. Anzi, è molto più forte. Di essere costantemente seguita. È come se i segnali fossero contrastanti, anzi, carichi di un doppio significato. E devo tenerne conto. È troppo importante per non tenerne conto. La volpe!

Si avvicina cauta. Poi si ferma, a pochi metri da me. Una zampa alzata. Avanza di nuovo. Resto immobile, per non spaventarla. La volpe mi gira intorno, fiutando l'aria. Fa ancora un passo. Un altro. Allungo con cautela una mano. Lei si scansa. Ma non scappa via. Mi guarda. Guarda la mia mano. Avvicina il muso di qualche centimetro, poi lo allunga ad annusare le dita. Mi inginocchio per terra, toccandole la testa con la punta delle dita. E succede una cosa splendida.

La volpe fa un passo avanti. China la testa e me la poggia in grembo. Le sfioro il musetto. Sembra sorridere. Poi si rimette in piedi, mi guarda un momento, la zampa già levata, e via. Di corsa. Nell'oscurità dei boschi.

Witt mi ha preceduto. È seduto sul bordo della mia tomba vuota. Fuma in silenzio. Guardando la tomba di Robin. La sua tomba intatta. Gli chiedo, niente? E lui scuote la testa. Il cimitero è vuoto, immerso nel buio della notte. Niente poliziotti. Mi siedo sulla tomba. Questa tomba che resiste ai nostri sforzi. Alle nostre speranze. Ai desideri. Scuoto gli orecchini, e i pendagli di corallo tintinnano nel buio. Witt mi sorride. Dice che ho molta pazienza. Che lui non sarebbe mai stato in grado di averne tanta. Che pensava di essere paziente, finché non glielo hanno detto in faccia, gli amici, quanto fosse impaziente. E del suo stupore. Ma che io sono paziente. Dice: tu sei paziente. E la pazienza è importante, dice. Quasi quanto il coraggio.

Apro la borsa. Tiro fuori il giornale. Lo sfoglio, alla debole luce della falce di luna che risale il cielo. Ma i miei occhi sono molto più sensibili di un tempo. Forse, mi basterebbe solo la luce delle stelle, per vederci. Sfoglio il giornale, in cerca della cronaca cittadina. E mentre scorro i titoli, non posso fare a meno di pensare. A me, seduta a leggere il giornale sulla tomba di Robin, in un cimitero immerso nell'oscurità. In abito da sera, con un paio di orecchini di corallo e gli anfibi imbottiti di denaro. Alla tomba di Robin su cui siedo, alla tomba intatta da cui non riesco a tirarlo fuori. A Witt, al suo fantasma. Seduto sulla mia tomba, con l'impermeabile spiegazzato e una sigaretta tra le labbra. Al muto conforto della sua presenza. Penso a tutti noi. Sospesi tra la vita e la morte. A una tesina di filosofia scritta senza pensarci su. Alle promesse che ci si scambia senza crederci del tutto. Ai misteri che circondano della loro aura la vita e la morte. L'amore. Ai territori di confine. All'oscurità. Alla mia sete senza fine.

Mi alzo. Raggiungo alla svelta il rubinetto, sul viale principale. Riempio un vecchio secchio di latta. Torno a sedermi sulla lastra di marmo. Offro l'acqua a Witt, che la rifiuta. Tuffo la bocca nel secchio e bevo. Pensando alla bottiglia in più nella dispensa. Un segnale?

Riprendo in mano il giornale. Sarà una lunga notte di veglia. Ma ho tutto quanto occorre. La luce della luna per leggere. Un amico con cui conversare. L'acqua. E la notte profumata intorno a noi, agitata da un vento leggero. Una notte di veglia. Io che leggo il giornale. Witt che fuma. E tra di noi, Robin. Come una persona carissima e gravemente ammalata, al cui capezzale si stringono la sua donna e un amico. Sperando che si senta meglio. Che l'alba porti un miglioramento.

È come se il tempo si fosse rappreso, intorno a noi. Parliamo sottovoce. Tendendo l'orecchio al minimo fruscio. Gli dico della volpe, che mi ha poggiato la testa in grembo. Witt dice che la vita pratica, il contatto con la natura, con i boschi, è tutto nella vita di un uomo. Che non si può essere uomini se non si vive fino in fondo la vita pratica. Parliamo. Nel tumulto placato di questa notte di veglia. Gli dico di raccontarmi qualcosa. Raccontami qualcosa, lo prego.

Cosa, chiede lui.

Perché sei andato in guerra, gli chiedo. Potevi non farlo, avevi subìto quell'operazione. L'avevi sfangata, Witt. E invece ti sei andato a buttare in quell'inferno, perché?

Per trovare me stesso, dice. E sorride. Aspirando la sigaretta. Che non finisce mai. Con la cenere sempre sul punto di cadere, che non cade mai. Sempre allo stesso punto.

Cosa significa trovare te stesso, dico. Racconta, Witt.

E lui racconta. Con le parole dei suoi diari. Ma anche aggiungendo qualcosa. E mentre parla con parole nuove, provo un sussulto e alla fine mi decido a dirglielo: ma allora sei proprio tu, Witt?

Per tutta la mia esistenza, mi sono chiesto se ero proprio io, dice lui. E nuovamente sorride. Sorride e fuma. Con quel trench che ricorda un *noir* degli anni Trenta. L'eterna sigaretta. Il buio. Il mistero. Accanto, una *dark lady* in abito da sera, con orecchini tintinnanti.

Parliamo. E intanto leggo. Scorro i titoli della cronaca cittadina. Le dimissioni di una giunta comunale. Una mostra sul Perugino. Non c'è nulla su di me. Su di noi. No, un momento. Witt, dico in fretta, qui si parla di quell'uomo! Leggiamo insieme la notizia della scomparsa di Mario Cerruti. C'è la sua foto, è da quella che l'ho riconosciuto.

Cosa dice, chiede Witt.

Gli spiego che danno la notizia e insieme rivolgono un appello. A chiunque l'abbia visto nelle ultime quarantott'ore. Trentacinque anni. Di Assisi. Geometra! Lo sapevo, dico a

Witt. L'avevo capito subito che aveva detto una bugia. Ingegnere! Un bugiardo, un maledetto bugiardo.

Cosa dice ancora, chiede Witt.

Sposato. Un figlio! Ti giuro Witt, non ne ha parlato per niente. Giocava allo scapolo. Ti prego di credermi.

Perché non dovrei, dice lui. Va' avanti.

Vivevano nei pressi di Assisi. C'è la testimonianza della moglie. Il marito manca da venerdì mattina. L'aveva chiamata nel pomeriggio, per dirle che avrebbe fatto tardi per una cena con dei clienti. Witt, quello ci marciava con queste cene di lavoro. Povero bambino. Ha solo tre anni.

Va' avanti.

Ecco, la moglie ha cominciato a preoccuparsi all'indomani mattina. Era abituata alle cene di lavoro del marito, tornava a casa a notte fonda. Nei locali si parla meglio d'affari, diceva lui. Ma era sempre rincasato prima dell'alba. L'ha chiamato sul telefonino ma era spento. A questo punto ha cominciato seriamente a preoccuparsi. Purtroppo, Mario aveva la passione delle auto potenti. Della velocità.

Quali sono, in sintesi, i sospetti? chiede Witt.

Secondo i familiari, lui non aveva nessun motivo per scomparire. Né tanto meno per suicidarsi. Gli affari andavano bene. Aveva un buon giro di clienti. Ed era legatissimo alla famiglia. Figuriamoci. Comunque, non aveva problemi. No, aspetta. Qualcosa c'è. Un dolore. Per la madre, ricoverata in clinica a Foligno. Un tumore terminale al fegato. Era molto affezionato alla madre. Andava a trovarla ogni sera, uscendo dal lavoro. Anche venerdì sera. A Foligno! Hai capito, Witt? È uscito dal lavoro, ha raccontato la solita bugia alla moglie per spassarsela da solo. Ma prima è passato dalla madre. E sulla strada, s'è fermato allo Strange Days.

Parla del locale, chiede Witt.

Sì, è stato visto allo Strange Days, ma nessuno è in grado di confermare se fosse solo o meno. Nessuno ricorda niente di preciso. Però lo conoscono di vista. Il barista ha detto che era un frequentatore saltuario. Ma non ricorda neppure di averlo visto, venerdì sera.

Nessuno ricorda. O vuole ricordare. I gestori dei locali, si sa. Non amano immischiarsi nei fatti dei clienti. E si tengono alla larga da certe complicazioni matrimoniali. E forse, dicono perfino la verità. Chi bada a un uomo e una donna seduti a un tavolo? Tutti i locali sono pieni di uomini e donne seduti a un tavolo.

Dice dell'altro?

Stanno cercando la macchina. Temono che abbia avuto un incidente. Le strade erano coperte di ghiaccio, venerdì sera. E comunque alla fine si ritorna sulla madre. Forse il dolore per questa morte annunciata potrebbe essere stato insopportabile. Oppure. C'è un'altra ipotesi.

Che cosa insinuano?

Che s'era allargato un po' troppo, negli ultimi tempi. Potrebbe aver pestato i piedi a qualcuno. O essersi messo in giri strani. Ma si dice sempre così, quando uno muore di morte violenta. O scompare nel nulla.

Che cosa ne pensi, chiedo a Witt.

Non riesco a capire come questa storia possa riguardarti, dice lui.

La guerra ti riguardava? gli chiedo.

Non risponde. Il vento porta lontano il fumo della sigaretta. Ripiego il giornale. Lo guardo. Ma non c'è quasi più. Dissolto nel fumo. Nel vento. Nell'oscurità della notte.

Allungo una mano verso il secchio. Lo prendo e bevo a lunghe sorsate l'acqua che rimane. Sono le tre. E dappertutto è silenzio. Tacciono gli uccelli. Gli animali notturni. Mi stendo sulla tomba di Robin. Appoggio le labbra al marmo e gli sussurro tutto il mio amore. Tutta la voglia che ho di averlo con me. Di aspettarlo in eterno.

In eterno, ma non qui. Fra poco qui sarà terra bruciata. Purtroppo, amore, io devo mangiare. E ogni volta che mangio, qualcuno finisce sul giornale. Oggi Mario. Domani toccherà alla Susy. E dopodomani chissà a chi. Devi uscire, Robin. Perché non posso aspettarti troppo. Per sempre, sì. Ma non per sempre qui.

Albeggia. Ho bevuto altra acqua e ho girato per tutto il cimitero. Mi faceva tanta paura, la prima notte. Invece è un posto tranquillo. In cui non mi sento braccata. Un luogo di pace. Sotto i platani mormoranti. Tra gli angeli di pietra dalle grandi ali. I lumi. I fiori. Simile a una festa notturna. Silenziosa e oscura. Ho camminato per i viali. Guardando i nomi. Le fotografie. Le date. Sono passata dalla tomba di mia nonna. Ho guardato la sua foto. Mi somigliava, me ne accorgo solo adesso. Ha gli stessi occhi di Mirta. Ho trovato la tomba del padre di Miranda, morto nel '94. Un infarto. Me la ricordo Miranda, in seconda media, col faccino triste. E ho visto la tomba di quel mio compagno di scuola elementare che morì sull'Autosole con tutta la famiglia. Sono sepolti in una grande tomba comune. La sorella era piccolissima. Come si fa a vivere solo diciotto mesi?

Ho trovato tombe più antiche. La tomba del mio bisnonno materno. Quella della migliore amica di mia madre, Irma, che morì di tumore al seno dieci anni fa. Mia madre diede di testa per mesi. Credo abbia cominciato allora, con le pillole. Anche tombe di persone che pensavo in vita. E che invece sono andate morendo, in questi anni. Come foglie che cadono al suolo senza rumore. La vecchia tata di mio padre.

Un compagno di scuola che avevo perso di vista, morto da pochi mesi. Chissà come. Una vicina di casa anziana, che da piccola mi regalava cioccolatini al miele. L'ho riconosciuta dalla foto, non ricordavo neanche il suo nome. Erminia Lanzetti. E il suo ricordo profuma di miele e cioccolata.

Ho girato il cimitero in lungo e in largo, in attesa di Robin. Spingendomi fin nella parte più antica, dove i nomi sono illeggibili. Fin nell'ossario. Nel pezzo di terra coperto solo di erba gelata e croci. Il cimitero dei poveri. Di quelli che non hanno neanche una lapide per coprirsi. Giro e guardo e mi chiedo, com'è possibile che nessuno di loro sia tornato indietro? È per questo che mi sento così sola?

L'unica al mondo?

Ho riempito un altro secchio d'acqua, muovendomi con passo leggero tra queste tombe silenziose. Ho innaffiato piante rimaste all'asciutto. Riempito di acqua vasi di fiori a secco. Pensando tutto il tempo alla Susy, che ho ucciso e sepolto alle pendici del monte. Alla Susy, che forse mentiva. Fumava e scopava con mio padre. Pensando a Mario Cerruti. A sua madre morente in una clinica per malati terminali. A un uomo adorato dalla sua famiglia. A un uomo che diceva, *e mi lasci col malloppo in questo stato?* Che diceva, *schifosa tossica a rota!* Che diceva, *e dai, Lunè.* E comunque tutti lo cercano, si disperano. Perché era amatissimo, nel suo piccolo. Nel suo schifosissimo piccolissimo mondo.

Ho pensato a noi. A me e Robin. Che forse potevamo farcela. Se avessimo avuto più coraggio. Se Robin non fosse stato interamente abitato dall'idea di non vivere più. Saremmo potuti rimanere nel mondo della musica, delle luci, della gente, se solo ci fossimo fermati in tempo. Se fossi riuscita a fermarlo. Se avessi capito come farlo.

Ma Mirta era troppo giovane. Troppo arrabbiata, troppo piena di odio per capire. Lei credeva di volersi laureare in lettere e rimanere per sempre con Robin. Di amare tante persone. Credeva di avere affetti e passioni e amicizie. Ma non era vero nulla. Era solo piena di rabbia. Verso sua madre. Verso il suo paese. Verso tutto e tutti. Invelenita al punto da consegnarsi anima e corpo a Robin. Da affidarsi all'odio di Robin, come passaporto per l'eternità.

Ed eccoci qua, immersi fino al collo in quest'eternità che puzza del lezzo dei viventi.

Ho lasciato il cimitero. Il cielo era ormai chiaro. E anche per stanotte, nessuna nuova di Robin. Cammino nel bosco. In attesa che di nuovo sorga il sole e di nuovo tramonti. In attesa di sapere che ne sarà di me. Domani i giornali saranno pieni della scomparsa della Susy. Ma nel mondo reale la staranno già cercando. E se tirano fuori i tabulati del telefonino di Mario Cerruti, sapranno delle due chiamate al numero di Perugia. Vorranno chiarire la cosa con Veronica e Miranda. Nel frattempo, la Susy scompare. E magari, a me torna un po' di fame.

E Robin sempre lì. Buttato a dormire da più di una settimana. Oggi è lunedì. Sono passati quasi dieci giorni da quando siamo morti.

Cammino lungo i sentieri del bosco. Guardandomi intorno. Ma il bosco è silenzioso nella prima luce dell'alba. Solo gli uccellini. E qualche scoiattolo temerario, che corre lungo i rami. Cammino, e ascolto i versi di questi piccoli animali. Un uccellino è svolazzato fino a me. Una quaglia? Mi si posa un momento sulla spalla. Una cosa incredibile, forse, al tempo della vita. Ma adesso. Ripenso alla volpe, che mi ha messo la testa in grembo. Tutti questi animaletti non hanno paura. E nemmeno io di loro. Hanno un sentore fresco, di bosco, di foglie. Di piume e pellicce pulite. Di fiori. Di neve.

Cammino lungo i fianchi in salita della montagna. Spingendomi nel folto degli alberi. Nell'intrico dei cespugli. Tra le foglie che crocchiano gelate sotto i miei piedi. Bevo alle sorgenti. Bagnandomi i capelli. Il viso. Le braccia. Adesso che non sono più in vista della strada, ho legato il giubbotto intorno alla vita. Cammino sotto il sole. Scollata e sbracciata. In quest'aria di gelo che mi accarezza la pelle come un tiepido vento del Sud. Cammino ricordandomi di non respirare. Di non fingere di respirare. E ogni tanto svolazzo tra gli uccelli e gli scoiattoli. Galleggiando nel vento.

E penso a Mirta. Ai suoi affannosi andirivieni per il monte. Alle sue macchie. Alle sue articolazioni irrigidite. Alla sua disperazione. E non mi sembra giusto che abbia sofferto fino a quel punto. Che nessuno l'abbia aiutata. Che quello schifoso volesse solo violentarla. E la Susy, portarle via suo padre. E chissà cos'altro hanno tramato alle sue spalle. I noti e gli ignoti. Le Sonie di turno. Gli stronzi che stanno sempre a mucchio, per le strade di campagna o nel buco del cesso. La rivedo, quella prima notte, urlante nel cimitero. Una piccola cosa sola e disperata. Che aveva paura dei mostri. Paura perfino di aprire una porta. O di guardarsi allo specchio. Penso al plaid rosso sotto cui si è rifugiata, stremata e senza forze, sognando di essere di nuovo a casa. E giuro che qualcuno la pagherà, per questo.

Qualcuno la pagherà la sua disperazione. Perché adesso ci sono io. C'è Luna. E Luna, grazie al cielo, non prova niente. Ma proprio niente di niente.

Un torrente di montagna a mezza costa. E non è gelato. L'acqua scivola giù impetuosa, trascinando rami, cespugli, tavole. Non ci penso neppure un istante. Sfilo gli anfibi pieni di soldi. Li lascio accanto alla borsa, sull'argine. Scivolo in acqua. Il giubbotto ancora allacciato ai fianchi. Il vestito di seta. L'acqua è vento liquido. Rapinosa. Vado sotto e riemergo. E mi metto a ridere. Perché non c'è nessun motivo al mondo per riemergere. Non devo prendere fiato.

Mi immergo nuovamente. Scivolo sott'acqua tra pesciolini argentei, che fuggono spaventati. Fino a toccare il letto di ciottoli su cui il torrente scorre impetuoso, gonfio delle piogge recenti. E dire che Mirta aveva paura dell'acqua alta. E che a Ravello quei tuffi li avrebbe proprio evitati. Ma cosa avrebbe pensato di lei Robin? Che era solo una bamboccia viziata. E allora, coraggio, e giù a capofitto dallo scoglio più alto. Pensando, forse annegherò. Morirò. Forse le correnti mi porteranno via. Allora. Mentre adesso lottare contro la corrente è un gioco. Una carezza. Sto rovinando il vestito. Inzuppando d'acqua il giubbotto. E non mi importa. Perché vivrò in eterno. E l'eternità è lunga. E ha bisogno di nuotate controcorrente. Di rischio. Di pericolo. Di pazzia. Altrimenti, che cosa è mai?

Riemergo grondante dall'acqua, più a valle. Risalgo l'argine a piedi nudi. Passeggiando nel sole. Guardando le abetaie sull'altra sponda. Il loro riflesso sulle acque del torrente. I massi che rompono le correnti, in mezzo al fiume. E se mi procurassi una canoa?

Dove sono i miei stivali. La borsa.

Mi volto senza fretta. Fino a dare le spalle al torrente. L'uomo è di fronte a me. Ha ancora gli stivali in mano. Anzi, uno stivale in una mano. Nell'altra, i soldi che ha tirato fuori. Il fucile a tracolla. Mi guarda.

Sono a piedi nudi. In abito da sera. Bagnata dalla testa ai piedi. Con un giubbotto di pelle allacciato ai fianchi. E gli anfibi pieni di soldi. Nelle sue mani. Ci guardiamo un momento. Lui lascia cadere lo scarpone. Tiene i soldi in mano. Con l'altra alza il fucile. Lentamente. Non è una guardia forestale. Forse un cacciatore di frodo. Qui tutti sono cacciatori di frodo. Anche mio padre. Mi guarda, e in fondo al suo sguardo c'è perplessità. Bagnata fradicia, in abito da sera. E stivali da militare sull'argine, pieni di soldi. Credo che in lui ci sia qualcosa di più di una semplice perplessità.

Freddina l'acqua, dico.

Ferma lì, dice lui. Ma ha sussultato, quando ho aperto la bocca. Un cacciatore di frodo che si è fermato per curiosità. Ha frugato negli stivali. Nella borsa. Ed è stato tentato da tutto quel denaro. Non credo abbia intenzione di sparare. Spara agli uccelli, mica alle ragazze dementi che fanno il bagno nelle acque gelide di febbraio. Ah, un'altra cosa. Mi sto divertendo. Vorrei che Witt fosse qui, a godersi lo spettacolo.

Sta sottovento. E quindi il suo odore è talmente fievole che devo fiutare l'aria per riuscire a coglierlo. Ma è vivo. Perché per un attimo mi era venuto un dubbio. Faccio un passo avanti. Poi un altro. Ferma lì, latra lui. Non sa gestire la situazione, è evidente. Non c'è mai passato. E io lo turbo. Perché c'è qualcosa di sbagliato in me. Non ho la pelle d'oca. Non sto rabbrividendo. Sono bagnata fradicia e me ne sto tranquilla a piedi nudi sull'argine, con una temperatura che non supera lo zero. Lui ha gli stivaloni al ginocchio. La sciarpa. Un giaccone di renna. Un cappello. E io a piedi nudi sull'argine. In abito da sera. Sta' ferma, dice ancora. Come un film inceppato. Una frase da film. Ma oltre a questo, non sa cosa fare.

Salto di colpo verso l'alto. Balzo sul faggio che ha alle spalle. Ma lui non ha capito niente. Immagino che mi abbia solo vista sparire all'improvviso. Si guarda intorno. Senza capire. Fissando per terra, come se mi fossi nascosta sotto una foglia. O una pietra. Guardando il torrente. E poi di nuovo intorno a sé. Smarrito. Il fucile gli scivola per traverso. E potrei anche starmene acquattata sul faggio. E magari lasciarlo andare. Ma non ci penso nemmeno. Perché non è così che ragiono.

Piombo dall'alto. Sulla sua schiena. Cade urlando. Bocconi. Sul fucile, sugli anfibi, sui soldi che ha ancora in mano.

E mentre lo afferro da dietro, sento il suo odore. Fortissimo. Muschiato. Un'ondata di miele che mi cola addosso senza lasciarmi alternativa. Affondo i denti da dietro, nel collo. Lui grida, e grida ancora. Ma non può neanche ripararsi. Sono piantata a cavalcioni sulla sua schiena. I polsi stretti nella mia mano. L'altra gliela tengo intorno al collo. Dall'esterno tutto questo deve apparire come una copula infernale. Una copula da incubo. Poi affondo e affondo sul mare di latte e miele, e non penso più niente.

Aveva un po' di soldi. La patente di guida. Intestata a Matteo Ferrari. E mi è venuto un dubbio terribile. Di aver mangiato il padre di Sandro. Quello che organizzò la famosa festa di compleanno in cui vidi per la prima volta Robin. Ci assomiglia tale e quale, questo Matteo Ferrari a quel Sandro Ferrari. Se non è suo padre, è suo zio.

Non posso più restare. Robin deve comprendere le mie ragioni. Finirò col mangiare anche Marcolino, se rimango qui.

Tutto è andato alla svelta questa volta. Il torrente era a due passi. Mi sono immersa nuovamente, ripulendomi in un attimo. Ho lavato perfino i soldi che si erano imbrattati. Gli anfibi. Ho rimesso tutto in borsa. Al tizio ho tolto i documenti, tutto quello che avrebbe potuto farlo riconoscere. Gli ho fracassato la faccia con una pietra per ritardarne l'identificazione. E l'ho buttato nel torrente. Non me ne frega proprio niente. Anche se lo trovano stasera stessa. Ho giurato che non avrei seppellito più nessuno. Non voglio continuare a fare da becchino a quelli che mangio. Non posso continuare a scavar buchi nella terra.

È stato tutto piuttosto semplice, comunque. Anche perché non se l'aspettano. Non sanno difendersi. No, quel Mario ci ha provato. O forse in quel caso era Mirta a essere più debole. Ma la povera Susy. Per non parlare di questo qui. Non ha proprio capito niente. È assurdo pensarlo, ma non deve aver capito neanche come stava morendo. Di cosa stava morendo e perché mai stesse morendo. È morto come un ladro stupido. Mi spiace solo se era il padre di Sandro. Ma chi poteva immaginare che il padre fosse un mezzo delinquente?

Comunque, è stato facile. La vicinanza del torrente, poi. Un gioco da ragazzi. E il flash è stato strepitoso, questa volta. Mi ha scagliata praticamente dentro. Sono volata tra le correnti innalzando colonne d'acqua. Balzando tra i massi. Da una sponda all'altra. Mentre il bosco urlava, intorno a me. Come un'acid music sparata a palla. Il flash abbagliante della seconda nascita. Finché l'acqua è esplosa in una cascata.

Mi sono infilata i calzettoni. Gli anfibi, nuovamente pieni di soldi. Ho messo la borsa a tracolla. E sopra la borsa la cartucciera. E il fucile. Ho bevuto a grandi sorsate l'acqua del torrente. E mi sono incamminata verso la vetta.

Sulla vetta si stanno nuovamente addensando le nubi. E il sole le accende di un grigio plumbeo che assomiglia a quello di un De Chirico. Giallo, piombo, verde scuro. Com'è strana, a volte, la natura. Sono risalita fino allo spunzone di roccia sotto cui avevo lasciato la mia roba. Ho caricato tutto. Lo zaino. Il borsone. Il fucile. Ho passato il valico a quasi mille e duecento metri. In mezzo a nubi d'ardesia. Nello splendore accecante dei ghiacci. Se non fossi morta, non avrei mai visto queste cose. Mi sarebbe bastato un camino. Candele oscillanti nel vento. Un soul roco. Un libro appassionante. Un gatto. E Mirta si sarebbe accontentata. Della sua piccola conoscenza del mondo. Del suo segmento breve.

Superato il valico, ho trovato quello che stavo cercando. O forse, molto di più. La scelta del versante assisano non è stata casuale. In questi giorni, qualcuno potrebbe aver notato la mia presenza, dal lato folignate. Bisognava cambiare. Ma non mi aspettavo di imbattermi in tanta magnificenza.

Una casa colonica a due piani. Praticamente in rovina. A mille metri di altezza. Con una specie di aia sul davanti e un cortile sul retro. Un muro diroccato intorno. Un punto d'appoggio, suppongo, per i pastori che portano su il bestiame nei mesi estivi. Qui ci sono i pascoli più verdi del mondo, in estate. Ma d'inverno, ghiaccio e roccia. Sono entrata nell'aia col fucile spianato. Poteva esserci chiunque. Animali, soprattutto. E ce n'erano, in effetti. Un gatto selvatico. Che si leccava muso e zampe sotto il sole, come Ophi.

Un gatto selvatico che ha continuato tranquillamente a lavarsi le zampine, senza far caso alla mia presenza. Avrei potuto spararagli, per un momento ci ho pensato. Ma il gatto sembrava tranquillo. Grosso, flessuoso e un po' guardingo. Ma tranquillo. Conosco i gatti. Li ho sempre amati. Non quelli selvatici, ovviamente. Ma l'affinità esiste. E il gatto non ha fatto caso a me. Ho pensato all'altro esemplare cui avevo spezzato il collo. Ma negli ultimi giorni la situazione è cambiata. Gli animali sentono qualcosa. Credo che percepiscano come un'assenza, in me, che non li mette in allarme. Mi trovano innocua, insomma. O forse è la mia mancanza totale di paura. O di umanità.

Mirta, stai zitta, per cortesia? Tutte queste chiacchiere continue. Il gatto non ha paura? Va bene così. Anzi, magari faccio amicizia. Cominciano a piacermi, le volpi rosse e i gatti selvatici.

Al centro dell'aia c'è un pozzo. Ho provato a far scorrere la carrucola. Ha cigolato da paura, ma alla fine sono riuscita a tirar fuori il secchio. Pieno d'acqua. Freddissima. Meravigliosa. E ho scelto di fermarmi qui per un po'. Il gatto. Il pozzo. E la casa.

L'ho esplorata da cima a fondo. Il piano terra è un unico stanzone invaso da vanghe, rastrelli, scope, forconi, attrezzi vari. Il pavimento è coperto da uno strato di sporcizia tale da essere praticamente invisibile. C'è anche un grande camino, sicuramente con la canna fumaria intasata di nidi d'uccelli. È evidente che viene usata dai pastori, per la transumanza. Ma non credo che in febbraio qualcuno salga fin quassù. Non avrebbe senso. Non ci sono neanche servizi igienici. Deve essere stata costruita chissà quando e abbandonata da chissà quanto. Al piano di sopra c'è una stanza grande. Qui il pavimento è più pulito. Impolverato e pieno di escrementi di uccelli. Ma si distingue il cotto color mattone, sotto il velo di sporcizia. Non ci sono mobili. Solo qualche rete. E un paio di materassi sfondati da cui escono ciuffi di paglia. Oltre alla stanza grande ci sono un corridoio e una stanzetta più piccola.

Ho portato la mia roba al piano di sopra, accampandomi nella stanza grande. Le finestre, ovviamente, sono sfondate. Non esistono più neanche gli infissi. E la stanza è luminosa. L'ho perfino spazzata. Insomma, ho fatto un po' di pulizia. Chi ha detto che quel che non si fa in vita, si torna a farlo nella morte? Il gatto ha seguito con occhi distratti ma guardinghi i miei andirivieni. Una piccola tigre sonnolenta, che ha continuato per tutto il tempo a leccarsi le zampe. A corrersi intorno alla coda e altre amenità gattesche. Alla fine si è deciso. Si è alzato, con lenta dignità. Ha attraversato l'aia. Ha poggiato una zampa sulla soglia di casa. E lì si è fermato. Stavo in cima alle scale e ci siamo guardati.

Che cosa potrei dargli da mangiare?

Ho pulito tutto. Sotto e sopra. Avevo energie da vendere, stamattina. E avere qualcosa da fare è stato un sollievo. Nella stanza grande al piano di sopra ho portato lo zaino. Le candele. I vestiti. La roba della Susy. Il borsone. Il fucile e la cartucciera. Dallo slargo vuoto della finestra si gode un panorama mozzafiato, a picco sulla vallata. Un buon punto di osservazione, comunque. E il tetto sulla testa è una benedizione. Almeno non dovrò starmene rimpiattata per tutto il giorno al riparo degli alberi o delle rocce.

Al piano di sotto ho visionato il materiale. Ci sono falcetti. Roncole. Sacchi di juta. Insomma, un mucchio di roba che può tornarmi comoda. O forse no. Ma tutta questa roba che taglia, spezza, spala mi dà una certa familiarità. Il gatto mi è venuto dietro tutto il tempo. A debita distanza, s'intende. È un po' incerto, ma non del tutto. Mi sembra curioso, più che altro. E a me fa piacere, avere un gatto tra i piedi. Un tetto sopra la testa. Un pozzo nell'aia.

Una fattoria in rovina arroccata a mille metri, tra rocce e distese ghiacciate. Un casale deserto e polveroso in cui prendere fiato. Fare il punto della situazione. Decidere.

Non credo che Robin verrà fuori. Non verrà fuori mai più. Qualcosa è andato storto. Forse ero solo io, quella destinata a durare. Oppure, i tempi dell'eternità sono lunghissimi. E Robin verrà fuori tra un secolo. O un millennio. Come dopo un battito di ciglia. Ma se decido di andar via, dove vado? E che faccio, poi. Quel corteo di macchine nere. La bottiglia dell'acqua in più. La sensazione continua di essere braccata. Certo, ho un po' di soldi. I miei documenti. Una certa capacità mimetica. Ho perfino un gatto. Ma che senso ha, durare senza Robin.

Sono seduta sul gradino sbreccato della soglia di casa. Col giornale aperto e nessuna voglia di leggerlo. Il gatto vicino a me. Accoccolato al sole. Sotto questo cielo di piombo. È ora di pranzo. *Era* ora di pranzo, al tempo della mia vita. E vorrei dar qualcosa da mangiare al gatto. Anche se non credo proprio che un gatto selvatico abbia problemi a procurarsi il cibo. Ma sarebbe un modo di fargli capire che siamo amici. Che può fidarsi. Un gatto selvatico. Che fa le fusa ai miei piedi. Un gattone fulvo dagli occhi gialli. Ophi, dico piano. E lui socchiude gli occhi, fa vibrare la coda e torna a chiuderli. E a ronfare pacifico sotto il sole.

Vorrei dormire anch'io. Accoccolarmi sull'aia, accanto al gatto, e addormentarmi. Ma il sonno non viene. Non credo verrà più. Ne ho nostalgia. È l'unica cosa del tempo della vita per cui provo realmente nostalgia. Tutta una tirata dal tramonto all'alba. Per risvegliarmi nel mio letto. Al calduccio accanto a Marcolino, con mamma che traffica dabbasso.

MIRTA, ADESSO BASTA! ZITTISSIMA, HAI CAPITO. O MI DEVO ARRABBIARE?

Metto da parte il giornale e mi tiro su. Accanto a me ho il fucile. Infilata a tracolla la cartucciera. Non voglio essere colta di sorpresa. Ovviamente, posso mangiare chiunque. Ma perché farli arrivare fino a me. Così vicini.

Da piccola, sparavo. Mi aveva insegnato papà. Mi portava nei boschi, come adesso porta Marcolino. E la Susy. Insomma, mi faceva sparare. Ai rami degli alberi. Alle pigne. È durata poco, però. Solo un paio di mesi, per quel che ricordo. Le mie piccole cacce sono finite, dopo la faccenda dell'uccellino. Un fringuello, credo. Papà aveva detto: punta là. E io ho intravisto un frullio, contro il cielo. E ho fatto fuoco. Papà si è entusiasmato. Ha detto che avevo una mira eccezionale. Mi ha detto: così piccolo, e l'hai centrato in pieno. E me l'ha messo in mano. Non ho avuto una crisi di nervi. Non mi sono messa a vomitare. O a frignare. O a gridare. Sono svenuta. E da allora, stop. Non se n'è più parlato, neanche di sparare ai ciottoli sul sentiero. Preferivo andare nei boschi per mano alla mamma, con la canna in pugno contro i serpenti.

Le cose che si imparano da piccoli, difficilmente si dimenticano. Ho piazzato sull'orlo del pozzo un po' di barattoli vuoti che avevo trovato in casa. Delle grosse pietre. Mi sono allontanata alla massima distanza possibile. Ho caricato il fucile. E ho cominciato a far fuoco.

Il gatto è schizzato via al primo sparo ed è corso in casa. Si è ficcato sotto un fascio di legna secca, dentro la bocca del camino, e se mi avvicino comincia a soffiare.

Ma non se ne è andato.

Ho sparato per mezzo pomeriggio. Tra i miagolii strazianti del gatto e il rumore che mi rintronava le orecchie. Tanto, quassù a mille metri, chi vuoi che mi senta? Ho continuato a sparare finché non ho colpito tutti i bersagli. Avrei voluto continuare. A sparare, sparare e sparare. Era divertente. Familiare. Col gatto che miagolava e il rumore dei colpi. Un quadretto di vita campestre. Ma ho dovuto smettere. Non volevo consumare tutti i colpi che c'erano nella cartucciera. Ne avevo fatti fuori la metà. Comunque pare proprio che Mirta sia figlia di suo padre. A qualcosa, insomma, serve anche lei.

Quando sono rientrata in casa, ho cercato di convincere il gatto a venir fuori dal camino. Se avessi un po' di latte. Ma glielo prenderò stasera. Un paio di cartoni, in uno dei paesini sparsi lungo le pendici del monte. Devo riguadagnare un po' di terreno, con questo gatto. Mi guarda, soffia e se ne sta ficcato sotto la fascina di legna.

Sono salita al piano di sopra per cambiarmi. Avevo ancora il vestito da sera, ridotto a uno straccio. Ma è il destino dei morti, a quanto pare, di ridurre tutto a brandelli. Ed ero di nuovo sporca e infangata. Ho attinto un secchio d'acqua dal pozzo. Ho sfilato il vestito e cercato di farmi una doccia rudimentale. Mi sono sciacquata anche i capelli. Sono salita al piano superiore e ho infilato un paio di pantaloni puliti. Una maglietta. E il mio giubbotto che, malgrado l'acqua che ha preso, è tornato in condizioni normali. È un giubbotto di prim'ordine. Mi sono truccata un po', anche se non ne avevo molta voglia. Ma stasera dovrò scendere a valle. E il trucco conferisce un'aria di normalità. Mi sono guardata nello specchio della trousse. E ho visto il volto di Mirta. E però, anche qualcosa di diverso. Luna, immagino. Che ovviamente ha lo stesso, identico volto di Mirta. *È* Mirta. Però è Luna.

I capelli mi si sono arricciati con l'umido. Sembra che ci

abbia messo della schiuma. E sono un po' più lunghi. Stanno bene, con gli orecchini di corallo. Mi danno un'aria zingaresca. Mi piace questa Luna. Fa pensare a quelle frasi stupide, che usano i ragazzi per attaccare discorso: tu non sei di qui, vero?

Siedo sul gradino. E dietro di me sento un miagolio attutito. Un passo felpato. Aspetto, senza voltarmi. E penso che potrebbe saltarmi addosso, alle spalle. Ma che non lo farà. Aspetto. E una zampina si affaccia accanto a me, sulla soglia della porta. Poi l'altra. Il gatto passa rasente il muro, più discosto possibile dal mio corpo. Si ferma a distanza di sicurezza. Mi guarda.

Passata la paura, Ophi? gli dico.

Mi guarda ancora. Poi stringe gli occhi. Sbadiglia. Si guarda intorno. E si siede. Solenne. Un grosso gatto selvatico seduto come un micio tranquillo ai miei piedi. Facciamo pace? gli chiedo. E il gatto miagola.

Cosa darei per avere un cartone di latte.

Il tramonto è verde e rosso. Carico di nubi e di vento. Di pioggia in arrivo. Di gelo. Il gatto gioca nell'aia. Con un gomitolo di corda che ho trovato nello stanzone al piano di sotto. Impazzito di gioia, dietro al suo gomitolo. Non ho mai visto un gatto scaldarsi tanto per un gomitolo.

La carrucola del pozzo sta cigolando, avvolgendosi su se stessa. Alzo di scatto lo sguardo. Mi alzo anch'io, a precipizio. Il fucile già spianato. Contro il pozzo. Contro la corda che si avvolge lentamente su se stessa. Contro chi o che cosa sta cercando di uscire dal pozzo. La carrucola cigola, continuando a girare.

E Witt viene fuori dal pozzo.

Potevo spararti! gli dico. Sei impazzito?

Volevo solo controllare i tuoi riflessi, risponde. Alzando una mano in gesto di scusa.

Mi hai fatto prendere un colpo, lo assalgo. Il fucile ancora spianato. Il gatto già rintanato in un angolo, il pelo ritto e un miagolio straziato in gola, in attesa del colpo. E hai pure spaventato il gatto, gli dico.

Lui mi guarda. Scuote la testa. Dice: sta' attenta, Luna. Devi stare all'erta. Ho visto uno strano corteo di macchine nella valle. Sono venuto ad avvertirti. Viene verso di me nel suo trench spiegazzato. La sigaretta con la cenere in procinto di cader giù da un momento all'altro. Viene a sedere sulla soglia di casa. Le mani in tasca e lo sguardo preoccupato.

Abbasso il fucile e mi siedo accanto a lui. Sei stato al cimitero, gli chiedo.

Solo un momento, dice.

Tutto come al solito?

Come sempre.

Stiamo seduti vicini, sul gradino sbreccato. Nel vento del tramonto. Il gatto in avanscoperta. Incuriosito dal nuovo arrivato. Cauto.

Cos'è quel corteo di macchine nere, chiedo a Witt. Lui scuote la testa. Dice che non sa. Dice che è pericoloso rimanere qui a lungo. Tu sei uno che ha fatto la guerra, gli dico. Che cosa devo fare, Witt?

Non sono andato in guerra per esercitare la virtù militare, dice lui. Il suo mezzo sorriso. Quest'uomo gentile. Di cui in un altro tempo, in un'altra vita, nella vertigine stravolta del passato, ho studiato e chiosato i diari. Alla ricerca di una lacuna nella mia preparazione.

Sto sbagliando qualcosa, Witt? Anche stamattina, vero? Non dovevo mangiarlo. Non avevo fame. L'ho divorato per rabbia.

Forse, dice lui. E comunque ne sei consapevole. Me lo stai

confessando. Non importa perché l'hai fatto. Importa che tu provi quel dubbio.

Ci alziamo, facendo arretrare a precipizio il gatto. Passeggiamo. Nell'aia di questo casale diroccato sospeso tra la vita e la morte. In questa intercapedine. Nel corridoio del tempo in cui ci incontriamo, sfocati e intermittenti.

È importante parlarne, dice Witt. Della propria indecenza. Delle proprie mancanze. Ricordi la scuola di Trattenbach, in Bassa Austria, dove commisi quell'ignominia?

La bambina, dico. La piccola allieva che schiaffeggiasti.

E che negai di aver schiaffeggiato, dice lui. Lo sguardo aggrondato. La gran fronte larga, su cui si addensano i folti capelli neri, segnata ancora da quell'offesa lontana. Per me fu un sollievo enorme poterne parlare in seguito, dice. Ma non credo che le persone a cui lo confessai abbiano compreso fino in fondo la natura malvagia di quel gesto. Gli uomini non credono nel male. Anche se lo compiono continuamente.

Lo so, dico. All'ultimo anno di liceo, gli dico, Mirta ha letto. Ho letto una testimonianza di Primo Levi che mi ha sconvolta. Diceva che quando si trovava ancora nel campo di concentramento aveva fatto un sogno. Aveva sognato di essere stato liberato. Di tornare a casa e raccontare a tutti quello che aveva visto. Che aveva passato. E nessuno lo prendeva sul serio. Non gli credevano, insomma. Lui parlava e parlava.

Confessava, dice Witt. E lo dice aiutandomi nelle parole, come un professore gentile nei riguardi di una candidata preparata ma timorosa.

Sì, confessava, ma nessuno gli credeva. Era solo un sogno. Ma le cose sono anche andate così, dopo. È questo che trovo sconvolgente. Il male di cui Levi non si liberò mai.

Non possiamo liberarci dal male, dice Witt. Né del male né del bene, se è per questo. Di nulla. Solo farne esperienza.

Come l'amore, dico. Forse il paragone è irrispettoso, ma l'anno scorso, mentre leggevo del sogno di Levi, continuavo a pensare a Robin. Cercavo di spiegarlo. A Veronica. A Miranda. A papà. Ma non ci credevano. Non volevo essere capita. O compatita. Solo creduta, Witt. E invece papà parlava del morbillo. Veronica diceva che era il senso di colpa verso Francesco. E Miranda, addirittura, che avevo l'ansia da prestazione per l'esame di maturità. Sembrava che non sapessero neanche di cosa stavo parlando. Era una specie di incubo. Parlavo e parlavo ma loro.

Non ti credevano, dice Witt.

Per niente, dico. Non ci credevano. A quello che provavo. A come mi sentivo. A cosa stavo passando. Pensavano che si trattasse solo.

Di fantasia, dice Witt.

Proprio così, fantasia, dico.

Nessuno dovrebbe parlare di ciò che non conosce, dice Witt.

Come posso camminare nel mondo senza Robin, dico.

Lui scuote la testa. La fronte attraversata da ombre lontane.

Che ne sarà di me, Witt, gli chiedo.

Solo quel che tu vorrai, dice lui.

Le nuvole coprono di una cupola bianca il cielo della sera. Witt e io siamo seduti sul davanzale della finestra, al primo piano. Il gatto sul pavimento, all'inseguimento del suo gomitolo di corda. Non mi sono mai sentita così lontana da tutto come adesso. Così aliena al mondo. Anche se è un bel momento. La vallata, che si slarga a precipizio sotto i nostri occhi. Gelida di ghiaccio, di vento e di nubi. Il casale diroccato, in qualche modo principesco. L'aia. L'alto muro in rovina che la circonda. Witt e io appollaiati sul davanzale, a guardare la sera. Il gatto selvatico che gioca sul pavimento.

Non è possibile. Non è possibile essere qua e ora. Qua e ora, e in questo stato. E riuscire ancora a pensare. A esserci. A dirsi. A dire, io. A dire, Witt. A dire, il gatto. A dire, come possiamo esser qui. A dire, dove siamo.

In un lago di tenebra, dice Witt sottovoce.

Sono scesa a valle in serata. Al limitare di un borgo ho trovato una bottega ancora aperta. Ho comprato due cartoni di latte. Una mozzarella. Del prosciutto. Poche porte più giù, ho comprato i giornali. Muovendomi in una nuvola confusa. Resistendo agli attacchi micidiali del loro odore. Al lezzo che pervade questi borghi. Le botteghe. Le case rinserrate nella notte.

Sono passata a volo dal cimitero. Nessun cambiamento. La tomba intatta. Gli angeli di pietra di guardia al loro posto. La mia tomba inondata di fiori. Anche un paio di pupazzetti lasciati da Veronica e Miranda, con un bigliettino alla nostra amatissima, indimenticata Mirta. Non passerò un'altra notte in mezzo alle tombe. E Witt ha promesso che farà lui buona guardia, al mio posto. Sono volata via, sotto i primi goccioloni di pioggia che già battevano sulle lapidi di marmo, sui fiori, sulla ghiaia dei viali. Volo nella pioggia, tra gli uccelli che lanciano i loro stridi. I versi delle civette. L'agitarsi delle fronde. Volo verso nord. Verso i paesi abbarbicati all'Appennino. I chiusi borghi di un'altra montagna. E vorrei non tornare mai più. Perdermi nella notte. Trovare qualcuno che incroci la mia strada. Tornare con qualcuno, mano nella mano.

Magari, baciarlo.

Magari, mangiarlo.

Sotto di me, la terra si avvicina e si allontana. A ogni balzo. Come il potente battito di un cuore nascosto. Scendo leggera nella notte. Planando al limitare del bosco nei pressi di una villa piena di luci. Di musica. Di gente. Oltre i cancelli. Oltre i grossi cani che li pattugliano, e che inutilmente latrano nel buio. Mi acquatto nel porticato sul retro. La circondo del mio sguardo. La aggiro da ogni lato. Strisciando lungo i muri. Attorcigliandomi ai pilastri. Salendo fino in terrazza. Modulando strani richiami, che sono quelli degli uccelli notturni. Che mi rispondono dal cerchio delle colline. Confondendo i cani. Mi insinuo dalla porta finestra del terrazzo all'ultimo piano, spalancata sulla notte. Striscio lungo le scale della mansarda. Mi appiattisco contro il muro del piano di sopra. E da lì mi sporgo. Verso il salone. Il centro della festa. Dove una ventina di persone si muovono in sincrono con la musica. Sorseggiano da calici di cristallo. Si ficcano in bocca tartine colorate. Si scambiano sorrisi felici.

I viventi. Al riparo delle loro case. Nella musica e nella luce. Celebrano i loro riti segreti nelle ville che occhieggiano dalle colline. Il loro odore che pervade l'aria, penetrante come un flacone di canfora che si infrange sul pavimento di uno sgabuzzino.

Mi appiattisco contro la parete del corridoio, al piano di sopra. Inseguita dalla musica che sale verso l'alto. Mescolata alle risate. Al tintinnio dei bicchieri. Musica che forse conoscevo. Che forse, perfino ballavo, nel tempo lontanissimo della mia vita. E che adesso stride, nella notte. Cacofonica. Sbagliata.

Scivolo lungo il corridoio. Mi rifugio nel cono d'ombra delle scale della mansarda. In attesa. Il fucile sulle ginocchia. La cartucciera a tracolla. Il tempo, che mi appartiene. Come un gingillo a poco prezzo. Da rompere e buttar via, se voglio.

Sotto di me, la festa impazza. Sale di tono. Bicchieri che si infrangono, nella foga dei brindisi. Fumo che s'attorce lungo le scale. Bassi profondi, mugghianti nel cuore della notte. I primi ospiti, i più prudenti, i più felici, abbandonano la festa. Conquistano gli spazi aperti delle strade, lontani dalla baraonda che squassa la villa sulle colline. E il gruppo dei duri resiste. Agli assalti del sonno. Ai richiami della ragione. Scivolo lungo le scale. Li sbircio da dietro la colonna. Una decina di persone. Perdute in un mare di musica. Di alcol. Di baci. Carico i primi due colpi. Tolgo la sicura dal fucile. Faccio scattare il cane. Lo imbraccio. Sulla cima delle scale. Da questa balaustra sotto cui si agitano loro. I viventi. Nel loro lezzo infelice e smodato. Nella loro febbrile disperazione che chiede risposta.

Miro al centro del gruppo. Faccio fuoco, un colpo dietro l'altro. Ricarico il fucile. Altri due colpi. Lo scatto del caricatore. E altri due. È come se il fucile volasse tra le mie mani. Carico e scarico. Mirando al centro di questo laido mucchio di ubriachi. Se papà mi vedesse. Carico e sparo. Sulle coppie allacciate sui divani. Su quelli che si voltano interdetti, scoppiati di alcol e droga, annebbiati dal frastuono della musica, dei colpi, del sangue. Che si guardano l'un l'altro, a chiedersi una spiegazione plausibile. Ad accusarsi a vicenda. E mentre sparo la musica impazza. E loro cadono gli uni sugli altri. Sbattendo contro i muri, travolgendo i tavoli, le sedie, i divani, le cristalliere, i corpi degli altri. Sotto i colpi potenti di questo fucile che continua a non mancare un colpo, a non incepparsi, a mettercela tutta per non farmi fare cattiva figura. Davanti a nessuno di questi sozzi viventi che si ingozzano di tartine e champagne, mentre c'è gente che muore per la strada. Sull'orlo di una discarica. Gente la cui tomba è intatta malgrado qualcuno, qualcuno che li ama, continui a battere su quella tomba.

Una donna dai capelli mechati sta strisciando pancia a terra. Ha sangue dappertutto. Ma striscia. Sui corpi degli altri. Verso la porta finestra. È l'unica che ancora si muove. Che ha la forza di muoversi nel salone rimbombante di musica e di morte. Striscia verso una porta finestra dai vetri frantumati. Tutto è a pezzi. E il fucile non spara più. Solo la musica. E questa donna che striscia. Come sono strisciata io, lungo i viali del cimitero. Lungo le pendici del monte. Senza forze. Irrigidita dalla fame. Con la pelle orrendamente macchiata. E gli occhi annerati di morte. Carico altri due colpi. Alzo il fucile. Prendo la mira.

La donna continua a strisciare. È a poco meno di un metro dalla porta finestra infranta. Striscia sui vetri. Senza un grido. Senza un lamento. Verso lo spazio esterno che forse raggiungerà morente. Senza nemmeno alzare lo sguardo. Come se la pioggia di proiettili che si è abbattuta su di loro fosse stata una tempesta di fulmini piombata dal cielo. Una maledizione scagliata sulla loro infelicità. Sulla loro indecenza.

Neppure per un attimo la donna deve averci pensato. A quello che stava succedendo. Al perché stava succedendo. Solo strisciare in avanti. Mettersi fuori portata. Raggiungere l'esterno. Dove forse striscerà verso una delle automobili parcheggiate. Fin dentro l'abitacolo. Lungo i sedili. Cercando di tirarsi fuori dall'inferno. Con i cancelli chiusi. Gli allarmi. I cani feroci, eccitati dall'odore del sangue, che si frappongono tra lei e la macchina.

Abbasso il fucile e la lascio libera. Di strisciare verso la vita. O verso una morte peggiore di quella che potrei darle io, con un colpo di fucile diretto e pulito, sparato al centro della nuca. Lascio che il fucile cada a piombo lungo il mio fianco. Guardo il salone immerso nel sangue. Nel frastuono della musica. Ma pure, nella calma inodore della morte.

Nessun lezzo trasuda più dai loro corpi, nessun afrore di vita. Guardo per l'ultima volta la donna che striscia, impigliata nei vetri della porta finestra, mezza dentro e mezza fuori. Ne avverto un vaghissimo sentore di vita ancora ribelle. Fievole. Ma che la costringe a strisciare. I piedi insanguinati puntati al suolo. Tra vetri e cocci. Per spingersi sempre avanti. Verso chissà quale confine, tra la vita e la morte. La salvezza e l'orrore.

Mi volto. Risalgo le scale della mansarda. E volo via, nella notte profumata, scortata da uno stormo di uccelli notturni.

Risalgo il crinale della montagna, nell'aria carica di pioggia. Volo sul finire della notte verso un casale immerso nel buio. Dove nessuno mi attende. Nessuna musica. Nessun clamore. Solo il vento gelido dell'alta montagna. E un gatto dagli occhi gialli di spavento. Un gatto selvaggio e solitario che ritrovo sull'aia. Semi addormentato e perfettamente sveglio, come tutti i gatti. Che corre verso di me, finalmente. Come chi ha lungamente atteso, dubitando del tuo ritorno. Si ferma a pochi passi. È pur sempre un gatto selvatico. Tutto istinto e diffidenza. Costantemente all'erta. Mi chino. Apro lo zainetto. Il fucile mi impaccia i movimenti. Ma il gatto deve avermi atteso per ore. Tiro fuori i cartoni del latte. La mozzarella. Il prosciutto. Lui mi osserva, febbrile, miagolante. Prendo un barattolo ammaccato e lo riempio di latte. Glielo metto sotto il muso, e lui arretra. Apro gli involti. Poggio la mozzarella e il prosciutto vicino al latte. Poi arretro, a mia volta. E il gatto viene avanti. Timidamente. Il musetto già vibrante nella notte. Arriva al latte. Annusa. China il muso dentro il barattolo. E ce lo sprofonda dentro.

Lo lascio alla sua estasi felina. Mi dirigo verso il pozzo. Tiro su un secchio d'acqua. Lappo anch'io quest'acqua meravigliosa che scorre frizzando lungo la gola. Prosciugherei un torrente, se potessi.

Ho acceso un paio di candele giù nello stanzone. Mi sono seduta sui sacchi di juta. Il gatto è venuto dentro. Barcollante tra sazietà e sonno. Mi ha poggiato la testa in grembo e si è addormentato. Leggo i giornali.

Su Mario Cerruti c'è un altro articolo. Corredato da una foto più recente rispetto a quella pubblicata ieri. Qui è proprio lui. Lo straccetto da locale, con i capelli fonati e la piega alla bocca del cocainomane. E proprio di coca si parla nell'articolo. E della nuova pista investigativa, che punta a un giro di droga in cui Cerruti sarebbe invischiato. Non l'hanno ancora trovato. Né lui, né la macchina. Si ipotizza comunque che la scomparsa risalga a venerdì notte. Può avere incontrato qualcuno allo Strange Days. O dopo, sulla via del ritorno. Un testimone, presente nel locale, ricorda vagamente una donna bionda con cui sarebbe uscito.

Bionda! Grazie al cielo, bionda. Chissà che cosa vede veramente la gente, alle tre del mattino, sballata, assonnata e bombardata di musica assordante e flash abbaglianti.

C'è un appello della moglie. Che chiede a Mario di farsi vivo. La moglie dice che queste storie di coca e giri loschi sono tutte balle. Suo marito era un angelo. Secondo lei, Mario è fuggito per non assistere all'agonia della madre. E lo prega di rientrare in sé. Di tornare da lei e dal suo bambino. Almeno, di dare notizie.

C'è un box all'interno dell'articolo. In cui viene intervistato un illustre oncologo intorno alle conseguenze psicologiche che l'accanimento terapeutico su un paziente terminale può comportare sui familiari, oltre che sul paziente stesso. L'oncologo precisa che c'è troppa confusione in materia, che spesso si scambia per accanimento terapeutico quelle che sono solo cure palliative tese a migliorare la qualità di vita del paziente terminale. E che da questa confusione non possono che scaturire ulteriori drammi.

Tutto questo è assurdo.

Nella pagina appresso c'è un altro articolo. Niente foto, questa volta. Niente box. Solo un trafiletto. Susanna Longo, 27 anni. Scomparsa in circostanze misteriose nella notte tra sabato e domenica. Coincidenza inquietante, la Longo lavorava come baby sitter presso la famiglia Fossati e sabato sera si trovava proprio nella casa perugina di Mirta Fossati, la ragazza morta per droga la cui salma è stata trafugata. La casa è stata trovata in ordine, ma della Longo nessuna traccia. Si ipotizza, anche sulla base della testimonianza di un vicino di casa, che la Longo abbia lasciato l'appartamento poco prima dell'alba, diretta probabilmente alla sua automobile. Ma che non vi sia mai arrivata. La vettura è stata ritrovata infatti in un parcheggio sotterraneo poco distante, regolarmente chiusa. Chi ha incontrato Susanna sul suo oscuro tragitto? Uno sconosciuto nell'ombra, oppure qualcuno di cui si fidava? È comunque al vaglio degli inquirenti la posizione del suo fidanzato, Fabrizio Motta.

Le notizie relative alle due scomparse sono collocate in pagine diverse. Non si ipotizzano collegamenti. Non si parla del telefonino di Mario Cerruti, da cui sono partite le chiamate per la mansarda di Perugia. L'ultima dimora della Susy, peraltro. Che cosa accadrà se collegheranno i due fatti? Fino a che punto si spingeranno, alla ricerca di un nesso? Per non parlare del cacciatore di ieri mattina. E della strage nella villa. Ma, su quella, ho un dubbio.

Non so se continuerò a comprare i giornali. Scrivono troppe assurdità. E c'è troppa violenza. Sembrano tutti in preda al delirio. Non voglio sapere più nulla. Del cacciatore. Della villa. Se quella donna è riuscita a mettersi in salvo, oppure no. Come ha detto Witt: non vedo come possa riguardarti, questa storia. Sei morta, Luna. Morta.

Sta albeggiando. Metto da parte il giornale. Sposto il gatto sui sacchi di juta. Dormi bene, micio. Prendo il fucile. Conto gli ultimi colpi. Basteranno. Verso il secondo cartone di latte nel barattolo, lasciandolo accanto al gatto. Gli faccio una carezza sulla testina arruffata di sonno. Lui alza una zampa, miagola piano e continua a dormire. Poi metto il fucile a tracolla. Allaccio la cartucciera. Ed esco nella prima luce dell'alba, per andare a cacciare nei boschi.

L'aria è rosa e verde tenero. Trillante di uccelli. Bene! Un po' mi dispiace. Ma lo faccio per il gatto. Per concludere un patto con lui. So che si tratta di un gatto selvatico. Abituato a cacciare. In grado di sopravvivere da solo in questo mondo selvaggio. Però, a chi non piacciono le coccole? Il latte fresco. Una mozzarella burrosa. Un piccioncino ancora palpitante. Un grembo accogliente. E anch'io ho diritto a qualche coccola.

Sono le cinque e tre quarti. Quasi le sei. Non voglio perdere troppo tempo. Fra poco il sole sorgerà, e per allora voglio essere di ritorno. Mi apposto lungo il crinale. Carico il fucile. Lo imbraccio. Lo punto contro un alto faggio su cui zampettano senza pensiero dei volatili. Tolgo la sicura. Tiro indietro il cane. Piano, devo far piano. Come diceva papà, basta nulla a farli scappar via. Prendo la mira. E sparo. Due colpi, in rapida successione. Lo vedo saltare per aria. Penso, l'ho mancato. Invece sta piombando al suolo. Corro nel fogliame, tra le strida degli uccelli in fuga. Frugo fino a scovarlo. Ancora in vita. Appena in vita. Il cuore che batte velocissimo tra le mie mani.

Allora sono svenuta. Quando sentii il cuore dell'uccellino sul palmo della mia mano bambina. Svenni al battito del suo cuore. Ero piccola, come il fucile che papà mi aveva regalato, e che avevo dimenticato del tutto, fino a questo momento. Mentre tengo in mano questo corpicino agonizzante. Il Flobert che papà mi regalò, di nascosto dalla mamma. Il nostro segreto. Perché voleva che imparassi a sparare. A cacciare. A difendermi, in questo mondo selvaggio. In cui lui non sarebbe stato eterno. Bisognava che la sua piccina imparasse a imbracciare un fucile e fare fuoco, in caso di necessità.

Perché questo è un mondo selvaggio. Il mondo dei viventi. Di minacciosi cortei di macchine nere, che procedono in fila indiana nella notte. Un mondo in cui devi vivere comunque. E per vivere, avere buona mira. Sparare per prima. E io caricavo e sparavo. Mentre gli uccelli piombavano al suolo. E papà li sistemava nel carniere. Finché non mi diede in mano l'uccellino palpitante. E il suo piccolo cuore inceppò il mio.

Mirta, per quanto tempo sei andata con papà a caccia nei boschi? Per quanti anni. Per quante domeniche.

Non lo so. Non ricordo.

Non ricordavi neppure il Flobert?

Pensavo di aver tirato qualche colpo col fucile di papà.

Alto quanto te?

Non so come ho fatto a pensarlo per tutto questo tempo.

Mirta, cosa volevi fare a Sonia?

Non ricordo.

Non speravi che morisse?

Sì, speravo e pregavo tutto il tempo che morisse.

Come doveva morire Sonia? E dai, Mirta, rispondi. Sono Luna. Sono io. A me puoi dirlo. Devi dirlo. Come volevi far morire Sonia?

Sparandole un colpo di Flobert in mezzo al cuore.

Alzo il fucile. Prendo la mira. Faccio fuoco. Gli uccelli gridano. Si alzano in volo stridendo. Solo uno rimane al suolo.

Lo raccolgo da terra ma è già morto. Lo metto nello zainetto, insieme all'altro. Il sole sta sorgendo. Tra i boschi gelidi di bruma. Due possono bastare. È un gatto, mica un rinoceronte. E non vorrei abituarlo troppo bene fin da principio. Per evitare che finisca come Ophi, che ammazza i topi e poi si schifa a mangiarli. Perché vuole solo il suo pollo arrosto e il pesce al vapore. Bamboccia viziata. Come potrebbe Ophi sopravvivere nel bosco? Oppure, le tornerebbe l'istinto, a poco a poco. Si trasformerebbe prima in un gatto randagio. E poi sempre più selvatico. Un gatto selvatico dagli occhi gialli, rapido come una saetta.

Il piccolo Flobert dall'impugnatura d'argento. Un gioiellino, diceva papà. Tenuto nascosto tra i suoi fucili. E la bambina e l'uomo grande a ridacchiare del loro segreto. Di averla fatta a mamma sotto il naso. Abbiamo un segreto, Mirta pallina. E i segreti non si raccontano a nessuno. Altrimenti che segreti sono. Forse, anche la Susy faceva parte dei segreti. E come farà papà, adesso che tutte le sue amate sono morte? E con loro i suoi segreti. Papà adorava i segreti. Era un avvocato. Ne conosceva un sacco e sapeva mantenerli. Era un uomo segreto. Un uomo di intrighi. Un uomo misterioso. Quasi quanto Robin.

BE', RAGAZZO, ADESSO ABBASSA QUEL FUCILE CHE DOBBIAMO FARE DUE CHIACCHIERE.

Ruoto su me stessa talmente alla svelta che potrei sollevarmi da terra. Invece mi tengo con gli anfibi attaccata al suolo. Abbasso il fucile lentamente. Un forestale.

Che mi venga un colpo! dice lui. Ma sei una ragazza! Mi guarda. E poi mi guarda ancora, spalancando gli occhi. Il fucile a tracolla. La divisa dei forestali. I capelli bianchi. Un bicchiere di vino tra le mani. Lo ricordo con un bicchiere di vino tra le mani. Lui e papà, in soggiorno. A farsi un bicchiere insieme. Le guardie forestali chiudevano un occhio, con papà. Con tanti, veramente. Fin nel cortile del duomo di Assisi, si sentono risuonare i colpi dei cacciatori. In qualsiasi stagione. Ma con papà lo chiudevano comunque, un occhio. Serve sempre un avvocato del calibro di papà, per togliere un parente o un amico dai guai. Magari, anche se stessi. E papà gli offriva un buon bicchiere.

Mirta, dice lui. Il fucile penzoloni e gli occhi sbarrati. Dimmi che non sei tu. Che non sei la figlia di Piero Fossati. Mirta, ripete. Ha gli occhi di un bambino. Azzurri. Spalancati. E gocce di sudore gli imperlano la fronte, nel gelo dell'alba. Sono venuto al tuo funerale, dice. Quella maledetta fiamminga. Che t'hanno fatto, Mirta. Che t'ha fatto quel dannato. Lo sai che eri alta così quando ti ho conosciuta? E fa un gesto con la mano, all'altezza della coscia.

Impugno il fucile dalla parte del calcio, porto leggermente all'indietro la spalla, per darmi lo slancio. E gli assesto un colpo in piena faccia.

Me lo carico sulle spalle. Insieme al suo fucile. Al mio. A tutto quanto. E balzo lungo i boschi. Col mio prezioso carico. Che da un momento all'altro può svegliarsi urlante. O morirmi a tradimento tra le braccia. Perché è ancora vivo. Cianotico, ma respira. E adesso ho capito quello che è successo alla villa. Perché non li ho mangiati. Perché erano morti. E i morti non mangiano i morti.

Corro e balzo tra i boschi. Volo lungo i pascoli d'argento. Sopra le strade rosse del Subasio. In questo mondo di fuoco e di gelo. Spicco un ultimo balzo. Oltre un crepaccio. Per fare prima. Per fare a tempo. Per farcela.

L'aia è immobile, nel gelo di prima mattina. L'attraverso di corsa col mio fardello sulle spalle. Scaricandolo nello stanzone in cui il gatto balza soffiando su una sedia rotta. Rovesciando il latte del barattolo. Miagolando da paura. Mi libero dei fucili. L'odore dell'uomo è così insinuante. Leggero e aspro. Talmente invitante che sono costretta a strizzare gli occhi per resistergli. Apro di furia lo zaino. Tiro fuori i due volatili. Li lancio in direzione di Ophi, che ancora sta facendo la matta sulla sedia. Questi sono per te, le grido. Mi chino sul corpo. Sull'odore lieve che emana. Tasto il polso. Che batte. Disordinato. Aritmico. Ma batte. Batte ancora.

E questo è per me.

Ophi ha mangiato tutto. Ha sgranocchiato anche gli ossicini. Fino al midollo. Poi s'è leccata i baffi ed è venuta da me. Anch'io ho mangiato tutto. L'ho presa in braccio e abbiamo svolazzato felici sull'aia.

La giornata è cominciata bene.

Ho infilato il corpo del forestale, quel che ne rimaneva, in un sacco di juta. Ero tentata di seppellirlo. Avevo a disposizione vanghe e badili, ma non voglio passare il resto dell'eternità a seppellire gente. Poi m'è venuta l'idea di buttarlo nella grande fossa che costeggia la vetta, a poche centinaia di metri da qui. Ma prima ho fatto pulizia. Ho tirato su dal pozzo un paio di secchi d'acqua e ho ripulito il pavimento. Con grande stizza di Ophi, che evidentemente preferisce la sporcizia. E infatti non ha fatto altro che infilarsi tra le mie gambe, inciampare nella ramazza e rovesciare il secchio. È proprio una pazza, questa Ophi. L'ho cacciata sull'aia. Dove è rimasta a protestare e miagolare per tutto il tempo. Ma non importa.

Ho pulito per bene per terra. Anzi, ho strigliato l'impiantito a tal punto che sotto è riaffiorato il pavimento in cotto. Chissà che faccia faranno quest'estate i pastori, quando verranno su a portare il bestiame e si ritroveranno nel salotto buono!

Finito di ripulire, ho caricato il sacco di juta sulle spalle. E sono andata a buttarlo nella grande fossa.

Non c'è anima viva, sul monte. È ancora presto. Ma questo sole non dice niente di buono. È almeno la terza giornata di sole, anche se stanotte è piovuto. Prima o poi qualche escursionista. Oggi è solo lunedì. No. Oggi è martedì. Devo tenere il conto dei giorni. Comunque il vero pericolo è il fine settimana. Sono una vera peste, gli escursionisti. Con i loro cavalli. Le loro biciclette. Le macchine fotografiche. E poi, può succedere qualsiasi cosa. Il forestale, per esempio. Il corpo che sto trasportando chiuso nel sacco di juta verso la grande fossa. Stavo lì a sparare agli uccellini, pensando a papà, al Flobert e a quelle vecchie storie che neanche Mirta ricorda più, e mica mi ero accorta del forestale. Ora, è anche vero che ho mille risorse in più di questi babbei di viventi. Però, prima o poi. Come diceva Robin, sottovaluti e ti va bene, sottovaluti di nuovo e ti va bene di nuovo, sottovaluti la terza volta e finisce in un macello. Anche Witt mi raccomanda sempre di stare all'erta. Anche in questi boschi. In cui mi sembra a volte di percepire fruscii diversi. Tonfi. Rami spezzati. Come in questo preciso momento. Qualcosa. Non un tonfo o un rumore. Solo un sentore. Vaghissimo, appena percettibile. Estraneo al bosco. Devo stare all'erta. E invece continuo a divagarmi. Come Ophi. Che gioca col gomitolo. Divagandosi tutto il tempo. Dimenticando il pericolo. Sottovalutandolo.

Il casolare, per esempio. Quanto è prudente fermarsi ancora qui. Non voglio neppure pensare all'ipotesi di lasciarlo. Sono felice qui. Ma quanto a lungo possiamo fidarci? In più, adesso è scomparso anche un forestale. E ieri un cacciatore di frodo, alle pendici del monte. Grazie al cielo, la strage l'ho compiuta a decine di chilometri da qui. Altrimenti, potevo far fagotto oggi stesso. Ma ugualmente, pattuglieranno il monte. Forse hanno già cominciato. Cos'è stato? Sono assolutamente certa di aver sentito. Come un ramo che si spezza. Devo muovermi.

Ecco il posto. Un crepaccio profondissimo. Questa montagna è celebre per le sue grandi fosse. Anche pericolosa. E col ghiaccio, il pericolo aumenta. Meglio così, tiene lontani gli importuni. Però siamo a fine febbraio. E se il tempo fa il pazzo come negli ultimi anni, il disgelo è vicino. E questo posto, del tutto off, quando arrivano i primi turisti. Pasqua! Le vacanze di Pasqua! Quando vengono quest'anno? Qui diventa come Forte dei Marmi in agosto. Neanche a pensarci, di poter restare.

Ecco fatto. Giù in fondo. Non mi piacciono queste fosse, così profonde. Anzi, mi danno proprio il terrore. Via, non voglio parlarne. Allontaniamoci alla svelta. Potrebbero esserci altri forestali, qui in giro. O qualcun altro. O qualcos'altro. Quel tonfo poco fa. E il sentore. Vago sì, però. E ho mangiato troppa gente. Mi guardo intorno. C'è qualcosa tra queste foglie tremanti nel gelo. Scruto il sottobosco. Che silenzio. Come una tensione nell'aria. Possibile che qualcuno. Che qualcuno mi abbia seguita? La bottiglia dell'acqua. Lo zaino sparito da sotto la quercia. Witt dice che devo stare all'erta. E le persone che ho mangiato. Magari si trascinano qua intorno. Con occhi famelici. Strisciando nel sottobosco. Verso il casale. Verso di me. Di nuovo quel tonfo. In sordina. Se il forestale non era solo. Se erano in due. Se l'altro si è nascosto tra gli alberi. E io ho sparato due colpi di fucile! Chiunque può avermi individuata. Dannazione a questa boscaglia così fitta. Potrebbe sbucare qualsiasi cosa, dal folto del bosco. Mi sento al riparo, qui. Ma forse, anche loro si sentono al riparo. Al riparo da me. O in agguato. Fiuto l'aria. C'è veramente qualcosa. Ed è molto vicino. Via, verso il casale. Subito!

Nell'aia ho trovato Witt che giocava con Ophi. Mi ha salutata a stento, continuando a giocare col gatto. Anche Ophi sembrava presissima dal suo nuovo amico. Un filosofo austriaco! Comunque, vederli insieme così normali mi ha calmata. Forse, non c'era niente nel bosco. Forse è solo paranoia. Forse. Ho tirato su un secchio d'acqua. L'ho portato in casa, per darmi una ripulita. Sono di nuovo imbrattata di fango. Di foglie. Perfino del sangue che filtrava dal sacco di juta. Che schifo. Sono salita al piano di sopra. Mi sono spogliata. Mi sono lavata. Ho infilato una maglietta bianca. La mia minigonna azzurra di jeans. E i soliti anfibi, cercando di ripulirli un po'. Ma qui ci sono i soldi, i documenti, tutte le cose veramente necessarie. Alla fine, comunque, sembravo di nuovo una ragazza. E non una cosa informe chiusa in panni sporchi di sangue e di fango, cioè quella che sono. Con la minigonna azzurra, la maglietta bianca, i capelli puliti e gli orecchini tintinnanti, sembro nuovamente una ragazza. Una ventenne.

L'ho fatto per me, ovviamente. Ma anche per Witt. Non voglio che Witt mi veda sempre in quelle condizioni. E non mi ha neanche degnata di un saluto come si deve. Si vede che devo fargli schifo. Credo proprio di fargli schifo, a Witt. Ma ora voglio recuperare. Ho tanta nostalgia di lui.

Quando sono scesa nell'aia, il sole batteva a picco. Witt e Ophi si erano rifugiati in un angolo in ombra. Witt fumava e Ophi sonnecchiava ai suoi piedi. Sono andata verso di loro. Ho guardato Witt. Gli ho detto: c'era qualcuno nel bosco.

Dobbiamo parlare, ha detto, parlare seriamente. Se ne stava nel suo angolo, con l'impermeabile addosso. Lo sguardo basso. La cenere sempre sul punto di cadere. Un investigatore alla Marlowe. Gli mancava solo il cappello floscio.

Non ti piaccio più, vero, gli ho chiesto.

Dobbiamo parlare, ha ripetuto. Andiamo sulla vetta.

Camminiamo lungo i ghiacciai. Vicini. Eppure distanti. Witt dice che se è lui a ridurmi in questo stato, se è la sua presenza, allora è necessario che lui parta. Immediatamente.

C'è come un'eco lontana, nelle sue parole. Di qualcosa che è stato detto, perduto nel tempo, e poi ritrovato. Ma pure, c'è qualcosa di attuale, in quello che dice. Il fatto di essere sconvolto. Perché Witt è sconvolto. Dice, non puoi arrivare a questo punto. Non posso essere frainteso fino a questo punto.

Ce l'hai con me per ciò che è successo alla villa, dico.

No! ribatte lui. Casomai, per *come* è successo. Come si trattasse di fantocci disposti a bella posta per il tuo personale divertimento. Per affermare te stessa. Non sai distinguere tra parole e fatti. Non vedi la differenza.

Non sono neppure certa che sia veramente successo, dico.

È logico. Perché era sbagliato. Del tutto errato. E questo modo di procedere conduce solo al caos. Ti appropri della mia sete di conoscenza e la traduci in ricerca del male. In piacere di compiere il male. Confondi il dubbio metodico con un dubbio etico. Sta urlando adesso. Con i capelli folti tirati indietro dal vento e l'impermeabile che gli svolazza tra le gambe. Non c'è da meravigliarsi, dice poi, costringendosi alla calma. Sono sempre stato frainteso. Costantemente. Forse sono io che ho lasciato troppe zone d'ombra. Troppo non detto. Avrei dovuto tacere del tutto. Da subito, invece di capirlo dopo.

Camminiamo nel vento. E ho l'impressione che Witt stia facendo un discorso conclusivo. Si stia congedando da me. Tu non c'entri nulla, gli dico. E non voglio che tu parta, Witt. Sei l'unica coscienza che mi è rimasta. L'unica àncora. Tu vuoi tornare in quel tuo assurdo universo.

Non credo di poterci tornare, dice Witt. Guarda verso la vetta. Il profilo affilato rivolto alla vetta. Ripete, non credo di poterci tornare.

E comunque vuoi andartene, dico. Nel Galway magari. Tornare laggiù, nella semplicità di quei villaggi. O tra i tuoi amatissimi fiordi. Anche se credo che li troverai molto cambiati, Witt. Il mondo cambia continuamente. Lo dico con cattiveria. Per ferirlo. Perché non voglio essere privata di questa presenza fantasmatica, che pure riesce a dare ancora un senso all'orrore. Un barlume di realtà, in questo lago di tenebra.

Non dovevi leggere quei diari, dice Witt. Erano segreti. Erano miei. Ci sono troppi demoni, nei libri. Bisogna essere corazzati per affrontarli. Corazzati dalla vita vissuta. Solo allora, si può iniziare a leggere. Quando si è pronti a combattere con i demoni.

Sai qual è la verità, dico. Che non vuoi confrontarti con il tempo. Con le cose che cambiano. Neppure con quella che sono diventata. Ti piacciono le tue belle proposizioni ideali, stampate su quel nulla che chiamate spirito. Che chiamate verità. Che chiamate dio, voi filosofi.

E lo schiaffo arriva. Puntuale. Eco di un altro schiaffo. Di un altro tempo. Di un'altra colpa. Lo schiaffo di un fantasma. Simile al crepitio di foglie secche. Al fruscio di un libro sfogliato in fretta, e richiuso di colpo. Alla fucilata esplosa improvvisamente nel silenzio del bosco, che ancora rimbomba nell'aria come un tuono basso. A un repentino vortice di vento scaturito dal centro della terra.

Witt, dico. Grido, nel vento che percuote la vetta. Che lo rapisce al mio sguardo. Fantasma di fumo e polvere che svanisce in uno sbuffo di nebbia. Che si scioglie in una pozza d'acqua, sotto i dardi del sole. Evaporando nel turbinio della tempesta.

Corro nel vento di bufera che batte le cime. Ammassando cumuli di nubi minacciose là dove prima splendeva tranquillo un freddo sole di alta montagna. Corro verso casa. Verso Ophi. Corro calcando gli anfibi sulla terra. Lottando contro questo vento che vorrebbe portarmi con sé. Contro queste correnti ascensionali che vorrebbero strapparmi, per mandarmi a sbattere chissà dove. Per sbalzarmi in uno di quegli universi in cui si trascinano le ombre dei morti.

Ophi! grido nella bufera. Correndo verso il casolare. Verso l'aia sconvolta dal vento in cui rotolano secchi d'acqua, gomitoli di spago, barattoli di latta, fogli di giornale, cartoni di latte, cartacce, badili sfasciati. Ophi! grido. Cercandola con gli occhi. La mia Ophina dagli occhi di sole. Che invoco nella disperazione della tempesta, tra i nuvoloni neri che s'addensano sopra il mio capo. Sopra l'aia. Sopra il casolare squassato dalle raffiche. Mi precipito dentro. Nello stanzone battuto dal vento. La cerco con gli occhi. Con la voce. Con l'istinto di chi fiuta l'aria. E infine la scorgo. Raggomitolata in fondo al camino, tra le fascine di legna. Il pelo irto e gli occhi che gialleggiano nel buio. Tiro via le fascine. Mi infilo nell'apertura di questo focolare di montagna. Rannicchiandomi con lei nell'unico vano riparato che esista al mondo. Frapponendo la barriera delle fascine tra noi e tutto il resto. Miagolando insieme di paura, nel rumore del vento che squassa il casolare. Delle bordate di pioggia che si rovesciano dalle finestre sfasciate. Delle tegole strappate al tetto che bombardano a tappeto il cortile, infrangendosi fin dentro lo stanzone inondato di pioggia.

Stringo Ophi tra le braccia. E penso. Che possiamo ancora farcela, anche se tutto è perduto. L'ombra di Witt. Ogni ombra. Tutti i nostri sogni. Robin. Il mio amore esigente. Le nostre promesse. La volontà di durare insieme. Durare per sempre.

Avrei voluto raccontare a Witt di noi. Di me e Robin. Del nostro amore. Ma non ce n'è stato tempo. Lui non me ne ha dato tempo. O forse, era a lui che il tempo non era concesso. E comunque, non ho potuto parlargliene. Della discarica. Di quel cartello giallo. Ma anche di altro.

Certe domeniche sonnolente in cui bivaccavamo sul divano della casa di Robin. La voce di Joan Baez, in sordina, a tenerci compagnia. Mentre parlavamo sottovoce. Senza pensare all'ero. A Paco e a Magda. Ai locali e allo sballo. Parlavamo di noi. Del tempo che non avevamo vissuto insieme. Del passato diviso che cercavamo di ricomporre. Per darci un paesaggio su cui incollare le nostre immagini. A bassa voce. Senza occhiali neri e lacci emostatici. Senza magliette scollate e stivali firmati. Solo noi. Buttati sui divani a parlare sottovoce di suo padre. Di mio padre. Di Muriel. Di un'infanzia che non coincideva, neanche nei suoi tempi. E che pure cercavamo di fondere in un racconto che appartenesse a entrambi.

Quei pomeriggi lunghi e sfocati, trascorsi nella casa di paese di Robin. Tra i mobili antichi. Gli oggetti d'argento. I polverosi ritratti che dalle pareti rammentavano le memorie di un casato perduto. Tutto quel che Robin aveva scordato. E adesso voleva recuperare. Ritessendo i fili spezzati, con pazienza.

E certe giornate, in cui uscivo da lezione e correvo senza fiato in galleria. A vedere il pezzo che Robin aveva inseguito per mezzo mondo e finalmente rintracciato, nell'oscura bottega di un rigattiere a migliaia di chilometri di distanza. Una maiolica. Un vecchio codice. Un ritratto ovale, di cui ci innamoravamo insieme.

Avrei voluto raccontare questo, a Witt. O forse, avrei dovuto raccontarlo a chiunque. Al tempo della nostra vita. Quando ancora le cose potevano andare diversamente. Invece di vergognarcene. Di metterci la maschera e giocare agli sballati. Agli scoppiati. Alle belve. Avremmo dovuto capirlo allora. Ma ce ne vergognavamo. Delle nostre vere emozioni. Ci vergognavamo di noi. Perché ci saremmo sentiti deboli. Scoperti. Patetici a cincischiare vecchi oggetti e parole perdute. Mentre il mondo intorno a te urge. E ti costringe a correre sempre avanti. Travolgendoti, se non corri come gli altri. Più degli altri. Lo sapevamo, di essere diversi da tutti. E ci eravamo trovati. Ma era un segreto. E i segreti sono tali proprio perché vengono nascosti e protetti. Al riparo dal mondo.

A Witt, sarebbe piaciuto parlare di queste cose. Uno come Witt, educato in quel mondo, non poteva che amare la bellezza. Le cose preziose. La poesia. Ciò che gli uomini creano con le loro mani, la loro voce e le parole. Traendole fuori dal nulla. Lui avrebbe capito. Invece abbiamo parlato solo di morti, di fosse, di colpe. Abbiamo parlato del presente. Solo di quest'ora vile.

Il vento s'è smorzato. E la pioggia s'è trasformata in neve. Cade in larghe falde sulla aspra distesa di roccia e ghiacci. Sul casolare. Sull'aia. Sul pozzo. Ophi mi ha guardata, ancora raggomitolata tra le mie braccia. Ma ha percepito la caduta del vento. Ha tirato fuori la testina dal groviglio in cui eravamo strette. Mi ha guardata. Le ho detto, proviamo a tirarci fuori? E ha miagolato. Ci siamo districate. La sua coda impigliata alla cartucciera. Le unghie appese alla mia maglietta. L'ho presa in braccio e siamo andate al piano di sopra. Qui i danni sono inferiori. Il pavimento si è allagato, ma le nostre cose sono rimaste all'asciutto, visto che ero stata così previdente da ammucchiarle in fondo alla stanza grande, su uno dei materassi sconquassati buttato su una vecchia rete.

Il pomeriggio è buio di neve, Il cielo annerato da una cappa grigio bluastra. Ho acceso alcune candele al piano di sopra. Ci siamo ripulite un poco. Anche se Ophi ha miagolato tutto il tempo quando le ho strofinato via il fango di cui era impiastricciata. Mi dispiace di non aver nulla da mangiare per lei. Ma credo che per stasera possa anche cavarsela da sola. E poi ha mangiato abbastanza, stamattina. Anche se mi guarda con quello sguardo speranzoso che ti stringe il cuore.

Mi sono cambiata nuovamente. Non faccio altro che cambiarmi d'abito. È ridicolo. Ma non ce la faccio a sopportare lo sporco addosso. E sono sempre, costantemente sporca. Capisco che la vita nei boschi non sia esattamente il massimo in fatto di igiene. E che attualmente non ho molte alternative. Ma se proprio dovessi scegliere. Un grattacielo. Una casa di marmo e cristallo. Un pavimento pulito, perlomeno. O solo un bagno con l'acqua corrente. Vero, Mirta?

Ho messo un paio di pantaloni di pelle che avevo preso nella mansarda. Una camicia di raso rosso scuro, che sta benissimo con gli orecchini di corallo. Ho perfino trovato il coraggio di truccarmi. Sopra ho infilato il mio giubbotto di pelle. Che si è asciugato ed è tra le poche cose che non abbia del tutto rovinato, da quando sono uscita dalla fossa. Mi piace dirlo. Uscita dalla fossa. Mi dà un certo status. Una definizione. Sono quella che è morta ed è uscita dalla fossa. Che ha buttato via la lapide come si trattasse di una coperta pesante. E adesso cammina sulla terra. Provocando disastri, come avviene sempre in questi casi. O perlomeno, in tutti quei film di cui parlava Francesco. E che, malgrado l'inesattezza totale dei dettagli, rendono comunque l'idea generale.

E se mi sento ridicola ogni volta che mi strappo di dosso una maglietta per cambiarla con un'altra pulita, continuo a farlo. A cambiarmi anche tre volte al giorno. È perché so che se mollo una volta, una sola, non ci baderò più. Per il resto dell'eternità. Me ne andrò in giro nuda. Vestita di fango e di sangue. Come un cadavere uscito da una tomba. Non si ha bisogno della sfera magica, in certi casi, per prevedere il futuro. Soprattutto il proprio.

È per questo che devo continuare a vestirmi. A truccarmi. A lavarmi i capelli. A mettermi gli orecchini. I soldi negli anfibi. I kleenex in borsa. La borsa sulla spalla. Altrimenti, non resta che la morte.

La morte vorace. E l'invidia per i vivi.

Mi preparo a scendere nuovamente a valle. Ma niente voli, stanotte. Niente colline lontane. Ville. Sarò cauta e prudente. Voglio passare dal cimitero. Per l'ennesima volta. Perché potrebbe essere quella buona. E devo continuare a crederci. Se duro, duro per Robin. In attesa del suo risveglio. Di tirarlo fuori da sotto la sua pesantissima coperta e poter fuggire via, finalmente, da questo monte che mi opprime come una maledizione. Che finirà col diventare la mia prigione, se non mi decido ad allontanarmene. Perché c'era qualcosa nel bosco, stamattina. Ho *sentito* qualcosa. E poi, quel colpo di fucile. Nella tempesta. Sul momento non ci ho quasi badato. Ero troppo sconvolta per quanto stava accadendo con Witt. Non posso rimanere qui. Da sola. All'infinito.

Devi uscire dalla dannata tomba, Robin. Adesso. Subito. Altrimenti, non mi troverai più. Troverai un'altra. Sono già un'altra, Robin.

C'era veramente qualcuno, nel bosco.

Ero sulla strada che scende dal Subasio, diretta al cimitero. Grazie al cielo, avevo avuto l'accortezza di tenermi al riparo degli alberi. Anche se con questa neve, pensavo, e la strada chiusa da ore non correvo alcun rischio particolare. Invece. Stavo correndo nel bosco quando mi sono trovata di fronte il corteo delle macchine. Praticamente, me le sono trovate addosso, al bivio per San Giovanni. Lì la strada si biforca e quella del monte è chiusa fin dalle sei. E mi trovo le macchine addosso. Nel mio bosco. È stato allora che me ne sono accorta. Non sono berline normali. Sono berline modificate. Delle quattro per quattro insomma. So tutto di questo tipo di macchine, perché anche Paco ne ha una. Però quella di Paco è una normalissima quattro per quattro. Non una berlina modificata. Camuffata, insomma.

Non me l'aspettavo. Che potessero aggirare lo sbarramento. L'abbiamo fatto mille volte anche noi, col gippone di Robin. E certe volte perfino con Paco, con la sua quattro per quattro. Ma queste sembravano normalissime berline. E me le ritrovo sui piedi. Dirette verso la montagna. La mia montagna. Sono volata, credo. Non ricordo nemmeno. Ho visto le macchine sobbalzare nella boscaglia. I fari mi hanno abbagliata. E mi sono trovata talmente in alto che non le vedevo neanche più. *Molto* in alto, rispetto agli alberi. Che mi schermavano la vista di ciò che stava accadendo. Di quelle berline. Dirette. Verso la cima?

Sono risalita al volo verso la vetta. Verso il casolare arroccato tra le rocce. Dovevo assolutamente portare via tutto. Sparire. E far sparire ogni traccia di me. Ho volato nella notte. Talmente sconvolta al pensiero che potessero arrivare prima di me. Anche se non ho un motivo al mondo per credere che possano scovare il casolare. Però, mi sentivo addosso una sensazione terribile. Anzi. UNA SENSAZIONE TERRIFICANTE.

Sono arrivata talmente di furia da precipitare quasi nel pozzo. E Ophi? Sono corsa al piano di sopra, a raccogliere le mie cose. Giù, fortunatamente, tutto era così infangato e malridotto che non sembrava proprio che qualcuno, al mattino, avesse giocato alla padroncina di casa. Ho raccolto i due fucili. Il borsone. I miei vestiti sporchi. Ho ficcato tutto nello zaino. Sono scesa a precipizio e ho preso un falcetto e una piccola roncola. Le ho agganciate alle cartucciere. E ancora non scorgevo Ophi. E a quel punto ho pensato: pace. Non posso farci nulla. Ho fatto scorrere in fretta la carrucola. Ho tirato su una secchiata d'acqua e me la sono scolata. Mentre bevevo ho sentito un fruscio alle mie spalle.

La donna, ho pensato. Questo ho pensato. Non che era una trappola. Che mi stavano già aspettando, appostati nei dintorni del casale. No, per carità, niente di tutto questo. Ho pensato solo: la donna. La donna sta strisciando alle mie spalle. Mi sono voltata di scatto, e ho visto un paio di occhi gialli baluginare nel buio.

FALLO UN'ALTRA VOLTA, OPHI, E TI STROZZO!

Deve aver capito il tono. È trotterellata fino a me. Le ho infilato la mano sotto la pancia e l'ho tirata su. Avrei voluto accertarmi di non aver lasciato tracce. Ma non c'era tempo. Dovevo andar via. Mi sono levata in volo. Con Ophi stretta a me, gli occhi chiusi e il pelo ritto. Ma zitta. Senza un miagolio. Un lamento. È una micia intelligente, questa nuova Ophelia, quando vuole. Siamo volate nel buio verso il bosco. Cercando un posto in cui nasconderci. Un riparo. Un buco. Qualsiasi cosa. Ricordavo un burrone, una specie di scarpata che avevo intravisto la mattina, quando ero andata a caccia di uccellini per Ophi. Siamo planate tra i rami degli alberi. Ho mollato Ophi, che sembrava perfettamente in grado di orientarsi. Siamo balzate giù dall'albero. Il posto doveva essere questo, all'incirca. Ma al buio. Sotto la neve. Alla fine, è stata Ophi a trovarlo. C'è praticamente cascata dentro. E io dietro di lei. Ma si sa, i gatti cadono sempre in piedi.

Siamo strisciate al riparo dei cespugli. Ophi deve aver trovato il nascondiglio di suo gradimento. Si è rannicchiata sul fondo, su un tappetino di foglie marce. Le ho detto di non muoversi. Di far buona guardia. Che sarei tornata appena potevo. Le ho lasciato la mia roba. Lo zaino. Il fucile che avevo preso al cacciatore. La cartucciera vuota. Ho preso solo il fucile del forestale e la sua cartucciera. Chissà se Ophi ha veramente capito qualcosa. Le ho grattato la testina e poi sono saltata fuori dal crepaccio. Per rendermi conto di che diavolo stava succedendo.

Dove mai sono finite le macchine? Ho sorvolato tutta la zona, ma non le ho più viste. Non mi piace per niente. Devono averle lasciate nel sottobosco. Magari, si stanno muovendo a piedi, lungo il crinale del monte. Le macchine fanno rumore. Rischiano comunque, anche se riadattate a fuoristrada, di finire in un fosso. Di slittare sul ghiaccio. Con questo buio. E nella neve. Non sono alte quanto il gippone di Robin. Solo delle berline modificate. E non credo che possano fare molto, tra queste rupi. Almeno, me lo auguro. Però così è peggio. Erano almeno una dozzina. E io ho lasciato lo zaino a Ophi. Con la roba di Mirta!

Devo star calma. Pensare in un altro modo. Non devo lasciare tracce. Devo. Abbandonare Ophi. Tornare a prendere la mia roba e abbandonare Ophi. Di nuovo. La mia seconda, piccola Ophi. Devo sparire da questo monte. Stasera sono cinquanta. E domani. Potranno essere cento. Duecento. Mille. Non so che cosa stiano cercando. Se tutto questo abbia attinenza con me, ma non posso restare qui. E non posso portarla con me. Tanto, il mio cuore non batte. E non rischia di spezzarsi di nuovo.

Torno indietro. Volando radente gli alberi. Attenta al minimo fruscio. A un movimento d'ombra, contro il biancore viola della neve. Risalgo lungo il crinale. Piano. Devo far piano. Possono essere cinquanta. E domani cento. E dopodomani mille. Possono scaricare qui un intero battaglione, se vogliono.

Chiunque siano.

Scorgo nel buio il fondo oscuro del crepaccio. Mi abbasso scivolando sulla neve, lungo la neve che continua a cadere in fiocchi fittissimi, coprendo di un manto farinoso le fronde degli alberi. Scivolo nel buio. Verso il crepaccio. Il falcetto in pugno. Perché non so dove sono. Quanti sono. Cosa cercano. E tuttavia. Anche se fossero solo studenti ubriachi in gita, sarebbero un pericolo. La fine del mondo, per me.

Mi avvicino al bordo del crepaccio. Fiutando l'aria. Benedetto sia quest'odore che li segnala. Che li previene. Che mi può dare del tempo. Il vero vantaggio che ho su di loro. Il loro odore. Sento il profumo del bosco. Della neve. L'umidore delle foglie bagnate. L'afrore selvatico del gatto. Quello stridente del piombo dei fucili. E nient'altro. Mi insinuo carponi nel buco. Gli occhi del gatto gialleggiano nel buio. Sfioro la pelliccia. Il musetto umido. Tocco lo zaino. L'altro fucile, che posso anche lasciare qui. Come la cartucciera vuota. Come il gatto. Afferro lo zaino. È pieno di roba inutile, ma non posso lasciarlo qui. Me ne libererò dopo. Lontano da questa montagna. Ma dove. Dove devo andare. Con quattro soldi e un po' di vestiti sporchi.

Dove vado, senza Robin.

Sono scesa fin quasi in paese. Tenendomi al riparo dei boschi. Ma non mi fido più di questi boschi. Ho deviato per raggiungere il cimitero. E lì ho avuto il secondo colpo della serata. C'era un viavai di volanti lungo la strada. Pattuglie dappertutto. Ho raggiunto il retro del cimitero. Mi sono nascosta tra il fogliame delle grandi querce che crescono a ridosso del muro di cinta. Ho sbirciato dentro.

Il cimitero era tranquillo. Vuoto. Il solito cimitero, insomma. Non era qui l'epicentro di tanta agitazione. Però, non capisco. C'è qualcosa che mi sfugge, nell'insieme. Il corteo delle berline. E poi la polizia. Ma qual è il nesso? E c'è veramente un nesso? Perché non vorrei incorrere nello stesso equivoco in cui sono caduti gli inquirenti. Su Mario Cerruti, per esempio. Seguendo, come sembra stiano facendo, la pista della droga. Che non c'entra assolutamente nulla. Ma che, pure, hanno messo in relazione alla scomparsa. Un uomo che fa uso di coca scompare. Ergo, la coca è legata alla scomparsa. Una coincidenza mal interpretata. Un sillogismo sbagliato.

Comunque, la tomba di Robin è intatta. Lo odio, oramai, il suono di questa parola. Intatta. Vale a dire, lui sta ancora sotto. Robin da lì non esce più. Dopo, ci pensiamo dopo. Non ce la faccio più, a rimanere all'oscuro. A temere le ombre, la donna che striscia, per ritrovarmi magari tutta la polizia di fronte, coi lanciafiamme spianati. Devo cercare un posto che non dia all'occhio. Perché ho lasciato Ophi da sola, in quel crepaccio, se non per cercarmi un posto?

La cantina di casa mia. È un'ipotesi plausibile? Nell'occhio del ciclone. Al centro del ciclone, c'è una zona di calma. Potrei intrufolarmi dall'autorimessa. Ma poi? Quanto a lungo potrei stare rinchiusa laggiù? Oppure. La casa di Robin. Potrebbe essere vuota. Un momento. Sto pensando male. Non riesco a staccarmi dai pensieri di Mirta. Dalle paure di Mirta. Dai ricordi di Mirta. Devo assolutamente allontanarli. Non sono Mirta. Tutto quello che sopravvive in me, di Mirta, è l'amore per Robin. E basta. Non sono Mirta. Mirta è morta.

E io. Io non sono viva, ma sono un'altra cosa. Una cosa che non so. Ma non posso ragionare come Mirta. Devo ragionare in un altro modo. Anzi, devo agire. Come quando ho sparato su tutto quello che si muoveva, alla villa. Senza neanche pensarci un attimo. Sull'onda di un risentimento. Di un istinto. Sbagliando, magari. Tirandomi dietro tutta questa gente, ma seguendo me stessa. È Mirta che mi confonde le idee. La sua persistenza dentro di me. Devo liberarmi di lei. Smetterla di volermi sentire sicura. Di cercare di essere sicura. Di proteggermi. Devo affrontare il buio. La notte. L'insicurezza. Attaccare.

Per prima cosa, mi sono liberata di tutta questa roba inutile. Candele. Giornali. Vestiti sporchi. Vestitini eleganti. Quanto ciarpame. Trucco. Orecchini. I kleenex! Che ci faccio, non mi servono manco per pulirmi il culo, tanto non caco. Non caco. Non piscio. Non dormo. Non respiro nemmeno. Sono una cosa morta che cammina sulla terra. Che divora i vivi. I pantaloni di pelle e il giubbotto vanno benissimo. Una maglietta nera. Gli eterni anfibi. E stop. Basta con questo zaino. Con tutta questa porcheria che mi trascino addosso come una casa ambulante. Anche il fucile è inutile. Come la cartucciera. Mi metto a sparare contro cinquanta uomini con una doppietta? Gioco a Clint Eastwood?

Lo zaino l'ho buttato in campagna, dall'altro lato del

paese. Negli anfibi ho lasciato solo i soldi e il coltello a serramanico del ragazzo della baita. Il fucile l'ho eliminato poco più giù, gettandolo in un fosso insieme alla cartucciera. E mi sento molto meglio. Anzi, mi è venuta anche un po' fame.

Sono scesa lungo la superstrada. L'ho costeggiata volando per qualche decina di chilometri, allontanandomi sempre più dal Subasio. È notte fonda, adesso. E c'è un sacco di movimento, qui. Macchine. Stazioni di servizio. Gente. Tutto quello di cui ho bisogno. Per procurarmi da mangiare, intendo. Mi sono ficcata sotto un cavalcavia. Poco prima di Terni. È deserto, quaggiù. Ma c'è movimento tutto intorno, è una zona di passaggio. Anonima. Ed è impossibile essere colti di sorpresa. A poche centinaia di metri c'è una stazione di servizio. Piena di tir. Non penso che abbiano problemi a caricare una ragazza, se glielo chiede in modo gentile. E non ho altra scelta, se voglio allontanarmi da qui. Ma, ovviamente, è la parte più difficile. Perché si tratterebbe di abbandonare Robin. E qui non credo che Mirta c'entri molto. Sono io che voglio Robin. O meglio, credo che sia lui a volere me. È come un retropensiero. Costante. Non posso lasciarlo qui. Non posso allontanarmi da lui. E devo risolvere questo problema. Perché se non lo risolvo, rimango qui. In eterno. Tra le macchine e i tir. Il gas di scarico dei motori. Lungo la superstrada. Guardando la strada, desiderando prenderla, e non potendo farlo. Essendone impedita. Come un laccio legato alla caviglia che tiri e tiri, finché non si esaurisce la corda. E oltre non puoi andare.

Ma io devo andare oltre. Andarci con Robin, se possibile. Ma anche senza di lui.

Forse c'era fila ai bagni dei maschi. Oppure ha bevuto una birra di troppo. Chi se ne importa. Il getto mi è arrivato praticamente addosso, comunque. Ho tirato fuori la testa da sotto il cavalcavia. Gli ho detto, cos'è, la doccia fuori stagione? Gli è preso un colpo, credo. Non mi aveva proprio vista. Ha farfugliato qualcosa, come shit? Barcollando. Tirandosi su la cerniera. Incastrandola nelle mutande. Ripetendo ancora, shit, shit. Ma insieme, ridendo. Stava ridendo. Sbronzo da paura. Mi sono tirata su dal cavalcavia.

E Mirta ha cominciato a urlare. Di colpo. Nella mia mente. A vomitare un fiume di parole. Di insulti. Di preghiere. Che dovevo smetterla. Che avevo lasciato la sua Ophina nel crepaccio. Che avevo sparato a tutta quella gente. Che in una notte terribile come questa, riuscivo ancora a ridere. Che Witt ci aveva abbandonate, per colpa mia. Che meditavo perfino di sbarazzarmi di Robin. Che ero cattiva, cattivissima. Un'orrida cosa nera che voleva solo mangiare!

L'ho spenta. Non so come ho fatto, ma l'ho spenta. Come si spegne un interruttore. E nel frattempo avanzavo verso il tizio. Sorridendo. Un camionista. Ho visto il suo tir parcheggiato sulla piazzola di sosta. Rideva pure lui. Sollevato. Annebbiato. Incuriosito. Una ragazza, solo una ragazza.

Gli ho chiesto dove andava.

Sud, ha detto.

Sapevo che non ci sarei mai arrivata. Che Robin mi avrebbe trattenuta. Che forse, neppure io volevo andarmene. E poi, quale sud? Ma avevo fame. Una fame da morire. O meglio, volevo aver fame. Dimenticare tutto. Zittire per sempre Mirta. Mi dai un passaggio, gli ho chiesto.

Lui ha scrollato i lunghi capelli biondi. Italiano, no di certo. Inglese, credo. Quelle parole che aveva farfugliato, perlomeno. Simpatico, anche. Piuttosto bello nel suo genere. Ok baby, ha detto. Ubriaco fradicio. Ridendo. Con i capelli biondi nel vento.

È di Manchester. Si chiama Peter. E sta andando a caricare ferro, rame o qualcosa di simile in una fabbrica dell'hinterland napoletano. Fa questa strada una o due volte la settimana. Su e giù da Manchester all'Italia. Parla un italiano qualsiasi. Parla meglio di Mario Cerruti. Corre perché è vuoto, dice. Ha il tir vuoto. Anche perché è ubriaco, penso. Ubriaco e puzzolente. Ma carino. Con l'autoradio che spara a palla e gli occhi di fuori di chi guida da ore sotto amfetamine. Ha una confezione di birra sotto il sedile. Me ne ha offerta una. Ha tirato via la linguetta con i denti e me l'ha porta. Sembra Brad Pitt in versione popolare. Un Kurt Cobain palestrato. Se Mirta l'avesse incontrato prima di Robin, molto probabilmente sarebbe scappata via con lui. Con questo tir. Lungo la superstrada che conduce a Orte, come mi sta spiegando lui, dove c'è lo svincolo per l'autostrada. A proposito, baby, quanti anni hai, dice.

Oramai ci ho fatto il callo. Ma ammettiamo che lo avessi incontrato per primo, al posto di Mario Cerruti. Devo ammettere che sarebbe stata durissima, la prima volta, mangiare lui. Accontentarsi solo di mangiarlo, intendo.

Ho mangiato Peter da Manchester all'altezza dello svincolo per Todi. Aveva i capelli lunghi e la faccia da scoppiato. A Robin sarebbe piaciuto da paura. Anche a Paco. O forse sarebbe stato troppo anche per loro. Credo perfino che abbia capito che cos'ero, o cosa non ero. E che non facesse proprio nessuna differenza, per lui. Poco prima, mentre buttava giù un'altra birra mi ha chiesto se mi piaceva la nave. Quale nave, ho chiesto. Shit! ha esclamato. Come fai a non vedere la nave. Sta attraccando proprio adesso nel porto. Ci sono tantissime luci. L'ho guardato. Fissava la strada che stavamo percorrendo. Ho detto, quale nave? MA NON VEDI IL PORTO! ha gridato. Un porto in mezzo a una superstrada, con tanto di nave che stava attraccando. Era strippato da dio. Con tutti i fusibili in allarme rosso. Abbiamo fermato il tir poco prima dello svincolo, in una piazzola di sosta. Abbiamo scavalcato il guardrail. Sono scesa lungo una scarpata, mano nella mano con lui, pensando, magari, di baciarlo. Magari, di mangiarlo.

Mi sono tolta i vestiti. Per non sporcarli nuovamente. Si impara. Lentamente, ma si impara. Ci siamo stesi su un tappeto di foglie. Gli ho accarezzato il viso. Il suo odore era nauseante. L'ho baciato piano. Sulle labbra. Lui ha detto, da dove vieni. Aveva capito qualcosa. Tutto. Rideva dolcemente, nel buio. Non ha neppure provato a difendersi. Se n'è venuto mentre lo divoravo. Chiamami Kurt, ha mormorato mentre moriva. Non so da dove lui veramente venisse. Gli ho accarezzato la fronte, ho coperto il corpo di foglie e di fronde. Ho afferrato i miei vestiti e mi sono involata in una notte dolcissima.

Ho mangiato una ragazzina appena scesa dal pullman della scuola. Aveva i capelli rossi e un piumino rosa. L'ho aggredita sul sentiero che conduceva verso una casa di campagna. Il telefonino l'è caduto di tasca. Dopo, l'ho preso. C'era un sms in entrata. Diceva: A CICCIA CON MILLE BACI, S.

Ho mangiato un uomo che aveva scavalcato il guardrail per trovare un punto riparato in cui liberarsi lo stomaco.

Ho mangiato una coppietta che si era appartata lungo una sterrata, poco prima di Terni. Lui ha cercato di spararmi. Ha mancato il colpo. Ho colpito forte la ragazza, che gridava. Poi sono balzata su di lui. Lei, l'ho appena assaggiata. Stava già arrivando il flash. Le ho spezzato il collo per farla tacere. E me ne sono andata. Lasciandoli lì, bagnati da una falce di luna.

Ho mangiato un ladro che stava scassinando la porta di una villetta gialla. L'ho lasciato sui gradini, come un memento. D'ora in poi, ogni ladro della zona ci penserà due volte prima di armeggiare alla porta di una casa altrui, dando le spalle all'oscurità.

Ho mangiato un poliziotto. Stavo camminando lungo la superstrada, su verso Perugia. Lui ha frenato ed è sceso a precipizio dalla macchina. Mi guardava in modo strano.

Non capivo perché ce l'avesse con me. Ha tirato fuori il tesserino. Allora ho capito che si trattava di un poliziotto. Ha detto qualcosa. Lo sentivo a metà. Stavo pensando a Robin, a come far capire a Robin che doveva lasciarmi andare. Il poliziotto mi ha addossata contro la macchina. Ha cominciato a perquisirmi. Farneticava di qualcosa che non volevo sentire. Quando ha tirato fuori il telefonino, sono volata per aria. Gli sono piombata sul collo. Era forte, però. E sapeva combattere. È questo che mi ha preoccupata, di tutta quanta la faccenda. Sapeva combattere. E io no. Non so combattere. Ma, ovviamente, ero molto più forte di lui.

Ho mangiato una signora. Proprio una signora. Con le perle al collo e un tailleur di Max Mara. Le si era bucata la ruota su quella stradina suggestiva che collega la superstrada a Sangemini. Non sapeva che fare. Mi sono offerta di aiutarla e ha accettato subito. Ero una ragazza. Solo una ragazza che le stava offrendo aiuto. Una ragazza che nel giro di qualche istante stava rotolando avvinghiata a lei lungo la scarpata. Ma questo una signora non se lo aspetta.

Ho mangiato uno che se l'è andata a cercare. Me ne stavo tranquilla sotto un cavalcavia, a pensare a Robin. Pioveva. Era una notte tristissima. Volevo andare da Robin. Volevo Robin. Avevo tra le mani un giornale di un paio di giorni prima. Qualcuno l'aveva buttato da una macchina. Un articolo in cronaca nazionale, addirittura. Diceva che, persa consistenza l'ipotesi iniziale di un animale selvaggio, il serial killer del Subasio aveva praticamente le ore contate. C'era perfino un identikit. Un uomo alto, massiccio. Barba e baffi. Voce roca. Pure la voce roca. Insomma, leggevo il giornale pensando a Robin che mi accarezzava sotto la luna del Subasio. E mi trovo davanti un cretino. Mezzo rincoglionito. Barba e baffi. E non puzzolente, ma proprio puzzoso. Pareva lui, il killer del Subasio. Pazzo. Ho capito subito che era un ennesimo affiliato al clan degli scoppiati. Mi vede e dice: oh oh, che ci sta qui! Un vagabondo. Che cercava un posto per ripararsi dalla pioggia. Gli ho detto di andare via, che non era aria. E lui a insistere, che il posto era suo e tutta la manfrina. E non era proprio aria. Tanto che gli ho detto: d'accordo, vado via io. E me ne stavo andando. Non avevo fame. Non avevo voglia di niente. Solo di Robin. E avevo un ricordo vago che balbettava nella mia mente qualcosa come baby baby, world. E me ne stavo andando, canticchiando quel motivetto insensato che mi dava un calore strano. Mi sono tirata su, pensando baby baby, e poi? E quel cretino mi afferra per un braccio e mi infila una mano tra le gambe. A me! Coglione.

Ho mangiato uno che si era smarrito sulla catena dei monti Sibillini. Avevo nostalgia delle vette. Di una giornata in vetta. E nevicava forte, per essere di marzo. C'è stata una ripresa di freddo e neve, a metà marzo. L'ho intravisto nella tormenta. Vagava a casaccio. Quando mi ha vista ha cercato di scappar via. L'ho rincorso. Aveva un odore sottile, penetrante. Diverso dal solito. Ha continuato a scappare anche quando stavo a mezzo metro da lui. Volevo aiutarlo. Sulle prime, quella era l'intenzione. Ma poi, le grida. L'inseguimento. La corsa. Mi hanno preso la mano. E aveva un odore strano. Interessante.

Non sono andata via subito. Non c'era nessuno, lassù. Solo io, il corpo dell'escursionista e la neve. Ho frugato il suo zaino. Mezzo vuoto. Niente provviste. Una fiaschetta di liquore. Un telefonino scarico. Una torcia. Un fascio di mappe. Le ho aperte. C'erano dei circoli, su quelle mappe. Circoletti segnati in rosso. Alcuni su Perugia. Altri su Terni. Todi. Sangemini. Foligno. Torgiano. E un cerchio molto più grosso, intorno al Subasio. Con diverse croci all'interno. Su un versante e sull'altro.

Ho guardato l'uomo. Il corpo squartato che arrossava di sangue la distesa di neve. I resti di un cadavere, che non potevano più parlare. Non potevano più dirmi chi era stato. Perché aveva le mappe con gli strani circoletti rossi. Perché si trovava proprio sui Sibillini, con un tempaccio come questo. Perché è scappato quando mi ha visto. Perché non riusciva a correre.

Ho afferrato il suo zaino e l'ho vuotato. Ho cercato tutto quello che potesse darmi una traccia. Un'indicazione. C'era una pistola. Un grosso coltello da sub. E qualcos'altro, in fondo allo zaino. Un biglietto d'auguri. Non proprio un biglietto. Un manifestino pubblicitario? Sembrava un gioco di parole.

I benandanti ti augurano un buon andare

Ho cercato altre cose. Documenti. Carte. Qualsiasi cosa. Ho trovato una patente di guida. Intestata a Lanfranco Grubner. Nato in un paesino in provincia di Trieste. Residente a Milano. Che ci faceva qui, questo Grubner? In vacanza, forse. Con questo tempo? Ho guardato il corpo. Quello che ne restava. Ho tirato via i brandelli della tuta. Era un lavoro schifoso, ma dovevo farlo. La parte superiore del corpo era sventrata. Praticamente non esisteva più. Lo sterno a nudo. Le costole fuori. Il cavo addominale svuotato. Ma le gambe erano intatte. O meglio, avrebbero dovuto essere intatte. Era morto prima che arrivassi alle gambe. E quando muoiono, l'odore si spegne. I morti non mangiano i morti.

Ho strappato quello che restava dei pantaloni della tuta. E ho vista la ferita. L'uomo aveva uno squarcio lungo la coscia. Arrivava fino al ginocchio. C'era pochissimo sangue, intorno. Ma i pantaloni erano zuppi. Pantaloni scuri, per questo non me n'ero accorta. Uno squarcio netto, lungo almeno trenta centimetri. Ho guardato di nuovo i pantaloni. Erano tagliati lungo il fianco. Non strappati, come chi sia caduto da una rupe. Non sono un medico, ma l'ho capito subito che era un taglio. Una coltellata. Qualcosa del genere. E non c'erano provviste nello zaino. Forse era di passaggio, ma poi era stato ferito. Da chi? Per questo aveva paura. Una ferita del genere. Magari infetta. La febbre alta, forse.

I benandanti ti augurano un buon andare

Ho lasciato il corpo sulla neve, insieme a tutto il resto. Tranne il biglietto, che ho ficcato negli anfibi. Mi sono guardata intorno. Tra le abetaie nevose. Sotto un cielo verde. E sono corsa via.

Ho mangiato un tizio che voleva mangiare una tizia. Forse, non proprio mangiarla, ma quasi. Stavo acquattata nel buio nei pressi di un locale notturno, dalle parti di Narni. E avevo fame. Quando mai non ho fame. Una specie di fame nervosa. Mi ero appostata in fondo al parcheggio. Preferivo una persona sola. Qualcuno che non opponesse resistenza. Non avevo voglia di perdere tempo. Solo mangiare e svolazzarmene in giro per il resto della notte. Loro sono usciti insieme dal locale, e li ho scartati subito. In due. Neanche a parlarne. Non avevo voglia di sbattermi. Camminavano mano nella mano, oltretutto. E mi dispiace un po', quando vedo due che camminano mano nella mano, andare a puntare proprio loro. Li tenevo d'occhio solo per evitare che disturbassero me. La mia caccia. E di colpo si mettono a litigare di brutto.

Capita, ho pensato. Anche io e Robin litighiamo. Per non parlare di Paco e Luisa. Che una sera, non fosse stato per Robin, non l'avrebbe sfangata per come si erano messe le cose tra lei e Paco. Io ho sempre pensato che è Paco la belva. Quella sera, se non era per Robin, Luisa ci restava. Paco, dopo, piagnucolante: e dai Robin, sono liti di fidanzati. Si sa, alcuni sotto la dizione liti di fidanzati infilano qualsiasi cosa. Pure l'omicidio premeditato.

Era una lite di fidanzati anche quella. Solo una lite di fidanzati. Tanto che lui l'ha trascinata tra gli alberi per i capelli. E ha cominciato a picchiare. La ragazza urlava, ma non c'era nessuno nei dintorni. Cioè, c'ero io. Ma io sono qualcuno? E oltretutto, per un attimo ho pensato, non immischiarti. È solo una lite di fidanzati.

Un pensiero da vivente.

Mi sono ritrovata su di lui. E lui stava sopra lei. Tutti gridavano. Non si capiva un accidente. L'ho tirato via e l'ho sbranato. Sì, l'ho proprio sbranato, il fidanzato che stava litigando con la fidanzata. L'ho letteralmente squartato pezzo per pezzo. Ed è stato un piacere. E mentre lo sbranavo, lei strisciava. Insanguinata, tremante, strisciava tra gli alberi. Emettendo piccoli singulti che pure riuscivo ancora a sentire, mentre le mie mandibole laceravano e strappavano e lui ancora, da qualche parte del suo essere immondo, riusciva a tirar fuori il fantasma di un mugolio. E lei strisciava. Continuava a strisciare mentre mi tiravo su. Mentre la raggiungevo. E quando la mia ombra si è proiettata su di lei. E lei si è rivoltata sulla schiena, continuando a strisciare di schiena, spingendosi avanti con i piedi, e ha alzato una mano. Come a proteggersi. E aveva tutto il visetto insanguinato. E assomigliava a Sonia. Ma tutte le ragazze assomigliano a Sonia. Tutte le ragazze viventi. Altrimenti sarebbero Luna. E comunque, malgrado tutto quel sangue, era molto più carina di Sonia, ho pensato alla donna che strisciava sui vetri. E anche se lei mi aveva vista. Ammesso che potesse vedere qualcosa. Con la luna alle mie spalle e il mio viso coperto di sangue. Perché anch'io avevo sangue dappertutto. Tutto il viso coperto del sangue del suo fidanzato. Eravamo insanguinate dalla testa ai piedi tutte e due. E quando ha alzato la mano, ho detto: no.

Ci siamo guardate un momento. E poi sono corsa via, nel buio. Travolta dal sangue. Dalla rabbia.

No. Tu no. Non posso toccarti.

Tra le colline, mentre volavo via dalla ragazza. Mentre scappavo via da lei e dal suo braccio levato, ho scorto il corteo. Il corteo di berline nere che procedeva inesorabile sulla strada. Si stavano inerpicando lungo la deviazione che portava al locale.

Continuo a pensarlo. Che non può trattarsi di una coincidenza. Il corteo delle berline nere sta stringendo il suo cerchio. Mi tallona. E continuo, anche, a pensare all'escursionista. Al biglietto che tengo infilato negli stivali, insieme ai miei documenti e ai tanti, inutili soldi che ho continuato ad accumulare in questi giorni. Sto appollaiata su questa quercia, tra i rami della mia vecchia quercia che fin dall'inizio mi ha dato asilo, e guardo il cimitero.

Finalmente, sono tornata. Non venivo qui da giorni. Ma stasera voglio rimanere. Eppure, tutto è come al solito. Normale. Disperante. La tomba di Robin intatta. Alcune nuove tumulazioni. E di alcune di esse, sono la responsabile. Nessuno pensa che questo cimitero possa essere l'epicentro. Nessuno lo controlla. Neppure il corteo di macchine nere che batte queste strade da mattina a sera deve averlo mai pensato, neanche per un attimo.

Me ne sto appollaiata quassù e penso a tutte le cacce di queste settimane. Penso al camionista di Manchester e alla signora di Sangemini. Alla ragazzina col piumino rosa, *ciccia,* e al vagabondo che se l'è andata a cercare in quella notte di pioggia. E penso alla ragazza col braccio levato. Che ha detto alla polizia di non aver visto nulla. Che qualcuno li ha assaliti e picchiati, sì, ma che lei non ricorda nulla. L'ho letto nel giornale di ieri. Abbandonato sulla sedia di una stazione di servizio in cui sono entrata a chiedere un bicchiere d'acqua, a tarda notte, nell'indifferenza sonnacchiosa del barista, che mi ha perfino regalato il giornale. La ragazza non ha detto nulla. Ha coperto tutti. Perfino il fidanzato. O, per meglio dire, ha detto che non aveva visto niente. Che si erano appartati nel bosco e qualcuno, o qualcosa, li ha assaliti. Che lei è svenuta subito, dopo il primo colpo. Che forse il suo fidanzato ha cercato di difenderla, e forse l'assassino ha creduto morta anche lei. O qualcosa l'ha spaventato ed è fuggito lasciando il lavoro a metà.

E comunque lei non ricorda niente. Non ha visto niente. Non me, in ogni caso. Non la ragazza che ha guardato in volto, mentre continuava a strisciare sulla schiena con la mano levata. La ragazza con cui, un attimo prima che s'involasse nella notte, ha scambiato un fuggevole sorriso.

I giornalisti devono aver mangiato la foglia. È chiaro, da quanto sta scritto su questo giornale. E cioè che, esclusa l'ipotesi dell'animale selvaggio, la polizia brancola nel buio. E forse, più che di un serial killer isolato, bisognerebbe cominciare a parlare di un gruppo. E chissà, magari di un complotto.

Anche la sindrome del complotto. Che pure ha una ragion d'essere, secondo il giornalista. Vale a dire. Racket. Traffico di stupefacenti. È quasi buffo, ma quasi tutte le vittime facevano uso di droga. Il che porta a credere, ma questa evenienza sembra che il giornalista non l'abbia presa in considerazione, che la maggior parte della gente comune fa uso di droga.

È grottesco. È perfino piuttosto spaventoso, ma è così. Mario Cerruti era un cocainomane. Non l'hanno trovato, ma è stato arruolato ormai d'ufficio tra le vittime del mostro del Subasio, anche se non figura nella lista ufficiale, in mancanza del corpo. Neanche la Susy è entrata nella lista ufficiale, per lo stesso motivo, ma è comunque considerata tra le vittime presunte e qui il legame con la droga avviene proprio tramite me. Era la baby sitter della ragazza drogata morta a metà febbraio, il cui corpo è stato sottratto dal cimitero comunale. Stranamente, il giornalista ha mostrato un guizzo di perspicacia quando ha scritto, ma forse sono in tanti a pensarlo, che tutto è cominciato con la morte di Mirta Fossati. O forse con la profanazione della sua tomba e la sottrazione del cadavere.

È allora che nasce il mostro. Un uomo, si chiede il giornalista, oppure un gruppo di persone legate alla Fossati per qualche motivo. Da cui si diparte comunque il filo comune della droga. Mario Cerruti. La Susy, che comunque aveva avuto in passato a che fare con la legge per una questione di spinelli. La Susy! E poi Mario Ferrari. Sì, il cacciatore di frodo. Che a quanto pare non aveva niente a che vedere con Sandro, il mio compagno di scuola. Perché era omosessuale. E viveva da solo, dopo la morte della madre. Il suo corpo, al contrario degli altri due, è stato ritrovato. Sembrava un incidente, sulle prime. Si era anche pensato a un delitto passionale. Ma poi. Comunque, anche Mario Ferrari s'era inguaiato un paio d'anni fa per una questione di droga. Un pesce piccolo. Un pusher. Croce, quindi, anche su di lui. Della guardia forestale non dicono nulla. Non la contemplano neppure tra le vittime. Come se non esistesse. Il corpo, del resto, non sarà stato ritrovato. Giace in quella fossa, a centinaia di metri di profondità. Però, è strano. Per non parlare della strage nella villa. Nessuna notizia. Niente. Sui giornali non esiste. Come se l'avessi sognata. Immaginata. Inscenata solo nella mia mente, al pari del fantasma di Witt.

Comunque, visto sotto la voce droga, l'elenco ufficiale è praticamente pazzesco. Peter Brook, di anni 28, era tossicomane fin dall'adolescenza. Lui è uno dei punti forti, per il giornalista, dell'ipotesi del traffico di stupefacenti, visti i suoi viaggi regolari tra Italia e Inghilterra. Quanto alla ragazzina. Ciccia. Donata Ronchi, di 15 anni, residente in una minuscola frazione del comune di Amelia, era una consumatrice occasionale di ecstasy. La coppietta di Terni, al secolo Guido Lanari e Vanessa Gritti, erano consumatori abituali di hashish. E in più si impasticcavano da paura nei fine settimana. Il ladro ucciso sulla porta di casa, Oscar Cassiani, 32 anni, ufficialmente disoccupato, era un tossico storico. Vecchia conoscenza della polizia. Rubava per comprarsi la roba. Il poliziotto non conta. Walter Lovato, perugino, aveva 22 anni e stava seguendo un'indagine molto delicata, un reato finanziario. Secondo gli inquirenti, potrebbe essere stato ucciso con le stesse modalità del killer, per addossare a lui la colpa, ma il motivo sarebbe diverso. E arriviamo così a Pericle Mazzini. Quello che se l'è andata a cercare. Vagabondo senza fissa dimora. Originario di Salerno. Di anni 37. Pregiudicato. Tossicodipendente. Alcolista cronico. C'è altro da dire? Andiamo avanti. Mauro Baldini, anni 52, ex ferroviere. Pregiudicato. Una storiaccia di violenze sessuali alle spalle. Due condanne. Cocainomane.

Chi sarà mai? C'è una foto che non mi dice niente. Questo io non l'ho mangiato. Non lo conosco neppure. Eppure, scrivono che è la penultima vittima del mostro del Subasio. Trovato dilaniato nei pressi di casa sua, alla periferia di Cannara. Cannara? Non ci sono mai stata, né in vita né in morte. Com'è possibile. Ma andiamo avanti. E veniamo a Maurizio Ricciardi. Giovane imprenditore di spicco della provincia. L'analisi tossicologica sui resti del cadavere, purtroppo per lui, parla chiaro. Consumo di cocaina in dosi elevate nelle ultime 48 ore. La sua ragazza, l'unica superstite finora accertata agli agguati del mostro del Subasio, ha ammesso di aver fumato una canna, con lui. Ma di non sapere della coca. Lei, peraltro, è risultata pulita all'esame tossicologico.

Nell'articolo figura un altro nome. È in fondo all'elenco, per le modalità anomale dell'omicidio. Ed è collegato, come sempre, alla pista della droga. Un altro nome, un altro volto che non mi dice niente. Thomas Duvivier. Anni 39. Nato a Sestrière ma residente a Torino da qualche anno. Guida alpina. Pregiudicato. Arrestato nel 1985 per spaccio di coca. Condanna a cinque anni, di cui uno abbuonato per buona condotta. Attualmente maestro di sci. Trovato accoltellato alle pendici del Subasio a metà marzo. Accoltellato e dilaniato.

Io non lo conosco. Non sono più tornata sul Subasio. Non ho accoltellato nessuno. E la foto di Duvivier non ha nulla a che vedere con Grubner. Ho fatto tutte le ipotesi possibili, ma non si tratta della stessa persona. Grubner era biondo. Massiccio. Duvivier è un francese scuro e magro. Che non ho mai visto prima in vita mia. Che non posso aver dimenticato. Anche perché non ci sarei mai tornata, in quel paesino alle pendici del Subasio. Dove sorgeva la baita di montagna che aveva dato asilo a Mirta in quei primi, terribili giorni. Non ci sono più tornata, laggiù.

Raccogliermi. Pensare. Solo un momento. Ma devo pensare. Ci sono nomi che non riescono a entrare nel quadro generale. Perché non collimano con l'ipotesi droga. Quello della signora di Sangemini. Marta Oggiaro. Di anni 52. Sposata. Una figlia. Un nipotino di pochi mesi. Insegnante in pensione da un anno. Una donna esemplare, su cui non è stato possibile trovare nulla. Era perfino allergica all'aspirina. Si curava con i fiori di Bach. E l'uomo che era sceso nella scarpata per fare i suoi bisogni. Quello era un rappresentante di commercio, tal Gino Manuzi, di anni 54. Vedovo da cinque. Nessuna informativa a suo carico. Niente di niente. Un illustre signor X. Ma chissà, insinua il giornalista, questi uomini soli che girano mezza Italia in macchina, e magari sarebbero disposti a far qualsiasi cosa. Per denaro. Per una donna. Per sfuggire alla paranoia della solitudine.

E comunque, scava e scava, qualcosa il giornalista ha trovato. Il Manuzi faceva uso regolare di sonniferi. Sonniferi piuttosto potenti, a seguito della depressione causata dalla morte della moglie. Il Roipnol non è proprio una camomilla, scrive il giornalista. E non sempre i medici sono inclini a prescriverlo. Talvolta è più facile procurarselo nel mercato parallelo, non credete? Credo solo di avergli fatto un piacere a tal Gino Manuzi, di anni 54, rappresentante di commercio. Vedovo da cinque anni. Che è morto dicendo: Elena, amore, finalmente.

Niente sull'escursionista. Nessuno ne parla, nessun giornale ne ha mai parlato, in questi giorni. Non hanno trovato il corpo. Non è mai stato inserito nella lista delle persone scomparse. Nulla. Lanfranco Grubner è stato praticamente ucciso due volte, sui monti Sibillini. Prima dalla mano sconosciuta che l'ha accoltellato. E poi da me. Ma, ufficialmente, non esiste neppure. Esiste questo Duvivier. Accoltellato e dilaniato. Questo Baldini, dilaniato quasi dentro le mura di casa. Ma non Lanfranco Grubner. Svanito nel nulla. Forse, mai esistito.

Come Alwa Schreisch.

I benandanti ti augurano un buon andare

Guardo il biglietto con la scritta nera. Appollaiata sulla mia quercia, in questa notte che mi ricorda una delle prime. Quando Mirta stava morendo di nuovo. Di guardia alla tomba di Robin. Senza bere né mangiare. Col corpo irrigidito. Macchiato. Stremato. Ma così piena di speranza. La speranza che ho perso. Perché Robin non uscirà mai più. E io devo andare via. E non ce la faccio. Come se un sortilegio nero mi tenesse legata a questa tomba. A questo corpo che si sta decomponendo sottoterra e che ancora continuo a vedere, immaginare, sognare vivo davanti a me.

E siamo già al 22 marzo. È passato un mese da quando sono uscita dalla tomba. Un mese che sembra un millennio. Ma forse, questa è l'eternità. Non un tempo lunghissimo, come credeva Mirta. Ma un istante eterno. E comunque non sono brava come Mirta in questi ragionamenti filosofici. Per questo Witt è andato via. Era venuto per Mirta, per la piccola Mirta sognante. E si è trovato davanti me. Posso capire come si sia sentito. E magari, per questo, si è giocato il suo universo. La sua eternità. Ma non so pensare a queste cose. Erano Witt e Mirta i cervelloni, come diceva Cerruti. Io sono diversa. Sono Luna. E Luna è un'altra cosa. Un'altra cosa che comunque ha lo stesso, identico problema di Mirta.

Robin è il problema.

La civetta è arrivata frullando nel buio. Ha svolazzato intorno. Poi s'è appollaiata sul ramo più vicino. Guardandomi con i suoi occhioni gialli spalancati nel buio. Ha lanciato un paio di versi. Le ho risposto con un fischio. E lei a me. Poi ce ne siamo rimaste tranquille l'una accanto all'altra. Concentrandoci sul da farsi.

Ho smesso di pensare agli articoli. Ai complotti. Alla pista della droga. A questo delirio lontanissimo dalla realtà. Perché la sola realtà è Luna. E il suo problema. Non posso rimanere. Sto mangiando troppo. E il cibo finirà per scarseggiare. Perché alla gente viene paura. È ovvio che ci sono e ci saranno sempre i pazzi. I melanconici. Quelli come Peter da Manchester o il rappresentante di commercio. Quelli che se la cercano, la morte, come un'oasi nel deserto. Quelli che le corrono incontro come alla più dolce delle amanti. Ma la maggior parte di loro, no. La maggior parte dei viventi si tappa in casa, quando un mostro si aggira nel buio per mangiarli. Mette sacchi di sabbia dietro le finestre e imbraccia il fucile. Pronti a fronteggiare l'assalto. Sparando su tutto quello che si muove.

Devo andarmene. Lontano. Prendere la strada e seguirla. Dovunque mi porti. Ma c'è questa tomba intatta. Senza fiori. Senza pupazzetti. Senza bigliettini. Questo corpo. Non posso lasciarlo qui. E non posso rimanere qui. Guardo la civetta. Le chiedo, tu che faresti? E la civetta risponde con uno strido solitario.

Solo. Nessuno è mai venuto alla sua tomba. O forse sì, ma non c'è un fiore.

Sulla mia invece. In pieno giorno, sotto la neve, Francesco. Con un piccolo mazzo di fiori. S'è fermato per poco. Ha lasciato i fiori ed è andato via. Tutti sanno che Mirta non c'è più, laggiù. Ma tornano. Mio padre, un pomeriggio sul tardi. S'è seduto sulla tomba. Senza un fiore. Un saluto. Niente. L'ho capito da come gli sussultavano le spalle che stava piangendo. Veronica. Una mattina prestissimo. Le braccia colme di fronde di mimosa. S'è inginocchiata davanti alla mia tomba. L'ha accarezzata. Ho sentito una fitta proprio al centro dello sterno. E sono volata via senza voltarmi indietro.

Sulla tomba di Robin ho visto solo Paco. E il mazzo di ghiaia che ha lanciato. Solo Paco. Neanche Muriel.

Thomas Duvivier è stato accoltellato e dilaniato. Non c'era scritto altro, sul giornale. Non forniscono molti particolari. E io in genere colmo le lacune da me. Ma non nel caso di Duvivier. O di Baldini. Questi non sono miei. Duvivier, però, accoltellato e dilaniato. Come Lanfranco Grubner. Che però non è mai stato ritrovato. Non risulta nell'elenco degli scomparsi. È come se non fosse mai esistito. Invece, mi hanno appioppato quel maniaco, Baldini. E questo Duvivier. Rinvenuto nei pressi del paesino in cui sorge la baita. La baita di Mirta. La baita in cui c'era una bottiglia in più.

Certo, qualcuno può approfittarne. Un serial killer in zona fornisce una buona copertura a chiunque. Vuoi far fuori quel maniaco di Baldini che ti ha violentato la figlia, la fidanzata, la sorella, e che è uscito di carcere dopo sei mesi?

Ammazzalo nello stesso modo in cui ammazza il mostro del Subasio e sei a posto. Chissà quante volte succede. Si legge di serial killer che hanno fatto fuori trenta o quaranta persone. Ma quando li beccano, loro ne ricordano una ventina. E gli altri? Mah, si sa che il raptus cancella la memoria. E poi, questi sono pazzi, ragazzi.

Baldini però era del posto. E magari qualcuno sognava di sbudellarlo da tempo. Ma Duvivier? Nato a Sestrière. Residente a Torino. Maestro di sci. Magari, era solo venuto per fare un giro sul Subasio. Un fine settimana in Umbria. Oppure, chissà, un pellegrinaggio nei luoghi del mostro. C'è gente che ama sfidare il pericolo. Cacciarsi nella tana del lupo. Ma chi poteva avere interesse a ucciderlo?

Accoltellato e dilaniato. *Prima* accoltellato e *poi* dilaniato? O viceversa? Di nuovo il coltello. Anche Grubner era stato accoltellato. Era morente, quando mi sono imbattuta in lui. E aveva uno strano odore. Forse, l'odore dei morenti?

Anche Grubner accoltellato. Un taglio che non lasciava scampo. Tra quelle montagne, poi. Senza cibo. Senza niente. Grubner sui Sibillini. E Duvivier alle pendici del Subasio. Tutti e due nati tra le montagne. Abituati a muoversi in montagna. Tutti e due di fuori. Tutti e due accoltellati. Ma qual è il legame? Perché la polizia non indaga sulle anomalie, invece di perdersi dietro tesi ridicole? Oppure, è proprio quello che stanno facendo, gettando un po' di polvere negli occhi tramite i giornali? E se Grubner fosse uno della polizia? E Duvivier?

I benandanti ti augurano un buon andare

Manca poco alle due. Le due di notte. Del 22. Anzi, siamo già al 23. Un altro fine settimana. Un altro locale. Appostarsi. Aspettare. Sperare. Nell'incontro giusto. In una persona sola. Che attraversa la notte e il mio cammino. Basta.

Non è possibile continuare così. Notte dopo notte. Massacro dopo massacro. E il giorno. Imboscata sotto i cavalcavia. Sotto le spallette dei ponti. Tra topi e siringhe sporche. Cartacce e preservativi. Senza sapere che cosa sta veramente succedendo. VOGLIO ANDARE VIA!

Volo nella notte. Verso lo svincolo della superstrada. L'eterna superstrada che mi si slarga davanti come una promessa e che pure non riesco a percorrere. Ma forse. Stanotte sì. Voglio provarci. A costo di salire su un tir e farmi legare. Farmi incatenare da un qualsiasi Peter da Manchester. O da uno molto più cattivo di lui. Che mi incateni e mi porti via. In salvo da questo cimitero. Dalla fune che scorre e scorre finendo per bloccarsi sempre nello stesso punto. Facendomi rimbalzare nuovamente qui. Di fronte a questa tomba intatta.

Volo. Verso lo svincolo immerso nell'oscurità. Fino a planare ai bordi della superstrada. Febbricolante di luci bianche e rosse che sfrecciano. Macchine e pullman e camion, in fuga nella notte. Verso le strade aperte. Verso le città. Via di qui. Da questo labirinto soffocante di borghi e stradine. Dal dedalo infinito di false partenze e falsi arrivi. Dal circolo vizioso segnato in rosso sulle mappe. Dalle cacce insensate nel perimetro del cortile di casa. Come un topo in trappola.

Cammino lungo lo svincolo. Sbuffando di rabbia. Soffocata nella mia stessa morte. Nessuno, intorno a me. Neanche Witt. Neanche il suo fantasma gentile, a illuminare di parole il silenzio. Solo macchine. Macchine e pullman e tir che sfrecciano nel buio, lungo le strade dei viventi.

Mi faccio da parte, nella luce improvvisa dei fari. Sta sbandando, penso. Pronta a balzare per aria. A involarmi nella notte. Invece sta frenando. Solo frenando. E la voce dice, alle mie spalle: ehi, dove vai tutta sola?

Mi volto. Un catorcio. Una Panda dei tempi della guerra. Un Pandino azzurro. Una testa che si sporge dal finestrino.

Riccioli biondi. Faccio un passo indietro. Mi accosto alla macchina. Un ragazzo. Occhialetti e riccioli biondi. Sorride. Dice, vuoi?

Un passaggio, sì grazie, dico. Sono dentro in un minuto. Lui sorride. Stupefatto. Deliziato. Dice: non posso crederci! Scoppia a ridere. Dice, davvero?

Davvero, dico. Dove vai?

A Roma, dice lui.

Anch'io, rispondo. A costo di farmi rinchiudere nel bagagliaio di questo Pandino scassato. Ma ci vado.

Com'è che non ti piace Eminem? dice lui. Poi alza le spalle e pigia sullo stop. E la musica, miracolosamente, tace. Questa musica orrida che mi tortura il cervello. Sbagliata. Spaventosa. Il ragazzo sta ruotando la manopola della radio. A casaccio. La voce anonima di uno speaker.

Rimani qua, gli dico.

Il mostro del Subasio. È l'argomento del giorno. Tanto che lo speaker di Radio Subasio attacca senza premesse, come in risposta alle mille domande degli ascoltatori, dicendo che proseguono senza sosta le ricerche del serial killer. Che sembra essersi, almeno per il momento, eclissato nel nulla. Nessuna scoperta agghiacciante nelle ultime ore. Nessun nuovo corpo orrendamente dilaniato. La rete sembra stringersi sempre più intorno al mostro che, secondo gli inquirenti, dovrebbe avere le ore contate. E sarà ascoltata nuovamente l'unica superstite finora accertata all'agguato del mostro, il cui nome è tuttora coperto da assoluto riserbo. Si susseguono nel frattempo i falsi allarmi di sciacalli e mitomani e le telefonate anonime che suggeriscono nuove piste.

Non hai paura del mostro del Subasio? chiede il ragazzo. Si chiama Gianni. Me l'ha detto appena salita in macchina. Ha vent'anni, come me. Studia a Perugia, come me. Fisica.

Ed è di Roma. Sta tornando a casa per il fine settimana. In questo Pandino che sembra volersi perdere i pezzi per strada.

No, dico ridendo, sono io il mostro del Subasio.

No, non puoi essere tu, dice.

E perché?

Perché sono io, dice. Ha un sorriso bellissimo. Dolce. Un ragazzino con i riccetti biondi. Felpa a stelle e strisce. Giubbotto di jeans Benetton. Reebok impolverate ai piedi. Non credo che mi chiuderebbe nel bagagliaio, neanche se glielo chiedessi. Ma temo che finirò col chiederglielo. Non riesco neanche a pensare che stiamo superando lo svincolo di Narni. Che mi sto allontanando da Robin.

Comunque, penso che il mostro non esista, dice il ragazzo. Ha di nuovo cambiato canale alla radio. Adesso è sintonizzato su Onda Verde. Ascolta le condizioni di viabilità. Le previsioni del tempo.

Come non esiste, gli chiedo.

Certo che no. È un complotto, Luna. Stanno facendo fuori della gente e si sono inventati il mostro perché gli fa comodo.

Stanno chi, chiedo.

Loro, dice con assoluta certezza. Il governo. I servizi segreti. Le lobby. I poteri occulti. I soliti, insomma. Fanno fuori gente e danno la colpa a un serial killer. Creano il mostro. Fanno sempre così.

Perché dovrebbero far fuori la gente, gli chiedo. L'odore del ragazzino è forte. Ma è un odore giovane. Quasi sopportabile. E stasera non ho fame. Ho veramente mangiato troppo. Mi sento lievemente intorpidita, come se stessi digerendo.

Perché gli piace, risponde sicuro il ragazzo. Gli piace far fuori la gente e dare la colpa a qualcuno. Hai letto *Libra,* di DeLillo, su JFK? Lì ho capito tutto. Tutti volevano uccidere JFK. A momenti facevano a cazzotti tra chi doveva arrivarci per primo. Ti spiegano come stanno le cose, certi libri. Ammazzano un mucchio di gente, e si inventano un mostro. Così hanno una scusa per mettere posti di blocco. Perquisire. Ficcare il naso dappertutto. Far morire di paura la gente. E alla fine pigliano l'ultimo, lo fanno fuori, e dicono che era lui. Che il terrore è finito. E si pigliano pure il merito.

Interessante, dico ridendo.

No, Luna, è tutto vero, dice. Questo sorriso. Assomiglia un po' a Francesco. Fissato come lui su film e libri strani. Ma molto meno palloso.

E perché non gli ET, dico. Non potrebbero essere stati loro, per seminare il panico sulla terra?

Lui fa una smorfia. Dice: non dico che sia impossibile, ma la vedo difficile. Troppo complicato.

Perché, gli chiedo. E mentre parlo, penso: continua a parlare. Se continuiamo a parlare, superiamo lo svincolo di Orte senza nemmeno accorgercene. Continua a parlare. Di ET. Di servizi segreti. Della flotta interstellare. Parla. Non pensare. A Robin. Non pensare. *Parla.*

Perché non avrebbe senso, dice il ragazzo. Ha di nuovo cambiato canale. C'è una melodia adesso, sullo sfondo. Una musica vaga. Strana. Che mi ricorda qualcosa. Gli ET sono subdoli, dice il ragazzo. Preferiscono rapire uno qua, uno là. Fare i loro giochetti. Non credo che si tratti di ET, in questo caso. Anche se un sacco di miei amici la pensano come te, dicono che sono gli ET. Ma non ci credo.

Potrebbero essere ET cannibali, dico. Non ci hai pensato? Alla ricerca di nuove riserve di caccia.

Lui scoppia a ridere. Dice: ET cannibali! Con la loro intelligenza! Ma dai!

Oppure qualcuno di loro è cascato sulla terra, dico, e si difende come può. Magari ha assunto sembianze umane, ma ogni cinque ore ridiventa verde. E chi lo vede verde, deve morire.

Che fantasia! esclama il ragazzo. Sai, Luna, hai una fantasia, come dire?

Feroce, dico.

Ecco, feroce. Perché non ti metti a scrivere romanzi?

Scrivo, dico. Scrivo poesie. E mentre lo dico penso che non l'ho mai detto a nessuno. Neanche a Robin. E adesso m'è uscito. Di colpo.

Una poetessa, dice il ragazzo. Sorridendo del suo sorriso abbagliante. Se solo non emanasse questo odore. Questo cattivo. Fetido. Sconvolgente odore di vivente.

Sono belle, chiede.

Cosa?

Le tue poesie, sono belle?

Non lo so. Sono tristi, dico.

Tutte le poesie sono tristi, dice lui. Di che parlano?

Di Alwa Schreisch, dico.

Ma allora sei proprio fissata con gli ET!

Cosa!

Stiamo ridendo. Non riesco a crederci. Lui dice, non sto scherzando. Mio padre mi racconta di Alwa da quando ero piccolo. No, non lo conosce personalmente. Ma ha visto la sua foto. Ehi, Luna, Alwa esiste veramente. Il comandante Alwa Schreisch. Mio padre l'ha visto, ti dico. Alto. Biondo. Pallido. Con due occhi di ghiaccio. E nervi d'acciaio. Un comandante intergalattico.

Stiamo ridendo. Parlando e ridendo. Vedo il cartello verde sul ciglio della strada. Su c'è scritto 8. Otto chilometri. Mancano otto chilometri al bivio per Orte. Ce la possiamo fare. L'importante è parlare. Continuare a parlare.

Tu vivi in famiglia, gli chiedo.

No, con Alwa Schreisch, dice.

Dai, vivi in famiglia?

Con mamma, papà, sorellina rinco e cane Puck.

E perché sei andato a Perugia all'università, gli chiedo.

Boh, per cambiare. Per avere casa per me. Siamo andati in due. Io e Tommi. Poi lui s'è rotto e se n'è tornato a Roma. Gli mancava la curva. A me invece Perugia piace. E tutte le amiche mie di Roma mi vengono dietro perché ho casa a Perugia. E ride. Abbagliando la notte del suo sorriso.

5. Ancora cinque chilometri. Solo cinque chilometri.

Pensi che qualcuno di loro possa ospitarmi per qualche giorno, gli chiedo. Qualche tua amica, intendo.

Ti ospito io, no? Che problema c'è, dice. Dico che sei una mia compagna di università. I miei sono alla mano. Non fanno storie. Lo capiscono, no? Che c'ho vent'anni. Loro sono giusti. Tu però. Mica voglio romperti le scatole. Solo. Boh, stavi sulla superstrada, di notte.

Ho litigato con i miei, dico in fretta. Con mia madre. Lei non è una giusta.

Guaio, dice lui.

Infatti, dico.

4. Coraggio, solo quattro chilometri. Parla, parla, parla!

Lei non mi capisce, dico. Non le piacciono le persone che frequento. Vuole sempre ficcare il naso nei miei affari.

Lui fa cenno di sì con la testa, a tempo di musica. Dice: lo so, per voi ragazze certe volte è un casino. Le madri non capiscono un tubo.

Infatti, gli dico. Così ho deciso di starmene un po' per i fatti miei. Mica sono scappata di casa. Sono maggiorenne, posso fare quello che voglio. E voglio sfangarla a modo mio.

Giusto, dice lui. A casa mia non c'è problema. Mia madre è un'amica. Per dirne una. Un giorno mi trova con lo spino in mano. Mica s'è sclerata. S'è fatta una tirata. Ha detto che era meglio l'afghano rosso dei tempi suoi. E stop.

3. Solo tre chilometri!

E poi tu sei così caruccia, dice lui. Sai quanto gli piaci a mia mamma. E studi pure filosofia.

Lettere, dico.

Be', è uguale. Mia mamma insegna filosofia. Sarà per questo che è un po' stramba. A lei non piacciono le sgallettate. Le bure. Le piacciono le ragazze fini, dice. E ride. Di quel sorriso.

2.

Va pazza per le ragazze di Perugia, dice. Le trova giuste. Dirà: una ragazza così fine, questa Mirta.

Ferma la macchina, dico.

Cosa?

FERMA LA MACCHINA, FOTTUTO BASTARDO!

La Panda scivola nella notte per qualche centinaio di metri. Nel silenzio dell'abitacolo. Nella puzza soffocante che lo pervade.

Perché devo fermare, chiede lui. Sottovoce.

FERMA OPPURE TIRO IL FRENO A MANO E TI FACCIO AMMAZZARE!

1.

Sta accostando nella piazzola di sosta. Un chilometro.

Guarda che, dice lui.

Vorrei sapere cosa guardare. Dove guardare. Vorrei farlo parlare, prima. Ma non c'è più tempo. Neanche un minuto, per farlo parlare. Neanche un secondo. Lo colpisco col gomito. Sotto il mento. E lui incassa. Incassa e reagisce. Allungando una spallata micidiale nel buio. Contro di me. E già mi si sta buttando contro a testa bassa. Sfondo il finestrino con le spalle. Mi aggrappo con le mani al tettuccio della macchina. Tiro su insieme le ginocchia. E stavolta sento il rumore dello sterno rotto. Delle costole fracassate. Spingo via lo sportello. Afferro il ragazzo e lo trascino con me. Fuori dalla macchina. Oltre il guardrail. Rotoliamo abbracciati lungo la scarpata. Lui mi sta vomitando sangue addosso. Infilo le mani sotto il giubbotto. Gli squarcio la felpa.

Gli squarcio il petto. Questo fottuto cuore ancora palpitante. Questo fottuto cuore bugiardo.

Una ragazza così fine, questa Mirta! urlo, mentre gli divoro il cuore. Sconquassata dal rumore infernale delle sue urla. Dal rombo delle macchine. Dal finimondo degli uccelli. Che mi circondano. Protettivi. Una nube palpitante all'interno della quale mi involo. Tra luci che si accendono nel bosco. E fari che abbagliano. E urla. E frenate. E fracasso.

Una trappola! Una trappola infernale!

Nel flash che mi lancia verso l'alto. Fra gli alberi. Fra la coltre degli uccelli che mi circondano. Stridendo. Urlando. Intravedo fra le pieghe palpitanti che mi si stringono intorno, il corteo delle macchine. Una marea di macchine. E il bosco pullula. Di luci. Di rumori. Di grida roche. Di richiami. Di spari. Stanno sparando. Stanno sparando agli uccelli. Agli uccelli che mi circondano. Che mi fanno scudo. E che adesso tornano ad abbassarsi. Verso terra. Trascinandomi insieme a loro. Verso il basso. Nella notte. Nel frullio. Nelle grida. E qualcosa si muove. Giù. Tra i cespugli. A pochi metri da me. Qualcosa che striscia, *la donna che striscia*? Sta strisciando. Come una serpe. Neppure una serpe. Neppure una donna. Qualcosa. Che gialleggia. Un gatto, penso. Ophi.

Ma è troppo grosso. Nel caos delle urla. Dei motori che rombano. Degli spari. Dei fari che sventagliano il bosco. E la cosa balza. Il grosso gatto. Vola. Nero contro la notte. Contro gli alberi. Contro le nuvole. Una sagoma allungata. Contro cui tutti sparano. Corrono. Urlano. I motori delle macchine che rombano a pieno regime. Che si lanciano all'inseguimento della sagoma volante contro il cielo. Intorno alla quale si assiepano adesso gli uccelli. Volandole intorno. A proteggere il suo volo. Talmente visibile.

Fin troppo visibile.

Scivolo. Lungo i cespugli. Correndo. Balzando. Nel bosco. Nel buio. In direzione opposta. Volo nella notte. Puntando di nuovo al cuore verde, boscoso, intricato dell'Umbria. Al suo cuore di rocce e di forre. Al riparo protettivo delle sue querce secolari. Dei boschi mormoranti. E penso, *chi era.* Il ragazzo. Le macchine. Il corteo. La trappola. Chi poteva essere. Ma soprattutto, *cos'era.* La cosa che strisciava come una serpe. Che balzava come un grosso gatto. La cosa che gialleggiava nel buio. La cosa che guidava gli uccelli. Che è volata nell'aria. Contro i fasci di luce. Trascinandoseli dietro. La cosa che volava e strideva. La cosa senza forma. La cosa dalle mille forme che ha preso il mio posto, tirandoseli dietro. Verso sud.

La cosa che mi ha salvata.

Volo nella notte. Pensando a tutto quello che non so. Al ragazzo dal sorriso abbagliante. Che mi aveva abbagliata e ingannata. E sembrava un angelo. Un angelo venuto a salvarmi dalle grinfie di Robin, e invece voleva solo perdermi. A quella musichetta vaga. Strana. Che mi piaceva. Ai nostri discorsi disinvolti. A quanto abbiamo riso. Scherzato. Parlato. Mentre eravamo solo due belve, che stavano per affrontarsi in un duello mortale. In cui ha avuto la peggio. Ma anch'io l'avrei avuta, di fronte alla marea rimbombante di berline nere, se non fosse stato per la cosa. Che è sbucata dal sottobosco, prendendo il mio posto. Ingannandoli a sua volta. Abbagliandoli. Tirandoseli dietro. E che adesso, potrebbe essere stata catturata. Incatenata. Torturata. Uccisa al mio posto.

Non devo pensare a questo, adesso. Solo a trovare un posto. Un posto per la notte. Questa dannata notte. In cui pensavo di poter volare via, libera. Lontana da Robin. E l'ho pagata. Perché posso anche essere una belva. L'inafferrabile serial killer. Il mostro del Subasio. Ma non valgo nulla, in questo mondo di pazzi, senza Robin. E mi fido del lupo, perché sorrideva come un angelo, e aveva un cane chiamato Puck e una sorellina rinco. E genitori progressisti.

E non l'avrei neanche mangiato. Non gli avrei divorato il cuore. Non volevo mangiarlo, quel ragazzino. Volevo andare veramente con lui a Roma. A conoscere sua mamma e il suo cane. E suo papà che conosceva Alwa Schreisch. A farmi coccolare. A farmi inculare come un pozzo senza fondo. Dalla banda delle berline nere. Dalla banda dell'angioletto biondo. Che un poco somigliava a Francesco. E che forse hanno mandato avanti per questo. Perché somigliava a Francesco. Perché questa fottuta morta che cammina sulla terra ha pur sempre vent'anni. E te la rigiri come vuoi. La fotti come vuoi, una di vent'anni. Basta metterle sotto il naso uno come lei, con la felpetta a stelle e strisce e i riccioli biondi. E te la fai.

Non fosse che, pure lui aveva vent'anni. E alla fine s'è distratto. Per un momento. E ha perso tutto. Maschera, credibilità, vita. Per una Mirta in più. Per colpa dei suoi vent'anni.

Ma sapeva combattere. Ha incassato un colpo talmente forte che avrebbe rintronato perfino me. E ha reagito. E ancora riusciva a gridare. Mentre moriva, con lo sterno fracassato, vomitando sangue. Ancora gridava, mentre gli mangiavo il cuore. Eppure era un vivente. Solo un ragazzino. E se mi mandassero contro uno come Robin?

Volo radente i boschi. Tra le colline. Non so dove sto andando. Ma il mio corpo sì. Vola sicuro sulla scia di un sentore. Come conoscesse un rifugio segreto. Il posto in cui sto andando, in questa notte assurda. In cui qualcuno, o qualcosa, mi ha salvata. Da cosa? Da quale confine? Mentre la donna continua a strisciare nella mia mente. E io sollevo il fucile e la lascio libera, di vivere come di morire. La cosa. Mi ha veramente salvata? O mi ha nuovamente imprigionata?

Perché di nuovo sono qui. A due passi dal sobborgo. Dalle villette anni Cinquanta. Prigioniera in questo scacchiere. Senza possibilità di riuscire a evadere. Simile a un bersaglio mobile che continua a spostarsi fino a che non verrà centrato. Da qualcuno che impara dai miei errori. Dai miei movimenti. Da tutto quello che faccio. E che prima o poi mi inquadrerà al centro del mirino. O al centro di un circoletto rosso su una mappa.

L'odore. Forte e vasto nella notte, ma diverso da quello dei viventi. E che al tempo della mia vita avvertivo come un sentore vago, rispetto a questo afrore che si leva nell'aria a chilometri di distanza. Fino a invadermi le narici, il cervello. La discarica. Ecco dove stavo volando, in questa notte infame. La notte della mia liberazione, pensavo, che invece mi avvinghia in lacci ancora più tenaci. I lacci dell'impotenza. Dell'ignoranza. Della cautela. Di cui credevo di essermi liberata. E che invece ritrovo intatti. Intatti? raddoppiati, triplicati, intorno a me. I lacci delle mille trappolissime sparse sul tuo camminissimo.

Solo Witt avrebbe potuto aiutarmi. Ma s'è disgustato di me, e si è dissolto in uno sbuffo di fumo.

La discarica. Sotto la luna nascente. Come quella notte, con Mario Cerruti. La notte in cui sono nata. La prima notte di Luna. Con quel Cerruti che non era poi tutta questa porcheria, a ripensarci. Che magari mi avrebbe perfino aiutata, se glielo avessi chiesto. O forse no. Ma non è questo il punto. Il punto è che Cerruti è stato il primo assaggio di mondo. Il mondo vero. Fuori dalle pareti di casa. Da quelle foderate di libri dell'università. Da quelle dell'amore di Robin. Dell'amore per lui. Il primo assaggio di mondo reale. In cui uno ti urla in faccia: o me la dai o mi incazzo!

Solo questo, in fondo. Non voleva uccidermi di nuovo.

Non voleva niente di speciale. Solo. Un po' del mio tempo. Un po' del mio corpo. Un po' di attenzione.

E mi avrebbe ripagata. Con soldi. Con coca. Perfino con amore, forse. Perché è il mondo dei viventi. Tutto questo scambio continuo. Non poesia e musica e luci, come pensava Mirta nei suoi pochi anni. Ma, dammi questo che ti do quest'altro. Così ragionano i viventi. Così ragionano quelli che ho mangiato. E quelli tra cui scivolo ignota. Ma gli altri, il corteo delle berline nere, come ragionano quegli altri? Chi sono. Che vogliono. E la cosa che strisciava e balzava e volava nella notte. Pensa, quella cosa? E come pensa. E cosa.

Cammino lungo il bordo della discarica. Sotto la falce di luna che occhieggia tra nuvole trasparenti. In questa notte senza pace. Voglio rompere la promessa. Morire per sempre. E nel rombo di motore che taglia l'aria. Spero di rivederli. Il lento corteo delle berline nere, che viene a chiedermi conto della vita del ragazzo. Del suo cuore bugiardo. Che viene a prendermi per farmi morire di nuovo. Farmi morire per sempre.

Nei fari che mi abbagliano, nella doppia luce dei fari gialli che mi fanno stringere gli occhi e arretrare, sul bordo della discarica, spero di vederli in faccia, finalmente. Ma quando la voce parla. Quando la voce dice, Mirta. Mirta! MIRTA! So già che la notte non finisce qua. Che l'orrore di questa notte è senza fondo e senza fine.

QUARTA PARTE

Just because you're paranoid
Don't mean they're not after you

Solo perché sei paranoica
non significa che loro non sono sulle tue tracce

KURT COBAIN, *Territorial Pissings*

La Yamaha è ancorata sul suo trespolo. Sotto la luna nascente che biancheggia tra gli alti cumuli di spazzatura. Tra le colline maleodoranti sotto cui giace Mario Cerruti, sepolto nella bara della sua macchina. La sua batmobile, come un tempo la chiamava Mirta.

Mirta, ripete lui. Avanzando verso di me. Gli anfibi che schizzano manciate di terra. Il casco sotto il braccio. Gli occhi stretti nella notte. Occhi strippati. Ridotti a fessure, nell'abbaglio del chiaro di luna. BREAK! urla. Stringendo gli occhi, sotto questa falce di luna. SPARISCI! È IL MIO DANNATO TRIP, QUESTO! SPARISCI, MIRTA! TOGLITI DAI PIEDI! NON LA SFANGO PIÙ, SE STAI QUI, NON LA SFANGO PIÙ! E scoppia a piangere.

Giacomo Ronchi, di anni 29. Ufficialmente disoccupato. Ufficiosamente socio in affari di tal Roberto De Dominicis, o meglio ex socio causa dipartita del De Dominicis. Precedenti penali per rissa, insulti e resistenza a pubblico ufficiale. Schedato come consumatore occasionale, e ogni occasione è quella giusta, di qualsiasi roba possa essere inalata, ingerita, iniettata, fumata, calata, pippata, sparata.

Cos'altro potrà scrivere il giornalista, domani?

Giacomo Ronchi, Giacomino per gli intimi. Una certa

rassomiglianza con Antonio Banderas. Possessore di una quattro per quattro dalle prestazioni acrobatiche e di una Yamaha TDM che fila da dio.

Giacomo Ronchi, detto Paco.

Paco, dico. O forse farei meglio a sparire. Spiccare il volo. Eclissarmi nella notte. Come un fantasma fuggitivo. Un'allucinazione da scoppiato. Un trip da paura.

Paco, dico. Muovendo un passo verso di lui. Allungando una mano. Protendendomi. Perché non voglio andare via. Svanire nella notte come un'allucinazione molesta. Voglio gettare un ponte. Parlare. Della nostra morte. Di quello che sta succedendo. Parlare di Mirta. Parlare di Robin. Parlarne con Paco.

Paco! grido, nell'oscurità biancastra della discarica. Mentre lui arretra. Gli occhi ridotti a due fessure nere. Interrogative. Inquiete.

Ciao, Mirta, dice infine.

Ciao, dico.

Devo averne calate una cifra, dice.

Una cifrissima, dico.

C'è troppa puzza qui, dice. Ci facciamo un giro?

Come no.

Monta, dai.

La Yamaha vola nella notte. Tra sterrate e cespugli. Sgommando tra le colline. Impennandosi sui dossi. Macinando chilometri. Gli sto sporcando tutto il giubbotto di sangue. Di fango. Di morte. E respiro il suo odore folle. Diverso da tutti. Intriso di dolore. Della chimica degli acidi. Della sua pazzia. Corriamo. Sulla Yamaha che sobbalza. Salta oltre i fossi. S'inerpica lungo salite proibite. Sgommando a questa velocità paranoica per cui basta un sasso a farti volare. Un cane che attraversa la strada a mandarti in orbita. Una curva sbagliata a fracassarti contro il muro. Ma io sono morta. E Paco fatto. E la notte gonfia di clamore. E grida. E spari. E fari che bucano il bosco. E cuori bugiardi. E cose che sfrecciano in cielo, tirandoseli dietro, verso sud. Verso il cuore nascosto di altri orrori. Mentre intorno a noi, aggrappati a questa Yamaha che sfreccia rombando, grondanti del sangue bugiardo di un angelo biondo, il mondo scorre a spezzoni senza senso. Macchie di ombra, di luce, di ombra. Colline. Strade. Castelli. Boschi. Le braccia strette intorno al corpo vivente di Paco. Al suo odore da finimondo. In questa notte latrante invasa di cortei di berline nere. Di scoppi. Di sangue. Di menzogne.

Abbordiamo una curva che conosco. Senza scalare di marcia, a velocità folle. La Yamaha piegata fin quasi a toccar terra. L'asfalto a pochi centimetri dalle nostre facce. Il mondo capovolto. E di colpo la moto si raddrizza. Sbanda leggermente. Sgomma. Solleva una cascata di pietrisco, inchiodando ai margini dello spiazzo. Tra bianchi fari al neon, contro il cielo blu. La musica, lontana. Colpi di clacson. Sportelli che sbattono. Bottiglie che s'infrangono. Clamore di voci. I viventi, chiusi nei loro templi. Nei loro riti. Nella loro musica.

Paco fa scattare il trespolo. Smonta dalla moto. Mi guarda. Dice, che fai, non scendi?

No, dico, qua no. Mi bruciano. Mi ammazzano di nuovo. Mi ammazzano per sempre.

Lui ride. Ride forte. Dice, ma allora sei proprio tu! E ride nella notte. E piange, anche. Ride e piange. E poi dice, e Robin? Dov'è Robin?

Sta fumando una canna. Seduto sul bordo del parcheggio. Fuma e mi guarda, ancora seduta a cavalcioni della Yamaha. E fuma anche tu, dice. Mi lasci a fumare da solo, Mirtina? E si stropiccia gli occhi. Dice, che cazzo c'era, in quella roba? Che cazzo ci mettono, in queste pasticche del cazzo. Io e Robin, sempre andati sul classico. Le novità, mai fatte per noi. Adesso, tutto nuovo. Tutto plus. E ti ritrovi davanti i morti. E parla. Fuma e parla. E mentre finisce la canna, ne rolla un'altra, accendendola con la cenere ancora ardente della prima. Non so che dirgli. Posso solo ascoltarlo. Paco il fiume. Che parla e straparla e straripa ai bordi del parcheggio del Black Jack. Fatto come una pigna. Paco. Il fiume. Il mondo di Mirta. Il mondo di Mirta e Robin. Dei morti felici. Della luce, gente, musica.

Paco, puoi aiutarmi?
A fare che, Mirtina?

Mi sono entrati in casa, dice. In casa mia. Passi per la madama. Ma quegli altri! Mollo casa per mezz'ora, e me la trovo saccheggiata. A casa di Paco, da cui la gente gira al largo. Le lampadine ancora calde, ho trovato. Un saccheggio. Chi cazzo sono. Dappertutto, sono entrati. Da Magda. Da Luisa. Perfino dalle due rinco, Vero e quell'altra. La madama avanti. E loro appresso. Io me ne vado, Mirtina. Non mi piace il fiato sul collo. E qua ce ne sono troppi, di fiati. Lo sai che mi hanno controllato l'alibi ogni santo giorno, per ogni morto in più? Dicevano che ero stato io ad aprire la tua tomba. A pigliarmi il cadavere. Ops, scusa, Mirtina, ma sono fuori come un balcone. E gli altri! Chi cristo sono? Nessuno s'è mai permesso. Entrare in casa di Paco. Io me ne vado. Ho chiuso tutto nella quattro per quattro e sparisco. Il tempo di dare una smaltita a 'sta robaccia. Per questo stavo alla discarica. Ero venuto a salutare voi. E lo so che mi sono calato troppo. Ma, perché tu, Mirtina? Perché non Robin? Pensavo, Robin. Uno di questi giorni, mi strippo e me lo ritrovo davanti. Una strippata doc, e mi ritrovo davanti Robin, che mi butta una pacca sulle spalle e strilla, uhey, Giacomino bello! E invece, tu. Vuol dire che, nel profondo, laggiù, ci stavi prima tu, Mirtina. A un certo punto devi essere passata avanti. Clic clic clic e le cose che stavano dietro vengono avanti e quelle avanti finiscono dietro. E paff, mi ritrovo davanti Mirtina al posto di Robin.

Robin, dobbiamo andare via, dico.

Paco, dice. Mirtina, sono Paco. Non Robin. Mi riconosci, o la morte t'ha cecata?

Paco, dico, dobbiamo andar via. Non posso stare nel parcheggio del Black Jack! Cristo, Paco, sono io! Non sono una visione! Non sono un'allucinazione! Sono io, Paco, io!

Mirtina?

Luna. Sono Luna, Paco, e devi aiutarmi. Portarmi con te. Fuori di qui. Stanotte stessa. Portami via da questo parcheggio! urlo. Portami via almeno da qui!

Ti porto via, Mirtina, ma prima devi dirmi. Com'è che sei tutta infangata?

Perché sono uscita dalla tomba, dico. Era pesante come una coperta pesante. L'ho buttata via e sono uscita. Ma continuo a infangarmi. Mi lavo, mi ripulisco. E sono di nuovo infangata.

E com'è che sei tutta insanguinata?

Paco, ti prego.

Scusa, eh. Sei morta il mese scorso. Sei uscita dalla tomba. Sei tutta insanguinata. E in questa zona è in atto una mattanza. Dimmi tu che conclusione devo trarne, Mirtina.

Non crederai che io, dico.

Eccome se lo credo, dice. Fidati, Paco crede a tutto. La nostra Mirtina. Comunque, non provare a puntare me. Perché poi sai che succede? Succede che m'incazzo. Ti faccio a pezzetti piccini piccini, Mirtina.

Paco, voglio solo andare via! Ho bisogno di un passaporto. Non preoccuparti per i soldi. Ho qualcosa.

Ma guarda!

DEVO ANDARE VIA! PACO, PORTAMI VIA! NON CE LA FACCIO DA SOLA! DEVI LEGARMI, PACO. LEGARMI E INCATENARMI IN QUELLA QUATTRO PER QUATTRO E PORTARMI VIA! FALLO PER ROBIN!

Oh, mica sono sordo. Abbassa un po' il volume e fammi posto. Andiamo, non gridare. Dobbiamo parlare, io e te. Da brava, così. Tienti stretta, Mirtina, che adesso Paco ti mostra che questa Yamaha è fatta per volare.

Abbiamo incontrato il primo posto di blocco all'altezza del borgo. Lasciato la provinciale e imboccato i sentieri tra i boschi. Paco conosce la zona come le sue tasche. Il secondo posto di blocco, poco prima della biforcazione della strada per il Subasio. E un terzo, l'abbiamo intravisto sulla strada per San Giovanni, oltre il bivio. Ma solo da lontano, avevamo già deviato. Salendo verso il deserto bianco del Subasio. Niente posti di blocco qui. Niente cortei di macchine. Stanno andando a sud, i cortei. All'inseguimento della sagoma volante che strisciava come una serpe e balzava come un grosso gatto.

Il Subasio è deserto in quest'ultimo scorcio di notte. Saliamo e saliamo. Fino a inchiodare all'altezza di un cartello. Un cartello giallo. E allora capisco che non è casuale. Che tanto tempo fa, al tempo favoloso della nostra vita, Robin glielo deve aver raccontato, a Paco. Perché no. Erano amici. Più che amici. Fratelli, dicevano. Perché non avrebbe dovuto. Mi sono scopato Mirtina sul Subasio. Sotto un cartello giallo. La primissima volta di Mirtina. Mi fa rabbia, pensare a Paco. Stravaccato magari sui divani del Black Jack, un Cuba libre in mano e il sorriso scheggiato. Paco che ascolta e ridacchia sottovoce. Ma non posso pensarci, adesso. Anche se siamo sotto questo cartello giallo che mi soffoca di rabbia. Non voglio pensarci, adesso che forse riuscirò a convincere Paco. Che sta giocando. Sta strippando. Si sta cagando sotto. Ma è la mia sola possibilità di farcela. Di evadere dal maledetto scacchiere in cui tutti mi cercano. Angeli bugiardi e poliziotti e cortei di berline nere e sagome volanti. E non importa se devo sopportarlo, il cartello giallo, perché Paco può portarmi via di qui. *Paco lo sa fare.* È l'unico in grado di tirarmi fuori da quest'inferno.

Scendiamo dalla moto. Ci sediamo su uno sperone di roccia. Tra il ghiaccio e il vento. Dove sono stata con Witt, quando ancora c'era. Il fantasma gentile di Witt.

Che non puzzava di vivente, come Paco.

Non rollava un'ennesima canna, come Paco.

Non mi faceva ricatti e interrogatori, come Paco.

Che non mi faceva venir fame, come Paco.

Di cui mi fidavo, come non mi fido di Paco.

Che non poteva aiutarmi, come invece può aiutarmi Paco.

Come ragionano i morti, Mirtina?

Come in un megatrip.

T'ha insegnato tutto Robin, Mirtina.

Già.

E allora cominciamo da Robin. Che fine ha fatto Robin?

Glielo sto dicendo che non lo so. Che sono uscita da quella tomba, ma fuori non c'era nessuno. La tomba di Robin era intatta. E intatta è rimasta tutto questo tempo. E non so cosa possa essere successo.

Scusa, ma devo essermi perso qualcosa, dice lui. Dovevate vedervi *fuori*? E mentre lo dice scoppia a ridere. Latra nel buio, come un cane pazzo. E capisco che sembro la regina delle scoppiate. Che parlo come se stessi su un balcone affacciato sull'orbita di Saturno. Ma per spiegarglielo, dovrei dirgli della promessa. Devo dirglielo, a questo punto. C'eravamo scambiati una promessa, gli dico. Perché ormai tutti i patti sono saltati e Paco è la mia unica àncora di salvezza. E gli racconterei perfino la mia prima pipì nel vasino, se Paco promettesse di tirarmi fuori di qui.

C'eravamo promessi di tornare sulla terra, dico. *Dopo*. In caso di disgrazia. Ed è quello che è successo. Io non so quando sono stata seppellita, anzi questo puoi dirmelo tu.

Dopo, dice lui. Sta fumando. Come Witt. Con gli occhi stretti a fessura e il giubbotto nero e gli anfibi che sembrano carri armati. Ma somiglia un poco a Witt. E anche a Robin. Somiglia a Robin, ovviamente.

Insomma, dico. Sono venuta fuori qualche giorno dopo. Quando hanno trovato la tomba aperta. Sono stata io. Ma Robin. Non so cos'è successo. Sono stata lì intorno per giorni, aspettandolo. E vorrei dirgli: sono rimasta appollaiata su una quercia, con il corpo anchilosato e coperto di macchie e gli occhi senza luce. Ma posso risparmiarmi tutto questo. E quindi dico: ho aspettato e aspettato. Ho passato notti intere seduta sulla sua tomba, ma lui non esce.

Al cimitero, chiede.

Al cimitero, dico. Ma niente. Non so perché.

La promessa, dice lui. È una cosa fuori di testa. Che solo un fuori di testa come me poteva immaginarsi! E si alza a precipizio. Tira un calcio contro la moto. La rovescia dal suo trespolo. E corre. Lungo la prateria ghiacciata del Subasio. Gridando e ridendo e saltando. E mugolando. E piangendo. Corre come il vento. Balzando da uno sperone di roccia a un altro. Prendendo a calci i cumuli di ghiaccio.

Ho rimesso in piedi la moto e ho aspettato. Che si sfogasse. Che la sfangasse, a modo suo.

Mirtina, dice adesso. È tornato sotto il cartello, vicino a me. Sta rollando un'altra canna. Dice, la fumi con me, Mirtina. Ricordati, l'ero divide, il fumo unisce.

Sì, dico, solo che non mi fa niente, il tuo fumo.

Che! dice, balzando in piedi. È un marocchino da bacio! Champagne! Senti qua, Mirtina, senti che marocchino.

Sono morta, Paco. Morta.

Uh, dice lui. Sapessi quante volte io sono quasi morto.

Ma io non sono *quasi* morta, Paco. Sono proprio morta.

Vedrai, da' un tiro. Che ti leva quell'ombra cupa dallo sguardo.

È l'ombra della morte, gli dico.

Sì. Invece io ho la luce della vita, nello sguardo, dice lui. E scoppia a ridere. Poi a tossire. E di nuovo a ridere. E viene da ridere anche a me. Forse, mette allegria. Fumare insieme. Tra vivi e morti. In questo vento. Sotto questo cartello. Tra le cime innevate di questo monte in cui ridevamo e fumavamo. Tra questi pascoli d'argento in cui la vita ci veniva incontro leggera. In cui nessuno strisciava alle nostre spalle, come sta facendo adesso la donna che striscia e striscia all'angolo dei miei occhi, rigandosi di sangue la pelle sui vetri infranti e continuando ad avanzare, verso l'esterno, verso i cani inferociti dall'odore del sangue, verso la salvezza e l'orrore.

Prendo la canna. Faccio un tiro. La ripasso a Paco. Lo guardo. Dico, quando siamo morti, cos'è successo. Chi ha dato la notizia. Chi ci ha trovato.

Lui alza una mano. Dice, break. Infila la canna tra medio e indice. Chiude le mani a coppa e aspira a fondo. Due, tre volte. Spalanca gli occhi. Il bianco è quasi viola, adesso. Tira ancora. Poi dice, vi ho trovati io.

Avevamo un appuntamento quella sera. Il 16 di febbraio, chi se lo scorda più. Robin era stato fuori.

Sì, dico, era andato a Milano per quella tela.

Non mi interrompere, Mirta, dice lui. Le fessure sono talmente strette che lo sguardo è quasi scomparso. Solo un luccichio tra le palpebre. Fuma ancora. Tirando lentamente. Perso. Lontano. Come se sognasse ad alta voce. È già difficile così, dice. Non mi interrompere più. Non voglio sentire voci nella testa. Io parlo e tu ascolti, i commenti alla fine. Intesi, Mirtina?

D'accordo, dico.

Lui fa cenno di sì con la testa. Aspira ancora. E riprende, la voce ridotta a un bisbiglio: mi aveva chiamato. Mi ha detto che sarebbe venuto giù sabato. Gli ho detto, ceniamo insieme. Mi ha detto che non sapeva quando arrivava. Prima passava da Mirtina. Ci sentivamo comunque. Ma non ha chiamato. E ho pensato, e va be', vuole spupazzarsi un po' la sua Mirtina. Quando stava con Magda, mica faceva tutti questi casini. E poi, Magda. È un tipo diverso. Oh, stravedeva per Robin. Ancora adesso, sai. Mica s'è ripresa dalla botta. Sta lì strippata sul divano a sentire mille volte Cat Stevens e Neil Young. E Janis Joplin, perché una volta Robin aveva detto che la Joplin aveva gettato un ponte. Sta lì e non esce. Non si veste. Non si lava nemmeno. Ci ha dato a tutti una botta da paura, questa storia. A Magda, poi. Ha i rimorsi. Dice che è colpa sua. Che forse Robin pensava che lei era gelosa di Mirtina e quindi quella sera non è voluto venire e se lei invece gli faceva capire che no, non era gelosa di Mirtina, lui. Insomma, Magda è sempre stata fuori. Fuori da tanto di quel tempo che s'è persa la strada del ritorno. E quest'affare l'ha sclerata di brutto. E poi, quando sono cominciati i furti, le scomparse, i morti. Quando è cominciato il casino insomma, Magda mi chiama e dice, il cielo piange, Paco. Piange per Robin. Il mondo muore perché Robin è morto. Ho buttato giù e sono corso a casa sua in due minuti. L'abbiamo ripresa al volo. Due confezioni di Roipnol. Mah. Dov'eravamo rimasti?

Robin, dico.

Già, Robin. Non s'è visto. E non ha chiamato. E dopo mezzanotte, mentre stavamo tutti al Black Jack, ho chiamato io. Ma il cellulare era spento. Ho chiamato sul tuo ed era spento anche quello. E me ne sono fregato. Fino all'una, o alle due. Però poi me ne sono ricordato di nuovo. Avevo come un buco nel cervello. E ho chiamato di nuovo. Ho chiamato sul tuo. Alla fine ho mollato tutti e sono uscito. Ho fatto il giro dei locali. Sono stato al Crystal, ma nessuno vi aveva visti. Al Nirvana. Perfino all'Overlook. Ed ero appena entrato al pub del Cacciatore, quello sulla strada che scende verso Narni, quando mi lampeggia un sms. E mi tremavano talmente le dita che manco riuscivo a tirarlo fuori. Tanto che ho chiesto alla barista se mi aiutava a leggerlo, che c'avevo un problema alle mani. E lei prima mi guarda strano, ma alla fine tira fuori il dannato messaggio, mentre io pensavo, sarà di quella stronza di Luisa che rompe sempre. E mentre penso questo, la tipa mi allunga il cellulare. E non riuscivo a leggere. Non ci vedevo manco più a quel punto. Le ho detto: che c'è scritto. E lei: ma mi stai a pigliare per il culo? Che c'è scritto! ho gridato. E lei sbuffa, mi strappa il cellulare dalle mani e dice scocciata, hai gettato un ponte, fratello.

Hai gettato un ponte, fratello.

Le ho strappato il cellulare e sono corso fuori. Sono saltato sulla moto e sono corso a casa di Robin. Ho suonato e sbattuto fino a sfasciare la porta. Ma non c'era il gippone. E sono volato fino a Perugia. Alla galleria. Un'altra porta. Altri pugni. Ma niente gippone. Niente di niente. Così sono ripartito, con quel sms che continuava a spaccarmi il cervello. Mi sentivo come se mi avessero sparato. Quel dannato mi aveva sparato un sms addosso. E non sapevo dove andare. Filavo senza sapere dove. E di colpo, il flash. La discarica.

Era il vostro posto, no? Ma prima di te, era il nostro posto. Tutta quella spazzatura. La puzza. Pigliavamo su e ce ne andavamo alla discarica. Io e Robin. Manco ci facevamo certe volte. Mettevamo la musica a palla e stavamo lì a fumarci una canna in santa pace. Magari tutta la notte. Pigliavamo un argomento qualsiasi, di quelli in cui ti ficchi e non ne esci più. Tipo, il mare. Parliamo del mare. Oppure. Londra. L'ombrello. Abbiamo avuto uno scazzo da dio, sull'invenzione dell'ombrello. Oppure. La droga. Nottate intere sulla droga. Il cesso. Il destino. La figa. Il denaro. E l'inverno scorso, il must dei must, il tormentone dell'anno. Mirtina. Parliamone, diceva Robin. Ci portavamo una cassetta di birra. Un po' di fumo. E Mirtina.

Devo stare zitta. Perché se lo interrompo adesso, non parla più. Non mi racconta nulla, di quella notte. Di quello che è successo. Mirtina. Non mi hanno mai chiamata Mirtina. Chi l'aveva tirata fuori, questa Mirtina? Di cosa parlavano, perdio! Di me? Tutto il dannato tempo a parlare di me! Di cosa dicevo e cosa facevo e come lo facevo. Bastardi!

Che ci faceva bene e ci faceva male insieme, a parlare di Mirtina. Per nottate intere. Mirtina, soffia tra le labbra, espirando una boccata di fumo. Sta rollando un'altra canna. Concentrato. Per non perdersi il fumo, con le mani che tremano. Di colpo alza lo sguardo, mi allunga la cartina, dice: me la prepari, che non ci sto con le mani?

Prendo la cartina. Lui ci fa scivolare sopra il fumo. Dice, fa' presto, Mirtina, che se non fumo mi acchiappano i crampi. E ricomincia a parlare.

Che ci faceva bene e male insieme, dice. Perché, ogni santa volta, ci scazzavamo. Cioè, fra di noi, regolare. Ma anche con noi. Lui con lui e io con io, voglio dire. Perché c'avevamo lo scrupolo, per Mirtina. Che cazzo ci faceva Mirtina con noi. Robin è sempre stato duro di carattere, a lui non gli è mai cascata giù la lacrima, ma io ci piangevo a fontana. Magda lagnava dal mattino alla sera. Piergiorgio e Luisa pure. Dicevano che Robin era una belva. Che eravamo due belve. Tutto 'sto casino per Mirtina. Era partita facile, senza scazzi. Senza pianti. Era partita che ti avevo vista da una parte.

Tu! dico.

Shhh, fa lui. Fa' silenzio e passami 'sta canna, è pronta o no? E fattela una tirata, che ti dà un po' di vita. Non mi piace proprio 'sta faccetta scura che hai. Prende la canna. La accende. Nel lampo di luce, la fessura tra le palpebre luccica un momento. Me la passa. Tiro una boccata. Gliela passo. Lui sorride. Strizza gli occhi. Tira, e ricomincia a parlare.

Io, dice, io ti avevo vista. E gliel'ho detto a Robin. C'è una fata, in questo paese. La figlia dell'avvocato Fossati. E lui: figurati, quella c'ha dieci anni! Una di dieci anni, mi diventi un porco. No, gli ho detto, c'avrà pure avuto dieci anni. Ma mica può averci sempre dieci anni. È cresciuta, no? Ed è cresciuta da dio. E quando ha visto Mirtina, ha detto: be', non c'ha più dieci anni. E basta. Sai com'era Robin. Ma io ho cominciato a scassargli le palle. A dirgli che una fata così nasce ogni cent'anni, in questo paese. E insomma, dagli e dagli siamo arrivati a una specie di scommessa. Chi ci arriva per primo, questo genere di cose. Perché mi scocciava fare le cose da solo. Va be' che eri una fata, però che gusto c'era senza sfida? Senza sfidarci tra noi?

Già, che gusto poteva esserci, a farsi Mirta, *Mirtina,* senza sfidarsi tra loro? Ho voglia di mangiarlo. Mangiarlo dalla cima dei capelli alla punta dei suoi piedi puzzolenti. Poi tornare al cimitero, tirar fuori quell'altro e mangiare quello che ne resta. Qualsiasi cosa ne resti.

È stata una cosa mitica, dice. Perché era difficile. Mirtina era tutta casa e scuola. O a passeggio con le due rinco. E Robin: lasciamo perdere, Paco, che ci frega. Ma io mi ci ero intignato. E lui pure, anche se non voleva ammetterlo. E alla fine, per non farla tanto lunga, ti becca lui. Perché ero raffreddato, quella sera. Anzi, a letto con quaranta di febbre. M'ero beccato l'influenza. E lui s'è beccato te. Solo che io sono guarito nel giro di una settimana. Robin non è guarito più. È sparito. Per un mese. Con te. Per te. S'era scordato tutto. Della sfida. Della scommessa. Era arrivata Mirtina, e ho dovuto fare il passo indietro. Niente Mirtina e niente Robin. Poi ha cominciato a farsi vedere di nuovo in giro, con te. Senza spiegare niente, al solito suo. Gli ho detto, che cazzo vogliamo fare? Ti sei dimenticato? E lui, di che?

Di che. Che gli dovevo dire. Niente. È stata una botta da paura. Ma l'abbiamo sfangata. Diciamo che ci sono passato sopra, via. Per lui. Per non perdermi anche lui, dopo che mi ero perso Mirtina. Perché l'ho capito che me l'ero proprio persa. Che le scommesse erano saltate. Non si faceva più niente in comune. Lui diceva: ma certo, Paco, non è cambiato niente. Col cazzo. Era cambiato tutto.

Paco s'è alzato. Tira gli ultimi rimasugli del fumo. Cammina avanti e indietro. Nel chiarore che impallidisce il cielo, a est, spegnendo lentamente le stelle, una dopo l'altra. Dice: bisogna rassegnarsi, quando si perde. Ma la questione è un'altra. La questione era Mirtina. C'ero passato sopra. Avevo perso la sfida e l'aveva vinta Robin. Gli ho detto: non importa, Robin. L'ho capito che stavolta non va come le altre. Che Mirtina non si divide. Che è lei che ci divide, come la roba. Ma da fratello te lo devo dire. Che non può durare. Mirtina non è per noi. Non è per te. Ma guardala, con i suoi vestitini firmati e il nasetto nei libri! Dove cazzo vuoi arrivare, Robin?

Cammina, girando intorno alla moto. Con le mani ficcate in tasca. Fissando il cartello giallo. E sorridendo, mentre lo fissa. Lui lo sapeva che non parlavo per rabbia, dice. O per tigna. O per gelosia. Parlavo così perché era giusto. Ci mettevamo di fronte alla discarica, stravaccati nel gippone con la musica a palla, di nuovo come un tempo, e gli dicevo, lasciala perdere, Robin. Torna con Magda. Pigliati Luisa, te la do gratis. Pigliati chi vuoi, ma lasciala andare. Avevi ragione tu, ha dieci anni. Avrà sempre dieci anni. Lasciala andare, che ce la portiamo tutti sulla coscienza. E infatti. Eccoti qua. Robin l'ha sfangata, al solito suo. E a me tocca portarti sulla coscienza. E io c'ho una coscienza larghissima, Mirtina. Enorme. Cosmica. Dove puoi vivere da dio, Mirtina. Tutto il tempo che vuoi. Rovinandomi a morte.

La discarica, gli dico. Non ho resistito, non parlava più. Se ne stava sotto il cartello giallo, nella luce pallida dell'alba, e non parlava più. Ti prego, Paco, gli dico, la discarica. Hai detto che sei stato tu a trovarci.

Lui distoglie lo sguardo dal cartello. Guarda il cielo, in alto, che si va rannuvolando. Dice, devo andar via, Mirta. Devo partire. Non posso più rimanere qua.

Possiamo anche nasconderci, gli dico. Mi butterei per terra a piangere, se sapessi piangere. Qualsiasi cosa, purché non salga su quella moto e mi molli qui. Sulla strada del Subasio. Tra le berline nere e le cose che volano. Potrei mangiarlo, se solo monta in sella a quella moto. Ma a che servirebbe? Che Paco mi molli qui e vada via. O che mangi Paco. È lo stesso. Paco mi serve vivo. Per sapere. Per tirarmi fuori da questa prigione. Possiamo nasconderci, dico. Conosco un posto. Un posto sicuro. Che invece, penso, non è sicuro affatto. Ma può darmi un po' di tempo, per convincere Paco. A lui piacevo. E per quanto dolore possa darmi tutto quello che ha raccontato, e stupore e rabbia e vergogna, forse, posso ancora ottenere qualcosa da lui. Più di qualcosa.

Un salvacondotto, per il mondo dei viventi.

Il posto non è lontano, insisto. E con la moto facciamo in un baleno. Possiamo nasconderci, Paco. Fare il punto. Un po' di *brain storming*, che ne dici? A costo di parlare come Mirta, di diventare la sua adorata Mirtina, io questo non lo mollo.

Lui mi guarda. Dice: sei l'allucinazione più persistente che mi sia mai beccato. E ne ho avute una cifra. Ma come questa, mai. Non riesco a smaltirti, Mirta. Non passi mai. Perché non passi più? Ha i lineamenti tirati. Le occhiaie. Il giubbotto che gli pende dalle spalle. Negli occhi, la stanchezza infinita del dopo trip. Quella che ti fa vivere in un eterno crepuscolo in cui dici sempre che devi partire, partire, e non parti mai. Che devi fare questo e quell'altro e non lo fai. Adesso ti alzi dal divano e vai a farti una doccia e non ci vai. La stanchezza infinita degli scoppiati. La stanchezza infinita di Robin, che ci ha portati sull'orlo della discarica, quella notte, per non farne più ritorno.

Ci riposiamo un po', Paco, dico. Carezzevole. Mentre vorrei urlare. Balzare. Volare. Mangiarlo. Ci riposiamo e stanotte ce ne andiamo, dico ancora. Non puoi partire in queste condizioni. Non ti reggi in piedi. Non vuoi dormire un po'? Dai, saliamo sulla moto. Ti porto in un posto sicuro. Ti preparo tutte le canne che vuoi. Possiamo dormire. Possiamo fare tutto quello che vuoi. Vieni con me, amore. Dammi la mano. Non vuoi andare con Mirtina in un posto bellissimo?

L'aia di fronte al casale è ghiacciata. Scricchiola dura sotto i nostri piedi. Paco si guarda intorno. Inquieto. Confuso. Deve avere un buco nel cervello. Un vuoto bianco. E in questo vuoto bianco, simile alla distesa ghiacciata in cui ci troviamo, mi sono arroccata. Perché è l'unico posto veramente riparato che ci sia al mondo, per me. Il vuoto bianco al centro della mente di Paco. Simile a una plancia di comando.

Non c'è nessuno, qua intorno. Nessun odore. Tutto è gelato tra le montagne, dopo le ultime nevicate. E i delitti del mostro del Subasio si sono spostati a valle nelle ultime settimane. Narni. Terni. Amelia. Lontani da qui. La polizia deve aver pensato che il killer abbia abbandonato la zona. E quanto agli altri. I benandanti? Si sono incolonnati verso sud. Torneranno, magari. Ma credo che ci sia un po' di tempo. Il tempo di lavorarmi un altro po' Paco, e stanotte sarò fuori di qui. Sulle strade della Toscana. O dovunque voglia lui. Quel che importa è andare via.

Il pozzo tira ancora dell'acqua. Forse, è talmente profondo che risente del calore della terra. Ne ho preso un secchio. Morivo di sete. Ma ho lasciato che Paco bevesse per primo. Era quasi più assetato di me. Che freddo, ha detto. Sì, fa freddo, ho detto. Sentendo la carezza dell'aria che mi scivolava sulla pelle. Il chiarore verdastro dell'alba. La sferza della pioggia. Come una specie di allegria, dopo tanto orrore. Lui rabbrividisce. Dice, cristo, dobbiamo essere sotto zero.

Non ci avevo neppure pensato, che potesse aver freddo. Non penso mai alle cose veramente importanti per i viventi. Il freddo e il caldo e il sonno e tutte queste sciocchezze. Che adesso, però, costituiscono un problema. Non posso rischiare che Paco mi si congeli sotto gli occhi. Andiamo dentro, gli dico. Troveremo da coprirci.

Qualcosa me la prendo subito, dice lui. Si china sulla moto. Sgancia il portabagagli. Tira fuori una bottiglia. Un sorriso furbo. Chivas Regal! Per tutte le evenienze, dice lui. Hai mai girato alle quattro del mattino cercando un bar aperto, da queste parti? Io sì. E non mi ci voglio ritrovare. Svita il tappo e butta giù una larga sorsata. Ne vuoi, dice.

Scuoto la testa. Preferisco l'acqua, dico.

Mirtina! esclama lui, buttandone giù dell'altro. Schiocca le labbra. Ride. Mirtina! dice, ancora più virtuosa in morte che in vita. Sai che diceva Luisa? Diceva, hai mai visto una tossica che si ubriaca con mezzo bicchiere di birra? Solo tu, Mirtina. E glielo dicevo, a Robin: come fai a sparare una spada nel braccio di una che si ubriaca con mezzo bicchiere di birra. Come ti regge il cuore, Robin? E di colpo scoppia a piangere. Nell'aia ghiacciata. Con la bottiglia di Chivas stretta in mano. Piegato in due dai singhiozzi.

Mi chino su di lui. Gli prendo il viso tra le mani. Gli accarezzo i capelli. Corti, duri, con il gel che si scioglie sotto la pioggia.

Dicono che sono cattivo, dice piangendomi sulle mani. Perché meno. Meno anche Luisa. Certe volte sento una rabbia che mi acchiappa qua, Mirta. E si stringe lo stomaco, come a volerselo strappare di dosso. Sono cattivo solo con quelli come me, dice. E Luisa è come me. Lei frigna un po'. E poi devo guardarmi alle spalle per una settimana. Perché lei non molla mai, come me. E una volta c'è riuscita. Stavamo brindando e baciandoci. Stavamo facendo pace, e mi arriva. Il sibilo, ho sentito. C'ho sempre avuto un sesto senso, in queste cose. Così ho scartato e lei m'ha beccato di striscio. Una coltellata a freddo, capisci. Ridevano tutti al pronto soccorso. I medici e gli infermieri e anche i portantini. Io mezzo stordito del sangue che ancora perdevo e del dolore dei punti che mi stavano a dare e Luisa che gridava, fatemelo ammazzare! Gli spari un'overdose di morfina, dottore! Lo mandi per me all'altro mondo! E io, come un disco rotto: sono caduto sul mio coltello. Ero sbronzo e sono caduto sul mio coltello. È cattivo uno così, Mirtina?

No, dico asciugandogli le lacrime con le dita. Non sei cattivo, Paco. Solo un po' stanco. Andiamo dentro, vuoi? C'è una bella stanza in cui riposare.

Lui scuote la testa. Dice, cattivo. Lo so quello che dicono, che sono una belva. La belva è Robin. Lui è soft. È subdolo. Ti toccava solo per accarezzarti. Per darti piacere. Però ti affondava quell'affare nel braccio.

Non importa più, dico piano. Gli accarezzo i capelli. Questo viso così bello e sfatto di lacrime. Di fumo. Di acido. Di stanchezza. E questo è l'uomo che deve tirarmi fuori di qui. Questa cosa confusa, piena di rabbia e di lacrime. Di paura e di amore. Confusa dalla mia morte. Nella mia morte. Che ancora vuole Robin, da qualche parte nel caos strippato che gli centrifuga il cervello. Vorrebbe Robin, e non me. O forse, tutti e due. Sotto un cartello giallo.

Vieni, Paco, vieni in casa, dico. Tirandolo dolcemente per mano lungo l'aia ghiacciata. Sotto la pioggia che si riversa a scrosci potenti su di noi. Vieni, Paco, ci stiamo inzuppando d'acqua. Vieni, amore, vieni con me.

Al piano terra deve esserci stato qualcuno. Tutta la roba è spostata. Cerco i sacchi di juta, per buttarli addosso a Paco, e invece trovo delle coperte. Impilate in un angolo. E sono certa che non c'erano, quando sono scappata via di qui, quella notte. La notte in cui il corteo delle macchine nere si è inerpicato sul Subasio. La notte in cui ho abbandonato Ophi.

Non ci sono più fascine di legno nel camino. Sono accatastate in un angolo. Dentro il camino, solo cenere fredda. Forse, sono stati qua. Ad aspettarmi. Finché non si sono stufati e sono andati via.

Un camino, dice Paco. Possiamo accenderlo.

Non so, dico. E penso al fumo. Piove, certo. E le nuvole sono basse. Ma è prudente accendere il camino?

Ma Paco lo sta già facendo. Sta ammassando le fascine dentro la bocca del camino. Chiede, sai dov'è la legnaia? Sta facendo scattare l'accendino, dando fuoco alle fascine. Di colpo, ha smesso di piangere. È di nuovo Paco. L'altro Paco. Che rabbrividisce di freddo, protendendo le mani al fuocherello che si sta levando nella gran bocca del camino. Ci deve pur essere una legnaia, dice.

Può essere pericoloso accendere un fuoco, dico.

Zitta, Mirtina, dice. Fischiettando. Rabbrividendo. Muovendosi dappertutto nello stanzone. Spostando attrezzi e trafficando in ogni angolo. Ecco qua, dice. Tirando via un pezzo di eternit, dietro cui si cela una porta di legno. Tira una spallata, buttando giù la porta. Si tuffa oltre la soglia. Mannaggia, grida. In un gran fracasso. Le odio, le scale buie! Non scendere, Mirtina, che ci penso io.

Vedo la fiammella dell'accendino brillare sotto di me. E sento il fischiettio di Paco. Una cantina. Sono stata per giorni in questo casolare senza vederla. Né io né Witt. Razza di deficiente che sono. Sento i passi veloci di Paco su per la scala. Ha le braccia ingombre di ciocchi. Gli occhi che luccicano. Dice, ma non c'eri già stata in questo posto? Com'è che non avevi visto la cantina? Butta la bracciata di legna vicino al camino. Ravviva il fuoco. Sistema i ciocchi. Fischiettando. C'è dell'altro, dice con aria furba. E scompare di nuovo oltre la soglia della cantina.

Mi sento come quei bambini che trovano una calza doppia, il giorno della befana. O una stanza piena di giocattoli. Come la Mirtina scema delle favole. Una povera allocca che sta giocando nel cortile di casa. Finché non arrivano i grandi e cominciano a fare sul serio.

Da non crederci. Ha chiuso la porta di casa utilizzando la porta della cantina. La finestra sfondata con due coperte. Ha portato giù dal piano di sopra il materasso sconquassato. L'ha sistemato di fronte al camino, ricoprendolo con le coperte. Ha portato su dalla cantina delle bottiglie di vino. Scatolame vario. Forse, la roba che lasciano i pastori, da un anno all'altro. Oppure. I benandanti.

Il fuoco arde vivo, adesso. La stanza è calda. Riparata dal vento e dalla pioggia. Ha trovato chiodi, martello, corde. Di tutto, in cantina. Perfino una torcia. E adesso fischietta, inchiodando un'altra coperta alla porta mancante della cantina. Per fare le cose per bene, dice.

Dobbiamo rimanere solo fino a stanotte, dico.

Fosse pure per un'ora, mi piace stare comodo, dice. E in qualcosa, è inutile negarlo, ricorda Robin. Anzi, è come se Robin fosse qui. Fosse uscito dalla sua tomba e mi avesse trovato. Mi avesse preso per mano, anche se sono stata io a prendere Paco per mano, e mi avesse portato in una stanza calda. Col camino acceso e un divano comodo. Al riparo dal vento e dalla pioggia. Dalle berline nere e dalle cose volanti. Dai poliziotti e dai camionisti. Da tutta quella massa nera di viventi che vogliono togliermi anche il respiro che non ho. Che vogliono sottrarmi perfino l'ultima cosa che mi resta. La mia morte. La mia morte solitaria.

Certo, non è Robin. È solo Paco. Ma è Paco. E me ne devo ricordare tutto il tempo, che non è Robin. Perché è un vivente. Perché il suo odore pervade lo stanzone. Ma ci sto facendo l'abitudine. Fin troppo alla svelta. Però è un vivente. Non un morto felice. Un vivente puzzolente. Non Robin. Paco.

Paco, dico.

E lui alza lo sguardo. Inchioda l'ultimo lembo di coperta. Butta via il martello. Si toglie il giubbotto. Si avvicina al fuoco. Dice, si sta meglio, no? E si butta sul materasso. Tra le coperte. Afferra una bottiglia di vino. Tira fuori di tasca un aggeggio. Lo fa scattare. Infilza la lama nel tappo e lo estrae. Ripulisce il collo della bottiglia con la manica. Ne beve una sorsata. Poi si volta verso di me e dice, guarda che sei infangata da capo a piedi e tutta sporca di sangue, Mirtina. Togliti quella roba e vedi di ripulirti. Cerchiamo di essere civili, anche se siamo solo fra noi e il mondo è scoppiato.

È troppo facile, penso. Paco, dico, può essere una trappola.

Chi se ne importa, dice lui. Rollando una canna davanti al fuoco. Siamo al caldo, dice. Abbiamo questo bel fuoco. Vino a volontà. Fumo. Cibo.

Cibo! dico.

Non lo so e non lo voglio sapere, dice lui. Che sei morta o sei viva. O quello che mangi. Non mi importa. Sei Mirtina. Una Mirtina tutta sporca di sangue e di fango. Che dice di essere morta, dice. Che dice di essere uscita da una tomba. Dice tante cose, questa Mirtina. Ma è pur sempre Mirtina. E quindi, abbiamo anche Mirtina. Non sei contenta?

Paco non è un fiume. Non è una belva. Non è il fratello rinco di Robin. Paco è pazzo. Forse, è lui Alwa Schreisch.

Sono uscita sull'aia. A tirare un po' d'acqua dal pozzo. La pioggia s'è di nuovo trasformata in neve. Una tormenta.

Il cielo è basso. Verde. È ancora mattina, ma sembra già il crepuscolo. E in questo crepuscolo anticipato attingo un secchio d'acqua. Bevo e rituffo il secchio. Lo tiro su. Lo sgancio dalla carrucola. Lo porto in casa. In questa casa illuminata dal fuoco, riparata dal freddo, sistemata come un loft di sapore etnico da un pazzo detto Paco. Che fuma e beve alla fiamma del camino. Con gli occhi stretti come fessure. Poggio il secchio. Mi tolgo il giubbotto. La maglietta. Mi spoglio degli abiti insanguinati e infangati. Che tuffo nel secchio. Lavandoli e sfregandoli. E lavando e sfregando anche me, con la stessa acqua.

Perché non ti togli gli anfibi, chiede Paco.

Perché no, dico.

Che modi, Mirtina, dice. Sei un filino diversa. Cambiata, dice. Senza staccare lo sguardo da me. Dal mio corpo. Mentre mi lavo alla meglio. Dice, sai che non t'avevo mai vista senza mutande, Mirtina? Ho visto tutte le ragazze del nostro giro. Te, mai. Grazie a Robin, immagino.

Lasciamo fuori Robin?

Sì, hai ragione, dice. E si butta di nuovo giù, sul materasso, tirando una boccata di fumo. Dice, senza offesa, Mirtina. Ma non sai quanto mi manca. È come se mi avessero strappato mezzo corpo. Quella notte, alla discarica.

Sì? dico. A precipizio. Avvicinandomi a lui.

Non ti preoccupare, dice. Adesso parliamo. Ti racconto com'è andata. Finisci di lavarti con calma. Abbiamo tempo, Mirta. Forse non abbiamo altro, ma un po' di tempo ce l'abbiamo. Abbiamo sempre avuto tempo. Troppo tempo. Fa' con calma, piccola.

Risciacquo i vestiti. Li stendo su una sedia sfondata, di lato al camino. Mi asciugo con una coperta. Mi siedo sul materasso, accanto a Paco, avvolta nella mia coperta. Lui mi allunga la bottiglia di vino. Ne bevo un sorso. Mi passa la canna. Dice, non senti niente, vero? Neanche il freddo.

No, dico. Oramai, a che serve più mentire?

L'ho capito solo quando siamo arrivati quassù, dice. Che non sentivi un cacchio di niente. Sotto zero. Con quella pioggia gelida. E stavi a giocare col pozzo. Non volevi neppure accendere il fuoco. Non importa, fa lo stesso. Ma, visto che non senti freddo, tira via la coperta. Ti prego, Mirtina.

Sfilo via la coperta. Chiedo, va bene così?

Lui dice, yes. E comincia a parlare.

Sono arrivato alla discarica che dovevano essere le quattro. Non sai in che condizioni. Alla fine, ero caduto. Avevo una gamba acciaccata. La moto l'avevo mollata là. Aveva una ruota fuori sesto. Il manubrio storto. Ho fatto l'ultimo pezzo a piedi, zoppicando. Quando sono arrivato, ho visto il gippone. La musica andava a tutto volume. E ho tirato un respiro di sollievo. Sono strafatti, ho pensato. Hanno giocato un po' con gli sms. Ho pensato che stavate scopando. Non si vedeva niente. Era troppo buio. Mi sono avvicinato, cauto. Robin. Insomma, a nessuno va di essere preso alla sprovvista mentre si fa i fatti suoi. Ho pensato, se li vedo agitarsi, vado via. E domani gli faccio un cazziatone della miseria, però adesso vado via. Mi sentivo sollevato, capisci. La musica. Il gippone. Tutto regolare insomma. Mi sono avvicinato. E quando vi ho visti. Sai cosa ho pensato? Che ero arrivato tardi. Che la festa era appena finita. Dopo le coccole, tutti a nanna. Però. Mica potevo andarmene così. C'è sempre quella percentuale di dubbio. La volta che le cose vanno storte. Mi capisci, no? Invece dormivate proprio tranquilli. Rivestiti e tutto quanto. Ho aperto lo sportello dalla tua parte. Continuando a pensare che forse era meglio svegliarvi, stava a venire giorno. E ho fatto una cosa. Una cosa cretina. Ho allungato la mano per svegliarti e invece ti ho toccato le tette. Mi vergogno, veramente. E mentre te le toccavo pensavo, adesso Robin apre gli occhi e finiamo per darcele in mezzo alla spazzatura, per colpa delle tettine di Mirtina.

Sto seduta a un capo del materasso. Lui sta sdraiato all'altro. La bottiglia a portata di mano. Una canna appena accesa. Stiamo ai due lati del materasso, messo di fronte al camino come un divano. E non ci siamo neanche sfiorati con un dito. Talmente lontani, anzi, che potremmo scivolare giù, se ci spostassimo di un centimetro. Io non posso sopportare l'odore, è talmente forte. Lui, non so che cosa non possa sopportare. Ma sta ancorato al suo lato, aggrappato al bordo come un naufrago. Con la bottiglia in una mano e la canna accesa nell'altra. E fissa la bocca del camino.

Robin aveva la faccia di tre quarti, e non si vedeva nemmeno. E tu stavi lì con gli occhi chiusi, come un angioletto. Ma lui. Ho fatto un movimento, per scuoterti, e allora ho visto che lui aveva un occhio aperto. Stava di tre quarti, voltato dall'altra parte, ma ho visto il biancore, nel buio. E ho fatto un salto indietro. Sono corso dall'altra parte. Ho aperto lo sportello di Robin. L'ho scosso e ho gridato, ma mentre gridavo e lo scuotevo lo capivo, che non si poteva svegliare. Non poteva aprire gli occhi perché ce li aveva già aperti. Sbarrati. E allora l'ho spinto da una parte. E lui è caduto su Mirta, e io mi sono infilato al posto di guida. Tirando via le gambe di Robin che ancora stavano là. E non mi ricordo niente, se non che stavo sgasando col gippone verso l'ospedale di Foligno. E la musica che urlava nello stereo, perché non me ne ero neanche accorto. Anzi, pensavo che c'era sempre la musica che sparava nella testa. Ripetendomi che potevamo farcela. Che vi avrebbero sparato in vena una fiala di naloxone. Che magari saremmo finiti un po' in rianimazione. Che era solo un coma. E dal coma si esce. Come ne siamo usciti altre volte, io e Robin. Bisognava solo correre. Fare presto. Arrivare subito.

Sono entrato dal lato delle ambulanze. Un casino pazzesco. La musica che sbraitava. Io che sbraitavo. Ho fatto a pugni con un portantino, ma voi vi hanno soccorsi subito. Correvano come matti. Correvamo tutti. E mentre correvo e tutti correvano pensavo, non è niente, adesso gli sparano un paio di fiale e va tutto a posto. Ci sono troppi medici. Troppi infermieri. Siamo in troppi, per non farcela.

Sono rimasto dietro la porta. Le famose porte. Che si chiudono e tu resti dietro. Ad aspettare. A chiedere a tutti, e nessuno ti dice niente. E più aspettavo più pensavo, è tutto a posto. Sai una cosa, Mirtina, non mi era mai successo. Che qualcuno mi morisse davanti. Mentre era con me.

Quando me l'hanno detto. Me lo hanno ridetto e me lo hanno anche spiegato. Ma non lo capivo. Sentivo le parole ma non riuscivo a metterle insieme. Poi è arrivata tua madre. E tuo padre. Vuoi che vado avanti, Mirtina?

No.

Sta mangiando i fagioli in scatola. Dice, sei sicura di non volerli assaggiare? Non vuoi mangiare niente, Mirtina? Prendi un po' di vino, almeno. Sai, è una sensazione antipatica. Sembri in castigo.

I funerali, Paco. Quando si sono svolti?

Tre o quattro giorni dopo, dice. Stavano tutti ad aspettare la fiamminga, e quindi li avevano fissati dopo qualche giorno, ma lei è arrivata subito.

Chi è la fiamminga?

Muriel, no?

Ma. È una strega?

Muriel? Robin diceva che gettava un ponte. A me mi sta sul cazzo. Pare una che ti piglia per il culo. Però. Una strega, addirittura. Ma tu non la conosci?

No. Non ho fatto a tempo. Sono morta prima.

Ok, break. I funerali. Di sera, in chiesa. Le bare erano chiuse. Piangevano tutti. Io stavo con gli altri. Piergiorgio no, se ne stava per i fatti suoi. A tampinare i tuoi parenti. Tra lui e Magda, finish. Già pendevano. E dopo questa storia, il crollo. L'indomani vi hanno seppelliti, ma non sono andato. Mi fanno schifo i cimiteri.

Però ci sei venuto, alcuni giorni dopo, al cimitero, dico. Ti ho visto. Hai tirato un calcio alla ghiaia.

Sai, Mirtina, sono tempi che non si dovrebbe mettere il naso fuori casa.

Sono d'accordo con te, Paco.

Fuori la neve cade ancora. Siamo usciti a fare due passi. Mi sono avvolta in una coperta. Più per fare piacere a Paco che per necessità. Gli è preso un colpo, quando mi ha visto sulla soglia con i soli anfibi. Per carità, ha detto. Ha afferrato una coperta e me l'ha messa addosso. Puoi far finta di essere viva, ha detto, solo per un po'.

Camminiamo sull'aia. Sotto la neve. Ho tirato su un altro secchio d'acqua. Abbiamo bevuto. Ha mandato giù un paio di pasticche. Gli ho detto, ancora, Paco! Ha detto, bella mia, servono a mandar giù te. Lo capisci quello che mi stai facendo, Mirtina?

Ma stanotte ce la fai a guidare, gli chiedo.

Tu vuoi solo andare via, vero?

Voglio andar via con te, Paco.

Fa cenno di sì con la testa. E mormora qualcosa che non capisco. Sta di nuovo fumando. Camminiamo sotto la neve. Sono da poco passate le quattro del pomeriggio, ma è quasi buio.

Come li ammazzi, chiede Paco.

Parliamo a bassa voce, di fronte al camino. Ho scolato una bottiglia di vino. Per fargli compagnia. Per convincerlo che non ci sono tutte queste differenze. Per convincere me stessa. Questo caldo. Le pareti sembrano fiammeggiare. E l'odore di Paco ha invaso la casa. Non lo sento quasi più. È dappertutto. Lui continua a fare domande su domande. Sembra che non abbia mai fatto altro in vita sua. Io un po' racconto e un po' imbroglio. Dico che i giornali hanno esagerato. Che avrò fatto fuori quattro o cinque persone. La signora. La ragazzina. I deboli, insomma. Che gli altri me li hanno appioppati. Che in mezzo ci sono i servizi segreti. Le lobby. I poteri occulti. I soliti, insomma. Mescolo tutto in un mixer insensato, perché non voglio raccontargli troppo. Non mi fido fino a quel punto. Anzi, non mi fido per niente. Ma se devo arrivare a chiedergli la cosa più difficile, devo fidarmi un po' di lui. O perlomeno, che lui si fidi di me. Perché sono certa che per tirarmi fuori da qui deve legarmi. Incatenarmi a quella macchina. Perché la fune scorre e scorre, ma quando arriva in fondo, torna indietro. E io devo superare la resistenza di Robin, per allontanarmi da qui. Per durare altrove. Quanto a Paco. Cosa potrò farmene, dopo? Scoppiato da paura, sì, ma capace di connettere le cose. Di afferrare un po' troppo. Di colmare i vuoti in un baleno.

Li uccidi per mangiarli, vero, dice.

Non è neppure una domanda. Lui rolla lentamente la sua canna. Il sorriso è quasi una smorfia. Sai cosa manca qui? dice. Un po' di musica, Mirtina.

Allora andiamo via stanotte, gli dico. Prendiamo la quattro per quattro e ce ne andiamo. Va bene, Paco?

Sì, dice lui, però prima devo dormire. Tu non hai sonno?

Un po', dico.

Sai che le bugie le dici malissimo, Mirtina? Ne dici troppe e male, dice. Buttato sul materasso. Canticchiando. Fumando. Guardando il fuoco. Mi alzo dal materasso. Tocco i miei vestiti. Sono asciutti. Prendo la maglietta.

Aspetta, dice Paco, alzando una mano. Quelli che sono entrati in casa mia, dice.

Sì?

Cercano te. La polizia cerca il mostro. Ma qualcun altro sta cercando te. Sono entrati dappertutto. Da Luisa, da Magda, da me, a casa tua, dalle tue amiche, dal figlio del direttore di banca. Ci sono state decine di furti, questo mese. Ma cos'hanno portato via? Cazzate. Ed entrare da me è quasi impossibile. Nessuno entra da Paco. Credevo che stessero cercando qualcosa su di te, visto che anche la tua tomba era stata profanata. Ma adesso ho capito. Stanno cercando te, Mirta. Qualcuno che sa come gira la giostra.

Non lo so, dico. E penso al corteo delle berline nere. Agli scoppi e agli spari e alle cose che stridono e volano nella notte. Penso ai benandanti. Agli angeli dal cuore bugiardo. Ai morti accoltellati e dilaniati. A Lanfranco Grubner. A Thomas Duvivier. A questo giro folle di gente e macchine e cose che volano. E tutti che cercano me.

Non lo so, dico. Comunque, credo di essere la sola. La

sola morta che cammina sulla terra. E scusa se ti fa impressione, Paco. Ma se andiamo via insieme, è inutile raccontarsi troppe balle, come dici tu. Non credi?

Mi sto strippando a morte per crederci, dice lui. E mi sa che stavolta è quella buona. Quella che ci resto. Ma voglio morire felice, Mirtina. Robin è morto. Tu sei morta. Che ci sto a fare qui, me lo sai dire?

Noi possiamo salvarci, dico. Mi sto preoccupando. È veramente strippato da paura. E se perde anche la voglia di vivere. Oppure, è il solito trucco dei viventi. Ti do questo se mi dai quest'altro. Senti Paco, cosa vuoi? gli dico. Vuoi morire davvero? Cosa vuoi, Paco?

Lui sorride. Tira una boccata di fumo. Guarda il fuoco. Dice, è una vita che voglio morire. Come Robin. Come tutti. Però in questo momento mi sto scazzando con Robin. Che parla sempre, da qualche parte nella mia testa. E mi sta dando del pezzo di merda, capisci? Ma adesso finisco di scazzarmi e sono subito da te. Vedi, Mirtina, ci dovevo stare io al posto di Robin, fin da principio. Ci *volevo* stare io. Ma è andata in un altro modo. E adesso sei morta, ma sei qui. Lui è sottoterra, ma tu sei qui. E allora, me lo prendi in bocca, Mirtina? Lo prendi in bocca a Paco? Hai una bocca così bella. Una bocca da fata. Fa' finta che sia di Robin, se vuoi. Inventati quello che vuoi. Ma, me lo prendi in bocca, Mirtina?

Tiro giù la lampo dei jeans. Infilo dentro le dita. Glielo tiro fuori. Lui rabbrividisce. Dice, scusa sai, ma è sconvolgente. Come stare in un'altra galassia. Ma lo voglio, Mirta. Lo voglio, fosse l'ultima cosa. E rabbrividisce di nuovo, mentre glielo tocco. È diverso da quello di Robin. Più scuro. Diverso.

Cristo, Mirtina, dice lui. Non sai quante volte me lo sono immaginato. Che tu venivi a casa mia, con una scusa. Che mi abbassavi la lampo, così. Non sai quante seghe mi ci sono fatto sopra. Che cosa t'ho fatto, durante quelle seghe. Sono anni che mi faccio le seghe su di te, Mirtina. Prima di conoscerti e dopo. E anche quando stavi già con Robin. Quelle sono state le peggiori. Seghe disperate. Fuori di testa. Che partivano sempre dallo stesso scazzo mentale. Robin era fuori. E io ti invitavo con una scusa a casa mia. E poi chiudevo a chiave porte e finestre. Sprangavo tutto.

Lo sfioro con le labbra. Quest'odore. Così forte. E di colpo ho paura. Di mordere. Affondare i denti. E penso, come fa a non aver paura? Ma forse, ha paura. Mi smuore sotto le labbra, non appena lo tocco. Alzo il viso verso di lui. E la sua mano mi preme sul collo. Non smettere! dice, spingendomi giù. Succhialo, amore, che torna duro. Per carità, non smettere, Mirtina. Lo sai cos'ho fatto una sera? Sono andato da Magda. Fatto da dio. Le ho detto, chiamami Robin. Lei ha detto che ero fuori. Ma ha capito. È in gamba, Magda. M'ha chiamato Robin tutto il tempo. Le veniva naturale. E a me veniva naturale pensare che tu mi chiamavi Robin. Scopavamo senza capirci niente. Confondendo i nomi. Cristo, Mirta, piglialo in bocca e basta! Succhiamelo, amore, così. Che bocca hai. La mia Mirtina.

Faremo notte. Si gonfia e si smoscia a ogni minuto. E lui parla, continua a parlare. Di quello che mi ha fatto in tutte le sue seghe. Di quello che mi farebbe se fossi viva. Di quello che vuole farmi anche se sono morta. Che lui mi vuole, mi vuole, mi vuole.

E io continuo a succhiarglielo. In mezzo a quest'odore nauseante. Ma muschiato, al fondo. Latte e miele. Che non devo mordere. In cui non devo affondare. Solo leccare. E carezzare. E succhiare.

Senza mordere.

Non morderlo. È Paco. Non puoi mangiare Paco. Lui è come Robin. Robin sul Subasio, sotto il cartello giallo. Ti ricordi la prima volta che glielo hai preso in bocca, che ti sembrava di soffocare? Ma adesso che non respiri. Ficcatelo fino in gola. Fagli vedere quanto sei brava. È Robin. O Paco. Robin è fuori e tu sei andata a casa di Paco, con una scusa. Lui ti ha chiamata, con una scusa. Ha sbarrato porte e finestre e acceso un fuoco. E adesso glielo stai succhiando. Era quello che volevi, no? Non mordere!

Lo sento agitarsi. Lontano da me. A una distanza enorme. Un gemito che sale dal mondo dei viventi e che ascolto in sordina. Come una musica suonata dietro un vetro. O un film muto. E vorrei mordere, e squartare e sbranare. In questo odore che mi buca la pelle. Poro per poro. Latte e miele. In cui affondare. Stritolare. Dilaniare.

E lui dice, a mezza voce: sotto quel cartello giallo dovevamo starci in due, insieme a te. Erano i patti. Ma lui mi ha tradito, Mirta. Mi ha tradito. Perché aveva paura. Che ti portassi via. Che tu venissi con me. Per dieci minuti. Per un'ora. Per una notte. Per sempre, Mirtina, per sempre.

Non morderlo. Inghiotti. Inghiotti tutto. Non mordere.

Mi gira la testa. No, non la testa. Mi gira la mente. Non lo sapevo. Non potevo immaginare. Non so come ho fatto. A non morderlo. A non strappargliela via. A non mangiarlo. So solo che è stato spaventoso. Resistere. Spaventoso. Contro natura.

Si è addormentato di colpo. Subito dopo. Mi ha guardata un momento. Con gli occhi spalancati. Mi ha passato una mano sul viso. Tra i capelli. Mi ha stretto un seno. Ha detto, Mirta. E si è addormentato. Sono corsa fuori, al pozzo. Nuda com'ero. Mi sono buttata addosso un secchio d'acqua. E un altro. Per togliermi quest'odore di dosso. Ho tuffato la bocca nel secchio, ma niente da fare. Continuo a ripulirmi la bocca. E a buttarmi secchi d'acqua addosso. Ma mi sembra impossibile riuscire a togliere l'odore. Ho perfino paura di mordermi da me, se continuo a sentirmelo addosso. E ho una fame spaventosa. E adesso Robin non verrà più fuori. E voglio rimanere con Paco. Voglio Paco, e lo voglio per mangiarlo. Robin non me lo perdonerà mai. Non ci perdonerà. Ci perseguiterà. Di qua e di là dalla morte. Come la donna che striscia, in fondo all'aia. Striscia e striscia, spingendosi avanti con i piedi insanguinati. Sopra i vetri infranti. Sopra i cocci che le straziano la pelle, perché ci sono cose spaventose. Nella vita. E cose ancora più spaventose. Nella morte. Come questo odore che continuo a cercare di spazzarmi di dosso, e che pure persiste. Come se si fosse insinuato sotto pelle, poro per poro. Sotto la mia pelle.

Un fruscio. Come un moto di vento, alle mie spalle. La donna, penso. Invece è Witt. Sottile come un filo di fumo, contro il muro diruto che circonda l'aia. Witt! dico, correndogli incontro. Ha l'impermeabile a brandelli. Niente sigaretta. E non guarda neppure verso di me, ma verso la vetta. E parla. Ma la sua voce mi giunge a fatica, distorta. Ovattata dalla neve che cade. Dice, devi andare via, Luna. I benandanti stanno tornando. Vattene subito.

Che devo fare con Paco, dico. Che devo fare, Witt? Ma lui scuote la testa, le gambe già tremolanti di fumo e di neve. Protende una mano. Fino a sfiorare la mia. E sento il gelo delle vette attraversarmi la mano. Il gelo della morte. Della nostra morte. Il gelo di Luna. Opaco e freddo e privo di luce. Perforarmi la mano da parte a parte.

Witt, dico. E lui leva la mano in alto, in uno strano saluto circolare. Sembra un ologramma. Proiettato da qualcuno contro i muri. Contro la neve. Contro il vento. Una antica foto semovente proiettata dal profondo degli spazi cosmici, che come una pergamena sottile si frappone un momento tra me e il muro. Tra me e il pozzo. Tra me e la neve. Alwa Schreisch, probabilmente. Che gioca da dio, da qualche parte lassù.

Devo tornare dentro. Rivestirmi. Andarmene. Ma ho paura di rientrare. Di trovarlo addormentato davanti al fuoco. Di mangiarlo. Perché Mirtina è morta da troppo tempo, per ricordarsi l'amore dei viventi. E io non so neppure cosa sia. E anche se è Paco, o forse proprio perché è Paco finirò col mangiarlo. Varcherò la soglia e lo coglierò nel sonno. Lacerando e squartando e divorando. Perché non posso resistere a questa fame spaventosa. Alla voglia di fargliela pagare. Per tutti. Per lui e tutti i viventi che camminano tranquilli sulla terra. Accendendo fuochi e sbarrando porte e finestre e dandotelo da succhiare.

E non dico che al tempo della mia vita non sarebbe stato bello. Non sarebbe stato mitico. Ma non mi ricordo più. Quanto a Mirta, ai brandelli che ancora sopravvivono di Mirta, sono tutti per Robin. Stanno implorando perdono ai piedi di Robin. Non c'è spazio, qua, per Paco. Solo per mangiarlo. Ma non voglio mangiare Paco. Avrebbe potuto essere al posto di Robin. E poi, quanto tempo mi resta? Witt ha detto che stanno tornando. Vattene subito, ha detto. Nella tormenta. Con addosso solo un paio di anfibi imbottiti di soldi e documenti. Come posso andarmene così. Scendere a valle. Mangiare lungo la strada. Trovare da coprirmi. Rubare i vestiti, oltre che la vita, alla prossima vittima. Al prossimo vivente che in questo momento sta guidando ignaro tra questi borghi. Pensando magari, con chi esco, stasera? Chi chiamo?

Mirta! dice Paco. Sulla soglia del casolare. E subito rientra. E di nuovo esce. Una coperta tra le mani. Gli occhi ridotti a fessure. L'aria agitata.

Stammi lontano! grido. Non sono Mirta!

Mirtina.

Sono Luna, Paco, stammi lontano! Finirò per mangiarti, lo capisci Paco! Io sono Luna!

S'è fermato a metà strada. Tra la porta e il pozzo. Tra la

porta e me. Con la coperta tra le braccia. E di nuovo piange. E mentre piange, balbetta: prendi freddo, bambina. Non puoi stare nuda in questo freddo. Non ce la faccio, a vederti nuda in tutto questo gelo.

E si avvicina. Con la coperta protesa. E penso, adesso lo mangio. Penso, adesso volo via, tra queste nubi nevose. Mentre lui mi mette addosso la coperta. Me la stringe addosso come un mantello. Mi abbraccia dentro la coperta, piangendo. Dice, ti prego, Mirtina, rivestiti. Vieni dentro e rivestiti, ti prego.

Ok, cerchiamo di ragionare. Prendiamo la nostra roba e andiamocene. Stanno arrivando, perdio. Digli che è stato fantastico. Favoloso. Digli che glielo succhierai fino a consumarglielo, se è questo che vuole, ma fatti portare via di qui. Subito!

Dobbiamo fare presto, ricevuto Paco? dico, buttando via la coperta e rivestendomi alla svelta.

Yes, dice lui. Il fuoco?

Lascialo acceso. Se brucia tutto, magari è meglio.

Mitico! grida lui. Bruciamo tutto! Vuoi che bruci tutto, Mirtina?

Sì, dico. Infilando il giubbotto. Cercando di ignorare l'odore che ristagna tra queste pareti. Ingombre di coperte e materassi e bottiglie vuote e lezzo di viventi. Mentre lui infila in un sacco di juta un paio di bottiglie di vino. La torcia. Tutto quello che gli sembra possa tornar comodo. E mi pare di essere tornata ai primi giorni. Di rivedere un film già visto. Gli zaini. I borsoni che mi sono trascinata dietro. Perdendoli e infangandoli. Seppellendoli. E riempiendone altri. Quando ragionavo ancora come ragionano i vivi. Per accumulazione. Continuando a caricarmi zaini e valigie. Stipandoci dentro di tutto, perfino il corpo della Susy. Perché tutto può tornare comodo. Per i viventi. Anche Mirtina, stipata nel sacco di juta. Insieme alle altre cianfrusaglie. Che ne sarà dei viventi senza Mirtina? Che ne sarà dei loro poveri cuori, in mancanza di una Mirtina?

Paco sta trafficando col cellulare. Non c'è segnale, dice. Se Luisa mi ha cercato. Cristo, sono le sette di sera, e manco da ieri. Mi avranno inserito nella lista delle probabili vittime. L'ultima vittima di Mirtina! E scoppia a ridere. Sai che facciamo, amore? Ci fiondiamo a casa mia e ce la battiamo.

Posso aspettarti fuori paese, dico.

No! dice lui. Io non ti mollo. Ti infili il mio casco. Tanto ormai è buio. E io ho sempre qualche stronzetta per le mani. La macchina è già pronta, in garage. E se proprio hai fame, perché mi pare che ti stia venendo fame, o sbaglio? Ci penso io. Ti accoppo qualcuno e te lo porto in garage.

Non funzionerebbe, dico.

Come, dice lui.

Voglio dire. I morti. Io non mangio i morti.

Ride. Una risata strana, che rabbuia per un attimo lo stanzone. D'accordo, dice, se siamo arrivati fin qui, possiamo arrivare dappertutto. Sconvolgerci fino alla paranoia. E anche mangiarli vivi. Una bottarella al primo che passa e te lo porto caldo caldo in garage. Solo, non chiedermi di tenerti compagnia.

Paco, dico.

E dai, Mirtina. Non c'è problema. La sfanghiamo.

Invece c'è, penso. Non la sfangheremo mai, in questo modo.

Dai, sbrighiamoci, dice lui. Comincia a uscire, che do fuoco alla baracca in due minuti. Così verranno per di qua, i fottuti che ci cercano. E noi scapperemo per di là. E ride. Con gli occhi che riflettono il bagliore delle fiamme. Ho deciso! urla, bloccandosi con le mani a mezz'aria. Sacrifico il Chivas! Faremo un botto da paura! Festeggiamo! A noi! Alla mia Mirta, dice. E mi sfiora la bocca con la sua. Come un bacio soffiato in punta di labbra.

Quanto tempo sono stata con loro. Tra botti e trip e cagnara. Quante serate. Nottate. A stripparmi con questi spostati. Bambini impazziti che capivano solo botti e scoppi. Lacrime e risate. Quanto calore c'era. Quanto ce n'è stato, nella mia vita. Tra questi viventi fuori di testa che dicevano, siamo agitatissimi, siamo incasinatissimi, siamo nella merda fino a qua. Dicevano che la vita è dolore, noia e vuoto. Che la vita non vale un soldo, è solo un incubo passeggero sul far dell'alba. E mentre dicono questo brindano e ballano e si avvinghiano. Come alla villa, quella notte. Quando ho caricato mille volte il fucile. Sparando su di loro che affondavano felici nel loro lezzo. Eccitati ed eleganti. Con quella luce azzurrata nello sguardo che è la luce del futuro, anche se per loro stava sgocciolando via, mentre toglievo la sicura dal fucile. La luce su cui ho fatto fuoco. Il fuoco che adesso Paco sta accendendo. Con quella luce nello sguardo. Anche lui. La luce su cui ho sparato.

Per invidia dei viventi.

Il casolare sta bruciando. Preda di questi piccoli focolai che serpeggiano tra la neve. Sull'aia, Paco sta trafficando con la bottiglia di Chivas. Ci ha messo dentro qualcosa. La maneggia con cautela. E ride forte, mentre spingo la moto oltre l'ingresso.

Paco, dico, si è parlato di una villa? Di una strage in una villa?

Lui si volta un momento verso di me. Dice, non so. Non mi pare proprio. Da queste parti?

Forse in Toscana, dico.

Sei andata a far danno anche lì? strilla. La mia Mirtina. Scoppia a ridere e mi abbraccia. Fa scivolare una mano tra le mie cosce. Me la stringe. Me l'accarezza. Mi lecca piano la bocca. Dice, non preoccuparti, adesso c'è Paco. Ti ci porto io in Toscana. Ti porto dove vuoi. Mi bacia, mentre l'incendio divampa. Il nostro primo bacio. Le lingue di fiamma si protendono dalle finestre. Dalle porte. E qualcosa vola giù dal piano di sopra. Miagolando. Atterrando nell'aia, quasi sulla porta di casa.

OPHI!

Paco mi lascia. Guarda un momento il casale. Si bilancia facendo un passo indietro, la bottiglia in mano.

NO, PACO, È OPHI! LASCIA SCAPPARE OPHI!

E lui lancia la bottiglia. Tra le fiamme. Centrando la soglia del casolare. Centrando. Bingo! latra. Doppio colpo!

E io balzo alle sue spalle, afferrandolo sotto la cintura.

Per mangiare qualcuno bisogna, almeno, arrivare a toccarlo. Non dico altro, solo toccarlo.

Finisco contro il muro in un attimo. Senza neanche capire. L'avevo appena afferrato. E mi sono ritrovata contro il muro. Non sento nulla. Non l'ho mai sentito, il dolore. Solo la pressione. Una pressione schiacciante. Sono volata per aria. E ripiombata alle sue spalle. Ma si era già voltato. Con gli occhi sgranati. Sappiamo volare, ha detto. E s'è tuffato di lato, rotolando lungo la scarpata. Devo andarmene subito, ho pensato. Ma stavo già inseguendo la sua scia. Latte e miele. Forte e luminosa come un tracciante nel cielo. In mezzo al fumo dell'incendio. Alla neve che turbinava. Sono volata fino in fondo alla scarpata. Mi sono guardata intorno.

Mirtina, ma ce l'hai con me per quel gattaccio? ha detto alle mie spalle. La morte t'ha proprio sbroccata. E ce l'avevo già addosso. Ho scalciato e scalciato. Non può essere, ho pensato. Non può essere che non ce la faccio. Il ragazzo della Panda era forte. E il poliziotto aveva la forza di uno schiacciasassi, e una voglia

di vivere infinita. Ma questo! Mollo di colpo, ripiegandomi su me stessa. E lui scivola in avanti, sbilanciato. Tiro su le spalle di scatto. E via. Mi ritrovo per aria. Guardo verso il basso. Lui è laggiù. Col naso per aria. E grida, smettila subito, Mirtina, se no ti faccio a pezzi. Non voglio farti male, dobbiamo andarcene! VIENI GIÙ SUBITO E SALI SULLA MOTO!

Vieni giù subito e sali sulla moto.

Lo sento da quassù, l'odore. Tormentoso come una tazza di cioccolata calda. Mi tuffo giù. Per ritrovarmi a mezz'aria. Sospesa tra le sue braccia. E poi a rotolare per terra. Mentre mi arriva addosso una tranvata. In pieno stomaco. E un'altra. E un'altra ancora. E non sarà dolore. Ma è come se tutto il mondo stesse turbinando. Di fumo e di neve. Sto rotolando su me stessa. Lungo una discesa. Devo volare. Volar via. Mi ucciderà. Mi ucciderà di nuovo. Mi ucciderà per sempre. Allungo le mani alla cieca. Mi afferro a uno spuntone di roccia, per fermarmi. E quando faccio per tirarmi su, lui mi è di nuovo sopra. Come se fosse piombato dall'alto. Al posto mio. Facendo il mio lavoro. E mi sta schiacciando bocconi sulla terra, come se volesse rispedirmi sotto. Farmi tornare sottoterra. Per fortuna non respiro. Per fortuna non mi tocca respirare, altrimenti ero finita. Come potrei respirare in queste condizioni?

Mirta, soffia nel mio orecchio. Stai sbagliando, amore. Ti porto via, capito. Insieme, possiamo sfangarla. Chiedo scusa per il gatto, ok? Pace, Mirta?

Il suo odore è diventato tutto il mondo. E tutto il mondo il suo odore. Se solo riuscissi a liberare le braccia. Perché non so combattere? Perché cazzo non ci ho pensato, che prima o poi mi sarei imbattuta in uno che sapeva farlo? In uno veramente cattivo. E lo sapevo, che Paco era cattivo. Che era fuori. Una belva. Tutti lo dicevano. Pure Robin. Ma come potevo anche lontanamente immaginare che fosse questo.

Sto ferma un momento. E poi faccio scattare il braccio

destro, di colpo. E sento qualcosa che scivola via, disancorato. E mentre la pressione si allenta, in quella frazione di secondo lo afferro con la mano sinistra. Per la cintura. E tiro. Lo strappo via da me, come un pezzo di pelle bruciante. Un pezzo di carne attaccato alla mia. E volo verso l'alto. Volo. E ripiombo giù. Cadendogli con le ginocchia sulle spalle. Colpendo. E colpendo e colpendo, per ritrovarmi di nuovo a scivolare lungo il crinale.

Il tempo di rimettermi in piedi. E me lo ritrovo davanti. Un mare di cioccolata calda in cui le fessure degli occhi sono due segmenti neri. Sta sanguinando, adesso. E ha gli abiti stracciati. E questa luce nera che viene fuori dalle fessure.

Ucciderlo. Non morderlo. Non dilaniarlo. Non divorarlo. Solo ucciderlo. È questa l'unica priorità. Ucciderlo.

Se ci riesco. Se solo riesco a toccarlo.

Non è possibile. Il mio braccio. Cristo, il mio braccio. E il giubbotto. CHE STA FACENDO COL MIO GIUBBOTTO!

Un attimo. Ho perso un attimo di troppo. E mi trovo avvolta nel mio stesso giubbotto. Lui è saltato davanti. Non so neanche da dove. Come trovi ancora la forza. Quanta ne abbia in corpo. Non so più niente. Solo che sto rotolando, ancora più giù. Chiusa nel mio stesso giubbotto come una camicia di forza. E lui non molla. Avvinghiato a me. Gridando e imprecando. E continuando a colpire. Non riesco a muovere le braccia. Non riesco neanche a parare i colpi. Se solo ci fosse papà, col suo fucile. Papà. O Robin. Loro non glielo permetterebbero. Non c'è nessuno. E devo farlo da sola. Tirarmi fuori da qua dentro. Sfondare questo giubbotto come ho tirato via la tomba, come una coperta pesante.

ADESSO BASTA, PERDIO, BASTA!

Ho tirato una testata. All'indietro. Con tutta la forza. Pensando: lo mancherò e mi spaccherò la testa contro la roccia. Invece ha urlato, mentre riuscivo finalmente a tirarmi fuori dalla stretta del giubbotto. Ma il destro. Ho qualcosa al braccio destro. Ma non c'è tempo. Me lo sono scrollato di dosso, scalciandolo via come una pazza. Urlando pure io. Ho allungato il braccio sinistro. Mi sono afferrata a un tronco d'albero, cercando nel buio un riparo. Che è successo al mio braccio destro. Che cazzo sta succedendo.

Luna, dice la voce nel buio. Ferma lì e non ti muovere.

Ha il coltello in mano. Non so più neppure dove siamo. Mi sono tirata in piedi. In questo buio turbinante. In mezzo all'odore acre del fumo. Con il riflesso della neve che ci permette ancora di distinguerci. Di scorgere le ombre. E la luce nera negli occhi.

Senti, Luna, dice. Tenendosi a distanza. Il viso coperto di sangue. Il coltello in mano. Le gambe che si muovono come a passo di danza, bilanciate. Le braccia allargate. Il coltello. Come faccio a toccarlo. Possiamo ancora recuperare, dice. O devo romperti anche l'altro braccio?

L'altro braccio. Quale braccio?

Perché poi tocca alle gambe, dice. Poi ti incateno e ti porto via. Sei stata tu a chiedermelo, ieri sera.

Come fa a ricordarsi? Era strippato. Scoppiato. Gridava e piangeva. Come fa. È una belva, no? Lui non è strippato. Non è scoppiato. Lui è così. Ti ricordi di Sonia? Ti ricordi quando Robin diceva che bastava Paco per sistemare le cose?

Ma non c'è bisogno di fare tutto questo macello, dice lui. Basta fare pace. Mi caccio un po' di sangue di dosso. Ti do una sistemata al braccio e ce ne andiamo.

Sei brava, lo sai? Bravissima e bugiardissima. Non mi avevi detto niente, piccola. Ma io sono contento. Perché insieme la sfanghiamo alla grande. E chi ci piglia, a noi. Chi ci piglia più. Ti insegno un paio di trucchetti. E non ci pigliano più.

Noi. Insieme. Un paio di trucchetti. E chi ci piglia. Lo fisso e nel frattempo sollevo il braccio. Di poco, solo per scorgerlo, nel riflesso della neve. Non può essere rotto, se lo sollevo. Anche se. Ho sentito qualcosa scivolare via. Disarticolarsi. Prima. E poi lo muovo strano. Guardo il braccio. Senza perdere di vista Paco. Lo guardo di sguincio, e c'è qualcosa che non capisco. La mano. O forse. Non posso guardare bene. Però, è girato dall'altra parte. Come se.

HO LA MANO AL CONTRARIO!

Non gridare. Zitta. E non guardarti la mano. Ok, sta fuori sesto. Tutto il braccio è fuori sesto. Ma non ci pensare adesso. Guarda lui, Luna. Sta perdendo sangue. Gli hai tirato un mucchio di colpi comunque. È rotolato giù dalla scarpata. Gli hai praticamente spaccato la faccia con quella testata. Guardagli quella luce. La luce nera. È forte, sì. E sa combattere. E s'è calato tutte quelle pasticche. Che forse non gli fanno sentire nemmeno dolore. E la pazzia. La pazzia che lo aiuta e lo protegge. Ma ha anche quest'odore di vivente. E tu devi mangiarlo. Volare via o riuscire a mangiarlo. Se no ti fa a pezzi, ti incatena e ti chiude in una cantina senza porte e finestre. E non esci più da là dentro. Capito. Ti chiude sotto. Ti ci sotterra. E di tanto in tanto viene a trovarti.

Luna, allora? Vogliamo chiuderla qui, bambina? Lo so che sei un po' scombussolata. È per il tuo braccio? Ma guarda che mettiamo tutto a posto.

Va bene, dico. Va bene, Paco. Ma butta via quel coltello.

Piccola, dice lui. Che è mai un coltello, per una come te.

Lo vedo e non lo vedo, nell'oscurità. Tiene il braccio allargato. In mano, la lama che scintilla. Ma con l'altra sta trafficando. Qualcosa che guizza nel buio. E volerei anche via. Ma non so se ce la faccio. Il braccio. E se mi viene paura fino a questo punto, sono fottuta. Paco, dico, va bene. Facciamo pace. Paco? Dimmi che devo fare.

Solo venire avanti, dice lui. Piano. Niente giochini strani, Luna, d'accordo. E non ne faccio neppure io. Non c'è trucco, fidati. Ma devo fidarmi anch'io. E non mi fido, bimba. Se prima non ci guardiamo bene negli occhi, non mi fido. Vieni avanti piano. Così. Piano. Adesso comincia ad alzare le braccia. Alza un poco le braccia, almeno so dove le tieni.

La cosa che ha guizzato nell'ombra. È la cintura dei jeans. S'è sfilato la cintura. A che gli serve, la cintura. Una cintura. Serve. A legare.

Continua a camminare, bimba. Piano. Ecco, alza le braccia. Anche il destro, coraggio. Tiralo un po' più su. Non guardarti la mano, alza le braccia. Sembra un direttore d'orchestra. Con le braccia che oscillano su e giù. A dare un ritmo. Al mio passo. Alla notte. Al buio. Che devo fare. Volare nel buio, ma ci sono troppi alberi. E con questo braccio. Non è possibile. Non posso aver paura di uno schifoso vivente. Che mi ha quasi strappato un braccio. Un braccio. Poteva staccarmi la testa.

Paco, dico. Paco, quanti passi devo. E salto prima di finire di parlare. Proiettandomi di piedi. Contro di lui.

Ha ancora il coltello. Lo tiene stretto in mano. Ma già il suo odore sta cambiando. Si sta smorzando, nell'aria nevosa della notte. Una cioccolata più leggera. Con una nota mielata.

Sono volata all'indietro. Fuori portata. Guardandolo da lontano. Schiantato contro l'albero. A vomitare sangue. Col coltello ancora stretto in pugno. Adesso avanzo piano. Pronta a scattare all'indietro, al minimo segno di reazione. Anche se. Come si fa a reagire ancora, in quelle condizioni.

Ma non mi fido. Mai fidarsi dei cattivi. Avanzo ancora, fino a portarmi a un paio di metri da lui. Lo guardo. Come fa a respirare? Gli ho sfondato il torace con gli anfibi. Eppure respira. Faccio un passo avanti. Respira. E tiene in mano il coltello. Ma il suo odore, è l'odore dei morenti. L'odore di Grubner. L'odore sottile e gelato dei morenti. E io ho una gran fame.

Spalanca gli occhi. Mi guarda e dice. Non posso crederci. Che riesca ancora a parlare. Con il torace sfondato. Il sangue che cola a fiotti. E bolle di saliva rossastra che si gonfiano intorno alla bocca. Dice, hai fame, Mirtina? Oppure vuoi prendermelo in bocca? E mentre parla, mastica le parole. E le bolle di saliva rossa si gonfiano, scivolando lungo il mento. Mescolandosi al sangue che fiotta dal torace. A quello che gli cola giù dal naso rotto. E ancora tiene in mano il coltello.

Il suo odore è penetrante e leggerissimo. Miele puro che cola mescolato al sangue. Al suo ansito. Alle volute di fumo. Alla neve che continua a caderci addosso.

Fuori tempo, Mirtina, ansima lui. Niente caramelle, per oggi. Ah, Mirtina. Magari. Riesco a sfangarla. E ci rivediamo. Fuori. Così. Finiamo. Quel. Discorso.

Solleva di scatto il coltello e si taglia la gola da un orecchio all'altro.

L'odore s'è spento. Anche la fame s'è spenta. E la notte. Sento solo il fruscio delle fronde. Pesanti di neve. E ancora, mentre mi sporgo su di lui, penso. Sta' attenta. Potrebbe fingere. Lo sfioro. Con la mano destra rivoltata. Mi guardo il gomito. All'indentro. Mi ha voltato il braccio al contrario. Però. Era Paco. Voleva solo che rimanessi con lui. Portarmi in salvo. In una cantina. Legata e incatenata. O forse no. Io volevo mangiarlo. E lui incatenarmi. Ma lui non mi ha incatenato. E io non l'ho mangiato. Siamo stati. Furbi.

Adesso me ne vado, Paco. Mi dispiace. Non sapevo. Robin non diceva mai nulla. Però neppure tu. Forse, un po' hai inventato. E anch'io. E comunque. Potevamo sfangarla. Chi ci pigliava. Ma tu eri vivo. E io morta. Sono morta. Anche se sono a pezzi e ho un braccio al contrario. E ormai è finita. Sei quasi bastato tu da solo, Paco, per finirmi. E ne verranno cento. Mille. Non lo so cosa mi faranno. Forse dovevo tentare, con te. Ma vivi e morti non vanno d'accordo. Anche se ci abbiamo provato.

Mi tiro su. Questo braccio. La maglietta è a brandelli. E non ho più il giubbotto. Il suo? Tanto a lui non serve più. Il corpo è ancora morbido. Provo repulsione a toccarlo. Perfino pena. E ancora, paura. Ma ho bisogno di qualcosa per coprirmi. Gli sfilo a fatica il giubbotto di pelle. È talmente grande, per me. Ed è tutto insanguinato. Non importa. Tanto, sono di nuovo infangata. E le maniche sono così lunghe che mi copriranno questo braccio sbilenco.

Ho ammazzato Paco. E anche Ophi è morta. Tutti sono morti. Quelli che ho mangiato. E anche quelli che non ho mangiato. E i benandanti mi prenderanno. Forse mi mangeranno. E quindi mi resta una sola cosa da fare. L'unica che dovevo fare fin da principio. Fin dal primo minuto in cui sono uscita da quella dannata tomba. Adesso vado e la faccio. E poi basta. Dopo non faccio più niente. Facciano gli altri, quello che vogliono.

Scendo lungo il bosco. Camminando. Non ho fretta. Non ho niente. Non sento niente. E non voglio pensare niente. C'è una colonna di fumo che si leva contro il Subasio. E ho intravisto, lungo la provinciale, le camionette dei vigili del fuoco che si stanno già inerpicando. Bravi, andate tutti su. I vigili del fuoco. La polizia. I benandanti. Tutti su. E lasciatemi finire quello che devo fare. In questa notte di pioggia.

Ci sono posti di blocco dappertutto. E uomini, nel bosco. Avrei potuto perfino mangiarne uno, poco fa. Invece sono rimasta appollaiata su una quercia finché non è passato oltre. Mi sento come se mi fosse passato sopra un tir. Un tir chiamato Paco. E poi quell'uomo. Si muoveva con troppa cautela. E insieme con dimestichezza. Mi ha messo in allarme. Cauto e sicuro. Come se sapesse cosa stava cercando. E Witt ha detto che i benandanti stanno tornando. Witt. L'unico essere gentile in questo mondo selvaggio. In questo mondo di ombre cattive. Di amori cattivi.

E non ho idea, di come potrò dirlo a Robin. Di come potrò dirgli di avere ammazzato Paco. Di quello che ci siamo fatti. Di come è morto. Eppure, dovrò rivelargli tutto. Dal primo istante in cui mi sono tirata fuori da quella dannata tomba a quello in cui me lo troverò davanti. Di quello che ha detto Paco. Che non dubito abbia mescolato verità e menzogna, dandomi una vulgata qualsiasi. Una versione per Mirtina, una per Mirta, un'altra per Luna. La sostanza è uguale. E va raccontata. A Robin. Altrimenti, che ne sarà di noi. Del nostro amore.

Come fai a sparare una spada nel braccio di una che si ubriaca con mezza birra? Come ti regge il cuore?

Il cimitero è immerso nel silenzio. Nel buio. Nella pioggia. Balzo oltre il muro di cinta, sul retro. Non c'è nessuno, qui. Sono tutti per le strade. Tra i boschi. Uomini. Polizia. Benandanti. Tutti a girare intorno, ignari dell'epicentro. La tomba di Robin. Su cui mi precipito in questa notte estrema. L'ultima di attesa. L'ultimo desiderio da formulare, prima che la realtà prenda il sopravvento. Rimetta a posto ogni cosa e assegni le sue parti.

Passo la mano sinistra lungo il bordo freddo, intatto, della lapide. Di questa tomba senza fiori che avrei dovuto aprire fin da quella primissima notte. Quando sarebbe stato così facile. Risparmiandomi tanta parte di pena. E di dolore. E di orrore. La furia. I morti. Lascio scorrere la mano destra sotto il bordo della lapide. Anche se è storta, la mia mano sta riprendendo forza. E comunque, che sarà mai. Scalzare una lapide. Sollevare una lastra di marmo. Buttar via un po' di terra. Spaccare un coperchio. Come sollevare una coperta pesante e buttarla da un canto.

Sfilo via il giubbotto. Troppo ingombrante. Infilo la mano sinistra sotto il bordo della lastra di marmo e sollevo lo spigolo, facendo leva su me stessa. Provo con la destra. Il braccio sarà anche spezzato, e forse peggiorerò le cose, ma che importa. Non sento dolore. Niente. Solo la voglia di spaccare questa dannata lapide e tirar fuori Robin. Restituirlo a Mirta, a Mirtina, a Luna, a tutte le donne che si agitano senza fine dentro di me, e vogliono lui. Che torni. Esca da qua sotto. Oppure che non torni. Che sia morto e riposi per sempre in questa tomba. Devo sapere. Cosa c'è in questa tomba. Se un morto in attesa di aprire gli occhi. O un cadavere decomposto che mai più potrà riaprirli. Perché questa tomba è l'unico punto di verità. La matrice di ogni gesto e di ogni parola.

L'autrice di Luna. Della sua voglia di durare. Di rimanere per sempre con Robin.

Punto le ginocchia contro il bordo e spingo verso l'alto la lapide. Che si scalza lentamente, frantumando il cemento che la tiene legata alla base. Perché non l'ho fatto subito? Perché ho continuato ad aggirarmi qui intorno, come le pantere della polizia e gli strani cortei di berline nere? Senza capire, io che sapevo. Che sapevo, a differenza degli altri, che era l'esatto epicentro. Dovevo quasi morire di nuovo, per capirlo? O dovevo incontrare Paco, perché mi rammentasse finalmente di Robin. Del nostro mondo. Del nostro amore. Che rispolverasse la memoria dei viventi, a uso e consumo di Luna. Di questa cosa gelida che è Luna, che tutto mastica e tutto dimentica. Che ha avuto bisogno di uccidere Paco, per ricordare quello che andava fatto da subito.

Do un'ultima spinta e la lapide si rovescia su se stessa. Cadendo sulla tomba vuota di Mirta Fossati, nata il 24 giugno 1982, morta il 17 febbraio 2002. Vent'anni non compiuti. C'è un mucchio di terra sotto la lapide. La scalzo in fretta, con le mani. Maledicendo tutto il tempo questa mano al contrario che non riesco a far funzionare a dovere. Che dovrò farne, di questo braccio? Spalo in fretta la terra. Buttandomela addosso nella furia di arrivare al coperchio della bara. Il coperchio di legno e sotto, quello zincato. Sì, lo so. È più facile venire fuori da sotto che spalare da sopra. Si fa mille volte prima a spazzar via le cose, il passato, le persone, quello che non ti sta più bene che doverlo tirare a sé. E però è ancora presto. E il cimitero è deserto. Gli angeli di pietra vegliano intorno a me, coi loro occhi ciechi. Gonfi di lacrime sotto la pioggia.

La bara, finalmente!

E adesso, non è più questione di forza. Solo di coraggio. Il coraggio di riprendermi Robin.

Sta' tranquillo, amore. Farò piano. Anche se ci vorrà più tempo. Non voglio disturbare il tuo sonno. Farò con calma. Dolcemente. Come papà, quando sollevava la coperta e prendeva in braccio Mirtina per farle vedere l'alba, prima di andare a cacciare nei boschi.

Il coperchio di legno è chiuso da una dozzina di viti. Lo scardino a cominciare dal fondo. Non c'è fretta. E non voglio danneggiare niente. Ma è debole. Cede facilmente sotto le mani. Peccato per la destra. Mi sta facendo perdere del tempo. Se avessi la mano a posto. Ma non voglio nemmeno guardarla, non dico toccarla. Ci mancherebbe solo che mi ritrovassi un braccio in mano, in questa notte d'inferno.

Scardino lentamente il coperchio di legno. Partendo dal fondo. Spingendolo verso l'alto. Fino a farlo ricadere oltre il lato opposto. Travolgendo e spezzando la parte alta della lapide, dove è inciso il nome, e assordandomi del suo tonfo pesante. Rimango in silenzio. Con le orecchie rimbombanti. E il pensiero che qualcuno possa aver sentito. Che possano trovarsi nei paraggi. E correre qui mentre sono alle prese con l'ultimo ostacolo. Con l'ultimo velo dietro cui si trova il mio amore. Oppure, la sua morte senza fine.

Silenzio. Niente passi o fruscii. Niente voci concitate. Solo il picchiettio gentile della pioggia che continua a cadere. Fitta e fine. Rimbalzando sul coperchio zincato. Su questo coperchio saldato. Che rimuoverò piano. Per non metter paura a Robin. Per non mettere paura a me. Per assorbire lentamente quanto potrò trovare. Ciò che non oso neanche desiderare, Robin che apre gli occhi come in una favola nera dall'imprevisto lieto fine. Che dice, Mirta. E io, Luna. O Mirta. O Mirtina. Come vuoi tu, Robin. Purché apri gli occhi, puoi chiamarmi con tutti i nomi del mondo.

Oppure, quello che mi aspetto. Un cadavere decomposto. Putrefatto. Gonfio di gas. Un corpo annerito dalla morte.

E se il cadavere decomposto aprisse ugualmente gli occhi. Se avesse voglia di durare comunque?

Basta. Concentriamoci sul coperchio di zinco. È facile, dopo tutti questi orrori, affrontare l'ultimo. Dovrebbe essere facile. Invece è difficile. Anzi, tanto terrificante che per tutto questo tempo ho continuato a girarci intorno, senza aver il coraggio di affrontarlo. Andando e venendo dal cimitero, e facendo finta di non pensarci. Che non c'era altra possibilità che quella di tirarlo fuori io. Spalancare la tomba e tirarlo fuori.

Parto dal fondo. La saldatura, come immaginavo, resiste più delle viti. Dannazione a questa mano sbilenca. Robin ci resterà malissimo. Esce dalla tomba e si trova davanti una tutta infangata, sporca di sangue e con un braccio che pende. Una schifosa cosa morta e pure mezza acciaccata. Tornerà da Magda. O si butterà alla ricerca di una Mirtina tutta nuova e pulsante di vita.

Per accorgersi, povero amore, che *loro* può avere solo voglia di mangiarle. Mentre invece la cosa morta. Luna. A lei può fare tutto quello che vuole. Anche perché i morti non mangiano i morti. Grazie al cielo, i morti non mangiano i morti. Con Robin non si sa mai. E poi, la morte cambia. Basta guardare quello che ha fatto a quell'anima sognante di Mirta Fossati, un po' sconvoltina d'accordo, però. Un cuore d'oro. Una fatina. Un fiore reciso.

Basta. Sta proprio cedendo. Apriamo.

Ma. Dove. Tutto questo buio. Qualcuno può accendermi la luna? Avrò pure la vista dei gatti, ma. Che significa.

Fammi toccare. Fammi ficcare queste mani nella tomba! Non ci credo! Non può essere! Che cazzo c'è qua dentro!

Ho fracassato l'angelo di pietra. Un balzo all'indietro, e sono finita sull'angelo di pietra. Era un angelo bellissimo. E invece ci sono praticamente caduta sopra. Adesso è ridotto in mille pezzi. Le ali. Le mani giunte. Il ginocchio proteso. Il viso rigato di lacrime, irriconoscibile. È rimasto solo il basamento. Contornato da questa pioggia di pietre.

Simili a quelle che stanno nella tomba di Robin.

Quattro o cinque pietre. Pesanti. Cinque grossi sassi di quelli che si trovano sulla riva dei fiumi. E nient'altro.

Il cielo piange. E il mondo si è frantumato. Rotola lungo una china in fiamme. Contorcendosi. Una truffa. Un trucco. Uno scherzo. Gli uccelli stridono, volando. Spazzano fronde agitate. Nel vento. Nella pioggia. C'è un tuono, che rumoreggia impazzito. Che mette paura, nel suo boato d'inferno. La montagna è in fiamme. Fumo. Vortici. Vento. Qualcosa si è rotto. Lassù. O sotto. Sottoterra. Morire. Legati e incatenati. Rotolanti lungo la china. Fiamma. Vento. Pioggia. Pietre. Strida. Alte. Come rapaci che ruotano e ruotano. Pronti a piombare dall'alto. Gli uomini si dibattono tra i loro artigli rapaci. Che cosa vogliono, gli uomini. Gridare? Gridino pure. Piangere? Ma che piangano, se anche il cielo piange. Fuggire? No. Fuggire no. È vietato. Proibito. Luna non vuole.

Lacerare. Il velo di pioggia. Questa notte beffarda. State attenti ragazzi, non lasciate i compagni. Non lasciate il branco. Il branco dei viventi vi protegge. Dovevate rimanere a casa, ragazzi. Nessuno, qui, ha voglia di giocare con voi. O di farsi una canna con voi. Nessuno. Perché non c'è nessuno. Dov'è Robin. È la tua voce che mi chiama dal fondo del cielo, questo tuono rigato di stridore? Sto mangiando, Robin. Ma non ho mangiato Paco, te lo giuro. Non me l'ha permesso.

Ragazzi, il mondo si rompe e voi fuori! In una notte come questa. Con quest'odore spaventoso che vi portate addosso. Non capite, che lo meritavate? Meritavate di essere trovati. Ghermiti e mangiati. Perché il mondo si è rotto. E stride e tuona. Sotto un cielo in lacrime. Non posso piangere, non posso neanche piangere. E l'angelo che piangeva per me, è caduto in mille pezzi. Mentre balzavo. Gridavo. Stridevo. Sulla tomba del mio amore. Che chiamo e non risponde. Che cerco e non trovo. E al posto suo, quattro o cinque sassi di fiume, di quelli grossi, per appesantire la bara.

Che devo fare. Volare. Via. In alto. Verso Alwa. Verso il comandante Schreisch, che forse incrocia in zona con la sua megaflotta da qualche parte, lassù. E che punta i suoi telescopi sugli umani, per vedere come scopano e come mangiano e come si comportano. E forse potrà dirmi dov'è Robin. Dov'è il corpo di Robin. Dove cazzo è finito il mio Robin.

C'è un grido che attraversa i boschi. Un grido stridente che sale e scende senza mai spegnersi. Un tempo, questo era il verso della banshee. Ma Mirta non ricorda più cos'è. Né dove l'ha letto. O se non l'abbia solo sognata.

Me ne sono accorta dopo averli mangiati. Il ragazzo era Sandro Ferrari. Il mio compagno di scuola, quello a cui credevo di aver mangiato il padre. Evidentemente, era destinato. La ragazza non la conoscevo. Una ragazzina. Nei boschi, di notte. Due ragazzi soli nel bosco. Sandro e la sua festa di compleanno al pub. Quando Robin si voltò ridendo verso Paco e il suo sorriso andò a cadere negli occhi di un'altra. E forse rideva con Paco: uhey, c'è Mirtina, non facciamo figuracce. Non è ancora tempo di farci questa fata. Ha dieci anni. Solo dieci anni.

Ho portato via la giacca a vento di Sandro. Da un vecchio compagno di scuola, ci si aspetta che ti dia una mano.

Anche perché il giubbotto di Paco era sparito. Come li fanno uscire di casa, questi baby. Col mostro del Subasio che imperversa come un rombo di tuono tra i boschi. Come gli regge il cuore, alle loro mamme e ai loro papà, a lasciarli uscire a tarda sera. Quando fuori c'è Paco. C'è Luna. I mostri. I cattivi. I senza speranza. Che li cercano per mangiarli.

Se Robin non c'è, che ho ammazzato a fare Paco. Magari mi toccherà tornare su. Chiamarlo nel buio dei boschi. Tra i vortici di fumo e fiamme. Chiamare Paco fino a svegliarlo. Dirgli che Robin non c'è. Che ogni promessa è sciolta. Che adesso può legarmi e incatenarmi e buttarmi in una cantina. E passare a trovarmi quando vuole.

Il vecchio cavalcavia vicino a Terni. Fin quaggiù, mi sono spinta. Come un gatto che torna sempre nel posto di prima. Va bene, rimaniamo qui.

Chissà quanto dura l'eternità senza Robin.

Priorità annullate. Restiamo in attesa di nuovi ordini, comandante Schreisch.

Domani mattina salgo sul cavalcavia. E quando cominciano a passare i tir mi butto di sotto. E mi faccio spiaccicare sull'asfalto. Oppure. Me ne sto sul bordo della strada, ad aspettare i benandanti. L'ho detto e lo ripeto. Che non avrei più fatto nulla. Facciano gli altri quello che vogliono. Mi tiro fuori. Mi sfilo. Oppure vado alla polizia. Dico che sono io il mostro del Subasio. Nessuno mi crede. Ridono. Dicono che vogliono delle prove concrete. E io rispondo che posso dimostrarlo. Sono morta. Non ho battito cardiaco. Non respiro. Non caco. Non piscio. E se ancora non mi credono, salto su di loro e li spolpo. Così i loro occhi vedranno e le loro menti si apriranno. Mi ficcheranno in una segreta e butteranno via la chiave. Oppure mi metteranno sotto una lapide rinforzata. O mi bruceranno. La perfida strega del Subasio. *The Subasio Witch Project.*

Se almeno ci fosse Witt, con me. Ma non c'è più nessuno. Sono spariti tutti. Witt. Paco. Ophi. Spariti. All'ombra di Robin. Perché questo è un megatrip. Però non finisce più. Non passa più. E così me ne devo stare qua, sotto questo cavalcavia, a ricordarmi delle persone. Anche di Sandro Ferrari, che non ho capito neppure di aver mangiato. E che magari avrei risparmiato, se lo riconoscevo in tempo. E mangiavo solo la ragazzina. Che ovviamente somigliava a Sonia. Tutte le ragazzine somigliano a Sonia. E se me ne sto a parlare di Sonia, è proprio perché siamo al capolinea. Così si fa, quando il mondo si rompe. Si piglia un argomento qualsiasi e si va avanti all'infinito. Succede quando il cervello si scompatta. Pigli un argomento e vai all'infinito. Oppure vai all'infinito senza argomento. Così. Alla rinfusa. Pensando tutto assieme. Vaneggiando fino a quando qualcuno ti trova e ti porta via.

Che c'è in questa tasca? Un pacchetto di Marlboro. Sandro fumava? Io non ho mai fumato. Non mi piace fumare. Solo le canne, al tempo della mia vita. Per far compagnia a Robin.

Lasciamo andare, tu sei quella che si buca e dice che lo fa per tenere compagnia a Robin. Che mangia la gente e dice che lo fa per aspettare che Robin esca dalla tomba. Lasciamo andare, baby. Che solo Robin ti aveva capita. Tutti gli altri vedevano un'altra persona. Una Mirtina dal cuore d'oro. Un fiore reciso. Una fatina dagli occhi viola. Che adesso sta fumando. Prima sigaretta assoluta, in vita e in morte. Dentro e fuori. Come l'aria. Fingere di respirare è come fingere di fumare. E fa passare il tempo.

Se solo potessi chiudere gli occhi e dormire.

Mi dispiace che la stazione di servizio sia chiusa di notte. È una piccola stazione. Ma aprirà domani all'alba. Conosco gli orari. Ho bazzicato da queste parti, nelle ultime settimane. Domani, quando aprirà, ci andrò. Ordinerò qualcosa. Magari comprerò un giornale. Guarderò un po' di tv, come ai vecchi tempi. E aspetterò che vengano a prendermi. Se non viene nessuno, li chiamo io. Non so chi siano i benandanti. Forse non esistono neppure. Era solo un manifestino pubblicitario. O il nome di un club. O lo scherzo di Grubner, che era pazzo. E quindi andrò sul classico, come un tempo diceva Paco. Chiamerò la polizia. E loro decideranno che fare di me. Magari interverranno anche i movimenti per i diritti civili. Diventerò un caso nazionale. Addirittura mondiale. Inventeranno degli slogan. *Nessuno tocchi Lazzaro.* E alla fine costruiranno una prigione solo per me. In cima a un monte. Il Subasio, per esempio. E quando capiranno che non gradisco il solito rancio. Che mi sto spegnendo, grazie al solito rancio dei viventi. Allora i movimenti per i diritti civili pianteranno un'altra grana. Lanceranno una nuova campagna. *Nessuno lasci morire di fame Lazzaro.* Così mi daranno una razione alla settimana. O al mese. Ma ovviamente non possono darmi in pasto gente qualunque. E quindi mi daranno da mangiare i delinquenti. Gli psicopatici. I serial killer. E passeranno gli anni. Un'infinità di anni. E io sulla cima del Subasio. A mangiar gente. Nei secoli, le cose cambiano. Si annebbiano. La necessità diventa rito. E mito. Diventerò la mitica dea del Subasio, l'immortale divinità assetata di viventi. E nel corso dei secoli finiranno col sacrificarmi le vergini, che in un tempo che non voglio neanche ricordare erano il sale della terra. Mi porteranno le giovanette più belle. Quelle intatte. Bianche come tombe sotto la luna. E prima di mangiarle, racconterò loro del mito di Mirta e di Robin. Della nascita oscura di Luna. E all'ultimo minuto ne grazierò una. Perché è bianca e rosa e ha gli occhi viola di una fata. La lascerò andare, libera, nel mondo. Libera di ripetermi. Di sussurrare quanto ha visto e sentito nell'antro della dea. E nascerà un culto. Un culto tenebroso. Un culto misterico, che nel passare infinito dei secoli cambierà il mondo. E lo renderà meno selvaggio. Meno violento. E meno insensato. Perché è dal sangue oscuro della storia che nasce la civiltà. Nel sangue versato che si rinnova. Nel sangue placato che muore, alla fine del tempo.

E tutto questo tempo senza Robin.

Dai diari segreti di Witt, per quel poco che Mirta ancora ne ricorda: *Mi sento come una stufa che ha bruciato tutto, annerata di scorie e di fuliggine.*

Scorie. Per tutto questo tempo, ho desiderato tornare a casa. Volare leggera alla finestra del piano di sopra. Scivolar dentro. Abbracciare Marcolino, che dorme sotto la sua trapunta cosparsa di coniglietti. Dirgli che Mirta è tornata. Che non dovrà vivere nel ricordo confuso di una ragazza che tanto tempo prima gli ha insegnato a disegnare boschi e animali buffi. Non dovrà passare il resto della sua vita a chiedersi chi era quella ragazza. A sfogliare album di foto. A chiedere di una vaga favola nera a genitori precocemente invecchiati.

Per tutto questo tempo l'ho desiderato. Di infilarmi di volata nella stanza calda del fiato di Marcolino. Di berne il respiro assonnato. Pure riuscendo a resistere alla tentazione. Perché continuavo a vedere le mie dita che tornavano a incurvarsi. A irrigidirsi nella presa. A chiazzarsi di nero. A incupirsi di morte. Di fame. Di voglia di dilaniare. Squartare. Affondare nell'odore mieloso di Marcolino fino a mordere il suo cuore di bimbo.

Per tutto questo tempo, Mirta ha resistito a Luna. Frapponendosi tra lei e l'ombra nera di casa sua.

Scorie. Quel Peter non ricordo come. Peter da Manchester, insomma. Sarei potuta andar via con lui. Montare sul suo tir e filare via nella notte. Magari, avremmo buttato via l'ultimo carico e ce ne saremmo andati a zonzo. Per le strade. A parlare di Kurt e delle navi che attraccano in porto, in una tempesta di luci. Peter da Manchester è stato la mia grande occasione. Un'occasione mancata.

Scorie. Potrei andare da Magda. Dirle che sono morta e tutto quanto. Ma che non la mangerò. Non voglio farle alcun male. Solo parlare di Robin con qualcuno che lo conosceva bene. Magari potremmo metterci a sedere in soggiorno e parlare tutto il tempo di Robin. Finalmente alla pari. Lei, a cui è sfuggito in vita. E a me, in morte. Lei potrebbe piangerlo al mio posto. Versare le lacrime che non posso più piangere. Stravaccarci sul divano e parlare di Robin e tirare la testa al muro. Fino allo stremo. E al sonno.

Scorie. L'errore fondamentale di Paco è stato di essersi voluto mettere al posto di Robin. In caso contrario, non sarebbe morto. Ma ha voluto mettersi al posto di Robin. E nessuno può mettersi al posto di Robin. Anche se è un posto vuoto, annerato di scorie e di fuliggine.

Scorie e fuliggine. Robin non è mai stato in quella bara. O, se mai c'è stato, qualcuno l'ha tirato fuori e ha messo le pietre al suo posto. Per darle il peso giusto. Paco ha detto che le bare erano chiuse, ai funerali. Sigillate? Forse sì, altrimenti all'indomani sarebbero state aperte, prima di essere sotterrate. E quindi, delle due l'una. O Robin è stato scambiato con le pietre nel deposito del cimitero, oppure all'obitorio, prima che la bara fosse sigillata. Da qualcuno che è stato pagato per farlo. Via Robin, dentro le pietre. Ma pagato da chi? Da una persona che vuole a tutti i costi il corpo di Robin. Muriel? Ma Muriel poteva infrangere la promessa. Portar via il corpo di suo figlio. A chi sarebbe importato? E se noi siamo stati sepolti insieme, lo dobbiamo proprio a Muriel. No, non ha senso.

E se. Robin? Che esce sui suoi piedi dalla bara, all'obitorio. Ma dove trova le pietre? E perché avrebbe dovuto metterle, poi. Si è svegliato? Esce e se la batte. Ma perché non tira fuori me? Perché mi lascia in quell'orrido obitorio. Da sola. Come può averlo fatto?

Forse Paco ha detto la verità. Solo una scommessa da bar. Una sfida tra maschietti di paese, annoiati da mattina a sera. E alla fine, vinta la scommessa, dimenticata la sfida, che me ne faccio di questa baby con i vestitini firmati e il naso sempre nei libri? Che ha pure genitori apprensivi. E bisogna farle inventare un fracco di balle per riuscire a tenersela nel letto una notte in più.

No, voglio altro. Il mondo. La notte. L'immortalità. La libertà assoluta. Un flash infinito. E quindi. Chissà. Chissà cosa passa veramente per la testa di uno che si buca da disperato da quindici anni. Che vuole morire per tornare a camminare sulla terra da morto. Che continua a gettare ponti sul nulla. Che odia suo padre. Il giorno. Il sole. La gente. Tutto quello in cui s'imbatte. Che ficca una spada nel braccio di una che si ubriaca con mezza birra e il cuore gli regge. Gli regge da dio, anche mentre la sta ammazzando. Mentre le dice, chiudi gli occhi, amore, e lasciati ammazzare. Perché voglio così. E cerchiamo di darci una mossa perché ho troppe cose da fare. Da solo. Per i cazzi miei.

Forse, aveva ragione Paco. Avrebbe dovuto vincere lui la sfida. Lui che mi amava. Male, come amano i viventi. Anzi. Bene e male, tutto mischiato e contrattato all'ingrosso. Che mi amava come in un mercato confuso, pieno di gente e di urla e di botti. Ma che mi amava comunque. Mentre Robin non mi ha mai amata. Neppure per un minuto. E forse non era neanche colpa sua. Cresciuto male. Con quella strana madre. E quel padre. E lui stesso, incomprensibile. Robin non sapeva neppure cosa fosse, l'amore. E adesso è scomparso. Come un sogno perduto. Il sogno dell'amore assoluto. Il sogno di una bambina dotata di troppa fantasia. O di una fantasia troppo feroce.

Le macchine sfrecciano sulla superstrada. Dove sono finite le berline nere? E i tir che dovevano dilaniarmi? Non ce n'è uno. Forse. Anzi, no, di sicuro oggi è domenica. Brutta domenica. Col cielo altissimo e bianco di pioggia. E questa luce pallida e bagnata. In cui le macchine continuano a sfrecciare, con i fari accesi.

La stazione di servizio ha aperto da un paio d'ore. Vorrei andare. E invece sto qua, sul cavalcavia, a guardarla. Immaginando di percorrere queste poche centinaia di metri. Come Paco. Come tutti gli sconvolti. Che sognano di partire tutto il tempo, e tutto il tempo se ne stanno fermi in un angolo a sognare, senza partire mai. Questa stanchezza infinita. Dove vado, e che faccio. Ed è giorno. Qualcuno verrà, prima o poi. Me ne sto qui, conciata come una vagabonda sulla superstrada. Verrà la polizia e mi chiederà i documenti. E se non glieli darò o gli darò quelli di una ragazza morta, mi porterà via. E magari non riusciranno nemmeno a toccarmi, perché arriveranno gli strani cortei di berline nere. E saranno loro ad acciuffarmi per primi. Perché li sento più pericolosi. Anzi, più determinati. Ingaggeranno una battaglia, tra polizia e benandanti. E ci saranno spari e scoppi e urla.

La mia mente. Non è possibile continuare così. È come se girasse mille volte la stessa scena. In mille versioni. Un cervello che gira a vuoto. Macinando chilometri. Basta! Vado alla stazione di servizio. Almeno smetto di pensare. E se continua a girare anche là, salto addosso al barista. E poi agli altri clienti. E li mangio tutti.

La tv è accesa, in fondo alla sala. C'è un tavolo libero accanto alla vetrata. Prima, però, il giornale. Mi avvicino al banco. Prendo un paio di quotidiani. Infilo la mano in tasca, dimenticando che i soldi sono negli anfibi. Invece, ce ne sono anche in tasca. Nella tasca della giacca a vento grigia di Sandro Ferrari. Ok, abbiamo preso in prestito la sua vita, la sua giacca a vento, la sua ragazza. Vada anche per il denaro. Pago. Mentre il barista mi guarda. Sono tutta infangata. Devo averne perfino sul viso, di fango. E ho i capelli lunghi e sporchi. E la maglietta strappata. E un braccio che cade strano, con la mano al contrario. Ma non importa, perché i miei soldi sono buoni. Gli pago anche anticipatamente la colazione al tavolino. E lui sorride. Disteso. E mi augura buona giornata. Un mercato, è questo il loro mondo. E anch'io gli sorrido. Facendogli ciao con la mano buona. Ma anche i miei soldi sono buoni. E gli lascio perfino una mancia. E se i soldi sono buoni, le mance sono ancora meglio.

Cappuccino e cornetto. Spremuta d'arancia. Una bottiglia d'acqua. Forse ho esagerato, nella foga degli scambi. Mi sento talmente stufa, nel senso che diceva Witt. Come una stufa che ha bruciato tutto. Sola. A un tavolino di fianco alla vetrata. In bella vista. Con una colazione di cui riuscirò a stento ad assaggiare la spremuta. Oltre alla bottiglia d'acqua, quella è fondamentale. Seduta qua con i giornali che sfoglio con la mano all'incontrario. Sporca di fango e schizzata di sangue. A fingere di fumare una sigaretta. Mamma mia, quante pagine dedicate al mostro. Fa paura, pensare a tutta questa gente che si aggira cercando notizie sul mostro. Sui morti. Che cinge d'assedio parenti in lacrime. Che scava nelle modalità dei delitti, alla ricerca del particolare agghiacciante. Del colpo di scena. Dello scoop che cambia una vita. Che, magari, vale una vita.

Sono io il vostro scoop.

Continuo a sfogliare i giornali. Senza riuscire a leggerli, veramente. Come se tutte le parole mi ballassero dinanzi agli occhi, in una sarabanda di segni in cui è impossibile mettere ordine. Scorie di parole. Fuliggine di concetti confusi e rimestati. Pagine e pagine sul mostro. Titoloni. Foto. Schemi che mi sfuggono, illuminandosi di senso solo a tratti. Una parola qua. Una là. Come cercassi di leggere in una lingua straniera, di cui conosco una manciata di vocaboli appena.

Alzo a precipizio lo sguardo. Verso lo schermo televisivo. La tv. Quasi rassicurante, nella sua mancanza di ostacoli. Voci e immagini. Miracolosamente comprensibili. Il tg regionale. C'è un'edizione speciale. Parlano del mostro. L'inquadratura si muove nel bosco. Vicino al cimitero. C'è Sandro Ferrari sullo schermo. Studente universitario, ucciso secondo le modalità efferate del mostro del Subasio. Uccisa insieme a lui Jessica Martone, sedici anni, studentessa al secondo anno di ragioneria. E forse è stato proprio il serial killer, o il gruppo di killer, come sono orientati a ritenere gli inquirenti, a profanare nel corso della notte un'altra tomba. Portando via i resti di Roberto De Dominicis, fidanzato di Mirta Fossati, il cui corpo è stato sottratto il mese scorso. Tutte le piste ruotano a questo punto intorno alla Fossati e al De Dominicis e al giro di affari illeciti in cui dovevano essere coinvolti. Ed è scomparso da due giorni anche Giacomo Ronchi, detto Paco, di anni 29, socio in affari del De Dominicis.

A sorpresa, sul video compare Luisa. Con i capelli blu e rosa. Luisa in lacrime, che lancia un appello a Paco. Di dare notizie al più presto. Ha gli occhi lucidi. Quasi viola. Un tic all'angolo della bocca. E l'aria sconvolta di chi, tra lacrime e paranoie, non dorme da almeno due notti.

Paco, dice Luisa, non importa quello che hai fatto. Mi hanno assicurato che ci sarà comprensione. Ma, per favore, dacci notizie. Dacci notizie!

Adesso l'intervistatore la guarda un momento, e infine spara la domanda a effetto: lei sa che il giubbotto di pelle del suo fidanzato è stato trovato, macchiato di sangue, vicino alla tomba profanata stanotte. È proprio certa che Giacomo Ronchi non sia l'ennesima vittima del mostro?

Il volto di Luisa viene sparato al centro dello schermo. Abbagliata dai flash dei fotografi, dalle porcherie che deve essersi calata, dalle luci, dalla paura. Con gli occhi iniettati di sangue, di lacrime, di fumo, di rimmel, in un primo piano degno di una Courtney Love dei tempi eroici, e dice. Dice, perché sta in mezzo al megatrip più strippato in cui si sia mai trovata, dice: certo! Paco l'ha sempre sfangata!

Così hanno trovato il suo giubbotto. Ma non Paco.

Stanno rivangando. Delitto dopo delitto. Se io ho perso il conto, loro no. La sfilata di visi che passa sullo schermo è impressionante. E alcuni, non ho idea chi siano. Thomas Duvivier. E quel Baldini, il maniaco sessuale. Ma anche altri. Che posso avere dimenticato. Oppure, mai incontrato. Che importa. Nulla importa. E quindi tiriamo una boccata di fumo e beviamo un sorso di aranciata. Per accorciare l'eternità.

La stazione di servizio si sta riempiendo di avventori. Il loro odore aleggia sempre più forte nell'aria. Tutti con la tazza del cappuccino in mano e gli sguardi rivolti verso la tv. Che continua a sparare foto su foto. Ipotesi. Opinioni di esperti. Testimonianze decisive. Prove inoppugnabili. E tante altre cose, che mi bevo in silenzio insieme agli altri telespettatori, parola su parola, foto su foto, ipotesi su ipotesi. Come se mi sentissi pure io partecipe di questo grande rito. Di questa grande caccia. *Colpo di scena, finale a sorpresa.* Ipnotizzata da questo megagiallo che scorre sullo schermo televisivo. E di colpo si cambia scenario.

C'è il mare sullo sfondo. Una specie di darsena. Una ragazza in primo piano. Che sulle prime non riconosco, non fosse per il sorriso. Sotto un velo di sangue e di orrore. E il cronista pàrla, come un fiume in piena, sparando a raffica le parole: ha accettato di parlare di fronte ai nostri schermi l'unica superstite finora nota all'assalto del mostro, dal luogo segreto e protetto in cui si trova attualmente. È la ragazza che il mostro credette morta, la notte in cui uccise il suo fidanzato, Maurizio Ricciardi, una sicura promessa dell'imprenditoria regionale. Signorina, perché ha accettato questa intervista a viso scoperto, non ha paura del mostro?

La ragazza guarda dal centro dello schermo. Il suo sorriso. Dice: la miglior risposta alla paura è il coraggio. Io non ho paura del mostro. Non esistono mostri. Esistono persone malate.

Come fanno a non capire. Il sorriso che le attraversa lo sguardo. Il volto scoperto. Come fanno a non capire che tengono in mano un supertestimone del tutto reticente, e non la povera vittima mancata?

Pare però, dice il cronista, che i suoi ricordi, sul momento cancellati dal trauma, stiano lentamente riaffiorando.

Sì, dice la ragazza. Stiamo lavorando molto duramente con gli psicologi. Stiamo facendo un buon lavoro.

Può anticipare qualcosa? chiede il cronista sulle spine.

Tutto quello che posso dire è che ho cominciato a ricordare qualcosa. Non posso dire molto, anche perché sono legata al segreto istruttorio, tuttavia.

Tuttavia, cosa? TUTTAVIA. PARLA. CORAGGIO. PARLA!

Sono riuscita a ricordare che era molto alto. E aveva dei capelli scuri. Massiccio. Un omone, insomma.

La prego, dice il cronista, sappiamo che per lei è molto doloroso ricordare, ma può salvare delle vite, altre vite, capisce. Siamo tutti a rischio!

E quando ha cominciato a picchiarmi, dice lei. Picchiava talmente forte. Doveva essere fuori di sé. Un drogato. O un malato. E penso, dice ancora. Guardando dallo schermo con occhi di tenebra allagati di lacrime, pure ancora attraversati da quel sorriso. E penso, dice, che solo un angelo poteva salvarmi. Forse, il mio angelo custode. E di questo lo ringrazio. Dal profondo del cuore.

Lei crede negli angeli, dice il cronista. Partecipe. Con un sorriso di speranza sul volto truccato.

Sì, dice la ragazza. Con il sorriso, adesso, che fa apertamente capolino dai laghi di tenebra dei suoi occhi. Sì, dice, adesso ci credo negli angeli. E mi auguro che salvino altre vite. Vite innocenti.

Il mare. Una darsena. Una vita finalmente serena. Sotto i riflettori. Eppure segreta e protetta. I capelli lavati di fresco. Il volto appena truccato. L'aria rilassata di chi dorme otto ore filate per notte. È ovvio che non ha paura del mostro. Il mostro è morto. E lei si sta godendo il suo quarto d'ora di celebrità. Il mostro che la picchiava e l'angelo che l'ha salvata. Ognuno ha i suoi, di megatrip. Ma come fanno a non decifrare quel sorriso? Che buca lo schermo arrivando a sfiorarmi, come una carezza. A dire, sta' tranquilla. Come adesso sono tranquilla io. È stata solo una lite di fidanzati.

Ma ormai, li tengo tutti in pugno. Li stiamo fottendo. Li abbiamo fottuti tutti.

È solo un movimento. Un abbaglio all'angolo dell'occhio. Ho appena poggiato il bicchiere. Guardando lo schermo su cui scorre una panoramica del Subasio. Di questa oasi naturale diventata purtroppo tristemente nota come lo sfondo sinistro delle efferate gesta del mostro sanguinario che.

Mirta, sussurra. In un soffio. Dal nulla. Eppure, è già al tavolo. Accanto a me. Quel movimento. Quell'abbaglio. Un fruscio appena.

Mirta, abbiamo pochissimo tempo. Ce li abbiamo tutti addosso, dice in quel sussurro basso che vibra nell'aria. Invadendo la sala. Coprendo l'audio della tv. Assordandomi. Quindi ti concedo due minuti, dice. Che hai fatto alla mano? No, me lo dici dopo. Dammi l'altra mano. La sinistra.

Non c'è odore. Non riesco a sentirlo. Il suo sussurro martella dentro la mia mente. E vorrei alzarmi. Gridare. Scappare. I benandanti. La polizia. Pensavo fosse più facile. Meno terrorizzante. Non voglio. Mi faranno cose spaventose. Dov'è l'odore. Sento quello che stagna nella sala. Diffuso e insistente. Ma è al tavolo. E mi sta prendendo la mano. La mano buona. C'è troppa gente. Mi saranno tutti addosso se solo apro bocca. Sta poggiando la mia mano sul suo polso. E il tempo si muove al rallentatore. L'eternità si è distesa come un immenso lenzuolo bianco sciorinato al sole. In attesa di uno scatto che faccia ripartire il tempo. Foss'anche un battito di questo polso sottile. Intorno a cui ciondola una catenina d'oro.

Senti, dice.

Cosa. Cosa devo sentire. La mia mano sul suo polso.

Io sono come te, dice. Per favore, abbiamo pochissimo tempo. C'è una porta in fondo alla sala. La vedi, Mirta?

Il polso. Il suo polso. NON BATTE. IL SUO POLSO NON BATTE! E NON C'È ODORE. NESSUN ODORE. LEI HA DETTO, IO SONO COME TE. LEI È MORTA!

La porta dei servizi, sussurra la sua voce. Adesso ti alzi e vai. Ti raggiungo tra un minuto. Conta fino a sessanta. Nel bagno delle femmine. C'è una finestra. Aspetta lì e ti tiro fuori. Ok, Mirta? Capito quello che devi fare?

La guardo. Senza riuscire a concretizzare la sua immagine, se non per dettagli. Una coda di cavallo bionda. Ray-Ban a specchio. Una maglietta bianca. Un gilet di renna. Jeans. Una donna. Qualsiasi. Che somiglia perfino a Veronica. Una Veronica più adulta. Una donna giovane che gioca con le briciole della brioche. Impartendo istruzioni secche.

Muoviti, sibila. Non c'è più tempo. Stanno arrivando. Sessanta secondi. Cammina, non correre. Avanti.

Mi alzo. Cammino. O meglio, muovo un passo dietro l'altro. Senza correre. Senza balzare. Senza capire. Guidata solo dalle istruzioni di una sconosciuta cui non batte il polso e che non ha odore. Solo di questo posso fidarmi. E devo fidarmi, perché li abbiamo addosso. Stanno arrivando. Ma voglio durare. Durare lo stesso. Provarci, almeno. Anche senza Robin. E cammino. Calcando gli anfibi sul pavimento. Un passo dietro l'altro. Nella sala invasa dall'odore dei viventi. Sfiorando la vetrata che si slarga sul piazzale della stazione di servizio. Su una domenica bianca di pioggia. Su questo cielo altissimo. Cammino fino in fondo alla sala. Spingo la porta. Il bagno delle femmine. E sto contando, non mi sono scordata. Dieci. Undici. Dodici. La finestra. In fondo. Una finestrella alta. Trentadue. Trentatré. Potrebbe essere una trappola. L'ultima trappola. Anche quel ragazzo somigliava vagamente a Francesco. E lei, a Veronica. Una trappola. Di chi, non si sa. Ma ci ho mai capito nulla, fin da principio, in tutto questo? Quarantadue. Quarantatré. Sono andata avanti per istinto. Poggiandomi su Mirta. Smontandola e rimontandola secondo le esigenze. Cinquantotto. Cinquantanove. E se non viene?

La porta si spalanca. La donna balza. Spalanca la finestra. Dice, salta!

Salto sul davanzale. Lei è già sotto. Di fronte alla vallata. Al bosco che si stende sotto la superstrada. Tra forre e burroni e colline. Salto giù. Atterro sul retro della stazione di servizio. E lei mi prende la mano. La mano buona. Scuote un attimo la testa, guardando l'altra. Poi dice, tieniti forte. E adesso vola, Mirta, ti porto io.

Sento uno strappo. Ed è come essere sparati dalla bocca di un cannone. Anzi, come essere aggrappati alla palla sparata dal cannone. Penso che mi strapperà anche l'altro braccio, quello buono. E siamo già in alto. In questo cielo altissimo. Tra il biancore accecante delle nuvole. Come proiettili sparati dal basso contro il cielo. A bucare le nuvole. Nella luce abbagliante del sole. Sempre più su. E di nuovo dentro. Di nuovo giù. In picchiata. Ci schianteremo! Non possiamo farcela. Ci sono troppi alberi, sotto. Vorrei dirglielo. Ma il rombo del vento è infernale.

HO CAPITO CHI È!

Ci schianteremo. Non è possibile precipitare a capofitto. A questa velocità. Col rombo del vento nelle orecchie. E la terra che sale verso di noi, come se fosse lei a levarsi e venirci addosso. Precipitiamo. Verso gli alberi. Tra gli alberi. C'è uno spiazzo. Lo intravedo appena, prima di sentire lo strappo. La caduta frenata all'ultimo minuto. Un rimbalzo verso l'alto. Che rallenta la caduta. E di nuovo su. E giù. Dolcemente. Fino a rotolare sull'erba morbida dello spiazzo.

Se respirassi, direi che sono senza fiato. Ma *sono* senza fiato. La mia mente è senza fiato.

Sali in macchina, dice lei. La donna. La cosa che volava e strideva, quella notte. La cosa che strisciava come una serpe. E balzava come un gatto selvatico. E volava stridendo tra gli uccelli. Tirandoseli dietro sulla sua scia. Verso sud.

C'è un fuoristrada ai margini dello spiazzo. Una Suzuki rossa. La donna è già al volante. Dà perfino un colpo di clacson. Dice, Mirta, stiamo mica a passeggio!

Monto sul fuoristrada. Dico, tu sei quella dell'altra sera. La cosa che strideva e volava!

Sara, dice lei. Non la cosa. Meglio Sara, ok? Mentre sta già sgommando sulla piazzola. Imbocca un sentiero tra due alberi. E ci perdiamo dentro al bosco. Tieniti forte Mirta, dice, che adesso balliamo un po'.

Io sono Luna, dico. Mirta non c'è più, anche se questa donna non lo sa. Non sa niente di me. Anche se è capace di fare tante cose. Muoversi lungo una parete, simile a un guizzo. Un abbaglio dell'occhio. E volare sparata come una palla di cannone, senza sfracellarsi in picchiata.

Ok, dice lei, Luna. E basta. Senza chiedermi perché.

La Suzuki balla da matti sul fondo pietroso. Ma lei, Sara, dice: chi se ne importa, se la rompiamo. Tanto adesso cambiamo macchina. Sai, non credevo più di riuscire a beccarti. Ti ho proprio persa quella notte, al bivio di Orte.

Quando sei volata sulle macchine, dico. Non fosse stato per te, chissà dove sarei adesso.

Lei ride. Quegli stronzi, dice. Non ringraziarmi, è sempre un piacere fotterli. Ma sanno quello che fanno, perché sono organizzati. Hanno mezzi. Soldi. Uomini. E alcuni sono telepati. Telepati addestrati. Anzi, all'inizio ero certa che ti avrebbero presa. Dopo, ho dovuto ricredermi.

Mi avrebbero presa, dico. E penso agli scoppi, all'angelo dal cuore bugiardo, ai fasci di luce che sventagliavano i boschi. E alla cosa che è balzata fra di loro.

È stato difficilissimo localizzarti, dice. E c'era anche la polizia da tenere a bada. All'inizio, sembrava facile. Quando ho individuato la baita, mi sono detta, è fatta. Appena torna qui, vengo a rilevarla.

La baita, dico. Tu sei stata alla baita?

Ti ho lasciato l'acqua, Mirta. Luna, cioè. La bottiglia. L'acqua è fondamentale. E non ce n'era. Poi sono uscita a cercarti. Ero certa di poterti rilevare entro poche ore. Invece sei scomparsa. E allora ho capito che ti muovevi in modo strano. E che forse, neanche i benandanti ti avrebbero trovata facilmente.

I benandanti ti augurano un buon andare
Allora esistono. Quelli delle berline nere. I benandanti.

Abbiamo superato una collinetta e di nuovo ci siamo buttate per la boscaglia. Sara parla di pericoli. Di agguati. Di cambi di macchine. È come se il mondo mi fosse cascato addosso. E poi fosse scivolato via. Lasciandomi respirare. Lasciando che altri facciano. Si preoccupino. Decidano. Su questa Suzuki che sobbalza tra sterrate e cespugli, che sguscia tra gli alberi e s'inerpica tra sentieri rocciosi, posso chiudere un attimo gli occhi. Non pensare. Allungare le gambe. Poggiare la testa sul sedile. Posso fumare, chiedo.

Cosa? dice Sara.

Posso fumare una sigaretta?

La sento ridere, mentre la Suzuki sobbalza sul terreno accidentato. Che cosa ci trovi? dice lei. È così bello sentire ridere qualcuno. Accendersi una sigaretta. Far finta di fumare. Fumare, in qualche modo.

I benandanti, dico infine, sono quelli delle berline nere?

Chi ti ha fatto il loro nome? dice lei.

Nessuno, dico, l'ho trovato da me.

Lanfranco Grubner è l'inizio. Il principio di tutto. Era un benandante. Uno di questi fantomatici benandanti che Sara chiama, *quegli stronzi dei benandanti.* Grubner. Accoltellato da Sara sui monti Sibillini.

È scivolato lungo un crepaccio, dice lei. E comunque ne aveva per poco. Gli ho reciso la femorale. Ti cercavano tra i monti, capisci? Dopo la fuga dal Subasio, avevano capito molte cose. Che tra i monti ti sentivi più sicura. E l'avevo capito anch'io. Ma dal Subasio eri scomparsa. Così ho pattugliato i Sibillini. E ho beccato Grubner. Un agente di secondo piano, peraltro. Tu l'hai trovato ancora in vita?

Stava morendo, dico. Ma l'ho capito *dopo.* L'odore era

strano. L'odore dei morenti. Sottile. Incorporeo. E penso all'odore di Paco. Il torace sfondato e il coltello ancora in pugno. Paco.

Sai qual è il problema, dice Sara. Che non hai mangiato niente all'inizio. E da matti alla fine. È stato un casino. Non c'erano tracce, niente.

Chi mi cercava, esattamente? dico.

Chi ti sta cercando, dice Sara. Chi ti sta cercando. E continuerà a farlo. I benandanti non mollano la presa.

Perché questo nome, benandanti? Chi sono?

Il nome è antichissimo, dice Sara. Non sono proprio una setta. Piuttosto una specie di milizia. Gottfried li chiama i miliziani della paura. Credo che esistano anche dei libri, su di loro. O perlomeno, su quello che erano un tempo. Stregoni buoni, o giù di lì. Poi, sono cambiati. Almeno, dal nostro punto di vista. Ma stop, non chiedermi di più. Non ci capisco nulla di queste implicazioni storiche. Quel che importa è che loro ci danno la caccia. E noi a loro, dice secca. Per il resto, dice cambiando tono. Chiedi a Gottfried. Lui ci va a nozze con questa roba. È fanatico.

Gottfried?

Senti Luna, dice, ne parliamo dopo. Guardati. Hai una mano in condizioni pietose. Sei tutta sporca, piena di sangue. Sembri uscita da sotto le macerie di una casa bombardata. E vorrei sapere, da quanto non dormi, Luna?

Non si dorme, nella morte.

COSA! urla Sara. Spalanca gli occhi, mi guarda, si distrae e finiamo quasi contro un albero.

Vuoi dire che non hai mai dormito, dice incredula. Stiamo attraversando un prato. Tra l'erba bruciata dal gelo. Non ho idea di dove ci troviamo. Mi sono completamente persa.

Sei uscita da più di un mese, dice. E non hai mai dormito?

No, dico. Pensavo fosse naturale. Non dormire, nella morte.

Credo di capire, dice lei. Mi guarda e poi di nuovo guarda la strada. Sono impazzita per trovarti, dice ancora. E anche i benandanti. Ma loro hanno sbagliato fin dal principio. Quando sono arrivata qui, ho capito che non credevano nemmeno che tu fossi una sopramorta. Pensavano che si trattasse di una comune sottrazione di cadavere. Sono venuti per scrupolo. Loro controllano tutto. Io invece.

Cos'è una sopramorta, chiedo.

Una come te, dice Sara. E scoppia a ridere.

In quanti siamo, Sara?

Non so, mica teniamo gli schedari. Tesoro, i sopramorti sono individualisti. Ognuno per sé. Ma esistono legami. Complicità. Amicizie, anche.

Tu quanti ne conosci, Sara?

Bah. Centinaia, credo.

Abbiamo lasciato la Suzuki nella boscaglia. E cambiato macchina. Una station wagon parcheggiata all'imbocco di un sentiero di campagna, lungo la provinciale che scende verso Narni. Come è arrivata qui questa macchina, chiedo.

Luna, dice, è da giorni che le macchine sono pronte.

Io sono venuta per portarti via, non per giocare. E c'è una specie di impazienza, nel suo tono. Anche se guida più tranquilla, adesso. Ammesso che possa chiamarsi tranquilla una persona che sembra guardare contemporaneamente in tutte le direzioni. E insieme tra gli alberi e verso il cielo.

Lo strano mondo che Sara sta svelando sotto i miei occhi. Di benandanti organizzati al pari di un esercito. Di centinaia, centinaia! di morti, *sopramorti*, che camminano sulla terra. Di mentalità individualiste e telepati addestrati. Tutto questo casino che mi sta piombando addosso, e che devo in qualche modo arginare. E questa Sara. Nascosta dietro i suoi Ray-Ban a specchio. Che vola nell'aria con la forza di una palla da cannone. Che mi ha salvata in quella notte d'inferno. E adesso mi ha tirata fuori, in extremis. *Sono venuta per portarti via, non per giocare.* E che è come me. Non respira. Non mangia cornetti. Non caca e non piscia. E che pure, è così diversa da me. Perfino più aliena dei viventi. Schermata. Impaziente. Reticente.

Al bivio, cambiamo macchina di nuovo, dice. C'è una piccola stazione di servizio. È controllata da amici, per il momento. Almeno ti dai una ripulita. E ti sistemo il braccio. Tira un po' su la manica.

Mi sfilo la giacca a vento. Alzo il braccio. Mi fa schifo, farlo vedere a Sara. Fa schifo anche a me. È tutto storto, e il gomito sta al contrario. Lei non sembra molto colpita, comunque. Lo guarda con la coda dell'occhio. Dice, mi sembra solo fuori posto, slogato. Com'è successo?

Paco, dico.

Chi?

Uno che si chiama Paco.

Non ti preoccupare, dice, che ti torna come nuovo. Siamo resistenti, noi sopramorti. E che cos'altro di grandioso ha fatto questo stronzo?

L'ho ammazzato, dico.

E l'hai mangiato.

No, dico. S'è tagliato la gola, per non farsi mangiare. S'è tagliato la gola da sé.

Caspita, dice lei. Un uomo vero. Chi era, il tuo ragazzo?

No, dico. Perché dovrebbe esserlo? Perché ogni volta che due cercano di ammazzarsi a vicenda, tutti pensano che sia una lite di fidanzati?

E Sara ride forte, divertita. E devia sulla destra, entrando in una stazione di servizio.

È scesa in fretta dalla macchina, fa tutto talmente di fretta, e sta parlando con un tizio, in fondo allo spiazzo. Mentre un altro è montato sulla nostra station wagon e ha imboccato la provinciale, sparendo tra gli alberi. La stazione sembra deserta. Racchiusa dentro un nido di alberi. C'è il cartello di chiuso davanti al distributore. Un paio di macchine parcheggiate. Intravedo un tizio, dietro la vetrata del bar. E quest'altro che sta parlando con Sara. Capelli biondi, un maglione blu, scarpe da ginnastica. Un ragazzo. Che nel giro di due minuti si infila anche lui in macchina e imbocca la provinciale. Di fretta. Anche lui.

Sara viene verso di me. Dice, vieni, è tutto ok.

Ci muoviamo alla svelta verso il casotto vetrato del bar. Sara spinge la porta. Entriamo. Il tizio la saluta. Un cenno appena. Prende un involto sul banco e glielo dà. Sara mi precede verso una porta, sul fondo. Entriamo. Un altro bagno. Tutta la mattinata in bagno. Mi viene quasi da ridere, se non fosse per questo nervosismo strano che serpeggia.

Sara svolge l'involto. Tira fuori un paio di jeans. Una maglietta. Un giaccone. Delle carte. Dice, ripulisciti un po'. E cambiati, to' la roba nuova. Quella sporca avvolgila qui. Ah, questi sono i documenti. Casomai troviamo un posto di blocco, non si sa mai. Non ti preoccupare per i dati, tanto dobbiamo rifarli. Ma la foto va bene, è quella del tuo libretto universitario. Mi porge una patente. La apro. C'è la mia fototessera universitaria, scattata in un giorno di settembre.

Era settembre, fine settembre. La foto l'ho fatta in una macchinetta automatica. Robin stava fuori ad aspettare. Poi è entrato anche lui e ce ne siamo fatta una insieme. Siamo venuti malissimo. Tutta sfocata. Mossa. Uno schifo. L'abbiamo buttata via. Ma la mia andava bene. La fototessera universitaria.

Chi te l'ha data? dico.

Tesoro, dice lei sbuffando, l'ho presa a casa tua.

A casa mia?

A un certo punto, è diventata un porto di mare. Rischiavamo di scontrarci tra noi. Io. I benandanti. I giornalisti. La polizia. Tutto un trafficare avanti e indietro. Sai come si dice a Roma, la casa della puttana. Tanto che i tuoi sono andati via, un paio di settimane fa.

Via! dico. Via dove?

Non so. A Foligno, credo.

Credi?

Luna, non c'è tempo. Muoviti.

Guardo la patente. Stella Tommasi. Nata il 23 ottobre 1981 a Roma. Residente a Roma, in viale Tirreno. Chi è, dico.

Tu, dice lei, per il momento.

Chi ha scelto questo nome?

MUOVITI!

È tornata di là. Ok, muoversi. Obbediamo agli ordini. Mi strappo di dosso la giacca a vento di Sandro Ferrari. La maglietta a brandelli. Apro il rubinetto. E mi guardo allo specchio. Dopo tutto questo tempo. I capelli si sono allungati. Sfiorano le spalle. E sono schiariti alle punte. Sarà stata la vita all'aria aperta. Ho fango pure sui capelli. Per non parlare del resto. Ci vorrebbe un mastello da bucato. Mi spruzzo addosso l'acqua. È così piacevole, sfregarsi sotto l'acqua, di nuovo. Poi abbasso la testa e la infilo sotto il rubinetto. Ho i capelli intrisi di schifo. E questa mano. Stop, i piagnistei sono a zero. Potresti essere all'inferno, in questo momento. E quindi zitta e rivestiti. Dannazione, mi tocca sfilare gli anfibi per infilarmi i jeans puliti. Li tiro via con cautela, per non far cadere fuori i soldi. I miei vecchi documenti. Il coltello del ragazzo della baita, che ancora porto con me. Anche se non è servito a nulla. Finora.

Posso fidarmi? E quanto? Lei dice che i benandanti sono organizzati come un esercito. Ma chi sono loro, invece? I sopramorti. Gli individualisti della situazione. Quelli come me. Mi guardo intorno. Qui non ci sono finestre. Solo una presa d'aria. E lei è uscita chiudendo la porta. Lo so che è paranoia pura. Ma se non fossi stata paranoica, non sarei arrivata a questo punto. Però. Ho voglia di fidarmi. Lei è morta. Come me. E i benandanti no. Grubner era un vivente. L'angioletto dal cuore bugiardo era un vivente. I benandanti sono vivi. E vanno a caccia di sopramorti. Almeno, così dice Sara. Ma chi sono quegli altri con Sara? Il ragazzo col maglione blu. E questo tizio anonimo appoggiato al bancone, di cui ho già dimenticato il viso. C'è qualcosa che mi sfugge. Quando sono entrata nel bar, c'era un sentore vago. Il sentore che lasciano i viventi, muovendosi in un ambiente chiuso. Ma quel tizio avrebbe dovuto puzzare come una discarica. Come tutti loro, quando ti vengono a pochi metri. Invece non ho sentito niente.

La porta si spalanca di colpo. MIRTA! CIOÈ, LUNA! grida Sara dalla soglia. Ti sei addormentata?

Ho finito di rivestirmi in fretta. Davanti a Sara che sbuffava come un mantice. Quando ho infilato il giaccone, mi ha detto, senti, io ti capisco. Che non dormi da un mese. Che ti è caduta la tensione di colpo. Che non ti fidi neanche di me. Lo so. Ci sono passata. *Step by step,* tesoro. Però adesso devi fare quello che dico io. E ti garantisco che stasera ti butti in un letto e dormi una settimana. Te lo prometto. Poi ti spiego tutto. Ma adesso non c'è tempo. Dobbiamo fare in fretta.

D'accordo, dico. Però.

Senti, dice. Nel retrobottega ci sono tre tizi legati e imbavagliati. Che stanno a soffocare e a smaniare.

Tre tizi? dico.

I gestori di questa stazione, dice lei. Luna, gli uomini di Gottfried mi hanno dato una mano. Hanno inscenato una rapina. Per darmi il tempo di rimetterti in sesto. Ma il tempo stringe.

Tre viventi, dico.

Tre persone, dice. Tre persone che stavano lavorando e non ci hanno fatto niente.

Che me ne fotte, di tre schifosi viventi! grido.

Lei alza le sopracciglia. Dice, ne parliamo dopo, ok? Sei un po' frastornante, tesoro. Mi fai dimenticare le cose. Togli il giaccone, che ti rimetto a posto questo braccio. Non puoi girare con una mano al contrario. Non possiamo giocare tutto il tempo alla famiglia Addams.

Sara, tu hai ascendenze fiamminghe?

Napoletane, veramente. Con un tocco umbro-veneto. E romane, ovviamente. Fiamminghe? Alla decima generazione, magari. Perché?

No, niente.

Quanto è misteriosa questa piccola Luna, dice. E ride divertita. Scuotendo la testa. Coraggio, fammi vedere questo braccio.

Non è che ho paura. Anzi sì. Ho una paura da matti. Una tale paura che vorrei tirarle un cazzotto col braccio buono e scappare via. Tuffarmi tra gli alberi. Sparire nel bosco. Scomparire dalla faccia della terra. Ma lei non me lo permetterebbe. Mi arriverebbe sparata addosso come una palla da cannone. E c'è l'altro tizio, nel bar. L'altro sopramorto. Contro due viventi, forse ce la farei ancora. Ma contro due sopramorti. E lei. Lei deve avere una forza devastante.

Che storie sono? dice Sara. Insomma, ti sei mangiata un villaggio! E adesso ti viene paura? Non ho tempo. Non ce l'abbiamo questo tempo. E non posso portarti in giro con questo braccio. Può fermarci la polizia. E se ti vedono il braccio all'incontrario! Penseranno, come minimo, che abbiamo avuto un incidente. Cominceranno a far domande. Ci faranno perdere del tempo prezioso. Ma se per te va bene così, ok. Tientelo così. Però sappi che finisce qua. Io me ne vado. E la prossima volta, quando ti piomberanno addosso i benandanti o la polizia o un altro spaccaossa, te la cavi da sola. Non ci sarà nessunissima Sara che rischia il culo al posto tuo.

Me la sono cavata da sola ugualmente, le dico.

Ma sicuro, dice lei. Peccato che Duvivier ti avesse localizzata. Questo l'avrai capito. Oppure no?

Sì, alla baita, dico. Senza guardarla.

Ma che baita! dice lei. Sbuffando. Alla baita l'ho portato io. Per confondere le acque. Dopo che era morto. Duvivier ti aveva localizzato in quel casolare sul Subasio. Quasi un mese fa. Quello bruciato stanotte. È stato lui a lanciare l'allarme, prima di morire. E i benandanti sono risaliti lungo il Subasio.

Li ho visti, dico. Quella notte. Ho fatto appena in tempo.

Ma se non fosse morto, dice Sara. Duvivier ha lanciato l'allarme mentre moriva, capisci? Non potevo impedirglielo. Ma lui ti aveva già localizzata. Era venuto su a prenderti. E ti assicuro che era perfettamente in grado di farlo. Solo che tra te e lui mi ci sono messa io. Altrimenti, chissà dov'era la signorina ho-fatto-tutto-io, adesso.

Questa storia dei benandanti, dico.

Duvivier era un battitore! urla lei. Non uno di quelli che si muovono in corteo. Un battitore libero. Un telepate potentissimo in grado di lanciare messaggi nel raggio di decine di chilometri. Una telescrivente mentale. Era il suo cervello a muovere il corteo. Non hai visto come procedono, in ordine regolare? Loro sono dei semplici riceventi. Duvivier era il battitore che li guidava. Addestrato in campi segreti che neanche ti immagini. C'è un'élite ristretta all'interno dell'organizzazione. Un'élite potente, sia a livello mentale che fisico. Lui era uno di loro. Sono anni che Duvivier ci sta col fiato sul collo e che cerchiamo di eliminarlo, lui e gli altri battitori. Mi pare che hai letto i giornali. Quindi saprai le modalità. Accoltellato e dilaniato. Lo sai che significa? No che non lo sai, perché non sai niente. Significa che ho dovuto accoltellarlo mentre lo mangiavo. Io sono forte, ma ho paura di quelli come Duvivier. Perché non si arrendono mai. Mi ci sono voluti due giorni, per riprendermi. E ho ancora un paio di pallottole in corpo. Tu, tu non avresti avuto una sola possibilità con Duvivier, te lo garantisco io. I benandanti sono animali. Ma ragionano. Li scelgono anche in base al QI. Da 140 in su, hai idea? E i battitori sono tutti telepati. Duvivier stava per prenderti. Anzi, credo che abbia interferito con i tuoi pensieri. Loro non sono in grado di leggere nella mente dei sopramorti. Ma sono in grado di lanciare strani messaggi. Di indirizzarli.

Sai perché non ti hanno presa? Perché ti muovevi senza alcuna logica. Svanivi e ricomparivi e svanivi nuovamente. È stato il tuo merito. Te ne do atto. Però il lavoraccio l'ho fatto io. I benandanti dalla strada te li ho tolti io, uno dopo l'altro. E credimi, non è piacevole. Dà soddisfazione, ma non è piacevole.

Non voglio sentirla. Non voglio. Questa maledetta strega che vola e stride e dice che non ho fatto nulla. Che tutto questo è stato nulla. Grazie di tutto, dico. Ma a questo punto penso di potermela cavare da sola.

E lei si sfila i Ray-Ban e mi guarda. Con due occhi da gatto selvatico che gialleggiano sotto le luci al neon del bagno. E non è neppure un grido, adesso, ma un tuono.

Io lo so! La conosco la rabbia dei morti! I sepolcri che esplodono! Il tuo sepolcro è esploso! Lo so che significa risvegliarsi con quella rabbia! Con la volontà di mangiare il mondo! I benandanti, no. Loro sono animali, ma non sono morti. Non ci sono passati. Ci inseguono da secoli. Ci vogliono cancellare dalla faccia della terra. Non ci vogliono, qui, perché noi siamo zombie cannibali! E ci invidiano, perché siamo immortali! Ma non riescono a estirparci perché non ci sono passati! Non sanno cos'è la rabbia dei morti. La solitudine rabbiosa dei morti. E so anche un'altra cosa. Che tu non provi solo rabbia. Ma anche paura. Paura dei morti! Tu hai paura dei morti! Hai paura di me! E la voce cala improvvisamente di tono. Come un vento che cade, spegnendosi d'un tratto tra le colline.

È sempre così all'inizio, dice. Non si ha paura dei vivi. Si impara presto a mangiarli. E quindi a disprezzarli. A invidiarli, in certi casi. Anche a tollerarli, in fin dei conti. Ma la paura dei morti, è la più dura da vincere. Fidati, Luna. Non hai altra scelta. E non puoi resistere a oltranza, da sola. Ti conoscono. Sanno tutto di te. E non sei in grado di difenderti. Sei finita, se resti qua. Comunque me ne vado, se vuoi. Cosa scegli, Luna?

Perché sei venuta, dico. Perché ti sei data tutta questa pena. Perché hai ammazzato Duvivier e gli altri. Perché te li sei trascinati dietro, quella notte?

Ci sarebbero un mucchio di ragioni, dice. Se te ne basta una. Diciamo che un po' di tempo fa, qualcuno ha fatto lo stesso per me. Può bastare?

Allungo il braccio. Lei lo tasta. Dice, mi hai fatto un po' sforare i tempi, tesoro. Sai che sei proprio testarda? E sorride. Con gli occhi luminosi sotto il neon. Occhi verdemare. Sereni come laghi di montagna. Ok, dice, adesso appoggiati con le spalle al muro. Così. E tieniti dritta il più possibile, che sistemiamo tutto.

Sara, dico, ci tengo al mio braccio.

Ma dai, sono un medico.

Un medico!

Tu non sei una studentessa? E io sono un medico. Che c'è di male a fare il medico. È un mestiere come un altro.

Ma sei morta.

E faccio il medico anche da morta, come lo facevo da viva, mica uno si dimentica, dice. E non sono morta, sono sopramorta. Sopravvissuta alla morte. Ok? Scuote la testa. Ma dove hai la logica, dice ridendo.

Io! La mia logica!

Lei punta un piede contro il muro. Si bilancia un momento. Mi blocca la spalla con la mano destra, afferra il mio braccio con la sinistra e dice, ferma così, tesoro, ok?

Sara mi sta infilando il giaccone. Con cautela. Dice, sta' tranquilla, fra poco passa. Vuoi sederti un momento?

Faccio segno di no con la testa. Mi appoggio al lavabo. Mi sento come quando tutto gira anche se non gira o ti viene da vomitare anche se non devi vomitare. Come se mi sentissi male in sogno.

Apre il rubinetto. Mi bagna il viso. Dice, ma va', stai già meglio. Appoggiati a me. Mi passa un braccio dietro le spalle. Dice, guarda che non è nulla. È che devi dormire. Mangiare hai mangiato, anche troppo. Ma senza dormire un solo minuto. Povera bambina.

E adesso vorrei proprio piangere. Ma non lo so fare. Non so dormire. Non so piangere. Non so far niente.

Guarda, dai, guardati la mano, dice Sara. E la guardo. La mia mano. Tornata al posto giusto. La mia mano.

Per favore, dico.

Per favore cosa, dice lei.

Non lo so.

E lei mi abbraccia. Come mi abbracciava mia mamma quando ero piccola e mi sentivo male. E mi portava il brodo caldo. Mi abbraccia e dice, è passato. È passato tutto. Adesso ti porto a casa. E non odora di vivente. Solo di shampoo. E bagno schiuma. E del profumo morbido del suo gilet di renna. E della nostalgia di una casa. Una casa qualsiasi. Casa.

Siamo uscite dal bagno sotto una valanga di improperi. Il tizio si è innervosito. Pare che abbiamo urlato da disperate, là dentro. E alla fine ha dovuto farli fuori. Perché stavano sentendo troppe cose. Sara si è stretta nelle spalle. Ha detto, fatti tuoi. Ognuno gestisce le situazioni come gli pare.

Quella, comunque, era gente che lavorava. Che non ci aveva fatto niente. Stai meglio, Luna? Vuoi un po' d'acqua? Ok, adesso togliamo l'incomodo, ha detto al tizio, ma prima dammi una bottiglia d'acqua per questa ragazza. Praticamente, l'ho appena operata. Saremo resistenti, noi sopramorti, ma a tutto c'è un limite.

Ho bevuto l'acqua. Mezza bottiglia tutta d'un fiato. Pensando che tanto l'avrei vomitata. Mentre il tizio continuava a bofonchiare. Citando ogni momento il solito Gottfried. Chi sarà mai questo Gottfried?

Siamo uscite sul piazzale. Con la bottiglia a metà e l'involto della roba sporca, che all'ultimo minuto il tizio ha sfilato da sotto il braccio di Sara, dicendo che se ne occupava lui. Ma, beninteso, non voleva più entrarci in questi affari di donne isteriche, e l'avrebbe cantata chiara a Gottfried.

Ok, ciao, gli ha detto Sara. Si è diretta sul retro. E occupati dei maschietti di merda, ha sbuffato sottovoce. Parcheggiato dietro la stazione di servizio c'era un gippone. Un gippone blu. Sembrava il gippone di Robin. Siamo montate e partite.

Va meglio? ha detto Sara.

Insomma, ho detto.

Poverina, adesso passa, ha detto. Tra poco passa tutto.

Mi sono guardata la mano. Dritta. A posto. Mi sono tastata il braccio. Il gomito. Non potevo crederci, avere il braccio di nuovo a posto. Solo che mi sentivo ancora strana. E un po' assonnata.

Abbiamo percorso per un breve tratto la provinciale. E subito l'abbiamo lasciata, tagliando per i boschi.

È il trauma, ha detto Sara. Perché non ti accendi una di quelle tue sigarette? Magari ti aiuta a smaltirlo. Sai cos'è, che la mancanza di dolore non annulla il trauma. Le sinapsi funzionano ugualmente. Anche se in un altro modo. E il corpo subisce inevitabilmente il trauma, anche se lo sopporta meglio. È come se facesse male su un altro piano. È complicato da spiegare. E tu non sei un medico.

Lo so, dico. Quando Paco mi ha picchiata a quel modo. Me ne sono accorta, che il dolore non c'entrava per nulla. Però.

Questo Paco mi sta sul cazzo, dice Sara.

È morto, dico.

Mi sta sul cazzo ugualmente.

Stiamo attraversando una serie di paesini. Entrando e uscendo dalle provinciali, dalle statali. Percorrendo ampi tratti in aperta campagna. Tagliando i boschi. Abbiamo superato Orte, chiedo a Sara.

Come no, dice lei. Quello è il Cimino. Ci sono paesi bellissimi lassù. L'abbiamo superata da un bel po', Orte. Siamo già in Alto Lazio. Il Viterbese. Non ci sei mai stata?

Orte. Lo svincolo di Orte. Il mio miraggio, nelle ultime settimane. L'abbiamo superato. Ce lo siamo lasciato alle spalle. Come un incubo, che si può solo lasciare alle spalle, e cercare di dimenticar subito. Forse, ero io a essermelo creato. Un altro trip. L'ultimo brandello di speranza. Di Robin. O di Mirta. Oppure. I benandanti sono telepati, ha detto Sara. *Lanciano strani messaggi.* Chi mi ha tenuta qua, realmente? E perché adesso sembra tutto così facile? Guardo Sara. Che sta sfilando dalla tasca dei jeans un cellulare. Schiaccia un tasto. Helena, dice, tutto a posto. Ce l'ho. Liscio come l'olio. Ci vuole ancora un po'. Pomeriggio, credo. Oh, Helena, avverti tu Gottfried? Ringrazialo per quegli stronzi dei ragazzi. Comunque, hanno dato una mano. A modo loro. Ma dai! Ciao. Scuote la testa, ficcando il cellulare in tasca. Dice, quella Helena. E sorride.

Chi, dico.

La mia governante. Un personaggio. Solo lei ha il coraggio di chiedermi, hai mangiato? Come se si trattasse di andare giù a farsi un panino. E scoppia a ridere.

E Gottfried, chiedo.

Anche Gottfried è un personaggio. È il mio migliore amico. È pazzo.

Loro sono sopramorti, chiedo.

Qualcuno sì, qualcuno no, dice lei. E sorride. Allegra. Facendo scartare bruscamente il gippone lungo una scarpata. Adesso ce ne andiamo di nuovo per i boschi, dice. E ci immettiamo sull'Autosole a Fiano. Così ci facciamo una bella corsa sull'autostrada. Ne ho piene le palle di tutte queste stradine. È un mese che giro come una deficiente in questo dedalo di viuzze. A Fiano ho la mia macchina. Parcheggiata nell'area di servizio. Da un secolo.

Il secolo che c'è voluto per trovare me, dico.

Esattamente, dice.

Perché non cominciamo dal principio? dice Sara. Vuole sapere tutto. Tutto quello che è successo da quando mi sono tirata fuori dalla tomba, buttandola via come una coperta pesante. Ma non posso raccontare tutto. Anzi, non voglio. Ci sono cose che è meglio lasciare lì. Sepolte tra i boschi. Sotto una falce di luna.

Non posso credere che ci siamo quasi incrociate alla baita, dico invece. Dev'essere accaduto nei primi giorni, no?

Io ci ho provato, dice lei. Ci saremmo risparmiate un sacco di guai. Invece ti ho persa. E non hai mangiato affatto, nei primi giorni, vero?

Vero, dico.

E non hai avuto. Disturbi, diciamo?

Qualcosa, dico.

Qualcosa, ripete lei. E alza le sopracciglia, come a dire: non importa, lasciamo andare, per ora. E dopo rintracciarti è diventato un casino, riprende. Da principio i benandanti non avevano mandato praticamente nessuno. Non ci credevano, che tu fossi una sopramorta. L'ho capito subito quando sono arrivata. Io invece ero certa. Vent'anni. Morta per droga.

E incazzata nera, ho pensato. La tua tomba era praticamente esplosa. Quando ho visto le immagini sul tg, ho capito subito come stavano le cose.

L'hai saputo dal tg, chiedo incredula.

Sì, cosa credevi? E mi sono detta, questa è uscita a giro di posta per farli fuori.

Chi? dico.

Che ne so, chi. Tu lo chiedi a me? Quelli che te l'avevano venduta, per esempio.

No, dico, non sono uscita per questo.

Ah, dice lei. E allora, perché?

Per Robin.

Chi cazzo è adesso, questo Robin, dice lei. E sbuffa, facendo sobbalzare il gippone su un sentiero da capre.

Chi cazzo era Robin.

Il mio amore. Il mio amante. Quello per cui sono morta. Quello per cui mi sono tirata fuori da quella tomba e ho affrontato tutto questo. Per durare. Per tirare lui fuori dalla tomba. Perché tornasse a camminare sulla terra. A baciarmi. A farmi l'amore sotto il cielo verde del Subasio. A dirmi, voglio restare con te. Fino alla fine del tempo.

Il mio ragazzo, dico invece.

Aspetta un momento, dice lei. Con tutti questi nomi strani, non capisco più niente. E mi ricorda per un momento Mario Cerruti, quando diceva: Luna, Witt, che nomi sono?

Tu sei morta per overdose, sta dicendo lei. Ho parlato anche con delle persone, in paese. A un certo punto si è creata una tale folla di curiosi, giornalisti o sedicenti tali che era facilissimo ottenere le informazioni. Una sera, in un locale, ho chiacchierato un po' con una tua amica.

Magda? dico. Una con la faccia piena di piercing?

No, me ne ricorderei. Compagne di scuola, credo. E anche con un ragazzino che ha pianto tutto il tempo.

Quello sarà stato Francesco, dico. E penso, compagne di scuola? Veronica. Miranda. O Sonia, addirittura?

Loro erano sconvolti dalla tua morte, dice Sara. E parlavano eccome. Erano anche piuttosto spaventati. La catena dei delitti era già incominciata. I giornali dicevano che erano collegati con la tua morte. Erano terrorizzati. E la polizia li aveva un po' torchiati, i primi giorni. Ragazzini. Se la stavano facendo sotto. E ce l'avevano a morte con questo Roberto. Dicevano che era tutta colpa sua. Roberto. Robin! Sono la stessa persona?

Sì, dico.

Allora stanotte hanno tirato fuori lui! dice. Ho sentito la notizia per radio.

Sì, la interrompo. L'ho tirato fuori io.

Tu! dice. E forse, è la prima volta che riesco a stupirla. C'è sempre una prima volta. Anche per donne come Sara. E dov'è adesso? dice lei.

Non l'ho trovato.

Come?

Non c'era, nella bara.

C'erano solo quattro sassi di fiume. Al posto di Robin. Solo quattro sassi di fiume, per appesantire la bara.

Scusa, ma non ti seguo, dice Sara. Perché volevi tirare fuori il suo cadavere?

Perché non usciva. C'eravamo promessi di morire insieme e tirarci fuori. Di tornare da morti a camminare sulla terra. Di amarci per sempre. Sì, di amarci per sempre. Non ci si può amare a tal punto? È vietato?

Sara mi guarda. Dice, sì, però. Tu stai dicendo che voi l'avevate deciso *prima* di morire?

Robin ha detto così.

E che ne sapeva Robin?

Non lo so.

Non lo sai.

No, dico. Non lo so proprio.

E ti sei sparata un'overdose sulla base di una promessa campata in aria? dice lei.

Adesso sembra un'assurdità, dico, ma lui mi aveva promesso che se fosse successo un incidente. Una disgrazia. Noi saremmo tornati. Insieme. Sulla terra.

Però non è stato un incidente, dice Sara. Senti, non voglio farti il processo. Ma stanno succedendo cose strane, negli ultimi tempi. Io mi fido solo di me stessa e di Gottfried. E di nessun altro. E capisci che qua ci sono almeno due problemi. Punto primo, chi era andato a raccontare a Robin che poteva tornare sulla terra. Tra l'altro, deciderlo in anticipo! Comunque, diciamo che aveva saputo qualcosa. Ma da *chi.* Mica è un argomento da bar. Noi siamo avviluppati dietro veli piuttosto spessi. Sia noi che i benandanti. Ci sono delle regole. Regole comuni, perfino tra noi e loro. Ma la gente, i viventi, come li chiami tu, sono tagliati fuori dal gioco. Loro sono solo il nostro campo di battaglia.

Non so, dico. Credevo di essere l'unica. O che io e Robin saremmo stati gli unici. Non so nulla.

Ok, dice lei. Ma come fai a spararti un'overdose per la bella faccia di uno che ti racconta una storia fuori di testa?

Io gli ho creduto, dico.

E ti sei fatta un'overdose per lui!

Io non mi sono fatta nessuna overdose! Non sapevo neppure che fosse un'overdose. Sei tu che me lo stai dicendo. Non ho letto i giornali i primi giorni. Pensavo che la roba fosse stata tagliata male. Robin ha detto che aveva un sapore strano. Non sapevo si trattasse di un'overdose. E Paco non ne ha parlato. Mi credi, Sara?

Sì, dice lei, ti credo. E abbiamo sempre questo Paco fra i piedi. Ok, di lui parliamo dopo. Adesso, per favore, continua. Che significa, che non te la sei fatta?

Che è stato Robin. Io non lo so fare. Non me la so fare, da sola, la roba. Robin ha detto che aveva un sapore strano. E poi l'ha preparata lo stesso.

Come fai ad affondare una spada nel braccio di una che si ubriaca con mezza birra? Come ti regge il cuore?

E te l'ha fatta lui, dice Sara.

Sì.

E tu l'hai tirato fuori dalla tomba perché non usciva.

Non usciva più.

E non hai trovato niente, nella bara.

Niente. Solo i sassi.

E stamattina te ne stavi in quella stazione di servizio, di fronte alla vetrata, ad aspettare.

Che venisse qualcuno. I benandanti. La polizia. Chiunque.

Perché non c'era Robin.

Perché non c'era Robin.

Ok.

Ok cosa?

Vuol dire che se ti innamori vai fuori di testa.

Vuoi dire che è così per tutti?

Voglio dire che è così per te.

E così tornavi al cimitero, dice Sara. Adesso comincio a capire. Per questo non riuscivamo a prenderti. Tutti quegli andirivieni insensati. Il cimitero. Non mi è mai venuto in mente. E neanche ai benandanti. Avanti e indietro, c'era da impazzire. Senza una logica. Ci hai spossati, veramente. E non dormivi mai. Ti localizzavamo in un punto, e nel giro di poche ore saltava fuori un morto da un'altra parte. Tutti quei morti! Certo, dovevi compensarla, la mancanza di sonno. Deve dormire, quando dorme, mi chiedevo. Alla fine avevo quasi le allucinazioni per la mancanza di sonno.

Io credo di averle avute, dico. Ma non so se erano proprio allucinazioni. La villa. E il fantasma di Witt.

I fantasmi non esistono, dice categorica Sara. Ancora credi ai fantasmi?

E adesso sto ridendo così tanto che sono praticamente piegata in due. Sarà il calo di tensione. Tutte queste emozioni. Il braccio che ancora mi formicola, come se fosse insensibile. Queste palpebre pesanti. Ma sto ridendo da paura. *Ancora credi ai fantasmi?* Detto da una zombie cannibale che vola come una palla di cannone nell'aria, a un'altra morta che si è tirata fuori dalla bara, divorando qualsiasi vivente le venisse a tiro.

Certo che credo ai fantasmi, dico infine. Come alcuni credono agli angeli. E altri ai benandanti. O ai sopramorti.

Stavo accennando, pur con mille reticenze, alla strage della villa. Ma neanche Sara ne sa nulla. Ha seguito passo passo la catena dei morti, dei delitti. È stata praticamente la mia ombra, in queste settimane. Perdendomi e ritrovandomi. Buttandomi sulle spalle una manciata di morti in più, per necessità nutrizionale. E marcando stretto i benandanti. Ma non sa nulla della villa. E nessuna notizia è stata data dalla stampa. Un'allucinazione da privazione di sonno. Come Witt, il mio fantasma gentile. O la donna che striscia. *I benandanti lanciano strani messaggi.* Oppure, l'ho veramente sognata. Forse mi sono addormentata un momento, senza accorgermene. Anche se era così maledettamente realistica. E dopo di allora, non sono più stata la stessa. Sono davvero diventata Luna. Sono diventata io.

Un festino in una villa, dice Sara. Magari c'è implicato un personaggio importante. Qualcuno che si trova al posto sbagliato nel momento sbagliato. Un politico, per esempio. O qualcuno più importante. E hanno insabbiato tutto. Anche i benandanti potrebbero aver coperto tutto. Certe volte succedono cose strane. Incomprensibili. Anche il tuo Robin.

Robin? dico.

C'è qualcosa di strano, in tutta questa storia, dice Sara. Di anomalo. Fin dal principio.

Stavamo parlando della villa. E poi di quando Sara mi ha localizzata, alla stazione di servizio di Terni. Allora, è mancato un pelo, dice. Quella è stata proprio sfiga nera. Stavo battendo la zona in macchina, e ti vedo a spasso sulla superstrada. Troppa grazia, ho pensato. E invece mi sei sfuggita tra le mani in una manciata di istanti. Sei salita su quella maledetta Panda. Con uno dei benandanti. Dritta nelle fauci del peggior lupo. E non ho potuto che seguirti. Erano dappertutto. Ho pensato che fosse finita, che ti avessero intrappolata. Ma qualcosa è andato storto, no?

Sì, dico. Che il ragazzo fosse un benandante, l'ho capito dopo. Ma che volesse fottermi, l'ho capito poco prima del bivio. Il famoso bivio per Orte. Un ragazzino qualsiasi, dico, simpatico, conosceva perfino Alwa Schreisch!

Chi, dice Sara.

Lascia perdere, dico. E di colpo sento come una specie di stanchezza. E vorrei. Adesso vorrei davvero chiudere gli occhi. Chiudere gli occhi e lasciarmi trasportare da questa macchina.

E allora? dice Sara. Che ha combinato il ragazzino? Doveva essere alle prime armi. Un baby benandante. Mandano avanti la manovalanza, gli stronzi, per pararsi il culo.

Mi ha chiamato Mirta, le dico. Di punto in bianco. Gli avevo detto di chiamarmi Luna. Ma alla fine gli è scappato. Si è rilassato un minuto e gli è sfuggito di bocca. L'ho assalito subito. L'ho perfino mangiato. Ma senza di te, è ovvio che non ce l'avrei mai fatta.

Ringrazia il cielo che era notte, dice lei. E al buio, anche i benandanti si sono confusi e mi hanno scambiata per te. Sono solo dei poveri stronzi. Malgrado il loro QI e tutto il resto. Stronzi vigliacchi. Solo che dopo ti ho persa nuovamente. Trascinandomeli dietro, ti abbiamo persa tutti. Fino a stanotte. Quando le tue grida hanno coperto il mondo. È stata una corsa contro il tempo. E non ero affatto sicura di averla vinta.

Sara, dico. Quella notte, quando te li sei tirati dietro. Erano tanti. E sparavano. Come hai fatto a sfangarla?

Ma tesoro, io la sfango sempre, dice lei.

Stavamo parlando del famoso bivio per Orte. E Sara si è accorta che rispondevo a monosillabi. Ha detto, che c'è?

Non lo so, mi sento strana.

Il braccio, ha chiesto.

No, mi sento. Come se avessi sonno.

Prima o poi, ha detto Sara. E ha sfilato dalla tasca dei jeans il cellulare che stava squillando. La sentivo a metà. Ha detto solo, ah. Oppure, ok. Ha inchiodato il gippone sulla strada che stavamo percorrendo e mi ha detto, fuori, subito. Sono in zona.

Siamo al riparo della boscaglia. Di nuovo. In questo cerchio maledetto di boschi che non mi lascia più andare. Non è possibile, penso. Non è più possibile. Non ce la faremo mai. E gli occhi mi si stanno chiudendo.

Hanno fatto saltare la stazione di servizio, sta dicendo Sara, quella vicino a Terni. Stronzi, tutti quei morti. Ma non si fidano di averti beccata. Così si sono sparsi in una zona ampia e alcuni potrebbero già essere, ma mi stai ascoltando? Apri gli occhi. APRI GLI OCCHI, MIRTA!

Non chiamarmi Mirta. Io non sono Mirta.

Se serve a farti tenere gli occhi aperti, sì. Ti chiamo Mirta tutto il tempo.

Smettila. Smettila e vattene. Lasciami dormire.

Ma sei impazzita! Dobbiamo andarcene, dice. Continuando a scuotermi. A spingermi in avanti. Puntandomi contro due fessure gialle da gatto selvatico. TIENITI GIÙ! E STRISCIA! HAI CAPITO MIRTA, DEVI STRISCIARE! E mentre grida mi tira avanti. Mi spinge. Tra queste foglie umide di pioggia. Nel fango. Di nuovo nel fango. Questo fango. Ovunque. E striscio. Dormendo. Impiastricciandomi di fango e foglie. Strisciando. Tutto il tempo. Tutto il mondo, sta strisciando.

La cosa che striscia, accanto a me, spingendomi avanti, ripetendomi che devo strisciare, e strisciare e strisciare.

La donna che striscia, sempre all'angolo del mio occhio,

puntando i piedi insanguinati sui cocci di vetro per tirarsi avanti.

I benandanti, che strisciano dovunque nel mondo, nel tempo, spinti dalla ferocia e dall'invidia, per fotterci tutti.

Mirta, che striscia verso la baita, con il corpo irrigidito, coperto di macchie, e gli occhi annerati dalla morte, mordendo la terra, e strisciando.

La ragazza, che striscia sulla schiena per sottrarsi ai colpi del mostro, il viso insanguinato e la mano levata, e quel sorriso.

I morti, che strisciano fuori dalle tombe. Per amore. Per vendetta. E sempre, per rabbia. Per divorare il mondo.

Striscia. Striscia. Striscia. Come una ninna nanna nera in cui bisogna tirarsi avanti, puntare i piedi e strisciare, anche nel sonno, anche in sogno, sempre avanti.

Poi mi arriva uno spintone. Finisco in un fosso. E qualcosa. Qualcosa si avvinghia e balza e rotola. Rumori ovattati. Tonfi lontani. E silenzio. Il silenzio del bosco, che non è vero silenzio. Ma fruscii. E pigolii. E picchiettii. E sonno, sonno da morire. Nebbia ovattata. Sonno. Cose. Che si muovono. Tonfi. Sonno. Voglio dormire. Solo. Dormire.

Non si butta via niente, dice la voce. In sogno. Scuotendomi. Allungando qualcosa che palpita. Rosso. Un sogno rosso. Mangia, dice la voce. L'odore. Sottile. Incorporeo. Qualcuno sta morendo. Mangia, ripete la voce. Affondo i denti. In sogno. Latte e miele. Leggero. Delicato come. Un sogno. Affondo e mastico. La cosa rossa. Che palpita. E sbatto gli occhi. In questa nebbia verde. Vedo. La mano che mi spinge in bocca. Questa cosa rossa. Profumata. Squisita. Chiudo gli occhi. Qualcuno mi sta tirando su. Adesso ce ne andiamo, dice la voce. Nella nebbia verde. Perché. È così bello stare qua. Continuare a mangiare. Dormire nella nebbia.

Quello stronzo, dice la voce. Tieni gli occhi aperti! Ti ho dato anche da mangiare!

Sbatto le palpebre. La sua maglietta bianca. Maculata di rosso, coperta di fango. Il coltello in mano. Quello di Paco, penso. Adesso si taglia la gola e non la mangerò più. Mi sento meglio. Vai, penso. Vai dove vuoi. Adesso potrò aspettare Robin. Tutto il tempo. Non è colpa mia, è Robin che non mi lascia andare.

Almeno l'ho beccato, dice lei. E abbiamo anche mangiato. Questi stronzi dei benandanti. E tutti quei morti alla stazione di servizio! Coraggio, alza le chiappe, tesoro, che non abbiamo altro tempo.

Cosa, dico.

Ce ne andiamo. Subito.

No, dico.

E mi sento afferrare. Sollevare. Scagliare verso l'alto. Tra gli alberi. Sparare contro il cielo. Un cielo nero, senza stelle, senza luna.

La prima volta che Robin mi ha infilato l'ago nel braccio, sono svenuta.

Ho aperto gli occhi distesa sull'erba. Ho tirato su la testa stordita. Mi sono alzata lentamente. Puntando le mani sulle ginocchia. Dove siamo. Sara mi ha guardata. Era conciata da paura. Infangata. Insanguinata. Si stava ripulendo il viso con il bordo del gilet di renna. Mi ha sfilato di dosso il giaccone. Se l'è infilato sopra a tutto quel macello. Ha detto, ci mancava proprio, il bicchiere della staffa. Pulisciti la bocca, almeno, mica tengo il bavaglino a portata di mano. E ha sbuffato.

Uno spiazzo. Oltre gli alberi. A poche decine di metri da noi. Mi sono passata una mano sulla bocca. La mano s'è arrossata di sangue. Lei mi ha preso per un braccio. Cammina, ha detto. Abbiamo camminato in fretta. Superando gli alberi. Un parcheggio. Macchine. Confusione. Gente. Odore. Odore dappertutto. Sara mi ha spinta avanti, tra le macchine. Centinaia di macchine. Si teneva il giaccone stretto al corpo. E sbuffava. Dove siamo, ho chiesto.

Finalmente la bella addormentata ha aperto gli occhi, ha detto. Siamo alla stazione di servizio di Fiano. Dove dovremmo essere? Mi sa che ti sei persa qualcosa. Piaciuta la volatina gratis, a spese della sottoscritta? La prossima volta, mi porto una culla. E anche un bel biberon. Ha ficcato una mano nella tasca dei jeans. Ha tirato fuori una chiave. L'ha infilata nello sportello di una macchina.

Una berlina nera. Tale e quale quella dei benandanti. La macchina di Sara.

Non piove. Anzi, il cielo è quasi sereno. Roseo, all'orizzonte. E il sole inonda l'autostrada dei suoi raggi obliqui. Il timer sul cruscotto segna le 17.27. Non so più di quale giorno. Ma potrebbe essere qualsiasi giorno nella vita di chiunque. Un giorno in cui una compagna di università, o forse solo Veronica, mi ha offerto di passare un fine settimana a Roma. Con lei. Guardo i cartelli verdi che scorrono veloci ai bordi dell'autostrada. I cartelli dell'Autosole.

Dovremmo farcela in un'oretta, dice Sara. Raccordo permettendo. C'è sempre un traffico infernale, sul raccordo.

Un traffico infernale, penso. Il raccordo. L'autostrada. Le macchine. Le code. Sara! dico all'improvviso.

Che gridi, mi vuoi far prendere un colpo, dice. Sto guidando. E sono stanca pure io.

Siamo vivi o morti, dico.

Sopramorti, dice. Sbuffando. Siamo sopramorti, quante volte te lo devo ripetere. Ti vedo in ripresa, comunque. Si volta e mi sorride. Anzi. Stacca una mano dal volante e mi scosta i capelli dal viso, per farmi una carezza. Dice, sei stata brava, tesoro. Non posso crederci, ce l'abbiamo fatta. Lascia scorrere le dita tra i miei capelli e poi torna a posare la mano sul volante. Volgendo altrove gli occhi verdemare, sereni come laghi di montagna, in cui guizza per un momento il lampo giallo dei gatti selvatici.

Posso sapere dove stiamo andando, dico.

A casa. Stiamo andando a casa, dice. E troveremo bel tempo. C'è sempre bel tempo, a Roma. E ride, di una risatina insolente che mette i brividi. Non sei contenta? dice, così stanotte ti fai tutto un sonno.

Vuoi che ti dica proprio quello che penso, dico.

Come no, dice lei. È la verità che ci fa liberi.

Penso che tu sia una maledetta stronza. Una maledetta stronza che vuole fottermi. E mi viene da ridere, mentre lo dico. E lei sta già ridendo. Dicendo, giusto, così imparo a sbattermi per chi non mi merita.

Perché è ovvio che ci ho pensato. Per l'ultima volta, ma ci ho pensato. Mentre montavo in macchina. Su questa berlina nera. Tale e quale quelle dei benandanti. Ci ho pensato. Col sapore del sangue fresco ancora in bocca. Stordita e mezzo addormentata. E tuttavia, con quella spina di paura che ancora graffiava. Ci ho pensato. Mentre lei faceva inversione e si immetteva sull'autostrada. Sbuffando e imprecando. Ho pensato che potrei aver sbagliato tutto. Che questa Sara potrebbe non essere quella che sembra. Potrebbe essere chiunque. Che ho capito talmente poco di questa storia, fin da principio, che tutto potrebbe essere il contrario di *tutto.* Perfino il trip di un altro, in cui chissà come sono finita dentro. O di un'altra.

Ma sono montata lo stesso sulla berlina nera. Perché è la realtà. Questa berlina nera e questa donna strana. E la strada davanti a noi. Inondata da un perfido sole rosato. Solo questa è la realtà. A cui non si può sfuggire. Ora che Robin non c'è. O non c'è mai stato. Che Paco è morto. Come Ophi. Come tutti quelli in cui mi sono imbattuta. Adesso che ho fatto terra bruciata dietro di me. Che ho preso passo dopo passo una strada, scartandone altre, mentre altre ancora mi si chiudevano davanti. E al fondo di questo cammino confuso, popolato di morti felici e viventi scoppiati, zombie e fantasmi, sopramorti e benandanti, casolari di montagna e gatti selvatici, falci di luna e ponti sul nulla, amori bugiardi e orrori striscianti e grida e scoppi e spari, mi trovo qui. In questa macchina. Con questa donna. E non ha più importanza sapere dove io stia andando e che cosa succederà, perché qualsiasi cosa sarà quella giusta. Quella vera. Che mi aspetta, in fondo a questa strada.

Il nastro d'asfalto scorre veloce sotto le gomme della berlina. Ed è un piacere, tornare a correre in macchina sull'autostrada. Sonnecchiando su un sedile soffice. Con una sigaretta accesa tra le labbra. E qualcuno con cui chiacchierare. In questo mondo selvaggio, non è poco. E se anche questa realtà nascondesse nuovi orrori, non importa. Perché ci sono passata. E so come si fa. A chiudere gli occhi e andare avanti. Sempre avanti. Anche senza fede. Perfino senza coraggio, qualsiasi cosa ne pensi Witt. Lui. O il suo fantasma gentile.

Pronto, Chiara?

Postfazione di Gianni Romoli

Un'amicizia al telefono. Quello di casa, molto più che il cellulare. All'inizio strettamente per lavoro, poi la maglia delle confidenze si era allargata fino a lasciar passare il suono della vita e le parole si erano fatte intime, scherzose, senza più la paura di giudicarci a vicenda o di aver sbagliato giudizio all'origine. Perché la stima c'era stata da subito: io per aver letto i suoi libri; lei per i film che avevo scritto e che le erano piaciuti. Alcuni, almeno. La mia richiesta di trarre un film dal suo romanzo *Non mi uccidere* non l'aveva spiazzata: anzi, ne era contenta, gratificata. Anche se era ancora in corso d'opera il resto della trilogia e quindi per me sarebbe stato cavalcare al buio, non sapere dove andare a parare. Ma ero rimasto così affascinato da questo paesaggio con figura. E soprattutto da Mirta, questa creatura che si aggira in un bosco, resuscitata per amore e in attesa che anche il suo "lui" ritorni in vita perché l'Amore è più forte della Morte. Mi era sembrata da subito una potente metafora della solitudine dell'adolescenza nel momento del passaggio all'età adulta. Mirta deve morire per rinascere e deve imparare le regole della sua nuova vita, che la fanno sentire come fosse unica. Per poi scoprire che unica non è, come lei ce ne sono tanti. E anche un'altra dolorosa scoperta: l'Amore può riservare delle sorprese non sempre piacevoli, soprattutto se alla fine è lui che decide per te e per la tua vita. Tutto questo senza alcuna traccia di sociologismo spicciolo, di brandelli di psicologia dell'età evolutiva o di femminismo d'accatto. Sotto il nume tutelare di Wittgenstein, anche personaggio fantasmatico nel romanzo, l'approccio di Chiara era visceralmente filosofico e letterario, nel senso che lo stile la faceva da padrone: la sua scrittura sincopata, spesso a strappi, come in una jam session dannata mi incuteva rispetto e timore. Avevo paura che il cinismo tipico del "cinematografaro" che scavalca lo stile per andare dritto alla "ciccia", alla radice narrativa di un'opera, potesse essere brutale per Chiara, considerando soprattutto che con lei non volevo barare.

Erano passati molti anni da quando avevo scritto la sceneggiatura di un film horror, *Dellamorte Dellamore* tratto da un romanzo di Tiziano Sclavi e diretto da Michele Soavi. Quel film era stato una specie di omaggio finale a una gloriosa tradizione italiana horror che da Bava a Freda, da Argento a Fulci e da tutti gli altri aveva trovato proprio in Soavi il suo epigono finale. E il film era stato una sorta di eulogia funebre del Genere. Infatti, mentre quel film diventava con gli anni un oggetto di culto un po' in tutto il mondo, in Italia l'horror come Genere si era praticamente spento, restando vivo solo in piccoli rivoli sperimentali e molto d'avanguardia. Non era più aggressivo per il mercato. La mia ambizione (presuntuosa e un po' mitomane) era ovviamente quella di resuscitare il Genere e cosa c'era di meglio della storia – tutta italiana e quindi non derivativa – di una giovane ragazza che ritorna in vita per una promessa d'amore scoprendo che per sopravvivere deve nutrirsi di esseri umani perché ormai è una sopramorta?

Feci subito capire a Chiara che adattare il romanzo significava semplificarlo, forse banalizzarlo. Sicuramente trasformarlo in un'altra cosa, mai fedele alla lettera. E soprattutto dissi a Chiara che non la volevo tra i piedi. Lei, in quanto autrice del romanzo, quello che doveva dire l'aveva già detto. Era d'accordo? Più di me! Sapeva benissimo che un film è un film, un romanzo è un romanzo e che la stessa storia raccontata tramite due linguaggi diversi diventa inevitabilmente diversa. Quindi mi concesse una opzione per permettermi di iniziare a lavorare e si tolse di mezzo. Non avrebbe messo bocca!

Risultato? Ci sentivamo continuamente!

Dopo esserci visti solo due volte in carne e ossa, la prima a casa mia e la seconda a casa sua, iniziammo il nostro lungo percorso telefonico che si trasformò in un'amicizia che oserei chiamare "intellettuale". Non avevamo pudori, ci dicevamo tutto, niente segreti, si accettavano pettegolezzi e ogni sorta di indiscrezione. Mai però sui fatti spicci della vita. Parlavamo di parole come fossero persone: di punteggiature come fossero emozioni; di quello che avevamo preso a prestito dagli altri e di quello che avevamo rubato. Insomma era importante per noi quello che leggevamo, i film che vedevamo: tutto ciò che formava il nostro immaginario e da lì, spudoratamente, ci confessavamo i segreti del nostro dolore di scrivere, di quello che avremmo voluto ancora inventare, delle immagini rimosse ma ritornanti, di questa dissonanza stilistica che c'era tra noi in quanto io ero legato a una scrittura funzionale alla creatività di altri (il Regista, la Produzione), lei invece autrice a tutto tondo, espressione totale del proprio mondo immaginario complesso e variegato. Lei mi invidiava il senso pratico, io ancora di più la sua autonomia e la forza di proteggere la propria creatività, di non aver paura di esprimersi innanzitutto per se stessa. Lei era un tutt'uno con le sue creature, ogni personaggio era una parte di sé e li difendeva più di quanto difendesse lo stile. A quello ci aveva rinunciato rispetto al lavoro di demolizione (sistematica ma in buona fede) che stavo facendo io per scrivere il film. Poi Chiara cominciò a rinunciare anche ad altre cose, affascinata da come più ci allontanavamo dal testo originario più rimanevamo fedeli alla sua essenza. Scrissi varie versioni della sceneggiatura, ogni volta sempre più scarnificata rispetto al romanzo, sempre più costretto a sottoporre Chiara a rinunce. Ma lei era sempre positiva, capiva i passaggi, le necessità, l'idea di abbassare il contesto non la spaventava.

Quello su cui era irremovibile però era se le toccavo troppo Mirta. Su Mirta non accettava modifiche, altre soluzioni, punti di fuga. Voleva ogni volta riconoscere nella Mirta che avevo riscritto io la sua Mirta originaria. E, allora, nelle tante versioni che continuavo a scrivere mi sembrò sempre di usare la carta copiativa ogni volta che si trattava di Mirta. La proteggevo da ogni mio tentativo di modificarne l'anima. E se proprio dovevo... ecco che scattava la telefonata: "Pronto, Chiara? Che ne dici se... sai, è che altrimenti non diventa credibile che loro... qui la storia mi diventa moscia... devo farle fare qualcosa che mi tiri di nuovo tutto su". E allora suggerimenti, ipotesi, "Fammici pensare, ma tu che dici? Ma sei sicuro? Non è poi che...". Basta: ogni volta risolvevamo e si andava avanti così.

Il momento più duro per me fu quando la dovetti convincere che il film doveva essere trattato come un'opera unica che non prevedeva seguiti. Non come il primo di una trilogia. Magari! Sì, quello era il sogno. Ma per il momento la storia doveva chiudersi in se stessa e questo significava che dovevamo chiudere (solo per il momento, per carità!) la storia tra Mirta e Robin e questo comportava pescare un po' dai romanzi successivi di cui però non avevo opzione e lei me lo concesse senza esitazione. Il nostro rapporto era diventato idilliaco al punto che un giorno le confidai che avevo un po' di confusione su quali fossero i poteri e le prerogative dei due gruppi contrapposti: sopramorti e benandanti! E Chiara non si perse in chiacchiere. Nel giro di un paio di giorni mi preparò un promemoria scritto elencandomi tutti gli elementi di differenza tra le due opposte fazioni.

Il nostro entusiasmo non corrispondeva però a un altrettanto entusiasmo del Mercato. Il progetto non riusciva a trovare uno sbocco economico concreto. Tanti "se", tanti "ma" che però non portavano da nessuna parte, nonostante in corso d'opera si affiancarono a noi anche dei registi credibili e di successo come Michele Soavi, con cui avevo già lavorato in due film, e Stefano Sollima che arrivava dal successo della versione televisiva di *Romanzo criminale* e si era già innamorato da tempo del romanzo di Chiara *I bambini sono tornati*.

Nel sistema produttivo italiano sembrava non esserci spazio per un film di genere che non fosse una commedia o un film d'autore. L'horror poi era completamente uscito dal panorama delle richieste di mercato. Quel po' di spazio che c'era rimasto era preso dai film americani e costava meno importare uno di loro piuttosto che finanziare un film italiano, anche se a basso costo. Insomma dopo molti anni di tentativi cominciammo a disperare di vedere sullo schermo *Non mi uccidere*. Nel frattempo io continuavo a scrivere altri film, Chiara altri romanzi. E continuavano le nostre telefonate: gli scambi di idee, i consigli per le letture, i film condivisi, le confidenze (anche segrete) su quello che stavamo scrivendo in quel momento.

Poi smisero improvvisamente anche le telefonate. E non per colpa nostra.

L'ultima volta che ho sentito Chiara al telefono fu dall'Ospedale. Io ero fuori Roma, le promisi di andarla a trovare appena sarei tornato. Troppo tardi, non arrivai in tempo. Anche per il film ormai sembrava troppo tardi, non me la sentii più di continuare a lottare da solo. Lo lasciai andare.

Ma lui non lasciò me. Un paio di anni dopo, quasi come un sopramorto, mi bussò di nuovo alla porta. Nelle vesti di Andrea De Sica.

Che era successo? In tutti quegli anni in cui le varie versioni delle sceneggiature di *Non mi uccidere* si accumulavano sulla scrivania di Tilde Corsi che, insieme a me, avrebbe dovuto produrlo, suo figlio Andrea non aveva mai smesso di leggerle e se ne era innamorato tanto da passare da quelle al romanzo e a farsi una sua idea di come fare il film, recuperando anche scene e personaggi del romanzo da me accantonati e tagliandone altri che io avevo aggiunto. Nel frattempo lui si era laureato in Regia al Centro Sperimentale, aveva debuttato con successo con un primo piccolo film, vincendo anche premi, stava lavorando a una serie televisiva e la sua intenzione era quella di fare come suo secondo film proprio questo: *Non mi uccidere*. Anche la situazione produttiva italiana era notevolmente cambiata. Il successo in televisione di *Romanzo criminale* e *Gomorra* aveva riportato l'attenzione sul Genere. E soprattutto l'uscita trionfale di *Lo chiamavano Jeeg Robot* aveva dimostrato che si poteva osare un ritorno al Genere che fino a pochi anni prima al cinema sembrava impossibile.

"Pronto, Chiara? Ho una buona notizia per te!" Mi sono rimesso a scrivere la sceneggiatura del nostro film. Non da solo. Insieme ad Andrea De Sica e al collettivo Grams, giovani sceneggiatori che lavorano con lui. Non posso più farlo da solo, l'ho fatto troppe volte, ci vogliono occhi nuovi. Non sai l'emozione di sottoporre a una nuova generazione il tuo romanzo e vedere la loro istantanea reazione di entusiasmo. Non è stato difficile riprendere in mano le mie vecchie versioni, ereditandone solo il meglio, e affidarsi di nuovo al romanzo per riadattarlo al pubblico di oggi, senza però tradirne lo spirito originario. Io mi sono piazzato lì in mezzo come garante che la piccola Mirta non fosse alterata e che la sua crescita e la sua resurrezione fossero all'altezza del nostro sogno originario. Ora che il film c'è, ho la certezza che a chiunque passerà dalla sua visione alla lettura del libro si aprirà davanti agli occhi un mondo nuovo, più complesso, pieno di sorprese, di percorsi luminosi in cui, tenendo le orecchie bene aperte, tutti possano ancora percepire, rassicurante, il suono dolce ma deciso della tua voce.

Questo volume è stato stampato nel mese di aprile 2021
presso Grafica Veneta S.p.A. di Trebaseleghe (PD)